JANINE UKENA

OUR SOULS AT MIDNIGHT

IMPRESS

© privat

Janine Ukena wurde 1995 geboren und studiert derzeit Germanistik an der Universität Oldenburg, wo sie mit vielen Büchern in einer WG lebt. Wenn sie nicht gerade am Lesen oder Schreiben ist, verbringt sie gern ihre Zeit damit, neue Sprachen zu lernen und auf Instagram (janine.uk) über das Schreiben, Bücher und Serien zu bloggen. Zudem trinkt sie mehr Koffein, als ihr guttut und hat eine große Leidenschaft für Südkorea, die sie nicht nur zu ihrer Masterarbeit, sondern auch zu ihrem Debütroman inspiriert hat.

Für alle, die einen Zufluchtsort vor der Realität brauchen.
Diese Geschichte war es für mich.

Vorbemerkung für die Leser*innen

Liebe*r Leser*in,

dieser Roman enthält potenziell triggernde Inhalte. Aus diesem Grund befindet sich hier eine Triggerwarnung. Am Romanende findest du eine Themenübersicht, die demzufolge Spoiler für den Roman enthält.

Entscheide bitte für dich selbst, ob du diese Warnung liest. Gehe während des Lesens achtsam mit dir um. Falls du während des Lesens auf Probleme stößt und/oder betroffen bist, bleib damit nicht allein. Wende dich an deine Familie, Freunde oder auch professionelle Hilfestellen.

Wir wünschen dir alles Gute und das bestmögliche Erlebnis beim Lesen dieser besonderen Geschichte.

Janine Ukena und das Impress-Team

Playlist

Tate McRae – you broke me first
Gracie Abrams – Stay
BTS – Your eyes tell
SHY Martin – Break With Me
Ben Kessler & Lizzy McAlpine – False Art
Selena Gomez – Lose You To Love Me
Shawn Mendes – A Little Too Much
benny blanco – Unlearn (with Gracie Abrams)
WONHO – Losing You
Kina – Get You The Moon (ft. Snow)
Sarah Barrios – Have We Met Before (with Eric Nam)
LANY – Malibu Nights
Anson Seabra – Welcome to Wonderland
The 1975 – Be My Mistake
BTS – Magic Shop
Seafret – Give Me Something
D.O. – That's okay
ATEEZ – Turbulence
The Fray – You Found Me
Stray Kids – Gone Away (HAN, Seungmin, I.N)
TAEYEON – Fine
Frank Sinatra – Fly Me To The Moon
The Rose – She's In The Rain
dodie – Sick of Losing Soulmates
Ellie Goulding – Love Me Like You Do
Ha Hyunsang – 3108

MIIA – Dynasty
BTS – Mikrokosmos

이젠 내 자신을 살려줄거야
I will save myself this time

Prolog

In dem einen Moment bist du noch in deiner Wohnung, neben der Person, die du vermeintlich liebst, umgeben von Erinnerungsstücken, die dir immer so viel Halt gegeben haben. Im nächsten Moment stehst du mit einem vollgepackten Koffer am Flughafen und fliehst auf einen anderen Kontinent.

Willst alles hinter dir lassen, so viel Abstand wie möglich zwischen dich und die Person bringen, die dir das Leben zur Hölle gemacht hat, aber es Liebe nannte. Es braucht nur wenige Momente, kurze Augenblicke, nur eine Entscheidung, die dein ganzes Leben auf den Kopf stellen.

Manchmal fühlen sich Warnsignale wie Schmetterlinge im Bauch an und du merkst erst zu spät, dass du dich geirrt hast und es kein Zurück mehr gibt.

1

Mit einem vollen Koffer stand ich am Flughafen und wollte nur noch weg. Das Handy klingelte seit einer Stunde ununterbrochen und ich wusste, wenn ich jetzt nicht in den Flieger stieg, würde er mich finden. Eine andere Wahl hatte ich nicht mehr.

Wenn du jetzt nicht gehst, wirst du es niemals schaffen. Dann wirst du niemals in Sicherheit sein, ermahnte mich die Stimme in meinem Kopf. Es war ein Gefühl, als würde ich in Zeitlupe leben, während alles um mich herum in Supergeschwindigkeit an mir vorbeizog. Ich starrte auf die Tafel mit den Flugnummern, die Hand fest um den Griff meines Koffers geschlossen, und versuchte ruhig zu atmen.

Alle wussten genau, wohin sie wollten, nur ich stand still. Die Flugnummern änderten sich im Sekundentakt, Menschen drängten sich an mir vorbei.

Ich konnte nicht zum Check-in gehen. Meine Füße wollten nicht. Also blieb ich mitten in der Menschenmenge stehen und starrte auf die große Tafel vor mir, bis alles verschwamm. In mir stiegen die Gefühle hoch wie ein Feuerwerk. Aufregung, Freude, Freiheit und Unabhängigkeit. Aber da waren auch die Angst, die Unsicherheit und die Ungewissheit, die mich erwarten würden. Ich wollte einfach nur an den Punkt zurück, an dem alles noch normal gewesen war, doch leider war das schon viel zu lange her.

Ein Neustart war genau das, was ich nun brauchte. Wenn ich den Mut besaß, in diesen Flieger zu steigen und ihn zu verlassen. Doch ich wusste, dass mir nichts anderes übrig blieb. Als ich begann, meine Zukunft ohne ihn zu planen, waren die zwei Wochen, in denen ich alles sorgfältig organisierte, von der ständigen Angst geprägt, dass alles auffliegen könnte. Oder dass ich mich doch nicht mehr trauen würde. Aber ich war es mir selbst schuldig, nach vorne zu blicken. Ohne ihn. Die nötigen Papiere, der Kontakt mit der Schule, die Buchungsbestätigung für den Flug. Jedes Mal dachte ich, dass er es bemerken würde. Aber das tat er nicht. Als sollte es so sein.

***

Am Tag meiner Abreise standen Chris und ich wie gewöhnlich zusammen auf. Ein Morgen wie jeder andere: Kaffee in unseren Lieblingstassen, die Nachrichten im Fernsehen, Bagels mit Frischkäse und meine müden Augen, weil ich seit Wochen nicht mehr neben ihm schlafen konnte. Wir saßen stillschweigend auf dem Sofa, lauschten dem Nachrichtensprecher und ich hoffte, dass Chris meine Anspannung nicht bemerkte.

Ein Morgen wie jeder andere, nur dass dieser alles verändern würde. Ich sah ihm zu, wie er ein letztes Mal in seinen viel zu großen grünen Parka schlüpfte und versuchte, die Fassung zu bewahren. Während ich ihm viel Glück bei seinem Meeting wünschte, fügte ich ein stilles Lebewohl hinzu. Er drückte mir vorsichtig einen Kuss auf die Wange, die noch immer von seiner Ohrfeige leicht geschwollen war, und ich versuchte, nicht zusammenzuzucken. Dann drehte er mir den Rücken zu und ging. Ich blieb in der Tür stehen, um ihm ein letztes Mal zuzuwinken, bevor er die Auffahrt verließ, und hoffte, dass er meine Tränen nicht sah.

Ob es nun Tränen der Traurigkeit oder Tränen der Erleichterung waren, konnte ich zu diesem Zeitpunkt nicht mehr sagen. Wahrscheinlich war es eine Mischung aus beidem.

Ein paar Stunden später war ich am Flughafen. Die Durchsage dröhnte durch die Halle und holte mich in die Realität zurück. »Flug Nummer KA Null-Acht-Zwei-Zwei nach Seoul, Südkorea ist jetzt zum Boarding bereit. Bitte begeben Sie sich zu Gate sieben. Letzter Aufruf. Flug Nummer KA Null-Acht-Zwei-Zwei nach Seoul, Südkorea ist jetzt zum Boarding bereit. Bitte begeben Sie sich zu Gate sieben.«

Ich unterdrückte meine Anspannung, die mich sonst zu ersticken drohte.

Nicht heulen, Aria. Nicht heulen. Du bist stärker als das.

Die Stimme in meinem Kopf konnte mich jedoch nicht ganz überzeugen, dafür klang sie selbst zu unsicher. So als würde hinter jeder Aussage ein kleines Fragezeichen stehen. Mein Herz pochte furchtbar laut, krampfte zusammen und überschlug sich in der nächsten Sekunde mehrmals.

Es war das erste Mal seit Ewigkeiten, dass ich es überhaupt wahrnahm. Adrenalin strömte durch meine Adern. Ich rückte meine Mütze zurecht und folgte den Schildern zu Gate sieben.

Also gut, dann wollen wir mal nach Südkorea fliegen. Das wird schon alles irgendwie funktionieren, versuchte ich mir einzureden. *Von hier aus kann es ja nur besser werden.*

Südkorea. Seoul. Als ich das Plakat in der Uni für den Job gesehen hatte, war es so, als würde mir das Universum einen Fluchtplan in die Hand drücken. Es war wie ein Schicksalsruf und das Angebot, Englisch in Südkorea zu unterrichten und damit einen ganzen Ozean zwischen Chris und mich zu bringen, war ein aufschimmernder Lichtblick in der Dunkelheit.

Das Land, dessen Sprache ich nicht konnte, versprach einen kompletten Tapetenwechsel und damit genau das, was ich wollte.

Eine Möglichkeit, über mich hinauszuwachsen. Auf eigenen Beinen zu stehen. Und vor allem: endlich aus Hampshire rauszukommen. Der Vorort an der Südküste Englands war ein beliebtes Ziel für Urlauber. Aber mir hatte diese Stadt spätestens nach dem Beginn des Studiums keine Erholung mehr geboten.

Ich schloss die Augen und atmete tief ein. Der Gedanke an ein völlig neues Land und eine andere Kultur inklusive fremder Sprache machte mich zwar nervös, aber gleichzeitig freute ich mich auf einen Neuanfang.

Mit meinen dreiundzwanzig Jahren war ich noch nie geflogen, und da ich die Reise so kurzfristig gebucht hatte, konnte ich keinen Einfluss auf meinen Sitzplatz nehmen.

Für einen Flug, der über vierundzwanzig Stunden dauern würde, war das nicht besonders ideal. Von England nach Südkorea betrug der Durchschnittsflug um die vierzehn Stunden. Doch ich musste auf einen Billigflug zurückgreifen, um mein Erspartes nicht schon vor meiner Ankunft komplett auszugeben, und flog deswegen wesentlich länger.

So saß ich jetzt zwischen einer alten Frau, die roch, als hätte sie eine ganze Flasche Parfüm über sich geschüttet, und einer anderen Frau mit permanent schreiendem Baby auf dem Arm.

Aber selbst als sich alle Menschen im Flugzeug immer wieder mit einem genervten Blick zu ihr umdrehten, musste ich lächeln. Nichts konnte mir die Freude daran nehmen, dass ich diesen Schritt endlich gegangen war. Nicht einmal das braune Wasser, das die Stewardess mir als Kaffee verkaufen wollte, oder dass mein vegetarisches Essen Fisch enthielt und ich deswegen nur den Salat essen konnte.

Selbst dann nicht, als ein Mann in der Reihe vor mir einschlief und so laut schnarchte, dass ich glaubte, das Flugzeug würde aufgrund dieses Geräusches wackeln.

Keiner konnte mir das vermiesen. Ich war endlich frei.

Um meine Aufregung in den Griff zu bekommen, begann ich eine Liste mit allen Sachen in mein Notizheft niederzuschreiben, die mir im Kopf herumschwirrten und die erledigt werden mussten, sobald ich landen würde – vielleicht würde ich ja dann ein Auge zu bekommen. Eine Liste würde mir Struktur geben, meine Gedanken beruhigen und mir Sicherheit verleihen.

Bei der Schule melden
T-Money-Karte für U-Bahn + Bus kaufen
SIM-Karte organisieren
Geld wechseln
Im Convenience Store einkaufen gehen
Atmen. Atmen. Atmen.

Die Liste hörte nicht auf. Mit der Zeit wurde ich müde, immerhin hatte ich letzte Nacht keine Sekunde schlafen können. Mein Kaffeekonsum konnte diesen Schlafmangel niemals ausgleichen und ich spürte, wie meine Augenlider immer schwerer wurden. Vielleicht konnte ich nur ein paar Sekunden die Augen schließen. Nur für ein paar Sekunden ...

Ich erwachte erst, als der Pilot eine Durchsage machte, dass wir den Flughafen Incheon in wenigen Minuten erreichen würden. Kurz blinzelte ich und schaute mich verwirrt um. Ein Blick zur alten Frau neben mir verriet mir, dass ich während meines Nickerchens wohl geschnarcht oder mit dem Kopf auf ihre Schulter gerutscht sein musste.

»Sorry …«, murmelte ich und rümpfte die Nase.

Ihr Geruch würde sich bestimmt ewig in meinen Klamotten halten.

Die Frau wandte sich ohne ein Wort ab und schaute aus dem Fenster. Mein Blick folgte ihrem und da sah ich es das erste Mal: das Land, das nun meine Heimat werden sollte. Es war überwältigend.

Ich fühlte, wie sich ein Kribbeln in meinem Bauch breitmachte, so als würde ich gerade Achterbahn fahren und kurz vor einem Fall stehen. Vielleicht lag das daran, dass der Pilot zur Landung ansetzte.

Doch möglicherweise kam es auch daher, dass ich etwas verspürte, das ich längst vergessen und für mich ausgeschlossen hatte. Hoffnung. Es würde mir wieder gut gehen.

Vielleicht nicht sofort und vielleicht nicht morgen.

Aber ich spürte ganz deutlich, dass es ein großer Schritt in die richtige Richtung war. Ein Schritt zu mir selbst.

2

Ein Flughafen ist eine ganz eigene Welt für sich.

Die Maschine landete gegen späten Nachmittag, überall rannten Menschen mit Koffern in verschiedene Richtungen, während andere wiederum geduldig auf ihre Liebsten warteten. Menschen mit Namensschildern, Blumen oder Luftballons in der Hand schauten sich neugierig um und dieser Anblick stimmte mich etwas traurig.

Die Schule erwartete von mir, dass ich selbstständig ins Wohnheim fuhr. Doch das war okay, denn auch wenn die vielen Eindrücke etwas überwältigend waren, wusste ich, dass alles gut werden würde. Die Tatsache, dass ich diesen Schritt gegangen war, ließ mich unheimlich stolz auf mich selbst sein und ich wusste nicht, wann ich das zuletzt gewesen war.

Inmitten der Menschenmenge boxte ich mich endlich zum Gepäckband durch, schnappte meinen viel zu vollen Koffer und verließ diesen Teil des Flughafens, doch die Flughalle war ebenso voll. Instinktiv hielt ich nach einem Café Ausschau, dabei folgte ich aufmerksam den Schildern und war dankbar, dass diese sowohl auf Koreanisch als auch auf anderen Sprachen verfasst waren. Das Wort »Kaffee« hätte ich aber auch ohne Übersetzung ausfindig machen können. 커피 war eins der ersten Worte gewesen, die ich gelernt hatte.

Überlebenswichtig.

Die Gefühle durchströmten mich, ohne dass ich sie genau identifizieren konnte. Ich hätte vor Freude tanzen können und war doch den Tränen nahe. Ein chaotisches, rücksichtsloses und längst überfälliges Gefühlschaos, das einige Augenblicke anhielt.

Meine Konzentration ließ nach und ich versuchte mich etwas zu sammeln. Kaffee. Ich brauchte Kaffee. Das würde helfen.

Da war es auch egal, dass es bereits fast abends war.

»Es ist nie zu spät für Kaffee« zitierte ich gedanklich Lorelai Gilmore, eine meiner liebsten Serienfiguren, und ich konnte ihr nur zustimmen.

Mein Blick huschte über die Menschenmenge, als ich realisierte, dass ein Großteil der Leute Kameras und Mikrofone dabeihatte. Reflexartig schaute ich mich um. Vielleicht war hier irgendwo eine Berühmtheit gelandet, doch dann fiel mir ein, dass ich die meisten Berühmtheiten hier wahrscheinlich eh nicht kannte.

Ich sah Jugendliche mit ihren Smartphones, die wie wild den Fotografen und Paparazzi folgten – und allein diese Szene versetzte mich unnötig in Stress. Endlich erspähte ich einen Schalter, an dem ich Geld wechseln konnte. Direkt daneben konnte ich mir eine T-Money-Karte kaufen und gedanklich hakte ich diese Dinge bereits von meiner Liste ab.

Die T-Money-Karte nutzte man in Korea für die öffentlichen Verkehrsmittel und man konnte sie ganz einfach mit Geld aufladen und überall einsetzen. In Bus, Bahn, U-Bahn und sogar im Taxi. Sofort dachte ich an komplizierte Ticketautomaten und verwirrende Zonen, wie ich es aus Hampshire kannte.

Meine Karte besaß ein süßes Kakao-Friends-Motiv, das ein riesiges Franchise in Südkorea war. Tatsächlich kannte ich das bereits von diversen Schreibwaren, die ich mir für die Uni gekauft hatte. Die verschiedenen Figuren waren einfach extrem süß und überall zu finden. Auf Notizheften, Stiften, Getränkebechern, Plakaten, sogar auf Uhren oder riesigen Figuren, wie ich jetzt am Flughafen sah.

Voller Euphorie verstaute ich meine Karte und war begeistert, dass wirklich alles klappte. Wenn auch mühsam durch die vorhandene Sprachbarriere.

Ich lud die Karte gleich mit fünfzigtausend südkoreanischen Won auf, was umgerechnet etwa dreißig Pfund waren. Das sollte erst einmal reichen, denn die Verkäuferin erklärte mir, dass eine Fahrt umgerechnet ungefähr zwei Pfund kosten würde. Je nach Ziel natürlich.

Die vielen Nullen, die man beim Pfund für die Umrechnung in Won hinzufügte, waren zwar verwirrend, aber ich würde mich schon daran gewöhnen. Zu meinem Glück konnte ich mir ohne Probleme einen Kaffee und einen

Bagel bestellen, denn im Gegensatz zum Rest des Flughafens war im Café nichts los. Als ich bezahlte, drückte die Bedienung mir kommentarlos einen Pager in die Hand, der mir signalisieren sollte, wann meine Bestellung fertig war, und dann schien ihre Aufmerksamkeit wieder auf ihrem Handy zu liegen, also setzte ich mich zum Warten auf eine Bank vor dem Café.

Da ich von ein paar Minuten Wartezeit ausging, stellte ich meinen Koffer mit meiner Tasche neben mich und holte das Notizheft hervor, um einmal die Liste durchgehen zu können. Ich setzte einen Haken hinter die T-Money-Karte und den Punkt *Geld wechseln* und fühlte mich unheimlich produktiv. Meine Augen wanderten durch die Flughalle, die sich minütlich mit mehr Menschen füllte, als es Platz gab. Die Atmosphäre schien hektisch, angespannt und stressig und sie gab mir ein ungutes Gefühl. Menschenmengen waren einfach nicht meins, ich wollte so schnell es ging nur noch weg von hier.

Der Pager vibrierte, ließ mich voller Vorfreude auf Koffein aufspringen und keine Sekunde später sprintete ich zum Tresen. Als ich nuschelnd ein *gamsahamnida, d*as koreanische Wort für »Danke«, herausbrachte, lächelte die Bedienung mir aufmunternd zu.

»Lass mich raten. KT6-Fan?«, fragte sie interessiert.

»KT ... Was?«

Mein verwirrter Blick reichte aus und sie war so freundlich, mich aufzuklären. Ihr Englisch war gut, aber ich musste mich erst an ihren Akzent gewöhnen.

»Die Band KT6?« Die Fragezeichen in meinem Blick ließen sie lächeln. »Eine Band, die hier ziemlich beliebt ist.«

Bevor sie weiterredete, lehnte sie sich mit ihren Ellenbogen auf den Tresen, wodurch ich ihr Namensschild lesen konnte.

Sie hieß Yi Seo und ihre Haare sahen wie ein Pastell-Regenbogen aus. Ich versuchte die vielen Farben zu zählen, während ich mir vornahm, meine Haare genauso zu färben.

Chris hätte mir das nie erlaubt, dafür liebte er meine blonde Lockenmähne viel zu sehr. Und ich hatte mich nie getraut, ihn darauf anzusprechen, weil ich wusste, wie er zu gefärbten Haaren – vor allem in mehreren Farben – stand. Es hätte einen unnötigen Streit heraufbeschworen.

Mir wurde oft gesagt, ich würde wie eine blonde Version von Merida aussehen. Leider war ich überhaupt nicht wie sie, ganz im Gegenteil. Durch meine zu blasse Haut sah ich eher krank aus und meine blonden langen Haare machten die meiste Zeit, was sie wollten. Doch in Kombination mit meinen blauen Augen verlieh mir mein Aussehen einen unschuldigen Look, wie Chris es immer genannt hatte. Ein Grund mehr, sie jetzt zu färben.

»Der Leadsänger sieht extrem gut aus. Fast etwas zu gut«, schwärmte Yi Seo, ohne meine kurze gedankliche Abschweifung zu bemerken. »Es geht das Gerücht rum, dass er wegen mehrerer Skandale im Ausland ist. Im Exil sozusagen. Aber ich habe eine Schwäche für Bad Boys. Verrats keinem.« Diesen Satz flüsterte sie kaum hörbar, als wäre es Blasphemie, so über diesen Mann zu reden, doch trotzdem war ihr Grinsen so ehrlich, dass es mich ansteckte.

»Vielleicht holt er sich ja einen Kaffee bei mir ab, wenn sie hier vom Flughafen zum nächsten Konzert fliegen«, plapperte sie weiter und unterstrich ihre Worte mit einem Schulterzucken.

»Ein Mädchen darf träumen«, erwiderte ich lachend, als ich meinen Kaffee und den Bagel vom Tresen nahm.

In diesem Moment räusperte sich der Mann hinter mir, der sich, ohne dass ich es bemerkt hatte, hinter mich gestellt haben musste.

Yi Seo schaute ihn genervt an und rollte dann demonstrativ mit den Augen. Erneut bedankte ich mich und machte mich auf dem Weg zurück zur Bank. Während ich einen Schluck meines Kaffees nahm, griff ich instinktiv in meine Tasche, um mein Handy herauszuholen und diese Band zu googeln. Doch mein Griff ging ins Leere. Sofort machte sich eine innere Panik breit, als mir bewusst wurde, dass ich die Tasche auf den Koffer gelegt hatte, um das Notizheft herauszuholen. Da ich gedanklich so auf meinen Kaffee fixiert gewesen war, als der Pager vibrierte, hatte ich sie einfach dort liegen lassen.

Meine Panik verdoppelte sich, als mein Blick zur Bank wanderte und die Tasche nirgendwo zu sehen war.

Sie war weg! Ich bekam eine Gänsehaut, während mein Kopf noch davon überzeugt war, sie wäre einfach runtergefallen und würde dort auf dem Boden liegen. Aber das tat sie nicht.

Wie lange war ich weg gewesen? Weniger als fünf Minuten. Die Bank befand sich direkt vor dem Café. Wer wäre denn so dreist, einfach eine Tasche mitzunehmen? Und wer würde dann den Koffer stehen lassen? Das ergab doch keinen Sinn.

Zusammen mit meinem Koffer lief ich zurück ins Café. Als Yi Seo mich sah, musste sie anhand meines Gesichtsausdrucks schon erahnt haben, dass etwas nicht in Ordnung war.

»Stimmt was mit dem Kaffee nicht?«, fragte sie und zog dabei eine Augenbraue hoch.

Ich schilderte ihr kurz die Situation, doch leider hatte sie nichts mitbekommen. Mitleidig verzog sie das Gesicht und notierte sich meine Mailadresse, falls die Tasche doch abgegeben werden sollte. Anrufen konnte sie mich ja schließlich nicht.

Wenigstens hast du dir noch keine neue SIM-Karte gekauft.

Ein nervöses Kichern kam aus meinem Mund, obwohl mir nach Weinen zumute war. Mit langsamen Schritten verließ ich das Café und konnte nicht anders, als zu lachen. Panik überkam mich und ich fühlte mich plötzlich wie gelähmt.

Wo sollte ich jetzt hin? Mein Geld war weg, und mein Handy und mein Notizheft, mit allen wichtigen Informationen einschließlich der Adresse der Schule, waren ebenfalls verschwunden. Fieberhaft kramte ich einige Sekunden in den Tiefen meines Gedächtnisses, aber mir fiel die Adresse nicht ein.

Die ganze Infrastruktur mit den vielen Nummern war einfach zu verwirrend, als dass ich mir das hätte merken können. Wie lächerlich aufgeschmissen man ohne sein Handy und ohne Geld doch war. Was sollte ich jetzt tun? Ein Gefühl der Machtlosigkeit machte sich in mir breit. Die Panik überkam mich wie eine Welle, die von Sekunde zu Sekunde größer wurde.

Ich musste hier ganz schnell weg. Hektisch drängte ich mich in die entgegengesetzte Richtung der Menschen. Wie von selbst lief ich von einem Ende des Flughafens zum anderen, fuhr mit einer Rolltreppe runter und kam nach gefühlt einer Stunde an dem Teil vom Flughafen an, an dem sich kaum noch jemand befand.

Fieberhaft huschten meine Augen zwischen den Läden und Gängen hin und her, in der Hoffnung, eine ruhige Ecke zu finden. Mein erster Impuls war es, mich in einer Toilettenkabine einzusperren, doch da würden definitiv zu viele Menschen reinkommen und ich wollte vermeiden, dass mich jemand so sah. Die ersten Tränen liefen über meine Wange. Mir fehlte die Kraft, sie zurückzuhalten. Gerade als ich einfach auf den Boden sinken und mich meiner Panik hingeben wollte, sah ich im Augenwinkel, wie ein Mann aus einer Tür kam. Durch den Türspalt sah ich eine große Couch und zu meiner Erleichterung auch, dass der Raum komplett leer war. Selbst von Weitem konnte ich hören, wie der Mann wütend in sein Funkgerät schrie und frustriert den Kopf schüttelte. Plötzlich rannte er los, als wäre ein Notruf eingegangen und er dürfe nicht eine Sekunde verlieren. In meinem Kopf drehte sich alles und wie betäubt lief ich mit schweren Schritten auf die Tür zu, die der Mann einfach offen gelassen hatte. Zögerlich drückte ich sie einen Spalt auf, blickte einmal hastig über meine Schulter und verschwand dann im Raum.

Endlich war ich allein.

Sobald die Tür hinter mir ins Schloss fiel, lief ich wie in Trance zur Couch hinüber und ließ mich in die weichen Polster sinken. Was das wohl für ein Raum war? Neben der Couch befand sich ein riesiger Getränkeautomat, außerdem ein großer Tisch mit vielen Stühlen. Vielleicht ein Raum für Meetings. Nachdem mein Körper realisiert hatte, dass ich hier erst mal ungestört war, verließ mich meine Kraft. Vor lauter Panik und Wut bekam ich keine Luft mehr. Es war ein Gefühl, als würde jemand auf meiner Brust sitzen und so die Sauerstoffaufnahme verhindern. Mein Puls fing so heftig an zu rasen, dass ich das Pochen in meinen Handflächen spüren konnte, und meine Gedanken wirbelten so schnell in meinem Kopf herum, dass ich mich immer weiter hineinsteigerte. Verzweifelt zog ich die Knie an die Brust, wiegte mich wie ein Kind hin und her und schloss die Augen in der Hoffnung, dass ich damit alles ausblenden könnte. Doch es gelang mir nicht. Die Tränen waren nicht mehr aufzuhalten.

3

Ich wusste nicht, wie lange ich in diesem Raum saß.

Mein Zeitgefühl wurde mit meinen Tränen zusammen weggespült, bis ich nichts mehr in mir hatte, außer einem verzweifelten Lachen über die ganze Situation. Als würde mein Körper versuchen, mit diesem Lachen eine Welt zurückzubringen, in der noch alles gut war. Oder als würde mein Lachen meinen Gedankenwirbelsturm wenigstens für eine Sekunde anhalten. Ich erinnerte mich daran, wie ich mich gefühlt hatte, als ich ins Flugzeug stieg.

Mutig, aufgeregt und frei.

Nun fühlte ich das komplette Gegenteil.

»Es tut mir so leid«, murmelte ich der früheren Version meiner selbst zu, die so große Hoffnungen in diesen Plan gesetzt hatte.

Das Geräusch der Tür ließ mich aufhorchen und zerbrach meine kleine traurige Welt. Mit jemandem zu sprechen war das Letzte, was ich wollte, und gleichzeitig hatte ich Angst, dass der Mann im Anzug zurückgekehrt war und ich jetzt rausgeschmissen wurde. Schniefend versuchte ich mich etwas zu beruhigen.

Doch als ich aufsah, war es nicht der Mann im Anzug, sondern jemand anderes. Ein etwas größerer Mann mit wesentlich dichterem Haar. Er schien mich nicht zu bemerken, da er mit dem Rücken zu mir mitten in der Tür stand und sich unterhielt. Sein Blick war auf den Mann gerichtet, der ihm gegenüberstand und ihn nun einige Zentimeter weiter in den Raum schubste. Leider versperrte mir sein breiter Rücken die Sicht, doch vielleicht war das auch besser, denn so konnte mich sein Gegenüber wenigstens ebenfalls nicht sehen. Ich drückte mich noch weiter in die Kissen, in der Hoffnung, sie würden die Tür einfach wieder schließen und mich allein lassen.

Es klang nach einem Streit, auch wenn ich sie nicht verstand, weil sie sich auf Koreanisch unterhielten. Auf jeden Fall schienen beide wegen irgendwas aufgebracht zu sein. Keine Sekunde später machte Mister-breiter-Rücken einen Schritt zurück und schon fiel die Tür ins Schloss. Fieberhaft überlegte ich, was ich tun sollte. Ohne sich mir zuzuwenden lief er zum Spiegel links neben der Tür und fuhr sich durch sein rabenschwarzes, etwas chaotisches Haar. An seinen Fingern konnte ich viele funkelnde Ringe ausmachen. Ein genervtes Seufzen verließ seine Lippen, als er sich über die Augen rieb und leise vor sich hinmurmelte. Der tiefe Ton seiner Stimme bereitete mir eine Gänsehaut. Als er die Augen wieder öffnete, löste er den Blick von seinem Spiegelbild, drehte sich in meine Richtung und erstarrte wie ein Reh im Autoscheinwerferlicht. Dabei riss er seine Augen so weit auf, dass ich selbst aus der Entfernung sah, wie tiefbraun sie waren.

Kurz blickten wir uns an und keiner sagte ein Wort. Da ich seinem erstarrten, durchbohrenden Blick nicht standhielt, wanderten meine Augen an ihm vorbei zu meinem Spiegelbild direkt hinter ihm und erst jetzt wurde mir bewusst, wie verheult ich aussah. Meine Augen waren so rot, als hätte ich Jahre nicht geschlafen.

Meine Wimperntusche war völlig zerlaufen und die Tränen hatten eine leichte Spur von schwarzer Farbe auf meinen Wangen hinterlassen. Kein Wunder, dass er so erschrocken wirkte.

Wahrscheinlich hatte er nicht damit gerechnet, ein verweintes Mädchen vorfinden, das eigentlich gar nicht hätte da sein sollen. Unsicher wanderte mein Blick zurück zu ihm. Im Kontrast zu mir sah er wie ein Supermodel aus. Schwarze gelockte Haare, die wuschelig und gleichzeitig perfekt gestylt aussahen, und mandelförmige braune Augen, die mich eindringlich anblickten und selbst im erschrockenen Zustand Wärme ausstrahlten. Lange, dichte Wimpern. Ein weißes Hemd, das beinahe zu leuchten schien, und eine schwarze Hose, die genau richtig saß – während ich Leggings, einen zu großen Kapuzenpulli und eine Cap trug, die schon total von der Sonne ausgeblichen war. Meine blonden Haare waren zerzaust, weil ich die Cap so oft ab- und wieder aufgesetzt hatte. Innerhalb von Sekunden registrierte ich, dass dieser Mann einfach wunderschön aussah.

Gerade als ich mich für meine Anwesenheit entschuldigen wollte, kam er zwei Schritte auf mich zu und begann lautstark auf mich einzureden. Nur, dass ich nicht verstand, was er sagte. Schließlich konnte ich kein Koreanisch. Dabei gestikulierte er wild mit den Händen herum, zeigte mit dem Finger auf sich und schlug dann beide Hände über dem Kopf zusammen. Seine Worte wurden immer schneller, als würde er sich mit jeder Sekunde mehr in Rage reden. Wie konnte jemand so schnell sprechen? Holte er überhaupt Luft?

Etwas überfordert huschten meine Augen von seinen breiten Händen zu seinem Gesicht, das einen wütenden Ausdruck angenommen hatte. Eine Ader an seinem Hals trat hervor, als er schließlich vorwurfsvoll auf mich zeigte.

»Stopp! Ich versteh kein Wort. Hör auf, mich anzuschreien!«, schrie ich zurück.

Nicht förderlich für die Gesamtsituation, aber egal. Perplex hielt er inne und musterte mich mit großen Augen. Meine Stimme klang vom Weinen und Schluchzen etwas heiser, was die Worte aggressiver klingen ließ. Bei meinem Versuch, ihn böse anzuschauen, hob er nur entschuldigend die Hände und entfernte sich wieder einen Schritt von mir. Dabei fiel mein Blick auf seine Uhr, die schon von Weitem teuer aussah und nun an seinem Handgelenk herunterrutschte.

»Was machst du hier?«, fragte er im perfekten Englisch mit eindringlichem Blick. Gerade als ich antworten wollte, klingelte sein Handy und rettete mich vor einer Entschuldigung. Drei Sekunden vergingen, in denen er mich musterte, bevor er es aus der Hosentasche holte und ranging.

Plötzlich war seine Stimme viel freundlicher als zuvor, doch sein Gesicht zeigte, dass er die Freundlichkeit nur vortäuschte. Genervt kniff er die Augen zusammen und seine Worte klangen so melodisch, dass ich einmal schwer schluckte. Dabei ließ er mich nicht eine Sekunde aus den Augen, als hätte er Angst, ich würde ihn überfallen, sobald er mir den Rücken zuwandte.

Dieses Starren bezweckte allerdings, dass ich verlegen auf meine Füße schaute. Wie kam ich aus dieser Situation raus?

In dem Augenblick, in dem ich aufstand und langsam Richtung Tür lief, hob er einen Finger und beendete den Anruf. Sein Kopf neigte sich etwas zur Seite, während er mich erwartungsvoll anschaute. Sofort wurde ich knallrot.

»Entschuldige, ich … ähm …«, begann ich, als mein Verstand wieder einsetzte. Aber mir fiel keine passende Ausrede ein, weswegen ich hier war. »Ein Mann im Anzug hat mich reingelassen.« Gedanklich schlug ich mir bereits mit der Hand auf die Stirn. Möglicherweise hatte das viele Weinen mir ein paar Gehirnzellen genommen und ich kam mir unheimlich blöd vor. Sein tiefes, raues Lachen bestätigte meine Annahme.

»Ach, ist das so?« Fragend schüttelte er den Kopf und verschränkte die Arme vor der Brust, als wüsste er genau, dass ich log. Links und rechts neben seinen Mundwinkeln zeichneten sich tiefe Grübchen ab, als er zu lächeln begann. Seine genervte Miene war wie weggewischt, stattdessen schien ihn die Situation jetzt zu amüsieren.

»Ja«, gab ich knapp zurück und versuchte, möglichst überzeugend zu klingen.

»Was machst du hier?«, wiederholte er seine Frage und kam zwei Schritte auf mich zu. Sein ganzes Auftreten schüchterte mich ein, und zwar nicht nur, weil er zwei Köpfe größer war. Es war seine Ausstrahlung. Die Muskeln, die sich unter seinem Hemd abzeichneten. Die Art, wie er mich ansah. Als würde er jede Lüge erkennen und mich mit diesem Blick durchbohren wollen. In Kombination mit dem verhaltenen Lächeln und den Grübchen strahlte er die perfekte Mischung aus Freundlichkeit und Selbstbewusstsein aus.

»Was machst *du* denn hier?«, erwiderte ich und hob eine Augenbraue, als er nur noch wenige Zentimeter von mir entfernt war.

»Oh, tut mir leid. Ich wusste nicht, dass ich eine Einladung brauche.«

Der Sarkasmus in seiner Stimme war nicht zu überhören. Verlegen rührte ich mich nicht von der Stelle und suchte nach Worten.

»Okay, pass auf. Ich müsste noch kurz warten, bis … Ich müsste einfach noch ein wenig hierbleiben. Natürlich nur, falls es dir nichts ausmacht …«, fügte er mit einem leichten Lächeln hinzu, das absolut falsch und gespielt aussah. Dann ließ er sich auf die Couch fallen und tippte erneut wahnsinnig schnell auf seinem Handy herum. Dabei huschte sein Blick immer wieder zu mir herüber.

»Eigentlich war ich zuerst hier«, murmelte ich und verschränkte die Arme. Erneut lachte er laut auf und nahm meinen Worten damit jede Ernsthaftigkeit. Ich sah zu ihm herüber und bildete mir ein, ein amüsiertes Funkeln in seinem Blick zu erkennen. Seine Augenfarbe ließ sich schwer definieren. Braun. Aber ein warmes Braun. Mit goldenen Tupfern. Direkt neben seinem linken Auge erkannte ich ein winziges Muttermal.

»Stimmt. Aber ich habe kein Problem damit, diesen Raum mit dir zu teilen«, erwiderte er jetzt und seine Lippen verzogen sich in Sekundenschnelle zu einem Grinsen, als wüsste er, dass ich nicht gehen würde.

Während er sich zurücklehnte, spannte das Hemd über seiner Brust. Schnell wendete ich den Blick ab. Okay, ich würde es schon mit ihm aushalten. Wenigstens noch eine Weile. Es gab Schlimmeres, als mit einem gut aussehenden Typen zusammen auf dem Sofa zu sitzen. Eine willkommene Ablenkung. Wahrscheinlich war es besser, sich auf ihn zu fokussieren, als erneut in Panik zu verfallen.

Ein Signalton kündigte eine eingehende Nachricht auf seinem Handy an, die ihm zu missfallen schien. Jedenfalls verspannte er sich etwas und sein amüsiertes Grinsen wich einem ernsten Ausdruck.

»Vielleicht muss ich doch etwas länger bleiben als geplant«, sagte er mit einem Seufzen, als er das Handy wieder in die Hosentasche steckte und die Lippen zu einer schmalen Linie verzog.

»Wieso?«

»Sie riegeln den Flughafen ab.«

»Was?«

»Na ja, wegen ...«, er brach ab. Ruckartig hob er den Kopf und sah mich fragend an, doch ich blieb stumm. Die Verwirrung war deutlich in seinem Gesicht zu sehen.

»Ich müsste mich also hier verstecken«, sagte er nach einer kurzen Pause, ohne weiter darauf einzugehen.

»Wovor versteckst du dich denn?« Nicht, dass es mich etwas anging. Aber ich wusste nicht, was ich sonst sagen sollte.

Statt sofort zu antworten, räusperte er sich kurz. Sein Blick wurde etwas weicher, doch seine braunen Augen blickten beinahe durch mich hindurch, als suchte er in meinem Gesicht nach Antworten. Irritiert kniff er die Augen zusammen.

»Vor der Welt.«

Er verschränkte die Arme und es sah so aus, als hätte er nicht die Absicht, diese Antwort genauer zu erläutern. Einige etwas zu schnelle Herzschläge lang schwieg er. »Und du?«

»Vor der Welt«, wiederholte ich seine Worte.

Nickend sah er zu Boden. Keine Ahnung, ob er das Zittern in meiner Stimme bemerkte.

Vor der Welt, vor meinem Exfreund, vor meinen Gedanken. Sofort bildeten sich Tränen in meinen Augen und ich drehte mich weg, als würde das verhindern, dass er es bemerkte.

»Alles okay bei dir?« Seine Worte hallten in meinem Kopf nach.

Auf meinem Gesicht bildete sich das bereits vertraute und falsche Lächeln, wie eine automatische Reaktion auf diese Frage, und ich drehte mich wieder in seine Richtung.

»Mir geht's gut.« Die Worte kamen mir zwar schwer über die Lippen, aber es gelang mir dennoch.

Jahrelanges Üben. Einatmen, ausatmen. Tausend verzweifelte Möglichkeiten rasten durch meinen Kopf, wie es nun weitergehen könnte.

»Kann ich dir irgendwie helfen?«, fragte er mit besorgter Stimme.

»Wolltest du mich nicht gerade noch rausschmeißen?« Meine Unterlippe begann zu zittern, als ich die Frage aussprach.

»Ich war wohl etwas schroff.« Er stützte die Arme auf seinen Knien ab und beugte sich leicht in meine Richtung. »Es tut mir leid. Das ganze Drama da draußen, die vielen Menschen ... Ich wollte einfach kurz meine Ruhe.«

Wenn ich etwas verstand, dann das. Schließlich ging es mir genauso. Kurz musterte er mich, dann stand er auf, lief zum Regal an der Wand und hielt mir eine Packung Taschentücher hin. Ohne ein Wort nahm ich sie entgegen und er sank auf die Couch zurück. »Kann ich dir irgendwie helfen?«, wiederholte er seine Frage.

»Sehe ich etwa so aus, als würde ich Hilfe brauchen?«

»Ganz ehrlich?«

»Nur zu«, erwiderte ich.

»Vielleicht siehst du ein wenig so aus, als wäre nicht alles in Ordnung. Nur ein ganz kleines bisschen.«

Er hob Daumen und Zeigefinger und zeigte eine Lücke, die so klein war, dass sie beinahe nicht zu sehen war. Ich starrte eine kleine Ewigkeit auf seine Finger. Pianisten-Hände war das erste Wort, das mir dabei in den Sinn kam.

»Du wirkst traurig. Und das sag ich nicht nur, weil du verheult aussiehst.«

»Wie charmant.«

»Bin ich immer.« Das Grinsen erreichte seine Augen nicht, die voller Ernsthaftigkeit an mir zu kleben schienen.

Ich blinzelte. Einmal, zweimal, dreimal. Meine Fingerspitzen begannen zu kribbeln. Ein Zeichen, dass ich gleich erneut Panik bekommen würde.

»Vielleicht bleib ich noch eine Weile hier«, krächzte ich.

Immerhin konnte ich so meine Gedanken auf ihn projizieren, bis ich mich etwas beruhigt hatte. Vielleicht hielt mich meine Selbstachtung davon ab, vor Fremden zusammenzubrechen. Langsam wischte ich die Tränen aus meinem Gesicht und putzte mir die Nase. Wahrscheinlich sah es nicht unbedingt ästhetisch aus, aber das spielte in diesem Moment keine Rolle.

»Verrätst du mir auch deinen Namen, wenn du schon so gütig bist, dein Versteck mit mir zu teilen?«

Automatisch huschten meine Augen zu ihm, musterten ihn eine Sekunde zu lang. Das schwarze Haar, das sich in alle Richtungen lockte, etwas zu lang schien und ihm leicht im Gesicht hing. Seine Haut war blass, aber makellos. Seine Züge wurden weicher, als er mich ansah, und dabei fielen mir seine kantigen Wangenknochen auf. Die Linien waren so scharf und klar, wie ich es noch nie bei jemandem gesehen hatte. Sein Mund zuckte leicht, bevor er mich anlächelte und mein Herz damit zum Stolpern brachte.

»Aria. Ich heiße Aria. Und du?« Einen Moment war es still.

Irritiert von meinen Worten blickte er mich an, während er das Gesicht verzog. Vielleicht hatte ich undeutlich gesprochen.

»Wie heißt du?«, wiederholte ich meine Frage mit etwas Nachdruck, als er mir nicht antwortete.

Dieses Schweigen verunsicherte mich.

»Ich heiße Min-ho«, gab er zurück und in seinen Augen sah ich lauter Fragezeichen, als wäre er sich nicht ganz sicher.

»Min-ho, Min-ho, Min-ho«, flüsterte ich daraufhin leise.

Seine Miene hellte sich ein wenig auf.

Konnte ich mich bitte einfach in Luft auflösen? Wer dort oben hatte es auf mich abgesehen, dass mein erster Tag hier so ablief? Warum verhielt ich mich so?

»Okay, ich sollte einfach aufhören zu reden«, sagte ich leicht zittrig und blickte nervös auf meine Hände.

»Es fing doch gerade an, interessant zu werden.«

In seinem Gesicht zeichnete sich ein süffisantes Lächeln ab.

»Sorry, ich ... also ich muss das immer so machen, sonst habe ich deinen Namen sofort wieder vergessen, sobald du ihn ausgesprochen hast«, versuchte ich mich vergeblich aus dieser Situation zu retten.

»Und das wäre natürlich eine Schande.«

Daraufhin wiederholte er meinen Namen dreimal, so wie ich es getan hatte. Ein Lächeln ließ sich dabei nicht verhindern, als ich gebannt auf seine vollen Lippen sah.

Aria, Aria, Aria.

Noch nie hatte mein Name so schön geklungen.

Mein Herz machte einen kleinen Satz. Sich ablenken konnte mein Kopf wohl ganz gut. Auf einmal kam ich mir überhitzt vor. Als wäre die Kälte der Panik verschwunden und hätte nichts als brennende Haut hinterlassen.

Reiß dich zusammen, Aria.

In meinem Kopf suchte ich bereits nach den passenden Worten, aber ich hatte keine Ahnung, was ich darauf erwidern sollte. Glücklicherweise war Min-ho besser im Smalltalk als ich.

»Kommst du an oder bist du auf dem Weg?«, wollte er wissen.

»Wie bitte?«

»Bist du grad auf dem Weg, aus dem Land zu flüchten? Oder kommst du gerade hier an?«

Ich atmete einmal tief ein und dann wieder aus, bevor ich antwortete und ihm die Kurzfassung meiner Ankunft berichtete. Dabei ließ ich meine Beweggründe, nach Korea zu gehen, aus und vermied den Blickkontakt, um das Mitleid nicht sehen zu müssen.

»Jenjang«, brachte er nach einer Weile hervor. Es klang wie ein Fluchen, so wie er die Worte hervorpresste.

»Das ist wohl Karma oder so«, erwiderte ich mit einem leichten Schulterzucken. »Und du? Kommst du oder gehst du?«

»Oh, ich wünschte, ich könnte gehen. Aber ich werde wohl leider erst einmal hierbleiben müssen. Nichts ist so schön wie die Heimat«, antwortete er in einem so sarkastischen Ton, dass ich mich sofort fragte, was die Hintergründe dafür waren.

»Du kommst also von hier?« Wow. Captain Obvious war am Start.

»In Korea geboren und aufgewachsen. Woher kommst du?«

»England. Hampshire, um genau zu sein.«

Die Gedanken an meine Heimatstadt ließen mich leicht zusammenzucken.

Min-ho schien über etwas nachzudenken und setzte mehrmals zu einer Antwort an, zögerte jedoch.

»Hey, ich hätte da einen Vorschlag«, begann er dann schließlich und seine Stimme drang nur langsam zu mir durch.

»Hm?«, irritiert hob ich den Kopf und blickte ihn an.

»Ich fahre dich zur Polizei und dann kannst du von dort das mit der gestohlenen Tasche regeln.«

»Echt? Du kennst mich doch gar nicht.« Meine Worte klangen etwas zickiger, als ich sie meinte, doch sein Angebot irritierte mich. Gab es keine Polizei hier am Flughafen? Es ließ sich sicherlich jemand auftreiben, der mir weiterhelfen würde. Vielleicht sollte ich mich zunächst danach umsehen. Jedoch war es schon recht spät. Wie hoch war die Wahrscheinlichkeit, dass ich mich stundenlang nach ihnen umsehen müsste und sie mich am Ende doch ans

Hauptrevier verweisen würden? Das Gedankenchaos in meinem Kopf versuchte schnellstmöglich eine Pro- und Contraliste zu erstellen.

Ich kam nicht drum herum, an Min-hos Absichten zu zweifeln. Regel Nummer eins jeder True-Crime-Doku: Gehe nie mit einem Fremden mit, egal wie gut er aussieht und auch wenn er dir Hilfe anbietet.

»Möglicherweise könntest du mir auch helfen, Aria.«

Da hatten wir es. Min-ho richtete den Blick wieder auf die Wand gegenüber, als könnte er mich dabei plötzlich nicht mehr anschauen, was seine nächsten Worte noch verdächtiger klingen ließ. »Ich fahre dich zur Polizei, aber ich muss unbemerkt aus diesem Flughafen raus.« Der lockere Ton in seiner Stimme ließ seine Worte fast wie eine normale Bitte klingen. Bevor ich fragen konnte, was er genau damit bezweckte, streckte er mir seine Hand entgegen. »Deal?«

In meinem Kopf hörte ich bereits die Polizeisirene. Sah die Polizisten, die kamen, um ihn zu suchen, oder die Männer, denen er Geld schuldete. Was auch immer es war, irgendetwas hatte dieser Mann zu verbergen. Seine lockere Art zu sprechen und seine plötzliche Angespanntheit passten nicht zusammen. Als würde er insgeheim etwas anderes sagen wollen. Oder als würde ihn etwas anderes beschäftigen.

Ein Blick in seine Augen verriet mir, dass er es ernst meinte und die Hand hing für einige Sekunden in der Luft, bis ich seinen Blick skeptisch erwiderte.

»Vorher hätte ich noch ein paar Fragen«, unterbrach ich mit zweifelnder Stimme.

»Dann schieß mal los.« Theatralisch seufzte er einmal und ließ sich nur wenige Zentimeter von mir entfernt auf die Couch sinken. Viel näher als zuvor. Sofort nahm ich seinen Geruch wahr. Herb, maskulin und mit einer holzigen Note. Mit einem kurzen Räuspern drehte ich mich zu ihm, wo sein Blick schon auf mich wartete.

»Mache ich mich damit strafbar? Also … wenn ich dir zur Flucht verhelfe, meine ich?« Ich bemühte mich um einen witzigen Unterton in der Stimme, obwohl es mir todernst war.

»Nein. Und ich werde nicht von der Polizei gesucht, falls du das denkst«, antwortete er mit einer viel ernsteren Miene, als ich erwartet hätte. Dann kreuzte er den Mittel- und Zeigefinger und hielt sie sich vor die rechte Brust.

»Ehrenwort.«

»Okay. Kommt dann jetzt gleich die Frage, ob ich was in meinem Koffer rausschmuggeln kann?«

»Keine Sorge. Ich will nur unbemerkt hier raus und habe keine Lust mehr zu warten.«

Die Art, wie er mir nicht lange in die Augen schauen konnte, obwohl er mich gerade praktisch noch niedergestarrt hatte, verunsicherte mich.

»Auf wen wartest du denn?«

»Es sollte mich jemand abholen. Aber ehrlich gesagt will ich einfach nur in mein Auto steigen und hier weg.«

Plötzlich wirkte er nervös. Was meine Zweifel nur noch bestärkte. Innerhalb weniger Sekunden fuhr er sich mit der Hand immer wieder durch die Haare, nur damit sie am Ende noch perfekter aussahen als vorher. Sobald ich nervös wurde, spielte ich auch mit meinen Haaren oder zappelte herum. Was verheimlichte er?

»Und dein Auto steht hier am Flughafen?«

»Du bist eine Skeptikerin, oder?«

»Nein. Ich bin nur vorsichtig. Wieso willst du nicht warten?«

Sein Blick traf mich unvermittelt. »Ich möchte gerne in mein Apartment. Wenn ich warte, bis ... Wie hast du ihn genannt? Der Mann im Anzug?« Ich nickte. »Wenn ich warte, bis er zurück ist, dann werde ich nicht so schnell nach Hause können.«

»Wanderst du dann ins Gefängnis?« Kurz lachte ich auf, weil es so absurd klang, doch er blieb ernst und mein Lachen verstummte.

»Nicht im wörtlichen Sinne, nein. Aber es wirkt für mich wie eins.« Drei lange Herzschläge sagte keiner von uns etwas.

»Also, Aria. Haben wir einen Deal?«

Auf keinen Fall, dachte ich.

Aber was ich stattdessen sagte, war: »Deal.«

Offenbar hatte der Teil meines Gehirns, der ihm zu vertrauen schien, die Kontrolle übernommen, bevor meine Zweifel es zuließen. Vielleicht floh er nur vor seinen Eltern? Oder einem nervigen Onkel? Es war sicherlich nicht so schlimm, wie meine Gedanken mich glauben lassen wollten. Erneut hielt er mir seine Hand hin.

Die vielen Ringe an seinen Fingern waren unterschiedlich groß. Einige mit Steinen versehen, einige ganz schlicht. Sieben Ringe zählte ich. Sieben war meine Lieblingszahl. Eine magische Glückszahl.

Ich seufzte einmal laut. Eine andere Wahl hatte ich sowieso nicht. Schlimmer konnte es ja eigentlich eh nicht werden. Nervös wischte ich meine verschwitzten Handflächen an den Leggings ab.

»Okay«, erwiderte ich knapp, während ich seine Hand nahm.

Als er mich hochzog, fiel ich beinahe gegen ihn und konnte mich gerade noch rechtzeitig wieder fangen. Statt meine Hand loszulassen, drückte er sie kurz. Auf meinen fragenden Blick räusperte er sich nur und straffte die Schultern.

»So. Nun hören wir mit dem Selbstmitleid auf. Gib mir mal deine Mütze.«

Bevor ich mich versah, nahm er mir die Cap ab und setzte sie auf. Sein Kopf war viel zu groß, oder die Mütze einfach viel zu klein. Auf jeden Fall sah es lächerlich aus.

Falls er meinen verwirrten Blick sah, reagierte er nicht darauf. Stattdessen drehte er sich einmal um und nickte seinem Spiegelbild zufrieden zu, während er eine Sonnenbrille aus der Jackentasche holte und sie aufsetzte. Überhaupt nicht verdächtig. Nein, alles ganz normal.

»Also, noch mal zum Verständnis. Wie ...«, fing ich an.

»Uns darf keiner sehen. Wir müssen unauffällig sein, okay?«, unterbrach er mich sofort und seine Stimmte klang auf einmal ein bisschen zu aufgeregt für meinen Geschmack.

»Schau mal draußen nach, ob alles ruhig ist«, sagte er.

In der nächsten Sekunde tippte er auch schon auf seinem Handy herum, und als er meinen fragenden Blick bemerkte, nickte er in Richtung Tür.

Na gut, alles ist besser, als hierzubleiben.

Min-ho erschien mir wie eine schnelle Lösung für meine Probleme. Aus irgendeinem Grund, der keiner Logik folgte, vertraute ich ihm. Also würde ich mitspielen, auch wenn es vielleicht übertrieben war. Wenigstens würde ich so zur Polizei kommen und vielleicht konnten mir die Beamten ja weiterhelfen. Den Gedanken, wie ich in einem Kofferraum in Korea verschleppt wurde, verdrängte ich.

Langsam öffnete ich die Tür einen Spaltbreit und schaute nach draußen. Erstaunt stellte ich fest, dass kaum jemand dort war. Da fiel mir wieder ein, dass Min-ho meinte, sie würden den Flughafen absperren.

»Alles ruhig. Keiner hier«, rief ich Min-ho zu, der plötzlich viel zu dicht hinter mir stand. Sein Kopf war nur wenige Zentimeter von meinem entfernt, während er ebenfalls durch den Türspalt schaute. Falls er sich hinter mir verstecken wollte, funktionierte sein Plan aber außerordentlich schlecht. Schließlich war er nicht nur wesentlich größer, sondern auch doppelt so breit …

»Dann lass uns mal los. Mein Wagen steht bei Eingang D.«

Eine Gänsehaut bildete sich an meinem Körper, als er eine Hand an meine Taille legte und mich sanft zur Seite schob. Nur um sich dann doch viel zu nah an mir vorbeizuquetschen. So nah, dass seine Brust meinen Rücken streifte.

In einer fließenden Bewegung zog er mich mit sich und zusammen verließen wir unseren Rückzugsort. Mit schnellen Schritten gelangten wir zur Eingangstür und standen plötzlich in einer Menschenmenge, die sich statt im Inneren des Flughafens jetzt direkt davor befand.

Neben mir hörte ich Min-ho leise fluchen, während er mich näher an sich zog. Von seiner plötzlichen Berührung war ich so verwirrt, dass ich nicht wusste, wie ich reagieren sollte. Und wie immer, wenn es mir so ging, machte ich einfach gar nichts und war überfordert.

Mit einer Hand griff Min-ho die Mütze, zog sie nach unten und behielt seine Hand dort, wodurch sein Gesicht quasi nicht mehr zu sehen war. Mein Blick wanderte von ihm zu der Menschenmenge, die mich sofort nervöser machte. Ich hielt Ausschau nach einem Auto und sah rechts vom Gate-Eingang die Parkplätze.

Schnell zupfte ich an Min-hos Ärmel und nickte in diese Richtung, als wir auch schon darauf zugingen. Ein Mädchen schaute zu uns rüber und während sie mein Auftreten völlig kaltließ, brachte Min-hos Anwesenheit sie zum Kichern. Verübeln konnte ich es ihr nicht, schließlich sah er unverhältnismäßig gut aus. Belustigt stieß ich ihn an, woraufhin er automatisch hochblickte.

»Ssibal«, flüsterte er mit gepresster Stimme. Wieder so ein Ausdruck, der wie ein Fluchen klang. Das Mädchen flüsterte fragend seinen Namen. Kurz huschten Min-hos Augen über die Menge hinweg, ehe er sich versteifte.

»Aria?« In seinem Gesicht erschien Panik. Noch bevor ich antworten konnte, fügte er nur ein weiteres Wort hinzu.

»Lauf!«

Eine Sekunde später nahm er mir den Koffer ab und riss mich mit sich. Bevor ich realisierte, was hier gerade passierte, rannten wir in Richtung Parkplatz.

»Schnell, schnell, schnell!«, hetzte Min-ho mich weiter.

Ich drehte den Kopf, um hinter uns zu blicken, und sah, dass die Mädchen uns sehr verwirrt hinterherschauten. Kein Wunder bei dieser Aktion.

Neben den Autos standen weitere Männer in schwarzen Anzügen, die aussahen, als würden sie für *Men in Black* vorsprechen wollen. Beinahe erwartete ich ein helles Licht, das mich alles vergessen ließ. Tatsächlich hätte ich das sogar sehr begrüßt, aber stattdessen öffneten sie nur eine Autotür. Die Männer hielten Min-ho am Ellbogen fest, als er ohne ein Wort einsteigen wollte. Sofort begann eine hitzige Diskussion, das konnte ich auch ohne Sprachkenntnisse verstehen. Ein paar Sekunden später reichte einer der Männer Min-ho den Autoschlüssel, es wirkte jedoch sehr zögerlich. Der gleiche Mann warf mir nun einen schnellen Blick zu, der ausreichte, um mir zu zeigen, dass er mir nicht traute. Danke dafür. Schließlich war ich nicht diejenige, die auf mysteriös machte. Wie selbstverständlich schmiss Min-ho meinen Koffer auf die Rückbank des Wagens und unterbrach das Starren zwischen dem Mann und mir. Mein Gesicht verzog sich etwas bei dieser lieblosen Geste, als ich an die Bücher im Koffer dachte und hoffte, dass sie diese Reise genauso überstehen würden, wie ich es hoffentlich tat.

Was tue ich hier eigentlich? Was soll das alles?

Bevor ich zu einer Antwort kam, hörte ich wie Min-ho mir hektisch zurief, dass ich einsteigen sollte. Mein Blick wanderte vom Auto zu den Männern und dann zu Min-ho, der auf dem Fahrersitz Platz genommen hatte.

»Na los«, rief Min-ho erneut und beugte sich über den Sitz, um die Beifahrertür zu öffnen.

Eine Sekunde später fuhren wir viel zu schnell und mit quietschenden Reifen davon.

4

Nachdem ein paar Minuten vergangen waren, wurde mir bewusst, was hier gerade geschah. Das Auto sah so teuer und futuristisch aus, dass ich am liebsten nichts berühren wollte. Es roch nach Neuwagen und Geld. Keine Staubschicht auf dem Armaturenbrett, keine aufleuchtenden Symbole oder komischen Geräusche beim Bremsen. Nicht so wie die Autos, die ich sonst gewohnt war.

Wie eine verkrampfte Statue saß ich auf dem Beifahrersitz, während Min-ho uns problemlos vom Flughafen durch die Stadt fuhr. Wir fuhren so schnell, als würde er gerade die letzte Runde bei Mario Kart antreten und müsste jetzt aufholen, um nicht Letzter zu werden.

Ich versuchte die ganzen Eindrücke zu verarbeiten, schaute aus dem Fenster und der Anblick der Stadt verzauberte mich sofort. Die Sonne ging gerade unter und färbte den Himmel in Rosatönen. Zwischen den Hochhäusern, die komplett verglast und so ungewohnt modern aussahen, erspähte ich Kirschblütenbäume. Menschen, die fast ausnahmslos Masken trugen, rannten zwischen den vielen kleinen Ständen mit Streetfood, Klamotten oder Schmuck hin und her.

So viele Menschen, dachte ich. *So viele Menschen in dieser einen Straße wie in meiner Heimat insgesamt.* Jedenfalls fühlte es sich so an. Bei uns gab es Einfamilienhäuser, kleine Geschäfte und grundsätzlich wusste jeder über jeden Bescheid. Typisch Vorort. Vor meinem Flug dachte ich, dass mich die Schnelligkeit der Stadt einschüchtern würde. Aber bereits dieser Anblick war überraschend beruhigend, sodass ich mich trotz des ganzen Dramas plötzlich so fühlte, als wäre ich in einem meiner liebsten Animes gelandet. Und kaum hatte ich das gedacht, brach der Himmel auf und der Regen prasselte auf uns herab.

»Na super«, stöhnte Min-ho neben mir und beugte sich etwas über das Lenkrad, um in den Himmel hinaufzuschauen.

Die Scheibenwischer liefen auf Hochtouren und statt der unangenehmen Stille füllte sich der Wagen mit dem angenehmen Geräusch des Regens. Ich atmete einmal tief ein und lehnte meine Stirn gegen das kühle Glas der Fensterscheibe.

Es würde schon alles gut werden. Das war mein neues Mantra seit der Landung geworden und vielleicht klammerte ich mich etwas zu obsessiv daran.

Min-ho trat heftig auf die Bremse und holte mich aus meinen Gedanken zurück in die Realität.

»Sorry«, sagte er mit einem Grinsen im Gesicht.

Die Belustigung in seiner Stimme ließ mich erahnen, dass es ihm absolut nicht leidtat, dass mir gerade durch den Sicherheitsgurt die Luft weggeblieben war.

Die kilometerlange Brücke, die wir vom Flughafen in Incheon hinter uns ließen, schien nie zu enden und die Skyline Seouls, die in der Ferne zu sehen war, wirkte so, als hätte man einen Instagramfilter drübergelegt.

»Hey ...«, begann ich mit unsicherer Stimme. »Wer waren denn die Men in Black vorhin?«

Die Ampel sprang auf Grün und wir fuhren weiter. Min-ho legte die Stirn in Falten und schaute konzentriert auf die Straße.

»Ach, nur so ein Service vom Flughafen«, erwiderte er und zuckte dabei mit den Achseln. »Sie fahren deinen Wagen vor, wenn du ihn dort parkst. Keine große Sache.« Dabei wedelte er demonstrativ mit der rechten Hand hin und her, als würde er eine Fliege verscheuchen wollen.

Und warum musstest du ihnen die Autoschlüssel quasi aus der Hand reißen, wenn es ein Service war?

»Also ...«, fing ich erneut an und zog das Wort unnötig in die Länge, »ist das wirklich dein Auto?«

»Nein, ich habe es gestohlen«, sagte er mit einem Hauch von Sarkasmus, aber ganz so sicher war ich mir da doch nicht.

Bei dieser Aussage schenkte er mir einen kurzen Blick und grinste. »Aber verrate es keinem«, fügte er hinzu und legte dabei einen Finger auf die Lippen.

Ich begann, ihn noch mal zu betrachten. Seine Statur war schlank, aber ich sah durch das Hemd, wie sich sein Bizeps immer wieder anspannte. Min-ho war muskulös und das eng anliegende Hemd betonte das, als wäre das seine einzige Funktion. Außerdem erkannte ich eine kleine Narbe an seiner Schläfe. Kleine Grübchen zeigten sich bei jedem Grinsen oder Lächeln deutlich an den Enden seiner Mundwinkel. Zusätzlich zu den Ringen an seinen Fingern zierten mehrere Piercings seine Ohren. Ich wusste nicht warum, aber irgendwie machte ihn das sympathischer. Und attraktiver.

Möglich, dass ich ihn etwas zu lange anstarrte, bevor ich den Blick wieder nach vorne richtete. Im Augenwinkel konnte ich sehen, wie er süffisant lächelte.

»Der Mann im Anzug. Wer ist das noch mal genau?«, bemühte ich mich um einen neutralen Ton.

»Ein Freund der Familie, der mich im Auge behalten sollte.« Mehr sagte er nicht und kniff die Augen konzentriert zusammen. Erneut fragte ich mich, was er vor mir verbarg und ob es wirklich klug gewesen war, zu ihm ins Auto zu steigen. Die teure Uhr, das Auto und die Men in Black … Jetzt noch seine kurze, knappe Art, zu antworten und meinen Fragen auszuweichen.

»Wieso soll er dich im Auge behalten?«

»Wieso bist du in Seoul?«

Dabei zog er eine Augenbraue in die Höhe und schien meinen Fragen mit Gegenfragen entkommen zu wollen, doch ich ging nicht darauf ein.

»Was hast du gemacht?«, fragte ich weiter und sah ihn herausfordernd an.

Allerdings funktionierte es nicht, stattdessen ließ ihn meine Frage laut ausatmen. Wir hielten erneut an einer Ampel und als der Wagen stand, drehte er sich in meine Richtung. Der Anschnallgurt spannte sich über seine Brust.

Ein harter Ausdruck mischte sich in seinen Blick, als er über meine Frage nachdachte. Nervös drehte ich eine Haarsträhne zwischen den Fingern, was ihn scheinbar abzulenken schien. Seine Augen blieben daran hängen, während er den Kiefer zusammenpresste und einmal scharf einatmete.

»Heben wir uns das Thema doch für einen späteren Zeitpunkt auf«, sagte er schließlich und schluckte schwer. Die genervte Miene war wie weggewischt und sein Blick blieb an meinen Lippen hängen, was mich sofort rot werden ließ. Dann wendete er sich wieder dem Straßenverkehr zu. Irgendwie kam ich mir albern vor, ihn mit all diesen Fragen zu bombardieren, aber hatte ich keine Antwort verdient?

Seine Hände begannen auf dem Touchscreen des Autos herumzutippen und schon ertönte leise Musik.

Kein Reden, keine Fragen. Damit war das Gespräch beendet.

Schnell schaute ich aus dem Fenster, um mich auf etwas anderes zu konzentrieren. Wir fuhren durch mehrere Nebenstraßen, die so eng waren, dass ich beinahe Platzangst bekam. Die Geschäfte wirkten aneinander gequetscht. Was mich sofort irritierte, war, wie uneben die Straßen hier waren. In einer Straße ging es steil bergab, in der nächsten so steil bergauf, dass ich froh war, nicht selber fahren zu müssen. Überall liefen Menschen herum, und zwar nicht nur auf dem Gehweg, sondern auch mitten auf der Straße und Min-ho musste mehrmals hupen und abbremsen, weil sie nicht zur Seite gingen. Über den Straßen hingen überall Kabel, wofür sie zuständig waren, wusste ich nicht. Vielleicht waren es Stromleitungen. Es war alles so anders als in Hampshire. Die Schilder der Geschäfte ragten in die Straßen hinein und zwischen den koreanischen Schriftzeichen stand immer eine Telefonnummer. Wir fuhren an einem Geschäft vorbei, das GS 25 Shop hieß – einer der wenigen Läden, dessen Buchstaben ich lesen konnte. Erstaunt und fasziniert versuchte ich alles so gut es ging aufzusaugen und abzuspeichern. Diese Stadt kam mir vor wie eine ganz andere Welt und ich liebte es. Mein eigenes kleines Paralleluniversum.

Min-ho trommelte gedankenverloren auf dem Lenkrad rum. Die Art, wie er mit einer Hand das Lenkrad hielt und in einer fließenden Bewegung um die Kurve fuhr, ließ meine Wangen erröten. Wieso waren Typen, die gut Auto fuhren, immer so attraktiv? *Reiß dich zusammen, Aria,* ermahnte ich mich.

Die Polizeistation sah wie ein ganz gewöhnliches Gebäude aus. In England erkannte man die Polizei aus kilometerweiter Entfernung an ihren leuchtenden Schildern. Hier hing nur ein kleines Symbol über der Tür, welches darüber Auskunft gab, worum es sich handelte.

Min-ho fuhr auf den Parkplatz und parkte das Auto mit einer schnellen Bewegung so rasant ein, dass ich beeindruckt war. Er stellte den Motor ab und für ein paar Sekunden starrten wir beide auf das Gebäude vor uns, ohne etwas zu sagen.

Die Regentropfen auf der Frontscheibe lieferten sich ein Wettrennen und ich konzentrierte mich darauf, einen Gewinner auszumachen. Mit jeder Sekunde wurde der Regen heftiger und die ganze Situation war auf einmal merkwürdig angespannt. Doch erneut wanderten meine Gedanken zur Schule. Voller Sehnsucht an eine heiße Dusche und ein Bett. Ich wollte einfach nur noch in mein Wohnheim fahren und mich verkriechen. Ob mich wohl jemand von der Schule abholen könnte, wenn ich ihnen meine Situation schilderte?

Eins nach dem anderen, sagte ich mir, bevor ich das auch wieder zerdenken würde.

»Danke fürs Fahren«, brach ich schließlich die Stille.

Min-ho runzelte die Stirn und kniff die Augenbrauen zusammen, als er nichts als ein langsames, nachdenkliches Nicken erwiderte. Zu gerne hätte ich gewusst, was sich gerade in seinem Kopf abspielte. Doch anstatt zu fragen, stieg ich aus.

Bei dem Versuch, meinen Koffer möglichst elegant von der Rückbank zu heben, schnaufte ich etwas zu laut und Min-ho schaute belustigt zu mir rüber.

Trotzdem blieb er stumm. Innerhalb von Sekunden war ich vom Regen klitschnass, die Klamotten klebten mir bereits eng an der Haut.

»Man sieht sich«, sagte ich zu Min-ho, bevor ich mit meinem schweren Koffer und schnellen Schritten auf die Eingangstür zuging.

Das war absolut gar nicht unangenehm. Nein, überhaupt nicht.

»Hey! Warte mal«, hörte ich ihn hinter mir rufen. Langsam drehte ich mich zu ihm um, hob schützend die Hand vor die Augen und sah, wie er auf mich zukam. Dabei sah er mich mit diesem sanften Blick an, während er sich mit einer Hand die nassen Haarsträhnen aus dem Gesicht strich, von denen der Regen bereits hinuntertropfte. Meine Augen blieben einen Moment zu lang an seinen Fingern hängen.

Eine Sekunde, zwei Sekunden. Er legte sich etwas verlegen eine Hand in den Nacken, als er sagte: »Ich könnte für dich übersetzen. Das macht es sicher einfacher, oder?«

Der plötzliche Stimmungswechsel überraschte mich. »Natürlich nur, wenn du willst. Ich kann –«

»Na dann los«, unterbrach ich ihn, um das alles nicht noch absurder zu gestalten, als es eh schon war. Möglich, dass sich ein Lächeln auf mein Gesicht stahl.

Eine Klingel kündigte uns an, als Min-ho die Eingangstür öffnete und ich meinen Koffer über die Schwelle hob. Die Köpfe der Polizisten hinter dem Tresen drehten sich synchron in unsere Richtung. Ihre Begrüßung war auf Koreanisch, so viel verstand ich – und ich bemühte mich, das Gleiche so deutlich wie möglich zu wiederholen, um nicht unhöflich zu sein. Neben mir hörte ich, wie Min-ho leise lachte.

Ich merkte, wie die beiden Beamten uns erstaunt musterten. Min-ho und ich machten zusammen bestimmt einen witzigen Eindruck. Selbst komplett durchnässt sah er umwerfend aus, eigentlich sogar noch besser, während ich eher einem nassen Pudel ähnelte.

Die skeptischen Blicke, die an Min-ho hängen blieben, irritierten mich trotz allem. Ein Beamter rief etwas in den hinteren Raum und es erschienen noch mehr Männer, die uns – oder eher gesagt Min-ho – völlig entgeistert anschauten.

Der Gedanke, dass er vielleicht doch von der Polizei gesucht werden könnte, kam mir in den Kopf. Nach einem kurzen Gespräch reichte ein Beamter uns beinahe geistesabwesend Formulare, die ich ausfüllen sollte, und ein anderer brachte uns Handtücher.

Mit Min-hos Hilfe dauerte das Ausfüllen nicht allzu lange und als ich die

Papiere zurückgab, wandte sich einer der Polizisten das erste Mal an mich persönlich. Sein Akzent war etwas stärker und sein Englisch dadurch schwerer zu verstehen.

»Alles in Ordnung bei Ihnen, Miss …« Sein Blick suchte nach meinem Nachnamen auf dem Papier. »Harper«, fügte er nach einer kurzen Pause hinzu und blickte mich an.

»Ja, danke. Hier sind die Formulare. Mein Handy war mit in der Tasche und ich muss mir erst ein neues besorgen, also bin ich bis dahin nicht erreichbar. Aber Sie können mich über die Schule erreichen. Ich arbeite dort. Oder einfach per Mail.« Vielleicht war ich nervös und aufgeregt, denn meine Stimme überschlug sich mehrmals. Der Beamte nickte zustimmend, als ich ihm den Namen der Schule sagte. Gott sei Dank war mir der nicht auch noch entfallen.

»Gut. Das muss ich überprüfen. Wenn Sie so freundlich wären, mir Ihren Reisepass auszuhändigen und noch einen Augenblick Geduld hätten«, erwiderte der Beamte mit fester Stimme.

»Natürlich«, sagte ich kleinlaut.

Ohne zu zögern reichte ich ihm meinen Pass, den ich nach der Kontrolle am Flughafen schnell in das vordere Fach meines Koffers gestopft hatte. Dafür dankte ich Gott, denn sonst hätte ich mit Sicherheit ein großes Problem gehabt. Kurz sah ich zu Min-ho rüber, der mir einen besorgten Blick zuwarf und fragend beide Augenbraunen hochzog, als wollte er wissen, ob alles okay war. Doch dann wendete er sich ab und rubbelte mit dem Handtuch seine Haare trocken, bis sie in alle Richtungen abstanden.

Erneut starrte ich ihn an. Was war falsch mit mir? Hatte mir die koreanische Luft etwa das Hirn vernebelt? Es gab sicherlich psychologische Studien, die erklären konnten, warum ich mich selbst in diesem Gefühlschaos so zu ihm hingezogen fühlte, obwohl ich ihn kaum kannte und er mir eher suspekt war.

Vielleicht gab es irgendein Syndrom, das meine Dankbarkeit ihm gegenüber, mich aus der Panik dort befreit zu haben, in Anziehung und Zuneigung verwandelte.

»Miss Harper«, rief der Beamte mich zurück ins Hier und Jetzt. »Leider konnte ich bei der von Ihnen angegebenen Schule niemanden erreichen. Ist ja auch schon spät. Für die Aufnahme der Anzeige benötige ich zudem eine gültige Anschrift, unter der wir Sie in diesem Land finden können. Ich trage die Daten der Schule ein, wäre Ihnen aber sehr verbunden, wenn Sie sich diese noch mal von der Direktorin bestätigen lassen.« Diesen Satz sagte er mit Nachdruck, als würde er etwas andeuten wollen, aber ich verstand es nicht ganz. Die Blicke des Beamten wanderten von mir zu Min-ho und dann wieder zu mir. »Können Sie auch eine andere Nummer hinterlegen, unter der Sie zu erreichen sind? Dann kann ich die Anzeige sofort aufnehmen«, sagte der Mann und zückte bereits den Stift. Nur konnte ich ihm keine nennen. Gerade als ich ihm das erklären wollte, schob Min-ho eine Visitenkarte über den Tresen. Die Karte war matt und schwarz. Alles darauf war auf Koreanisch geschrieben und bis auf die Nummer konnte ich nichts lesen.

»Hier. Sie können mir Bescheid geben, wenn es Probleme gibt«, sagte er, ohne mit der Wimper zu zucken.

Bevor ich etwas sagen konnte, war die Karte auch schon zu den Akten gelegt. Dann sah der Mann hinterm Tresen mich eindringlich an, bevor er sich kurz abwendete und die Papiere mit einem Stempel versah. Er reichte mir eine Kopie der Dokumente.

»Wenn Ihre Tasche abgegeben wird, melden wir uns bei Ihnen.« Ich nickte und wandte mich an Min-ho.

»Was soll das werden?«, flüsterte ich.

»Ich versuche, so schnell wie möglich wieder hier wegzukommen«, gab Min-ho genauso leise zurück, ohne dass der Beamte unsere Unterhaltung zu hören schien.

Gar nicht verdächtig, dachte ich und schluckte schwer.

»Soll ich Ihnen ein Taxi rufen? Oder kann ich sonst noch etwas für Sie tun?«, fragte der Beamte und blickte zwischen uns hin und her.

»Danke für das Angebot, aber ich werde Miss Harper selbst zur Schule fahren«, sagte Min-ho mit fester Stimme. Etwas zu selbstsicher, etwas zu attraktiv.

Es klang irgendwie merkwürdig, wie er meinen Nachnamen aussprach.

Min-hos Blick war nicht eine Sekunde auf den Beamten gerichtet, sondern lag die ganze Zeit auf mir. Mein Herz klopfte, klopfte, klopfte und ich wünschte, es würde mir mal eine Pause gönnen. Erneut nickte der Mann. Seine Kollegen im Hintergrund tuschelten wie kleine Mädchen und beäugten uns skeptisch. Irgendwas entging mir hier.

»Wenn es dir nichts ausmacht«, murmelte ich.

»Tut es nicht.«

Die Tatsache, dass er gar nicht wusste, wo ich hinmusste, ließ ich lieber unkommentiert. Aber ich hatte sowieso kein Geld für ein Taxi, also war ich für sein Angebot dankbar.

»Machen Sie sich keine Umstände. Vielen Dank!«, brachte ich mit einem aufgesetzten Lächeln hervor und nickte dem Beamten ebenfalls zu.

Kaum hatte ich die Worte ausgesprochen, griff Min-ho nach meinem Handgelenk und zog mich zur Tür hinaus. Dass er so schnell wie möglich hier wegwollte, war nicht zu übersehen. Wenigstens wusste die Polizei nun, mit wem ich unterwegs war. Nur für den Fall.

Es stand jedenfalls außer Frage, dass sie genau wussten, wen sie da vor sich hatten. Vielleicht steckten sie mit Min-ho unter einer Decke. So was gab es ja auch. Schließlich hatte ich Narcos geschaut. Vielleicht ging aber auch einfach meine Fantasie mit mir durch.

Während der Autofahrt zur Schule war es bereits so dunkel geworden, dass die Straßenlaternen angingen. Min-ho hatte den Namen der Schule im Navi eingegeben und fuhr seitdem stillschweigend durch die Straßen von Seoul. Der Regen hatte in der Zwischenzeit aufgehört und ich blickte durch die Autoscheibe hinaus. Die Hochhäuser sahen wie ein Sternenmeer aus Lichtern aus, das sich vor uns ausbreitete und bis in den Himmel zu reichen schien.

Und obwohl mir tausend Fragen auf der Zunge lagen, unterdrückte ich den Impuls, sie laut auszusprechen. Min-ho machte auf mich nicht den Eindruck, sie beantworten zu wollen. In Gedanken nahm ich im Wohnheim schon eine heiße Dusche und kuschelte mich mit einem Buch und einer dampfenden Tasse Tee ins Bett.

»Also …«, brach er das Schweigen, das wir uns selbst auferlegt hatten. »Du arbeitest in einer Schule?«

»Ja, ich werde dort Englisch unterrichten.«

Und schon plapperte ich nervös weiter und erzählte Min-ho, wie ich vor einiger Zeit ein Plakat an der Uni gesehen hatte, laut dem Studenten für diese Stelle gesucht wurden. Dass ich schon immer ins Ausland wollte, um dort zu unterrichten und überglücklich gewesen war, als ich die Zusage dafür bekommen hatte. Den Teil, dass ich die ganze Geschichte vor meinem Freund – na ja, nun Ex-Freund – verheimlicht und das Angebot in Gedanken bereits abgeschrieben hatte, ließ ich aus.

Als ich endlich aufhörte, von meiner Uni und der Schule zu schwärmen, wurde mir bewusst, was ich alles von mir preisgegeben hatte. Wie konnte jemand auf so eine einfache und simple Frage so ausführlich antworten?

Min-hos warmer Blick versicherte mir jedoch, dass er jedes Wort interessiert aufgenommen hatte, und er schmunzelte.

»Ja, ich weiß … Es ist vielleicht etwas albern, wie groß meine Begeisterung ist. Und wie sehr ich daran glauben möchte, dass das hier der richtige Weg für mich ist.«

»Nichts ist schöner als ein Mensch, der sich für Dinge begeistern kann. Alles andere ist doch langweilig«, gab er lächelnd zurück. »Freut mich, dass es dich hierher verschlagen hat.«

Was er sagte, entlockte mir ebenfalls ein Lächeln und schlagartig war ich einfach froh, hier zu sein, auch wenn bislang so viel schiefgegangen war.

Irgendwie würde ich das schon hinbekommen. Mir ein neues Leben aufbauen und nicht zurückschauen. Glücklich werden. Herausfinden, wer ich eigentlich ohne Chris sein wollte. Einfach leben. Ohne Angst. Bei diesen Gedanken wurde mein Grinsen breiter.

»Viel besser«, murmelte Min-ho.

»Hm?«

»Wenn du lächelst. Es ist viel besser als dein trauriger Blick … oder dein skeptischer Bitte-sei-kein-Verbrecher-Blick, mit dem du mich musterst und denkst, ich merke es nicht.«

»Vorsicht. Ich habe mich noch nicht davon überzeugt, dass du okay bist.«

»Oh, ich bin mehr als okay. Du wirst schon sehen.« Nervös biss ich mir auf die Lippe. Nicht sicher, in welche Richtung dieses Gespräch gehen würde. Da begannen seine braunen Augen mich zu mustern. So langsam, dass sein Blick sich wie sanfte Berührungen anfühlte. Zu viel braun, zu viel Herzklopfen. Achterbahnkribbeln machte sich in meinem Bauch breit. Und als wäre er sich dieses Blickes und seiner Wirkung bewusst, fing er an zu lächeln. Mein Herz pochte so laut in meiner Brust, dass ich beinahe befürchtete, man könnte es hören.

Flirtete er etwa mit mir? Und wieso fand ich das vielleicht sogar gut? Statt mich diesen Fragen hinzugeben, lenkte ich meine Aufmerksamkeit auf die Straße.

Schon wieder fuhren wir über eine lange Brücke, die endlos erschien. Überall standen koreanische Sätze am Gitter, die an mir vorbeizogen wie geheime Botschaften, die ich noch nicht entziffern konnte. Das Licht der Stadt spiegelte sich im Wasser und auf einmal überkam mich ein großes Bedürfnis, einfach anzuhalten, auszusteigen und diese Szenerie aufzusaugen.

»Alles hier wirkt wie im Film. Es kommt mir so surreal vor, dass ich jetzt wirklich hier bin.«

»Hast du es dir so vorgestellt? Na ja, abgesehen vom holprigen Start?«, frage er.

Wahrscheinlich wirkte meine Aufregung etwas albern, aber ich konnte nicht anders, als mich mit großen Augen in alle Richtungen zu drehen, um nichts zu verpassen.

»Genauso. Nein, stimmt nicht. Es ist noch viel schöner.«

»Jedes Mal, wenn ich von längeren Reisen zurückkomme, weiß ich diese Stadt ein Stück mehr zu schätzen. Meistens jedenfalls.«

»Längere Reisen? Verreist du denn oft?«

»Ach …«, begann er und rutschte etwas auf dem Sitz hin und her, »nicht mehr als normale Leute auch.«

Nervös begann er an einem der Ringe zu spielen, die er trug. Auf meinen fragenden Blick erwiderte er nichts.

»Da vorne ist eins der größten Hochhäuser hier in Seoul«, bemerkte er plötzlich und zeigte auf das große Gebäude rechts von mir. Erstaunt riss ich die Augen auf und versuchte auszumachen, wie viele Stockwerke es wohl waren. Es ragte bis in den Himmel, jedenfalls erschien es mir so. Ein großer spitzer Turm, der in den Wolken verschwand und in bunten Farben leuchtete.

»Das ist der Lotte World Tower. Gehört zu den höchsten Gebäuden der Welt«, klärte Min-ho mich auf. Kurz schaute ich zu ihm rüber, weil ich dachte, er hätte noch mehr Informationen parat. Stattdessen huschte ein schmerzerfüllter Ausdruck über sein Gesicht, der jedoch nicht mal eine Sekunde anhielt. Dieser Mann hatte das Pokerface perfektioniert. Wenn ich nicht selbst ein Profi darin wäre, wäre mir die Sekunde, in der ihm sein Gesicht entglitt, möglicherweise entgangen. Die Art, wie er nicht mal eine Millisekunde brauchte, um wieder zu lächeln, war mir schon am Flughafen aufgefallen. Vielleicht hatten wir mehr gemeinsam, als ich ahnte. Schließlich war das eine Verhaltensweise, die man nur perfektionierte, wenn man es musste.

»Ich komme aus einer Stadt, wo Häuser höchstens vier Etagen haben«, gab ich zurück und bemühte mich ebenfalls um eine ruhige Stimme. Vielleicht gelang mir das doch nicht so gut, wie Min-ho es beherrschte. »Die Aussicht von dort oben muss der Hammer sein.«

»Das ist sie auch. Du blickst über ganz Seoul hinweg. Besonders nachts ist es ein Traum. Ich kann es dir mal zeigen, wenn du willst.«

Die Worte überrumpelten mich und als ich zu ihm rübersah, bemerkte ich, wie seine Wangen sich leicht rot färbten.

»Das wäre schön.«

Beim Aussprechen dieser Antwort spürte ich bereits, wie die Hitze mir ebenfalls in die Wangen schoss. Min-ho räusperte sich, als wäre ihm die Situation auf einmal unangenehm. Und damit war er nicht allein.

»Wir sind gleich da«, erwiderte er schließlich.

Mit jedem Blick verliebte ich mich ein wenig mehr in diese Stadt. Stück für Stück, bis ich mir schließlich sicher war, dass ich hier irgendwie richtig gelandet war.

***

Bei der Schule angekommen, fiel mir sofort auf, dass das Gebäude im Gegensatz zu den restlichen Häusern in der Straße verdächtig dunkel aussah. Augenblicklich überkam mich ein ungutes Gefühl. Wir stiegen aus und Min-ho lief schweigend neben mir her, bis wir beim Eingang angekommen waren. Ich vergrub die Hände in den Hosentaschen, richtete den Blick auf den Boden und meine Sorge wurde mit jedem Schritt größer.

»Und du bist dir sicher, dass das Wohnheim für die Mitarbeiter auch hier ist?«, fragte er zweifelnd.

»Das haben Sie mir jedenfalls gesagt. Aus praktischen Gründen befindet sich das Wohnheim direkt im Nebenkomplex der Schule«, zitierte ich die Mail und versuchte, durch die Glasscheibe am Eingang etwas zu erkennen.

Kein Licht, das mir zeigte, dass doch noch jemand am Arbeiten war. Es war stockduster und auf das Klingeln reagierte auch niemand. Natürlich war keiner mehr da, es war schon viel zu spät. So was konnte nur mir passieren.

»Vielleicht kommt ja gleich doch noch jemand.«

Doch ich wusste bereits, wie unrealistisch dieser Wunsch war, denn aufgrund der Uhrzeit war die Schule bereits geschlossen.

Ohne die Anmeldung und ohne eine Schlüsselkarte oder den Eingangscode, der an der Tür eingegeben werden müsste, würde ich nicht ins Wohnheim kommen.

Jetzt konnte ich die Nacht auch noch auf den Treppenstufen verbringen und warten, bis die Schule morgen wieder geöffnet war.

Min-hos mitleidiger Blick, den er mir von der Seite aus zuwarf, entging mir nicht. Wahrscheinlich dachte er, dass ich jede Sekunde zusammenbrechen und weinen würde. Was zugegebenermaßen unter den Umständen auch sehr realistisch war.

Was musste denn noch alles passieren?

Es fehlte nur noch, dass es erneut anfing, in Strömen zu regnen, dann wäre der Tag perfekt gewesen.

»Sie wissen doch, dass ich heute komme. Es muss doch noch jemand da sein.«

Meine Atmung wurde unregelmäßiger, ich bekam von Sekunde zu Sekunde schlechter Luft. Als hätte eine Hand meine Lungen fest zugedrückt.

Hello darkness my old friend ...

Ich versuchte mich zu beruhigen.

»Für mich sieht es so aus, als wäre keiner mehr da«, meinte Min-ho nach einigen Atemzügen vorsichtig.

Zitternd schlang ich die Arme um mich und versuchte Wärme zu speichern, doch die Gänsehaut auf meiner Haut blieb. Meinen Blick hielt ich weiterhin stur auf die Eingangstür gerichtet, als würde sie sich so öffnen. Unfähig, meine Augen davon abzuwenden und die Tatsache zu akzeptieren, dass das hier alles gerade wirklich passierte.

Atmen, Aria. Atmen.

»Hey ...« Seine Stimme klang nun noch etwas sanfter, falls das überhaupt möglich war.

Langsam trat er neben mich und legte mir eine Hand auf die Schulter. Im ersten Moment zuckte ich zusammen und versteifte mich, aber seine Berührung hatte etwas Beruhigendes an sich. Sie wärmte mich auf und ließ mich leichter atmen.

»Wenn du möchtest, fahr ich dich gleich morgen früh wieder hierher.«

Das Angebot ließ mich auflachen, aber er ignorierte es gekonnt.

»Du kannst bei mir übernachten«, sagte er und ich schaffte es endlich, mich zu ihm umzudrehen.

Augenblicklich brachte ich ein bisschen Abstand zwischen uns, bis ich mit dem Rücken an die Glastür stieß. Unerwartete Nähe ließ mich immer zurückschrecken und verursachte in meinem Körper ein unangenehmes Ziehen. Min-ho schien meine Zweifel zu erkennen, ohne dass ich meine Gedanken laut aussprechen musste, denn er hob die Hände und ging ebenfalls einen Schritt zurück. Ungläubig sah ich zu ihm hoch.

»Im Gästezimmer natürlich. Wenn du möchtest, kann ich dir auch Geld für ein Hotel geben. Kein Problem«, schlug er vorsichtig vor. Klar, kein Problem.

Entweder war hier gewaltig was faul oder Min-ho war die Wiedergutmachung des Schicksals für die ganzen Umstände.

Jedoch bezweifelte ich, dass mir das Universum einen Ritter schickte, der so mysteriös und schweigsam war.

»Warum?« Der skeptische Blick, der mit meiner Frage einherkam, ließ sich nicht verhindern.

Fragend legte er den Kopf schief. »Was meinst du?«

»Warum willst du mir helfen? Erst die Fahrt zur Polizei, dann hierher. Nun soll ich bei dir übernachten? Wir kennen uns noch nicht mal drei Stunden!«

Drei Stunden, in denen mein ganzes Leben, wie ich es schön sorgfältig geplant hatte, den Bach runterging.

Hundertachtzig lächerliche Minuten hatte es dafür gebraucht.

Seine Hilfsbereitschaft einfach so anzunehmen, fiel mir schwer. Das letzte Mal, als ich Hilfe angenommen hatte, ohne daran zu zweifeln, hatte es mir eine alles zerstörende Beziehung beschert. Mich zerbrochen. Und auch wenn Min-ho mir im Grunde wie ein guter Kerl vorkam, kannte ich ihn nicht.

Abgesehen von seinem mitleidigen Blick, bei dem ich mir gerade wie ein kleines Mädchen vorkam, das gerettet werden musste. So hatte Chris mich ebenfalls angesehen.

Aber die bittere Wahrheit war, dass ich seine Hilfe brauchte. Was sollte ich sonst tun?

Seufzend rieb ich mir über die Augen. Meine Gedanken drehten sich im Kreis. Min-ho trat einen Schritt vor, dann wieder einen zurück und zuckte mit den Schultern.

»War auch nur ein Angebot«, sagte er und wirkte verletzt.

Fast so, als hätten ihn meine Worte beleidigt. Mein Verstand, der von der Panik etwas vernebelt war, setzte wieder ein. *Er hat bis jetzt nichts getan, außer dir zu helfen.* Ich blickte ihn an. Eigentlich hatte ich unfassbares Glück, dass ich ihm in diesem Raum begegnet war. Ohne ihn wäre ich wahrscheinlich immer noch dort. Trotz meiner Panik und dem Gefühlschaos beschloss ich, ihm zu glauben, bevor die Dunkelheit mich komplett einnahm.

»Nein. Also …«, fing ich stotternd an und rang nach Luft.

»Tief durchatmen. Langsam und ruhig.« Min-ho machte es vor und ich machte es instinktiv nach. Sein Blick dabei schien wie ein stilles Versprechen und ich fragte mich, ob ich gerade durchdrehte oder er nicht wusste, was das in mir auslöste.

»Wenn es dir wirklich nichts ausmacht«, sagte ich schließlich erschöpft.

»Sonst hätte ich es nicht angeboten.« Es dauerte noch ein paar Momente, bis ich wieder wusste, wie man vernünftig atmete, ohne darüber nachzudenken. Doch dann beruhigte ich mich und versuchte meine Gedanken zu ordnen. Obwohl ich gerade endlos überfordert war, schaffte ich es irgendwie. Das Universum stellte mich wohl auf die Probe.

Ganz nach dem Motto: Kommst du damit klar oder zerbrichst du daran? Bist du wirklich bereit?

Der Sauerstoff durchflutete meine Lungen und sorgte dafür, dass der Nebel in meinem Kopf verschwand. Ich würde das hinbekommen. Irgendwie musste ich das.

»Min-ho?«

»Aria?«

»Danke. Auch wenn ich es nicht so zeige, ich bin dir wirklich dankbar«, sagte ich und schaute dabei zu Boden.

»Ist doch selbstverständlich.«

»Das ist es nicht, glaub mir«, flüsterte ich mehr zu mir selbst.

»Dann lass uns mal von hier verschwinden.«

Noch während er sprach, begann er in Richtung Auto zu laufen und signalisierte mir mit einer Geste, dass ich ihm folgen sollte. Ein paar Sekunden blieb ich irritiert stehen und schaute ihm nach.

Dann steigen wir mal zu diesem Typen ins Auto.

Erneut.

5

Die ganze Autofahrt über wanderten meine Gedanken zwischen Selbstzweifeln, Vorwürfen, Trauer und Wut so schnell hin und her, dass ich mir eine Kopfschmerztablette und ein weiches Bett herbeiwünschte. Vor Müdigkeit brannten meine Augen wie Feuer.

Mittlerweile hatte ich jegliches Zeitgefühl verloren, aber wir waren sicher fast eine Stunde gefahren, als ich die Augen öffnete.

»Dachte schon, du schläfst.«

Die ersten Worte, die Min-ho an mich richtete, seit wir wieder im Auto saßen. Nachdem er eine Tastenkombination eingegeben hatte, öffnete sich das Tor mit einem lauten Geräusch und wir fuhren weiter. Links und rechts vom Tor standen mehrere Securityleute, doch ich war zu müde und erschöpft, um mich zu fragen warum.

Doch selbst in diesem Zustand konnte ich über die riesigen Gebäudekomplexe staunen, die sich nun vor uns auftürmten. Fast wie bei *Maze Runner,* denn hinter dem Tor erschien eine ganze Reihe von Gebäuden, umgeben von hohen Mauern. Es wirkte alles so sauber, so steril. Waren gerade noch an jeder Ecke Straßenstände und haufenweise Menschen gewesen, sah man hier eine riesige Gartenlandschaft, durch die eine lange Auffahrt ging.

Abgeschottet und exklusiv, kam es mir in den Sinn.

Als hätten wir die Menschen, den Lärm der Straßen und die blinkenden Schilder am Tor hinter uns gelassen. Der Garten und die Gebäude waren von Außenlichtern so gut beleuchtet, wie ich es bisher nur von Museen kannte. Das hier war eine ganz eigene Welt. Ein kleines Seoul nur für die Anwohner.

»Wo sind wir?« Verwirrt schaute ich zu Min-ho.

»Hannam-dong. Willkommen im Stadtviertel The Hill.«

Meine Lippen teilten sich, aber ich brachte kein Wort heraus, als ich den kleinen Park samt Springbrunnen erkannte. Das Tor, die Bodyguards, hohe Mauern. Vielleicht erreichten wir auch eine geschützte Militärbasis. Oder Min-ho war ein reicher Erbe und seine Familie gehörte dem Adel an. Hier wohnte definitiv kein Student oder ein Mensch mit einem Durchschnittseinkommen. Sogar die gepflasterte Auffahrt strahlte Reichtum aus.

Es hätte mich nicht wundern sollen, denn Min-ho passte perfekt hierher. Mit seiner teuren Uhr und dem Neuwagen.

»Du kannst auch immer noch in ein Hotel, wenn du dich nicht wohlfühlst. Ich würde das verstehen.«

Vielleicht keine schlechte Idee, aber ich schüttelte den Kopf. Ich wollte nur noch schlafen und diesen Tag hinter mir lassen.

»Schon gut«, erwiderte ich müde, als wir in die Tiefgarage fuhren.

Aufmerksam musterte er mich, als wäre er nicht sicher, ob ich das ernst meinte. Als ich nichts hinzufügte, nickte er schließlich und stieg aus. Für einen Moment starrte ich auf die Betonwand vor meinen Augen, unfähig, mich zu bewegen. Min-ho öffnete die Beifahrertür und die kühle Luft der Tiefgarage drang ins Auto.

»So was wollte ich schon immer mal machen.« Die Worte unterstützte er mit einer Geste, die mir signalisierte, auszusteigen. »My Lady«, fügte er hinzu und hielt mir seine Hand hin. Mit einem Seufzen stieg ich aus, ignorierte dabei seine Hand und erntete dafür ein frustriertes, aber amüsiertes Schnauben. Ohne jegliche Aufforderung hob er meinen Koffer von der Rückbank, ehe wir zum Fahrstuhl liefen. Zu diesem Zeitpunkt stellte ich nichts mehr infrage, ich folgte ihm einfach. Meine Gedanken fühlten sich so an, als hätte ich sie sorgfältig in Watte gepackt. Mit dem Schließen der Fahrstuhltüren ging eine angespannte Stille einher. Was hatten diese Fahrstühle nur an sich? Hatte ich zu viele Filme geschaut? Wir starrten beide stur auf die Tür, vielleicht etwas zu gezwungen. Beinahe wie zwei Fremde. Trotz allem so peinlich berührt, dicht aneinander mit verstohlenen Blicken und Sekunden, die sich wie Ewigkeiten anfühlten.

Erleichtert atmete ich auf, als die Fahrstuhltüren sich mit einem *Pling!* öffneten und den Blick auf einen langen Flur freigaben.

An der Tür, die zu seinem Apartment führte, tippte Min-ho mit schnellen Fingern eine Tastenkombination ein. Ein lautes Piepen ertönte, dann sprang die Tür auf.

»Was machst du, wenn du den Code vergisst?«, fragte ich.

Das System mit dem Code an der Tür statt einem Schlüssel fand ich superfaszinierend. Wahrscheinlich würde ich den Code innerhalb von Sekunden vergessen.

»Was machst du, wenn du deinen Schlüssel verlierst?«, fragte er mich stattdessen und ich zuckte nur mit den Schultern.

Wortlos hielt Min-ho mir ein paar Hausschuhe hin, doch als ich aus meinen Converse schlüpfte, fiel ich automatisch nach vorne. Dass es hier im Flur nur eine kleine Lampe gab und ich kaum etwas sah, war natürlich nicht hilfreich für meine Tollpatschigkeit.

Reflexartig schoss Min-hos Arm hervor und verhinderte, dass ich geradewegs auf die Nase fiel. Seine Hand ruhte einen Augenblick zu lang auf meiner Taille. Drei, vier lange Sekunden vergaß ich zu atmen. Ein Schauer jagte durch meinen Körper und die Stelle, die er nun berührte, fühlte sich wie eine Wunderkerze an. Brennend und knisternd. Sämtliche Härchen hatten sich unter seinen Fingerspitzen aufgestellt und dass er mich so eindringlich ansah, machte es nicht besser. Seine Schultern hoben sich, als er tief einatmete und mich daran erinnerte, dass ich ebenfalls etwas Sauerstoff benötigte.

»Zu Euren Diensten«, erwiderte Min-ho mit heiserer, rauer Stimme, ehe er sich von mir löste. Was stimmte nicht mit mir, dass ich ausgerechnet jetzt darüber nachdachte, ihm die Haare aus dem Gesicht zu streichen? Oder wie tief seine Stimme wohl nach dem Aufwachen klingen musste? Es gab durchaus andere Dinge, über die ich nachdenken sollte.

Mit glühenden Wangen schaute ich zu Boden. »Ha. Ha. Ha«, gab ich etwas spät zurück. »Kannst du vielleicht mal das Licht anmachen?« Wir standen immer noch viel zu nah beieinander.

Auf meine Bitte hin schüttelte er lachend den Kopf, ging jedoch fünf Schritte zur Seite und schon erstrahlte das Apartment in einem warmen

Licht. Über mir hing ein riesiger Kronleuchter, zu meiner Rechten konnte ich in einen offenen Wohnbereich schauen, der durch Glaswände getrennt war.

Vor mir lag ein meterlanger Flur mit mehreren Türen. Aber statt Wänden sah man hier nur Bücherregale. Mein Herz machte einen Sprung. Die Regale gingen bis unter die Decke, vollgestopft mit bunten Titeln, die meisten auf Koreanisch.

Mit langsamen Schritten ging ich in den Wohnbereich, auch wenn ich am liebsten geschaut hätte, was er so für Bücher las. Erwartungsvoll sah Min-ho mir hinterher, als würde er eine Reaktion von mir erwarten, die jedoch ausblieb. Dafür war ich viel zu erstaunt. Das ganze Apartment war anders, als ich erwartet hatte, und doch passte es zu dieser ganzen Maze-Runner-Siedlung. Ikea-Möbel suchte man auf jeden Fall vergeblich in diesem Apartment.

Aus dem Wohnbereich konnte ich problemlos in eine zweite Etage schauen, ebenfalls nur durch eine Glaswand getrennt, zu der eine schwarze Marmortreppe ohne Geländer führte. Höhenangst sollte man hier besser nicht haben. Ein riesiger Schreibtisch war oben so platziert, dass man von dort direkt nach draußen schauen konnte.

Im Augenwinkel sah ich, wie Min-ho seine Jacke auszog und sich aufs Sofa setzte, das mitten im Raum stand. Aber statt mich zu ihm zu setzen, ging ich nach links zur Fensterfront und starrte hinaus. Bodentiefe Fenster gaben den Blick auf ein leuchtendes Seoul frei. Strahlendes Lichtermeer und bunte Reklamen. Es war atemberaubend. Das alles hier.

»Hier wohnst du? Im Ernst?« Ich konnte meine Begeisterung nicht zurückhalten.

Nicht bei dieser Aussicht. Nicht, wenn ich über ganz Seoul blicken konnte. Wenn ich mich nicht täuschte, konnte ich sogar den Lotte World Tower in der Ferne sehen.

»Wieso? Hat deine Wohnung mehr Quadratmeter? Oder eine bessere Aussicht?« fragte er mit einem Hauch von Ironie und tat mit Absicht so, als hätte ihn meine Frage total schockiert. Es brachte mich ungewollt zum Lachen.

»Etwas kleiner ist sie schon«, murmelte ich und ließ meine Augen neugierig durch den Raum wandern. Tatsächlich hatte ich erwartet, dass Min-hos

Einrichtung weniger … na ja, persönlich war. Das Apartment wirkte auf luxuriöse Weise schlicht und modern, doch die vielen Details ließen es nach einem Zuhause aussehen. In jeder Ecke entdeckte ich Pflanzen. Ich zählte allein drei Bonsais und mehrere Efeupflanzen, die von der Decke hingen. Regale mit Pokalen und Auszeichnungen, die ich nicht zuordnen konnte, weil auf Koreanisch draufstand, wofür sie verliehen worden waren. Mehrere Medaillen. Ein kleines Klavier aus Glas und eine Spieluhr für Kinder. Noch mehr Bücher, noch mehr Pflanzen und einen Haufen Magazine, die sich mit Kunst zu beschäftigen schienen.

»Willst du eine Haustour?« Im Augenwinkel sah ich, dass sein Blick immer noch auf mir lag. Eindringlich, erwartungsvoll, irgendwie unsicher.

»Morgen reicht völlig.« Meine Worte gingen in einem Gähnen unter.

Langsam drehte ich mich zu ihm um und sah, wie er sich auf der Sofalehne abstützte, hinter ihm waren ein riesiger Fernseher und mehrere Konsolen.

»Du bist ein Zocker?«, fragte ich amüsiert. Das passte irgendwie überhaupt nicht zusammen. Aber das tat hier sowieso nichts.

»Neh«, antwortete er auf Koreanisch. Ich war stolz, dass ich wusste, dass es *ja* bedeutete. »In Mario Kart bin ich ein Profi, da schlägt mich keiner«, fügte er mit hochgezogener Augenbraue hinzu. Etwas provokativ, als wollte er, dass ich ihn herausforderte.

»Ernsthaft?«

»Ernsthaft«, wiederholte er meine Worte mit einem Grinsen, das mich schwach werden ließ. Nicht zuletzt wegen der tiefen Grübchen, die auf seiner Wange erschienen. Gedankenverloren griff ich nach dem Buch, das auf dem Tisch neben einem kleinen Bonsai lag.

Demian von Herman Hesse.

Das Buch war auf Englisch, nicht auf Koreanisch, was mich überraschte. An der Uni hatte ich einen Kurs über ausländische Literatur belegt und eine Sitzung hatte sich mit Herman Hesse befasst. Doch am Ende hatten wir uns auf Goethe und Rilke konzentriert, weil mein Dozent das passender fand. Meine Finger wanderten über den Buchrücken und ich sah die vielen bunten Post-its, die Min-ho beim Lesen darin befestigt haben musste. Automatisch musste ich lächeln. Gerade als ich das Buch aufschlagen und die markierten Stellen lesen wollte, tauchte er hinter mir auf und nahm es mir sanft aus der Hand. Enttäuschung machte sich in mir breit, doch ich verstand ihn. Manchmal gaben die Bücher, die wir lasen, viel über uns preis. Manchmal mehr, als wir zugeben wollten.

Meine Ausgabe von *It ends with us* von Colleen Hoover war mit persönlichen Notizen vollgeschrieben und besaß jede Menge Post-its, durch die ich viel zu oft blätterte.

»Ist es gut?«, fragte ich und deutete auf das Buch.

Er nickte. »Ich leih es dir gerne mal. Aber jetzt schau ich, ob ich noch was zu essen finde«, lenkte er vom Thema ab.

Der Blick in seinen Augen war plötzlich nervös, verschlossener als noch vor ein paar Sekunden. Ohne eine Antwort abzuwarten, schlenderte er den Flur entlang und verschwand aus meinem Sichtfeld. Beim Versuch, ihm zu folgen, wurde meine Aufmerksamkeit jedoch von einer Wand voller Fotos abgefangen. Bunte Bilderrahmen, die allesamt nicht zusammenpassten und es im Gesamtbild dann doch irgendwie taten. Auf einem Foto konnte ich einen kleinen Jungen am Strand erkennen, der eine Sandburg baute und stolz in die Kamera grinste. Dann ein Foto, auf welchem wahrscheinlich seine Eltern zu sehen waren. Auf mehrere Kinderfotos folgten aktuellere Bilder. Wie eine kleine Zeitreise durch sein Leben. Min-ho mit einer Gruppe von Jungs beim Feiern und ein grinsender Min-ho, der mit einem Abschlusszeugnis und einem typischen Absolventenhut für die Kamera posierte. Ein Bild von einem Konzert, statt Min-ho sah man hier Tausende Menschen mit Lichtstäben in der Hand. Zusammen bildeten sie ein großes buntes Meer aus Licht, was mich an die Skyline von Seoul erinnerte, und oben im Himmel bildeten Drohnen mit Lichtern ein Herz. Es sah wunderschön aus.

Ein Konzert besuchen wanderte soeben auf meine To-do-Liste, die ich mir für diese Stadt geschrieben hatte.

»Kommst du?« Vor lauter Schreck zuckte ich zusammen.

»Wo bist du?«, rief ich ins Apartment, während ich in Richtung Flur lief. Von Min-ho keine Spur.

»Hier.«

»Wo?«

»HIER!«, schrie er so laut zurück, dass ich erneut zusammenzuckte.

»Das ist ja superpräzise ...«, murmelte ich vor mich hin.

Kopfschüttelnd folgte ich seiner Stimme, bis ich in einem Traum von Küche stand. Ganz im Stil eines alten Landhauses. Dunkles Holz, weiße Details, eine riesige Kücheninsel mit mehreren Barhockern. Mit offenem Mund stand ich da und konnte nicht fassen, wie wunderschön dieses ganze Apartment war. Nicht zu groß, nicht zu klein. Mit einer Liebe für Details und einer tollen Aussicht. Alles passte zusammen und sorgte dafür, dass man sich sofort wohlfühlte. Dieses Apartment hat Herz, hätte meine Mutter gesagt.

»Wohnst du alleine hier?«, fragte ich noch völlig erstaunt.

Min-ho reichte mir eine Dose Cola, lehnte sich mit dem Rücken an die Küchenzeile und nickte.

»Keine Mitbewohner? Keine Eltern? Nur du?« Ein trauriger Ausdruck huschte für eine Millisekunde über sein Gesicht.

»Nur ich«, antwortete er mit fester Stimme. »Ich habe noch eine Wohnung in der Stadt, aber da bin ich zurzeit nicht so oft, weil ...«, er brach ab. »Ich hab es gerne ruhig und ...«, erneut verstummte er. Dann räusperte er sich. »Ist auch egal.«

Wie konnte jemand auf eine Frage antworten und damit nur hundert weitere verursachen? Frustriert verschränkte ich die Arme und musterte ihn erneut.

»Was machst du?« In meinem Kopf erschienen große Fragezeichen und plötzlich war die Skepsis mit dem Gefühl der Unsicherheit und Angst zurück.

Sein Blick traf meinen. »Was meinst du damit?«

»Bist du ein reicher Erbe? Oder ein Drogendealer? Wieso wohnst du alleine in so einem Apartment? Das muss doch ein Vermögen kosten.«

»Was?«, erwiderte er belustigt.

»Ich mein das alles hier ...«, ich brach ab und während meiner Worte ließ ich meinen Blick demonstrativ im Raum hin und her wandern. »Wie kannst du dir das leisten?«

Möglicherweise klang meine Stimme bei jeder Frage etwas verurteilender. Und etwas panischer. Die ganze Situation überforderte mich einfach zu sehr. Mit meinen Fragen erhoffte ich mir eine logische Erklärung, die die panischen Stimmen in meinem Kopf verstummen ließen.

»Es ist unhöflich, über Geld zu sprechen, Aria. Ich mache vieles. Damit will ich dich nicht langweilen.«

Wow. Das machte die ganze Situation nicht besser, es verschlimmerte meine Fantasie nur. *Ich mache vieles,* dieser Satz brachte alle meine Alarmglocken zum Läuten.

»Zurzeit versuche ich mich am Songwriting, ich probiere vieles aus. Ich überlege, ob ich vielleicht Kunst studieren soll, jetzt, wo ich wieder mehr Zeit habe«, fügte er hinzu, als ich nur fragend eine Augenbraue hob.

Hätte er nicht einfach sagen können, dass er bei einer Bank arbeitete? Oder dass seine Eltern reich waren? Und wieso hatte er denn plötzlich mehr Zeit, was meinte er damit?

»Du kanntest doch die Polizisten, oder? Jedenfalls kannten sie dich und sie schienen dich nicht zu mögen. Bist du in irgendetwas verwickelt?«

»Worauf willst du hinaus?«

»Bist du so ein Hannibal- oder Dexter-Typ?« In meinem Kopf sah ich schon eine Vermisstenanzeige mit meinem Gesicht und einen Suchtrupp. Gefolgt von meiner Mutter, die ein Interview gab und sich wunderte, dass ich so naiv gewesen war. *Ganz große Klasse, Aria.*

»Wie schön, dass du Seriengeschmack beweist.«

»Das war keine Antwort.« Langsam rieb ich mir über die Arme, um die Gänsehaut zu vertreiben.

»Willst du das wirklich wissen?«, fragte er diesmal ernst.

»Ja«, gab ich knapp zurück und bemühte mich darum, nicht beleidigt zu klingen.

»Okay, du hast recht …«, sagte er mit fester Stimme, während er auf mich zukam.

Irritiert kniff ich die Augen zusammen. Der ständige Wechsel vom Sarkasmus und Humor zu dieser Ernsthaftigkeit bereitete mir zusätzliche

Kopfschmerzen. Eine vernünftige Antwort war doch wirklich nicht zu viel verlangt.

»Was?« Nervös begannen meine Finger am Band meines Kapuzenpullis zu ziehen. »Womit habe ich denn recht?«

»Vielleicht ist es schon zu spät.« Kurz blieb er stehen und musterte mich erneut. Jeder Wimpernschlag wie eine Berührung. Jeder Blick so intensiv, als würde er mit seinen Fingern meine Haut berühren, dort wo seine Augen hängen blieben. Er kam immer näher, und mit jedem Schritt, den er auf mich zukam, ging ich einen zurück. Als wären wir Magnete, die sich abstießen. Plötzlich wurde mir eiskalt, ich begann zu zittern und drückte die Fingernägel in die Handinnenflächen, um Ruhe zu bewahren.

»Wie bitte?«, stotterte ich und mein Puls begann zu rasen.

Sein Grinsen signalisierte mir zwar, dass er das alles witzig fand, aber ich kam mir sehr naiv und blöd vor. Ich war einfach mit einem Typen in ein Auto gestiegen und mit ihm mitgefahren. War das hier der Anfang einer Dokumentation, die sich Leute anschauten und dachten: Ich wäre nie so oder warum geht sie auch mit ihm mit? Die Kirsche auf der Torte war nur, dass ich mich sicher gefühlt hatte. Dass seine Nähe mich beruhigte. Und ich ihn sogar attraktiv fand und deswegen weniger Zweifel hatte. Ted Bundy ließ grüßen. In mir stieg Panik auf, als ich mich immer weiter in meine Gedanken steigerte. Meine Atmung wurde schwerer, mein Herzschlag verdoppelte sich mit jeder Sekunde.

»Moment«, brachte ich hervor und verschränkte die Arme vor der Brust wie ein Schutzschild, als er so nahe war, dass uns nur noch wenige Zentimeter trennten. Der Ausdruck in seinen Augen änderte sich schlagartig, als er meine Reaktion bemerkte. Als hätte er sich an meiner Nähe verbrannt, trat er so schnell zurück, dass er beinahe stolperte.

»Aria. Das war ein Spaß«, sagte er schnell und mit besorgter Stimme. Lautstark atmete ich aus und bemühte mich, nicht auf der Stelle an der Wand herunterzurutschen, an der ich mittlerweile mit dem Rücken angekommen war.

»Schau mich bitte an.«

Mit größter Mühe hob ich den Kopf. Tränen brannten in meinen Augen, weil ich nicht wusste, was ich fühlen sollte. Nervös fuhr Min-ho sich durch die Haare.

»Ja ... klar ... ein Spaß.« Meine Stimme brach.

Ich holte tief Luft und schloss kurz die Augen.

Eins, zwei, drei, zählte ich in Gedanken und drückte meine Fingernägel fest in meine Handinnenfläche, um mich auf den Schmerz zu konzentrieren und mich zu beruhigen.

»Hey. Es tut mir leid, ich habe nicht angenommen, dass ... also ...«, er suchte nach Worten, wippte von einem Fuß auf den anderen. »Willst du, dass ich dich doch in ein Hotel fahre? Willst du jemanden anrufen?«, ergänzte er, als er beide Hände in die Hosentasche steckte und wieder beim Küchentresen angelangt war.

Abstand zwischen uns brachte.

Bei dem ganzen Chaos seit meiner Ankunft konnte ich so was nicht auch noch gebrauchen. Vielleicht war es nur ein Spaß gewesen, aber meine Nerven lagen blank. Mühsam schaffte ich es, meine Augen zu öffnen, meinen Blick vom Boden zu lösen und ihn anzuschauen. Die Besorgnis war ihm im Gesicht abzulesen.

»Es tut mir leid, Aria«, wiederholte er. Die Sanftheit, mit der er meinen Namen aussprach, war fast nicht zu ertragen.

»Alles gut. Ich bin einfach nur müde«, krächzte ich und bemühte mich, jedes Wort so deutlich wie möglich auszusprechen, während ich immer noch nach Luft rang.

»Willst du einen Kaffee?«

Dieses Angebot überraschte mich so sehr, dass ich ihn irritiert anschaute und mir ein kurzes Grinsen über das Gesicht huschte. Er musste meinen Blick gesehen haben, denn ich sah, wie auch er schüchtern lächelte.

»Kaffee hilft doch immer«, sagte er mit einem Schulterzucken und fuhr sich durch die Haare.

»Wobei genau?«

»Bei allem«, erklärte er ernst.

»Unter normalen Umständen würde ich niemals einen Kaffee ablehnen. Doch ich glaube, Koffein würde mir gerade mehr schaden, als dass es helfen würde.«

»Oh. Ja, stimmt. Hast recht. Entschuldige. Tee vielleicht? Willst du was essen? Du hast doch bestimmt Hunger … Vielleicht habe ich …« Bei diesen Worten kramte er bereits suchend im Kühlschrank und in Schubladen herum.

»Entschuldige. Ich glaub, ich hab nichts mehr da. Außer du willst puren Kimchi essen. Aber wir könnten was bestellen. Vielleicht hab ich auch noch Ramyeon«, fügte er nachdenklich hinzu, als er die nächsten Schranktüren aufriss.

Bei dem Gedanken an eine Instantnudelsuppe grummelte mein Magen, aber ich bezweifelte, dass ich etwas herunterbekommen würde.

»Min-ho?«, fragte ich vorsichtig, als er gerade zum dritten Mal die Kühlschranktür auf– und wieder zumachte.

Kaum hatte ich seinen Namen ausgesprochen, drehte er sich so schnell um, dass ich erschrak. Sein Verhalten war so hektisch und nervös, dass es auf mich überging. Er kam ein paar Schritte auf mich zu und sein Gesichtsausdruck war viel weicher als zuvor. Diesmal wich ich nicht zurück, sondern versuchte seinem Blick standzuhalten.

»Wirklich alles okay?«, fragte er kaum hörbar.

Langsam nickte ich. »Wo ist denn das Gästezimmer?«

»Dein Zimmer«, fing er an, beugte sich an mir vorbei in Richtung Flur, sodass sein Gesicht meins fast berührte. »Ist die zweite Tür rechts.« Mein Körper versteifte sich und ich atmete hörbar aus. Augenblicklich entfernte er sich wieder ein Stück. Ein Nicken signalisierte mir, dass sich das Zimmer im Flur hinter mir befand, doch ich wagte es nicht, mich umzudrehen. Auch wenn ich tausend Impulse verspürte, ins Zimmer zu rennen und die Tür zu verschließen, blieb ich stehen und erwiderte seinen Blick. Min-ho unterbrach unser Starrduell mit einem Lächeln und ging zurück an die Küchenzeile.

Sein Handy klingelte und rettete mich erneut aus einem Gespräch. Beim Lesen der Nachricht zog er die Augenbrauen zusammen, während er immer aggressiver auf das Handy eintippte. Mein Körper bewegte sich nicht vom Fleck. Wie bestellt und nicht abgeholt. Min-hos Augen huschten zu mir herüber und ich schaute verlegen auf die Uhr an der Wand hinter ihm, um seinem Blick auszuweichen. 23:46 Uhr. Wie ein Reflex auf diese Erkenntnis begann ich zu gähnen und strich mir die Haare hinters Ohr.

»Müde?«

»Schon etwas. Wenn es dir nichts ausmacht, würde ich jetzt schlafen.«

»Dein Zimmer ist –«, fing er an.

»Zweite Tür rechts, ich weiß«, beendete ich den Satz mit einem kurzen Lächeln. »Gute Nacht.«

»Gute Nacht«, sagte er mit leiser Stimme.

Ich holte meinen Koffer aus der Ecke des Flures und verschwand in Richtung Gästezimmer. Die Tür öffnete ich so schnell, dass ein kalter Luftzug meine Haare umherwirbeln ließ. Sobald die Tür ins Schloss fiel, fühlte ich mich plattgedrückt. Platt wie ein Pfannkuchen. Erdrückt von der Welt.

Das Zimmer sah aus wie aus einem Katalog und bestimmt war die Bettwäsche teurer als meine Miete. Während ich nach meinen Schlafsachen im Koffer suchte, fiel mein Blick auf die andere Tür an der Seite des Raumes. Vorsichtig öffnete ich sie und entdeckte ein Badezimmer – weiße Fliesen, eine riesige Regendusche, flauschige weiße Handtücher, die sorgfältig sortiert auf dem Schrank lagen. Außerdem standen fein säuberlich Shampoo, verpackte Zahnbürsten und noch ein paar weitere Hygieneartikel daneben. Wie in einem Hotel. Dankbar, dass ich so wenigstens bis morgen früh nicht mehr das Zimmer verlassen musste, atmete ich tief ein. Drei, vier lange Atemzüge.

Der Spiegel nahm die Hälfte der Wand ein und bei meinem Anblick unterdrückte ich ein Lachen. Die Augenringe, meine blasse Haut und die blonden abstehenden Haare. Faszinierend, wie sich das Erscheinungsbild an die mentale Verfassung anpasste. Über die letzten Monate hinweg war meine Haut fahl geworden, die Augenringe tiefer, und ich hatte vor lauter Stress und Anspannung ständig mit Haarausfall zu kämpfen.

Wie auf Knopfdruck lächelte ich mir selbst zu, denn ich hatte gehört, dass man glücklicher werden würde, wenn man das tat. Nach ein paar Sekunden schnitt ich eine komische Grimasse, als ich es nicht mehr aushielt.

Nachdem ich mir das Gesicht gewaschen und meine langen Haare zurückgebunden hatte, zog ich mich um und setzte mich aufs Bett. Mir wurde bewusst, dass die letzte Mahlzeit, die ich gehabt hatte, im Flugzeug gewesen war, als mein Magen so laut knurrte, als wollte er das ganz Südkorea mitteilen.

Sofort machte ich mich daran, meinen Koffer nach etwas zu essen zu durchwühlen. Erleichtert fand ich die Tafeln Schokolade, die eigentlich ein Gastgeschenk sein sollten. Ich hatte gehört, dass es hier in Korea nicht so gute Schokolade gab, und wenn, war sie ziemlich überteuert. Bei ihrem Anblick bekam ich fast ein schlechtes Gewissen, doch ich brach trotzdem ein Stück ab und verschlang dann in Windeseile eine ganze Tafel. Völlig erledigt sank ich zurück aufs Bett, wo ich mich zusammenkugelte und keine drei ruhigen Gedanken vergingen, bevor der Panik-Modus losging.

Ich bin in einem fremden Land.

Ich kann die Sprache nicht.

Ich habe kein Geld, kein Handy und ich schlafe bei einem fremden Typen im Gästezimmer. Ich sollte meine Konten sperren, kam es mir in den Sinn. In England war es gerade Mittag, wenn ich die Zeitverschiebung richtig ausrechnete. Ich würde sicher jemanden erreichen, wenn ich jetzt anrief. Aber wie, ohne Handy? Sollte ich Min-ho fragen?

Meine Arme klammerten sich fest um das Kissen. Gewillt, sich irgendwo festzuhalten, in der Hoffnung, dass sich meine Gedanken dann nicht mehr so überschlugen.

War es ein Fehler gewesen? Hätte ich nicht davonlaufen sollen? Hätte ich bei ihm bleiben sollen? Er war bestimmt so wütend, dass es grad besser war, mein Handy nicht zu haben. Besser, dass Chris und mich ein ganzer Ozean trennte und wir auf verschiedenen Kontinenten waren. Besser, dass er nicht wusste, wo ich mich befand. Doch plötzlich fühlte ich mich unendlich allein. Erinnerungen an unseren letzten Streit spielten sich erneut vor meinen Augen ab, wie ein schlechter Film in Dauerschleife. Der Streit, die Schreie, die

Glasscherben. Wie er die blauen Flecken an meinem Körper küsste und mir immer wieder sagte, er würde mich lieben und dass es ihm leidtue. Die endlosen leeren Versprechen, so was würde nie wieder vorkommen.

Das ist der Preis der Liebe, hatte ich mir viel zu lange eingeredet. Egal wie oft er zuschlug oder mich beleidigte, bevor er mir wieder schöne Dinge ins Ohr flüsterte.

Schnell schüttelte ich den Kopf, in der Hoffnung, damit die Erinnerungen zu stoppen, und stand auf, um mich abzulenken. Wie der Rest des Apartments hatte auch dieses Zimmer bodentiefe Fenster.

Mein Blick wanderte hinaus auf die bunte Skyline von Lichtern und natürlich schrak ich zusammen, als es genau dann an der Tür klopfte. Eine Sekunde später wurde die Türklinke nach unten gedrückt. Erneutes Klopfen. Erneutes Zusammenschrecken.

»Aria?« Min-hos Stimme klang durch die Tür gedämpft.

Einen Moment hielt ich den Atem an. Dann lief ich zur Tür, nur um kurz davor stehen zu bleiben. »Was ist?«, wisperte ich und versuchte den Impuls zu unterdrücken, durch das Schlüsselloch zu spähen.

»Mach bitte kurz auf.«

Zögernd schwebte meine Hand über der Türklinke.

»Komm schon, ich habe etwas für dich.«

»Was denn?« Das Nächste, was ich hörte, war sein tiefes Lachen. Okay, ich verhielt mich albern. Das wusste ich. Aber ich konnte nichts dagegen tun.

»Rate, wer noch Waffeln zum Toasten im Gefrierschrank gefunden hat.«

Der Triumpf in seiner Stimme war deutlich zu hören und mein Hunger war wieder zurück, als ich das Wort Waffeln hörte. Vorsichtig öffnete ich die Tür. Er stand mit einem Teller vor mir.

»Für mich?«, fragte ich unnötigerweise, als ich den Teller begutachtete. »Vielen Dank.«

Min-ho nickte knapp. »Ich kann dich doch nicht hungrig zu Bett gehen lassen. Ich bin ein guter Gastgeber.«

Während er sich mit der Hand durch die Haare fuhr, bemerkte ich, dass er Hemd und Jeans gegen eine Jogginghose und ein T-Shirt getauscht hatte. Er sah auch darin gut aus, besser als für mich gut war. *Ted Bundy sah auch gut aus*, meldeten sich meine Gedanken zu Wort.

Auf einmal ging er auf die Knie und streckte mir den Teller wie eine Opfergabe entgegen. Aus Reflex nahm ich ihn, ohne es zu hinterfragen, und als Min-ho aufstand, überragte er mich wieder um fast zwei Köpfe.

»Gern. Wohlgenährt nützt du mir eh mehr«, entgegnete er mit einem Zwinkern, woraufhin ich demonstrativ die Augen rollte.

»Hör auf damit, ich kriege heute Nacht kein Auge zu.« Ich unterdrückte den Impuls, ihm gegen die Schulter zu boxen, und umklammerte den Teller so fest, als würde ich mir selbst nicht ganz trauen.

Sein Blick wanderte zu den Trägern meines Tops, das ich zum Schlafen angezogen hatte. Und ich stand da, unfähig, mich zu bewegen. Der Ausdruck in seinen Augen schien dunkler zu werden, als er mit der Zunge über seine Lippen fuhr.

Eine Sekunde, zwei Sekunden ...

Ich konnte nicht sagen, ob mir das gefiel. Die Art, wie sich die Luft veränderte, dieses Wunderkerzenknistern. Dieser Blick. Was war das? Was sollte das?

»Du starrst mich an. Hör auf«, brachte ich heiser hervor, unsicher, ob ich es wirklich ernst meinte.

»Ich lass dich mal allein.« Schlagartig war seine Stimme um mindestens eine Nuance tiefer, klang viel rauer als noch vor ein paar Sekunden.

»Warte.« Zögerlich berührte ich Min-ho am Unterarm und sah, wie er irritiert in der Bewegung innehielt.

Den Blick starr auf meine Hand gerichtet. Ich wusste nicht, was ihn ihm vorging. Aber etwas in mir wollte ihm vertrauen. Ihm eine Chance geben. Und wenn es nur deswegen war, damit ich beruhigter schlafen konnte.

»Darf ich mir mal dein Handy leihen? Ich muss mich bei der Bank melden und meine Konten sperren lassen.«

Langsam nickte er, ehe er sein Handy hervorholte und mir kommentarlos in die Hand drückte.

»Nur zu«, sagte er und ging ein paar Schritte in den Flur, als wollte er mir Privatsphäre geben. Mit zittrigen Fingern gab ich den Namen meiner Bank in die Suchleiste ein, fand die Nummer und rief an. Zu meinem Glück nahm sofort jemand ab, der nach einer Sicherheitsfrage sowohl meine Bank- als auch meine Kreditkarte sperren ließ. Das Gespräch dauerte keine zehn Minuten, Min-ho stand immer noch im Flur und ich lauschte dem Tuten des Anrufs, als der Mitarbeiter längst aufgelegt hatte. Schließlich ließ ich das Handy sinken, blickte auf das Hintergrundbild von ihm und fünf weiteren Männern, die ein Banner mit koreanischen Schriftzeichen hochhielten, und fragte mich, wo das wohl aufgenommen worden war. Alle sechs trugen ähnliche Outfits, die jedoch für den Alltag absolut unangebracht waren, und alle grinsten stolz in die Kamera. Meine Augen huschten wieder zu Min-ho, der jetzt am Fenster im Flur stand und hinaus auf die Skyline, die strahlend und deutlich zu sehen war, blickte.

»Min-ho …«, setzte ich an und wusste nicht mehr, was ich sagen wollte, weil er sich plötzlich umdrehte und wieder näher kam. Mit einem Grübchengrinsen nahm er das Handy zurück, seine Hand strich dabei über meine. Und mit dieser Berührung entfielen mir jegliche Worte, die ich mir vor ein paar Sekunden noch sorgfältig zurechtgelegt hatte.

Weil seine Haut sich so weich und warm anfühlte. Weil mein Herz zu rasen begann.

Vielleicht war ein »Ich danke dir. Entschuldige die Umstände. Bitte sei kein krimineller Typ, der mich im Schlaf ausraubt« angebracht, doch ich blieb stumm.

»Ich weiß, alles gut«, sagte er nach einer kurzen Pause, ohne dass ich mehr gesagt hatte. Er verstand mich wohl auch so. Als er die Tür gegenüber von meiner öffnete, drehte er sich noch einmal zu mir um.

»Ruh dich aus, ja? Ich bin gleich hier, wenn du irgendwas brauchst.« Er nickte zur Tür gegenüber.

»Okay«, gab ich müde zurück.

»Okay«, wiederholte er.

An meiner Situation war nichts okay, doch ohne erneut in Tränen auszubrechen, konnte ich ihm das nicht erklären. An das letzte Mal, als alles okay gewesen war, konnte ich mich schon gar nicht mehr erinnern, so lange war das her.

Irgendwas an Min-hos Lächeln, an seinen Augen, brachte mir trotz der Umstände jedoch eine kleine Vorstellung davon, wie es wieder so werden könnte. Sein Lächeln fühlte sich wie ein Pflaster für meine Panik an. Klar, es war, wie ein Kinderpflaster auf eine riesengroße Platzwunde zu kleben. Aber auch wenn es nur den Bruchteil einer Sekunde zu helfen schien, war es immer noch besser als nichts. Ein Schritt nach dem anderen.

»Gute Nacht, Aria.«

Mein Lächeln war ehrlich, als ich ihn ansah.

»Gute Nacht Min-ho. Entschuldige das ganze Drama. Und danke für alles.«

»Hör auf, dich immer zu bedanken.«

Ein großer Wasserfall an Entschuldigungen und Dankbarkeit, der uns seit unserem kurzen Kennenlernen begleitete. Ich begann bereits darin unterzugehen. Lächelnd schüttelte er den Kopf und fügte noch ein »Ich hoffe, du schläfst gut« hinzu.

Bevor ich etwas erwidern konnte, war seine Tür auch schon geschlossen. Möglicherweise stand ich noch ein paar Minuten wie erstarrt dort und blickte auf seine Tür.

Zurück im Zimmer inhalierte ich die Waffeln wie ein Staubsauger, legte mich anschließend unter die weiche Bettdecke und starrte in die Leere.

Ich fühlte mich, als hätte ich alle Brücken hinter mir abgefackelt und nichts als Asche hinterlassen. Dieses Gefühl war komisch. Als hätte ich mit meiner Entscheidung den Ort, den ich so lange mein Zuhause genannt hatte, nicht nur verlassen, sondern komplett ausgelöscht. Kein Zurück mehr. Genau das, was ich wollte, oder? Verdrängen, vergessen und neu anfangen. Alles, was mit diesem Ort und dieser Person zu tun hatte, hinter mir lassen. Was es wirklich bedeutete, diesen Schritt zu gehen, realisierte ich erst jetzt. In diesem riesigen Apartment, mit einem Fremden, der eine Tür weiter schlief, und ohne einen Plan B. Die Schwere, die sich in meiner Brust breitmachte und bis in mein Herz drang, hielt lange an. So lange, bis die Müdigkeit siegte und mich in einen unruhigen Schlaf zog.

6

Meine unruhigen Träume fanden ein Ende, als ein Geräusch direkt aus der Hölle mich am nächsten Morgen hochschrecken ließ. Seufzend vergrub ich mein Gesicht im Kissen, kniff die Augen zusammen und versuchte, es einfach zu ignorieren. Mit jeder Sekunde schien es lauter zu werden und als ich mich frustriert aufsetzte, traf mich die Realität wie kaltes Wasser, das über meinem Kopf ausgeschüttet wurde. Panisch wanderten meine Augen durch den Raum, als ich realisierte, wo ich mich befand. In Min-hos Apartment. In Seoul. In Südkorea.

Statt der grünen Wiese und dem Leuchtturm an der Küste, den ich sonst aus meinem Fenster in Hampshire sah, blickte ich jetzt auf belebte Straßen und Hochhäuser. Riesige Leuchtreklamen, mit Werbung für Shampoo und Musikvideos einer Girlband. Koreanische Schriftzeichen an den Häusern, die einem blinkend entgegensprangen. Nein, ich war definitiv nicht mehr in meiner Heimat.

Sobald ich das Gefühl hatte, meine Augen lang genug offen halten zu können und nicht sofort umzukippen, zwang ich mich, aufzustehen. Langsam lief ich zum Fenster und blickte hinaus. Von hier oben sah trotz der Hektik alles so friedlich aus. Einfach, weil das Gesamtbild stimmte.

Hätte ich in diesem Moment doch nur mein Handy gehabt, um ein Foto machen zu können. Um mich daran zu erinnern, dass von weit oben die Menschen aussahen wie Ameisen und dass meine Probleme vielleicht ebenso schrumpfen würden, wenn ich sie nur von weiter weg betrachten würde. Ich klatschte einmal in die Hände.

Eine Angewohnheit, die ich von meiner Mutter übernommen hatte und die signalisierte, dass nun Ende mit dem Gedankenkarussell war.

Die Entscheidung, hierherzukommen, war absolut richtig gewesen. Das spürte ich einfach. Mein Abenteuer hieß Südkorea und bei dem Gedanken daran, dass ich es geschafft hatte, herzukommen, lächelte ich erneut – nur diesmal war das Lächeln echt. Dies war quasi der erste Morgen meines neuen Lebens. Der erste Morgen, den ich in Freiheit verbrachte. Jedenfalls fühlte es sich so an. Na ja, abgesehen von der Tatsache, dass ich mich in jemandes Gästezimmer befand, den ich kaum kannte. Es war an der Zeit, mein neues Leben in den Griff zu bekommen. Das war ich mir selbst einfach schuldig.

Auf Zehenspitzen tapste ich barfuß den Flur hinunter, bemüht, möglichst leise zu sein und kein Aufsehen zu erregen. Sobald ich Min-ho in der Küche erblickte, stolperte ich über meine eigenen Füße und mein Herz stolperte gleich hinterher.

Min-ho.

Oberkörperfrei.

Nur in Jogginghose.

Das war doch Absicht!

Natürlich sah er gut aus und so, als würde er regelmäßig trainieren. Verdammt. Neben ihm sah ich wahrscheinlich weiß wie eine Wand aus. Seine Brustmuskeln waren so definiert, dass ich vom bloßen Hinsehen rot wurde. Von seinen Bauchmuskeln ganz zu schweigen. Ich riss meinen Blick nur mit Mühe von ihm los. Das Geräusch aus der Hölle kam unüberhörbar von einem Mixer.

»Aria? Bist du wach?«

Als ich einen Schritt vorwärtsging, stieß ich gegen eine Stehlampe und schrie laut auf. Min-ho blickte zu mir herüber und ich wünschte, es würde sich ein Loch vor mir auftun, in dem ich versinken könnte.

»Was machst du denn da? Ich habe dich doch nicht etwa geweckt?«, fragte er mit belustigter Stimme.

Sein Gesichtsausdruck verriet mir, dass er keineswegs um meinen Schlaf besorgt war. Etwas beschämt verschränkte ich die Arme vor der Brust.

»Es war sehr laut«, murmelte ich, nickte in Richtung des Mixers, und vermied bewusst den Blickkontakt, bis mein Gesicht wieder eine normale Farbe angenommen hatte.

»Das sollte er auch sein. Ich habe ihn fast zwanzig Minuten laufen lassen, bevor du dich aus deinem Zimmer bewegt hast.«

»Was?«

»Ach, nichts«, gab er fröhlich zurück. Nur ein Wort schoss mir in den Kopf: Oberarme. Seine Muskeln spannten sich an, als er den Mixer hob und den Inhalt in zwei Gläser kippte. Mein Blick wanderte von seinem Bizeps zu seinem Unterarm, auf dem sich Adern abzeichneten. *Gott steh mir bei.* Für diese Uhrzeit war mir schon viel zu warm und mein Kopf war wie leer gefegt.

Dafür, dass es so früh morgens war, schien Min-ho viel zu gut gelaunt. Während er den Mixer in die Spüle stellte, summte er eine Melodie vor sich hin, die nach Frank Sinatras *Fly me to the moon* klang.

Gewöhnlich benötigte ich mindestens zwei Tassen Kaffee, bevor ich überhaupt für soziale Interaktionen bereit war. Langsam trat ich näher an die Kücheninsel, auf der ein ganzes Frühstücksbuffet aufgebaut war. Bei diesem Anblick begann mein Magen sofort und unüberhörbar zu grummeln.

Neben Waffeln, Eiern und Speck entdeckte ich auch zwei Schüsseln mit Reis. Dazu lauter kleinere Schüsseln mit dampfender Suppe oder Gemüse, das ich noch nie gesehen hatte.

»Wo kommt denn das alles her? Füllt sich dein Kühlschrank magisch über Nacht?« Ich begutachtete die Suppe, die einfach herrlich roch.

»So ungefähr. Das ist Miso-Suppe«, nickte er in Richtung der Schale, als er meinen Blick sah.

»Ich habe gestern Nacht noch schnell was beim E-Mart bestellt. Die liefern das innerhalb weniger Stunden.«

»Auch über Nacht?«

»Auch über Nacht. Sie stellen es dann einfach vor die Tür. Die Convenience Stores haben hier auch durchgehend auf. Meist unnötig, aber manchmal sehr praktisch.«

»Wahnsinn«, sagte ich verblüfft und hielt nach Kaffee Ausschau. Enttäuscht stellte ich fest, dass keiner da war.

»Smoothie?«, fragte Min-ho stattdessen.

Ich verkniff mir ein Lachen. Ob nun wohl der Zeitpunkt war, ihm zu sagen, dass ich sofort Koffein benötigte und ohne durchdrehen würde?

Mit skeptischem Blick beäugte ich den Smoothie. Warum Leute freiwillig so was tranken, war mir echt ein Rätsel. Als wäre es nicht gesund genug, streute Min-ho noch irgendwelche Samen obendrauf.

»Nein danke«, antwortete ich knapp und rümpfte die Nase.

»Sicher? Ist gut für die –«

»Gesundheit?«, beendete ich den Satz für ihn.

»Genau.« Zufrieden nickte er. »Schön, dass wir uns so einig sind.«

»Morgens vertrag ich nicht so viel Fruchtsäure«, versuchte ich mich nett aus der Affäre zu ziehen, bemüht, ihn nicht großartig zu kränken. »Und ich bin eher ein Fan von Kaffee.«

Müde rieb ich mir die Augen und setzte mich auf einen der Barhocker. Während ich ein Gähnen unterdrückte, stützte ich mich auf den Tresen und ließ meinen Kopf auf die Arme fallen.

»Oh. Ein Morgenmuffel?«

»Allerdings.«

Und vor allem, wenn ich so aus dem Schlaf gerissen werde, fügte ich in Gedanken hinzu.

Ohne es weiter zu kommentieren, drehte Min-ho mir den Rücken zu. Als er eine Tasse aus dem oberen Schrank holte, rutschte ein silbernes Armband an seinem Handgelenk herunter. Ich konnte nicht anders, als ihn anzustarren. Die Art, wie die Muskeln sich bewegten, als er nach der Tasse griff, verursachte ein heißes Kribbeln auf meiner Haut. Mein Herz machte kleine Loopings, was ganz und gar nicht okay war. Normalerweise machte ich mir nichts aus Muskeln, aber ... allein dieser Rücken brachte mich auf ganz andere Gedanken. Der Anblick machte mich schlagartig wacher und brachte mein Herz schneller zum Rasen, als jedes Koffein es je könnte. Langsam drehte er sich wieder zu mir und erwischte mich beim Starren. Das Schmunzeln auf seinem Gesicht und die Röte in meinem waren eindeutig. Er wusste genau, was für eine Wirkung er hatte. Idiot.

»Ich mach dir mal einen Kaffee. Danach können wir zur Schule fahren.«

»Sehr gute Idee.«

Die Euphorie in meiner Stimme war kaum zu überhören und ich fragte mich, ob es damit zusammenhing, dass Min-ho mich so anlächelte, oder einfach damit, dass ich jetzt endlich mit meinem neuen Leben starten konnte.

Vielleicht war ich auch glücklich, dass ich die Nacht überlebt hatte. Am wahrscheinlichsten war es jedoch, dass meine Freude dem Surren der Kaffeemaschine galt, welchem kurze Zeit später der herrliche Geruch gemahlener Kaffeebohnen folgte.

»Ich habe nur gute Ideen«, antwortete Min-ho, als er mir die volle Tasse in die Hände drückte. Diesmal widersprach ich ihm nicht.

***

Mein Tag begann also mit einem ungewöhnlichen Frühstück und einer verhältnismäßig ruhigen Autofahrt.

Stillschweigend nippte ich an meinem Kaffee aus dem To-go-Becher und wartete darauf, dass ein Scheinwerfer vom Himmel fiel oder jemand laut »Cut« rief. Wie bei der Truman Show, denn so fühlte sich mein Leben gerade an.

Aber natürlich passierte das nicht. Trotz meiner Zweifel an Min-hos Absichten – oder seiner Person generell – war ich ihm für seine Hilfe verbunden. Schließlich hatte ich die Nacht unversehrt überlebt. Praktischerweise ging mein Kopf gestern vorm Schlafengehen noch mal alle möglichen Szenarien durch und es endete damit, dass ich mich an eine Doku erinnerte. Eine Doku, die sich mit dem Organhandel von Touristen auseinandersetzte. Dadurch wusste ich auch, dass es in Korea nicht gerade unüblich war, Touristen zu entführen, ihnen die Organe zu entnehmen und dann weiterzuverkaufen. Aber meine Nieren waren noch da, wo sie hingehörten, und mir war nichts passiert. Über meine paranoiden Gedanken konnte ich jetzt schon wieder lachen. Etwas zumindest.

Wir fuhren in die Straße der Schule und Min-ho parkte an derselben Stelle wie am Abend zuvor.

»Soll ich mit reinkommen?« Starr blickte er auf die Straße und ließ keine Gefühle erkennen.

Die Stimmung war irgendwie merkwürdig gekippt und ich konnte mir nicht zusammenreimen, woran das lag.

»Alles gut«, erwiderte ich und schaute zur Eingangstür der Schule.

Selbst von hier konnte ich die Menschen sehen, die sich im Gebäude befanden. Innerlich bereitete ich schon meine Erklärung vor, die ich gleich brauchen würde, sobald ich durch diese Tür ging.

»Ich glaube, ich muss dir nicht noch mehr zur Last fallen«, fügte ich hinzu und bemühte mich um einen witzigen Unterton, obwohl es mein voller Ernst war.

»Das bist du nicht. War doch irgendwie lustig.«

»Auf jeden Fall etwas, das ich so schnell nicht vergessen werde.« Nervös biss ich mir auf die Lippe. Ein merkwürdiges Gefühl machte sich in mir breit. Aus diesem Auto auszusteigen hieß vermutlich, dass ich Min-ho nie wiedersehen würde. Als hätte er meine Gedanken gehört, drehte er sich zu mir.

»Das war es dann wohl mit uns«, bemerkte er theatralisch. Sechs, sieben Herzschläge lang sagte keiner von uns etwas und es fühlte sich nach einer Ewigkeit an.

»Vorerst …«, murmelte ich schließlich.

»Vorerst«, wiederholte er meine Worte mit einem Lächeln. Den Kopf gesenkt schaute er auf seine Hände und fing damit an, einen seiner Ringe hin- und herzudrehen. Bevor es noch peinlicher wurde, löste ich den Sicherheitsgurt und drehte mich noch einmal in seine Richtung.

»Min-ho, danke für alles. Ich bin dir echt was schuldig.«

»Ist doch selbstverständlich«, wiederholte er seine Worte von gestern Abend mit einem Schulterzucken.

»Ist es nicht. Das hätte nicht jeder gemacht.«

Etwas verkrampft öffnete ich die Tür und Min-ho stieg ebenfalls aus. Ich erlaubte es mir, ihn ein letztes Mal zu mustern. Den grauen Kapuzenpullover, den er sich übergezogen hatte. Die graue locker sitzende Jogginghose. Die Kette, die unter dem V-Ausschnitt des Pullovers verschwand. *Stopp*, ermahnte mich eine Stimme in meinem Kopf. *Sofort aufhören.*

Doch ich konnte nicht und es war mir egal, dass er mich ebenfalls so anstarrte. Sollte er doch. Es gefiel mir sogar.

Wahrscheinlich dachte er genau dasselbe wie ich. Mein Blick folgte seiner Hand, mit der er sich durch die schwarzen Haare fuhr. Seine Uhr, die im perfekten Kontrast zu seinem restlichen Outfit herausstach, und die Sonnenbrille, die er aufgesetzt hatte, nachdem er ausgestiegen war. Die schwarzen lockigen Haare. Das markante Kinn und die vollen Lippen.

Es war ein Versuch, sein Bild so gut es ging abzuspeichern, und es schien, als hätte er das Gleiche vor ... Seine Augen wanderten von meinen geflochtenen Haaren zu meinem blauen Rock mit weißer Bluse. Mein Outfit für einen guten ersten Eindruck. Ich hatte sogar etwas Lippenstift aufgetragen und Concealer benutzt, um meine Augenringe zu kaschieren.

Ein lautes Hupen ließ uns beide zusammenzucken und zerstörte diesen kleinen Moment, was auch immer das für einer war. Verlegenes Lachen. Ein weiterer Blick. Lautes Ausatmen.

»Also ist das der große Abschied?«, fragte Min-ho mit einem traurigen Lächeln, während er den Koffer in meine Richtung rollte und eine Augenbraue hob.

»Scheint so.« Meine Nervosität sorgte dafür, dass ich meine Hände damit beschäftigte, die Griffhalterung vom Koffer runter- und wieder hochzufahren.

»Warte mal kurz.« Demonstrativ hob er bei den Worten den Zeigefinger hoch, ehe er die Autotür öffnete und nach etwas suchte. »Gib mir mal deine Hand«, sagte er schließlich und griff auch schon danach.

Mit einer sanften Bewegung drehte er meine Hand einmal in seiner. Der plötzliche Körperkontakt bereitete mir eine Gänsehaut. Bevor ich es realisierte, hatte ich seine Nummer auf dem Handrücken stehen.

»Für Notfälle. Wenn du dich nach einem Retter in der Not sehnst«, fügte er mit einem süffisanten Grinsen hinzu, ließ meine Hand aber trotzdem für mehrere Sekunden nicht los und strich mit dem Daumen über meine Haut.

»Schon klar.« Obwohl meine Worte sarkastisch gemeint waren, lächelte ich.

»Ruf an, schreib mir. Schick mir viele dankbare Herzen.«

»Warte nicht drauf«, gab ich amüsiert zurück.

»Das tut weh, Aria. Das tut weh.« Er legte die Handflächen auf seine Brust, als hätte ich ihn angeschossen und tödlich verletzt.

»Du wirst es verkraften, Min-ho.«

Verlegen zuckte er mit den Schultern, während in seinem Gesicht eine leichte Röte erschien.

Wie sollte ich mich von ihm verabschieden?

Mit einer Umarmung? Lieber einem Händeschütteln?

Im selben Augenblick nahm Min-ho mir die Entscheidung ab. Sanft klopfte er mir mit der flachen Hand auf den Kopf. So sanft, dass ich die Berührung kaum wahrnahm. Was war das?

Irritiert blickte ich zu ihm hoch, doch er grinste nur und lief ohne ein Wort zurück zur Autotür.

Bevor er losfuhr, ließ er die Scheibe herunter und streckte den Kopf heraus, sodass ihm die Haare ins Gesicht fielen.

»Hey, Aria!«, rief er mir zu. Ich trat ans Auto heran, mein Gesicht spiegelte sich in seiner Sonnenbrille.

»Ja, Min-ho?«

Er lächelte breit. »Man sieht sich!«

»Wieso klingt das wie ein Versprechen?«

»Weil es das ist.«

Bevor ich etwas erwidern konnte, fuhr er auch schon davon. Und irgendwas sagte mir, dass ich ihn schneller wiedersehen würde, als ich dachte.

7

Auch wenn ich so zielstrebig auf die Eingangstür zugelaufen war, zögerte ich, sie zu öffnen. Ich schloss die Augen, um die Lautstärke meiner Gedanken zu regulieren, ehe ich hineinging.

Ein paar Entschuldigungen meinerseits und ein paar aufmunternde Worte meines Arbeitgebers später war alles geklärt.

Die Schule hatte bereits ein Konto für mein Gehalt eingerichtet, weil die Kontoeröffnung in Korea etwas problematisch war, und nach einer Erklärung meiner Situation hatten sie mir einen Gehaltsvorschuss gegeben, woraufhin ich erst mal weinen musste. Klar.

Ich konnte es nicht fassen, dass sie so verständnisvoll waren. Für meine Chefin schien das völlig selbstverständlich zu sein und als sie mir Taschentücher reichte, schob sie meine Schlüsselkarte für mein Wohnheimzimmer und einige Unterlagen über den Tisch.

Den Code für meine eigene Zimmertür musste ich mir merken, aber für die große Eingangstür gab es Gott sei Dank eine Schlüsselkarte. Die Chefin, die sich mir als Mrs Oh vorgestellt hatte, empfahl mir auch einige Orte, an denen ich ein neues Handy kaufen konnte. Zusammen liefen wir in den hinteren Teil der Schule, in welchem sich die Wohnheime der Mitarbeiter befanden.

Ich blickte in den langen Flur und fragte mich, wer wohl alles hier wohnen würde – und viel wichtiger, ob ich mich mit ihnen verstehen würde. An meiner Tür stand mein Name zusammen mit der Zimmernummer auf einem silbernen Schild:

Aria Harper. 910.

Voller Vorfreude öffnete ich die Tür zu meinem Zuhause für das kommende Jahr.

Es war nicht sonderlich groß. Das Zimmer bestand aus einem Bett, einem kleinen Schreibtisch, einem Regal an der Wand und einer Kommode. Diese vier weißen Wände warteten nur darauf, dass ich sie wie Leinwände in etwas Eigenes verwandelte.

Lichterketten, Bücher, Kerzen und das kleine Wolkenkissen, das meine Mutter mir einmal geschenkt hatte. All das würde diesen Raum zu etwas machen, das ich lange nicht gehabt hatte.

Einem Rückzugsort. Ganz für mich allein.

Das Bad war ungefähr so groß, wie ich breit war. Es besaß ein kleines Waschbecken, eine Toilette und einen kleinen Spiegelschrank. Kein Fenster und vor allem keinen Platz, sich auch nur umzudrehen. Aber was mich am meisten irritierte: die Dusche. Wo war sie?

Wäre ich eine Comicfigur, wären jetzt lauter Fragezeichen über meinem Kopf aufgetaucht. Statt einer Duschkabine hing einfach ein Duschschlauch aus der Wand. Keine sonstige Vorrichtung, nur ein Schlauch und ein kleiner Abfluss im Boden. Sollte ich mich etwa mitten im Raum duschen? Irritiert blickte ich mich um, aber es gab nichts anderes. Nun gut, damit musste ich mich wohl arrangieren. Ich würde es später herausfinden. Wenigstens kein Gemeinschaftsbad, alles war besser als das.

Bereits jetzt sehnte ich mich schon nach dem wesentlich größeren und luxuriöseren Bad bei Min-ho.

Meine Gedanken wanderten für eine Sekunde zu ihm zurück, wie er oberkörperfrei einen Smoothie machte und in meine Richtung grinste. Ich blinzelte die Erinnerung an ihn fort, bevor ich mich darin verlieren konnte.

Nachdem ich ein paar Klamotten in der Kommode verstaut und ein paar Bücher ins Regal gestellt hatte, ließ ich mich aufs Bett zurückfallen. Die Matratze war steinhart und gab keinen Zentimeter nach.

Augenblicklich begann ich zu grübeln und mir meinen Alltag vorzustellen, und statt der Panik ergriff mich diesmal die Vorfreude auf das kommende Jahr, auf alle Erfahrungen und Erinnerungen, die ich hier in Seoul sammeln würde. Unfassbar, dass ich tatsächlich in dieser Stadt war. Dass ich tatsächlich nach Korea geflogen war und jetzt Kindern Englisch beibringen würde. Am anderen Ende der Welt.

Meine Vergangenheit definierte mich nicht länger. Ich hatte mein altes Leben hinter mir gelassen. Ein euphorisches Gefühl durchströmte mich. Eine gestohlene Tasche würde mich nicht von einem Neustart abhalten.

Immerhin war ich hier und konnte alles Schritt für Schritt wieder geradebiegen. Für den Anfang sollte ich mir wohl ein neues Handy kaufen gehen. Aufgeregt lief ich zum einzigen Fenster im Raum und blickte hinaus. Mein Zimmer führte auf den Innenhof der Schule, der zwar klein, aber wunderschön aussah. In weiter Ferne konnte man den Namsan Tower erkennen. Natürlich hatte ich mir vorgenommen, dort hinzufahren und ein Schloss an der Brücke anzubringen, so wie ich es im Film *To All the Boys: Always and Forever, Lara Jean* gesehen hatte. Lara Jean und Peter waren ein absolutes Couple-Goal. Das Schloss, das ich anbringen wollte, hatte jedoch einen anderen Zweck: Es war ein Versprechen, dass ich wieder zu mir selbst finden und mich selbst so lieben würde, wie ich es verdient hatte.

Zwischen mehreren Kirschbäumen sah ich mich bereits auf den Bänken dort unten im Innenhof sitzen, wie ich in ein Buch oder in meine Unterrichtsvorbereitung vertieft war. Laut der Direktorin hielten sich die meisten Schüler in den Studyrooms auf, die sich in einem anderen Abteil des Gebäudes befanden. Eine strikte Trennung von Personal und Schülern hatte sie es genannt. Natürlich gäbe es diese Räumlichkeiten ebenfalls für uns Lehrkräfte.

Ausgestattet mit allem, was man benötigte, und mit isolierten Tischen für mehr Produktivität. Ich öffnete das Fenster, um etwas frische Luft in den Raum zu lassen, als mir die Nummer auf meiner Haut auffiel, die Min-ho mit schwarzem Stift darauf geschrieben hatte. Eine Weile hielt ich meine Hand hoch und betrachtete sie, als würde sie plötzlich nicht mehr zu mir gehören.

Ein Grinsen huschte über mein Gesicht, als ich die Nummer auf ein Post-it schrieb und an den Spiegel über der Kommode klebte. *Für Notfälle,* hörte ich Min-ho sagen und nahm mir vor, ihm eine Nachricht zu schreiben, sobald ich mir ein neues Handy gekauft hatte. Dann konnte ich ihn auf einen Kaffee einladen.

Natürlich nur, um mich zu bedanken. Nicht, weil ich beim Gedanken an ihn sofort anfing zu grinsen. Und auch nicht, weil ich dieses neue, nervöse Gefühl bekam, das sich viel zu gut anfühlte.

Ich wusste, dass es für mich viel zu früh war, um mich wieder auf jemanden einzulassen.

Schließlich war ich nach Korea gekommen, um herauszufinden, wer ich eigentlich war. Ohne jemanden an meiner Seite. Auch wenn ich bei dieser Vorstellung leicht eingeschüchtert und nervös wurde, war es ebenso ein aufregendes Gefühl. Die vielen Möglichkeiten, die mir diese Stadt bot, und die wiedergewonnene Freiheit. Mein Herz begann aufgeregt und wild in meiner Brust zu klopfen.

Für mich als eher sicherheitsbedachten Menschen war es absolut untypisch, beinahe überstürzt, einen neuen Lebensabschnitt zu beginnen. An keiner Stelle fühlte ich mich so, als hätte ich impulsiv gehandelt, stattdessen kam es mir so vor, als wäre es vorherbestimmt gewesen. Diese Anzeige der Uni, meine Bewerbung, mein Plan. Alles lief so unkompliziert, dass es beinahe verdächtig war. Selbst der holprige Start konnte nichts daran ändern, denn schließlich saß ich jetzt in meinem Zimmer und hatte mich nicht unterkriegen lassen.

Anscheinend hatte mein Herz diese Mitteilung noch nicht verstanden, aber ich musste herausfinden, wer ich ohne Partner war. Ohne Chris. Denn es hatte in den letzten fünf Jahren nur ein *Wir* gegeben. *Wir mochten das nicht, wir gingen dort hin, wir fanden, dass es besser wäre …* Wir.

Immer nur wir, an sich auch eine schöne Vorstellung.

Vorausgesetzt, dass man noch eine eigene Persönlichkeit behielt und sich nicht selbst aufgab, um diesem *Wir* gerecht zu werden. Um zurechtzukommen. Um zu überleben.

Ich hatte den Entschluss, Chris zu verlassen, schon lange im Kopf gehabt, und mein Herz hatte bereits vor über einem Jahr angefangen, ihn mit jedem Tag, mit jedem Streit und mit jedem blauen Fleck weniger zu lieben – auch wenn ich das da noch nicht ganz verstanden hatte, es einfach nicht wahrhaben wollte. Aus Gewohnheit und aus Hoffnung, dass es wieder wie früher werden würde, war ich geblieben. Doch es hatte sich nichts geändert, bis meine Gefühle für ihn zwar noch da waren – aber lange nicht mehr auf einer leidenschaftlichen Ebene. Eher, weil ich keine Wahl gehabt hatte. Oder vielmehr: Weil ich dachte, ich hätte keine Wahl, obwohl ich einfach nur nicht mutig genug gewesen war.

Nicht bereit. Das musste ich zwar mit mir selbst ausmachen, aber vielleicht würden ein paar Freunde mich auf dem Weg unterstützen können.

Und vielleicht könnten Min-ho und ich ja Freunde werden.

Plötzlich klopfte es an der Tür und natürlich zuckte ich zusammen, denn ich war von Natur aus ein schreckhafter Mensch. Mein Bruder hatte früher jede Möglichkeit ergriffen, dies auszunutzen, und mir Streiche gespielt.

Erneut klopfte es, diesmal in einem bestimmten Rhythmus, was mich automatisch grinsen ließ. Ich erkannte die Melodie als die aus der Szene in *Die Eiskönigin*, in der Anna an die Zimmertür von Elsa klopfte.

Elsa? Do you wanna build a snowman?

Ein starkes Klopfen, gefolgt von vier schnellen Klopfern. Während ich den Song schon vor mich hinsang, öffnete ich die Tür.

Vor mir stand ein Mädchen mit schwarzen Haaren, die ihr knapp bis zur Schulter gingen, und augenblicklich setzte sie ein perfektes Lächeln auf, als würde sie Werbung für Zahnpasta machen wollen.

Dunkler Lidschatten, rote Lippen und lange, dichte Wimpern, auf die ich sofort neidisch war. Mit aufgerissenen Augen sah sie mich an, als hätte sie nicht erwartet, dass ich die Tür öffnete. Mein Blick fiel sofort auf ihr T-Shirt mit dem Nirvana-Logo, das in einer zerrissenen Jeans steckte. Nicht zuletzt deswegen, weil sie Doc Martens mit Absätzen trug und mich deswegen um einen Kopf überragte.

»Ähm. Hallo?« Es klang mehr wie eine Frage als eine Begrüßung.

»Hi. Ich bin Emily. Ich wohne nebenan und ich habe ganz zufällig gehört, wie die Chefin dich hergebracht hat. Also, nicht so stalkermäßig, wie es vielleicht klingt, wenn man bedenkt, wie dünn die Wände hier sind. Jedenfalls …«, dann holte sie kurz Luft und lächelte mich an, bevor sie weitersprach: »Entschuldige, ich rede zu schnell. Das sagen mir immer wieder alle. Wenn ich nervös bin, plappere ich los wie ein Wasserfall. Aber ich freue mich einfach so, dass du einziehst. Mrs Oh hat mir schon berichtet, dass du aus England kommst. Rate mal, ich auch!« Bei den Worten griff sie meine Hand und hüpfte aufgeregt auf der Stelle. Dieses Mädchen redete so schnell, dass ich völlig überfordert war. »Und wir sind im selben Alter. Da wollte ich mich einfach vorstellen«, fuhr sie fort und reckte das Kinn, ohne meine Reaktion zu bemerken. Dann spähte sie neugierig in mein Zimmer.

»Freut mich, dich kennenzulernen, ähm ...« Ich stockte, weil ich mich nicht an ihren Namen erinnerte.

Wieso vergaß ich die Namen der Leute einfach immer sofort, wenn sie mir gesagt wurden? Das war so eine nervige Angewohnheit.

»Emily«, half sie mir aus und lächelte. Ein sehr ehrliches und offenes Lächeln. Ich erwiderte es.

»Ich bin Aria.«

Statt meine Hand zu ergreifen, die ich ihr hinhielt, zog sie mich in eine Umarmung. Ich versteifte mich. Angst vor körperlicher Nähe hatte dieses Mädchen jedenfalls nicht, so viel stand fest. Früher war das auch nie ein Problem für mich gewesen. Vor Chris war ich nie erstarrt, sobald mich jemand spontan in den Arm nahm.

Doch durch ihn hatte sich das geändert. In Kombination mit meiner schreckhaften Art war ich immer auf der Hut und oft befürchtete ich Schmerzen bei plötzlicher Nähe, da die blauen Flecke und Prellungen wie Tattoos zu mir gehörten. Dafür hatte Chris gesorgt. Selbst jetzt konnte ich dieses Verhalten nicht abschütteln.

Du bist in Sicherheit.

Du bist in Sicherheit.

Du bist in Sicherheit.

Diese Worte liefen wie in Endlosschleife durch meinen Kopf und sofort entspannte ich mich etwas.

»Es freut mich so, dass du da bist. Ich habe gestern schon mit dir gerechnet«, sagte Emily und holte mich in die Realität zurück.

»Ja, also ... Da gab es einige Probleme bei meiner Ankunft.«

Nervös trat ich einen Schritt zurück in mein Zimmer, da wir immer noch im Türrahmen standen. Mit einer Hand hielt ich die Tür offen und keine Sekunde später saß Emily im Schneidersitz auf meinem Bett.

Ihre positive Art sprang direkt auf mich über, sie wirkte so sorglos, offen und freundlich, wie ich es gern gewesen wäre.

Grundsätzlich hatte ich keine Probleme, neue Leute kennenzulernen. In oberflächlichen Kontakten war ich eine Meisterin, aber alles, was tiefer ging, stieß ich von mir weg.

Die Leute verhielten sich anders, wenn sie wussten, wie kaputt man war. Mitleidige Blicke konnte ich nicht ertragen. Gerade als ich begann, in die Tiefen meiner Unsicherheit abzudriften, räusperte sich Emily.

»Sorry, dass ich hier so aufgekreuzt bin und dich so überfalle«, sagte sie jetzt und runzelte die Stirn.

»Ach, schon gut. Es ist grad alles einfach etwas zu viel.«

»Klar. Verstehe ich, so ging es mir auch. Und so geht es mir ehrlich gesagt immer noch manchmal.« Schulterzuckend begann sie mit einer der vielen Ketten zu spielen, die sie trug.

Für einen Neuanfang musste ich über meinen Schatten springen, das wusste ich. Freunde finden. Offener sein.

»Hey«, begann ich unsicher. »Hast du vielleicht Lust, mich zu begleiten? Ich muss mir ein neues Handy kaufen. Und noch ein paar andere Dinge.«

»Natürlich! Dann können wir uns gleich besser kennenlernen.« Die Freude in ihrem Gesicht steckte mich an. »Ich weiß genau, wo wir hinmüssen.«

***

Auf dem Weg ins Zentrum von Seoul wurde mir wieder bewusst, wie anders diese Stadt doch im Gegensatz zu meiner Heimat war. Es war die Mischung aus modernen und alten Häusern, den vielen Ständen und der Natur. Ich hatte gelesen, dass der Frühling die perfekte Jahreszeit für eine Reise nach Korea war, und konnte dem nur zustimmen. Es war wunderschön. Überall erblühten Kirschblütenbäume, deren Blätter im Wind wehten, als würde es schneien. In der Ferne war Wasser zu erkennen und wir waren in kürzester Zeit schon an verschiedenen Parks vorbeigekommen. Tatsächlich hätte ich nicht mit so viel Natur inmitten einer Großstadt gerechnet und am liebsten wäre ich alle zwei Meter stehen geblieben und hätte Fotos gemacht.

Wenn ich wieder ein Handy hatte, würde genau das passieren. Ich liebte die Atmosphäre jetzt schon. Es war laut, chaotisch, hektisch und doch passte es perfekt. Überall liefen Menschen durch die Straßen. Die meisten trugen Masken aufgrund der schlechten Luft, die mir auch sofort aufgefallen war. Tatsächlich hatte Emily mir auch eine schwarze Maske in die Hand gedrückt, als wir in Richtung U-Bahn liefen. Atmen fühlte sich hier irgendwie schwerer an. Als würde ich durch einen Filter atmen, der ein raues Gefühl in meinen Lungen hinterließ.

In England war alles so viel ruhiger. Im Vergleich erschien mir meine Heimat grau und festgefahren. Hier in Seoul fühlte ich mich am Leben. Bereits jetzt hatte ich das merkwürdige Gefühl, genau am richtigen Ort zu sein.

Ich hatte die Leute nie verstanden, die sich sofort zu einem Ort hingezogen gefühlt hatten, aber jetzt, wo ich hier war, wollte ich nie wieder weg. Alles war schnell und sprudelte vor Leben und ich hoffte, dass das auf mich einen bleibenden Eindruck hinterließ. Dass ich mich hier in dieser Stadt ebenfalls lebendig fühlte. In der Stadt voller Leben und Lichter.

Mit Emily besorgte ich mir eine neue T-Money-Karte, diesmal mit einem süßen kleinen Alpaka, das eine Sonnenbrille trug, statt einer Karte mit Kakao-Friends-Motiv.

Wir begaben uns auf die Rolltreppe, die uns zu den Gleisen brachte, und ich erzählte Emily, was sich seit meiner Ankunft alles ereignet hatte. Dabei spielte ich meine Panikattacke am Flughafen etwas runter und auch meine Zweifel gegenüber Min-ho.

Ich wusste nicht warum, aber irgendwie war es mir peinlich, so misstrauisch gewesen zu sein. Schließlich war ich trotz allem zu ihm ins Auto gestiegen. Hatte sogar dort übernachtet. Dafür beschrieb ich umso ausführlicher, wie gut Min-ho aussah und wie schön die Aussicht des Apartments gewesen war.

»Oh, das klingt wie in einem Film, Aria. Eine schicksalshafte Begegnung. Ein mysteriöser Held, der dich aus der Notlage rettet«, schwärmte sie und legte sich ergriffen die Hand auf die Brust.

»Jetzt bleib mal auf dem Boden«, lachte ich und hakte die Daumen in die Schlaufen meines Rücksacks ein, als immer mehr Menschen kamen.

Noch einmal würde ich mir meine Sachen nicht klauen lassen. Misstrauisch blickte ich mich um, aber die Menschen schienen uns nicht zu beachten und die meisten starrten einfach auf ihr Handy.

Mit schnellen Schritten liefen wir durch den Bereich vor dem Gleis und ich war schlichtweg begeistert von der ganzen Technik, die es allein hier am Bahnhof gab.

Eine riesige Anzeige gab Auskunft darüber, wo genau der Zug sich gerade befand. Eine andere erwies sich als interaktives Board, welches dir das komplette Netzwerk in Seoul erklärte und wie du zu welchem Ort kommen konntest.

Vor den Gleisen befanden sich gläserne Sicherheitstüren. Man musste davor warten und kam nicht zum Gleis, bevor der Zug auch tatsächlich einfuhr. Dies wurde durch eine Melodie signalisiert. Emily erklärte mir, dass man in Korea nicht einfach ans Gleis konnte.

»Die sind da, damit sich keiner vor den Zug werfen kann«, erklärte Emily trocken, »Klingt etwas makaber, aber ... Korea gehört zu den Ländern mit der höchsten Selbstmordrate. Besonders unter Jugendlichen. Hat mit dem vielen Stress und Leistungsdruck zu tun.«

Im Vorfeld hatte ich mich schon über das Bildungssystem informiert, schließlich arbeitete ich ab jetzt in einer Schule, und ich war auf ein paar erschreckende Artikel gestoßen, aber so richtig konnte ich mir das nicht vorstellen. Schüler, die sechzehn Stunden am Tag lernten, die bereits mit vier Jahren perfekt lesen und schreiben konnten, und die Messung des sozialen Erfolges anhand der Bildung. Es ließ sich kaum mit dem Bildungssystem vergleichen, wie ich es kannte, und schien absolut verrückt und realitätsfern, doch Emilys Worte bestätigten jede meiner Annahmen.

Eine Melodie ertönte, woraufhin wir sofort in die Bahn gedrängt wurden, aber irgendwie schafften wir es, einen Platz zu ergattern. Emily erzählte mir, dass sie vor einem Jahr nach Korea gekommen war und ebenfalls Englisch unterrichtete. Wir unterhielten uns über unsere Erfahrungen beim Bewerbungsprozess und über die Organisation des Aufenthaltes hier am anderen Ende der Welt.

»Bald läuft mein Arbeitsvisum aus. Es ist einfach verdammt schwer, langfristig hierzubleiben. Obwohl das mein Traum wäre. Jedenfalls für jetzt. Seoul hat sich einfach in mein Herz geschlichen und ich bin noch nicht bereit, wieder zu gehen. Aber das mit dem Visum ist beschissen. Da macht das Land es einem echt nicht leicht.«

»Ich wusste gar nicht, dass es wirklich so schwer ist«, gab ich vorsichtig zurück.

»Natürlich könnte ich einfach einen Koreaner heiraten. Ich hätte nichts gegen einen *Oppa* einzuwenden, der mit mir meine K-Drama-Vorstellung lebt.« Sie warf mir einen ernsten Blick zu, doch brach kurze Zeit später in Gelächter aus.

»Oppa?«, fragte ich verwirrt.

»Das nennt man so, wenn du als Frau einen Mann ansprichst, der älter ist als du. Als Ausländerin in Korea denken die Typen aber sofort, dass du etwas von ihnen willst, wenn du sie so ansprichst. Es kann nämlich sehr schnell sehr anzüglich verstanden werden.«

Mein irritiertes Gesicht spornte sie zu weiteren Erklärungen an.

»Hier wird eigentlich keiner wirklich mit seinem Namen angesprochen. Deswegen gibt es ein paar Begriffe, die wir stattdessen verwenden. Aber das lernst du noch schnell genug.«

Da war ich mir aber nicht so sicher. Trotzdem versuchte ich, aufmerksam anzuhören und alles abzuspeichern.

»Trinke nie, und ich meine wirklich nie, das Zeug, das sie in der Schule als Kaffee ausgeben. Die Straße runter ist ein gutes Café mit richtigem Kaffee. Wir haben zwar eine Mensa, aber an deiner Stelle wäre ich mit dem Essen vorsichtig. In den ersten Wochen war ich nur auf der Toilette. Wenn jemand sagt, dass das Essen nicht scharf ist, dann ist es für uns trotzdem scharf. Ach ja!«, sie schlug mir mit der Hand aufgeregt aufs Knie. »Sei immer freundlich zu Älteren. Immer. Egal, ob sie nur ein Jahr älter sind als du. Das Alter spielt hier eine große Rolle und man muss den Älteren Respekt zeigen, sonst ist man unten durch. Wenn du irgendwo was trinken gehst, schenke dir immer zuletzt ein und trink dein Glas so, dass dein Gegenüber es nicht sieht. Verdeck es am besten mit der Hand.« In etwas leiserer Stimme fuhr sie fort: »Wenn ein Typ dich fragt, ob du mit ihm Ramyeon essen willst – glaub mir, dann will er dir keine köstliche Nudelsuppe spendieren, sondern dich ins Bett kriegen.«

Alles klar, Ramyeon bedeutete One-Night-Stand. Gedanklich erstellte ich schon eine Liste mit all den Dingen, die Emily mir sagte und die es in dieser fremden Kultur zu beachten gab.

***

Die Schule befand sich im Viertel Daechi, das vor allem für private, elitäre Bildung bekannt war. Daechi gehörte zu Gangnam, einem der teuersten Stadtteile von Seoul, der seit dem Song *Gangnam-Style* jedem ein Begriff war. Hier lebten nur die Wohlhabendsten, na ja, und die, die für sie arbeiteten – und zu denen gehörte ich wohl jetzt.

Bis ins Stadtzentrum waren es nur sieben Stationen, die wir schnell erreichten. Mit enormer Geschwindigkeit rauschten wir durch Seoul und die Türen öffneten und schlossen sich so schnell, dass ich es fast gar nicht mitbekam.

Menschen kamen rein, Menschen gingen raus.

Alles hier war schnelllebig. *Balli Balli* war das Lebensmotto in diesem Land, was so viel hieß wie »Schnell, schnell!« – ein Leben in Höchstgeschwindigkeit.

»Hier müssen wir raus«, sagte Emily plötzlich und sprang bereits bei den Worten auf.

Die Menschenmasse drückte uns nach vorne und ich bemühte mich, ihr zu folgen, ohne sie aus den Augen zu verlieren. An die Maske musste ich mich allerdings noch etwas gewöhnen. Vor allem dem Drang zu widerstehen, sie nicht dauernd herunterzuziehen oder zurechtzuzupfen. Dennoch gab sie mir eine gewisse Sicherheit, weil sie meine Mimik weitgehend verdeckte.

Meinen offen stehenden Mund zum Beispiel, als wir ausstiegen. Aber meine aufgerissenen Augen sprachen wohl auch mit Maske Bände. Wir verließen die U-Bahn-Station und befanden uns inmitten der Stadt. Es war überwältigend.

Riesige Bildschirme an den Hochhäusern, Essenstände, von denen ein verlockender Geruch herüberwehte, und überall gab es weitere kleine Stände. Jetzt, wo ich so davorstand, wirkten sie noch größer. Ich fühlte mich, als wäre ich in der Zukunft angekommen. Ein Bildschirm stach heraus und ließ mich sämtliche Realität hinterfragen. Er ging um die Ecke!

Der Bildschirm war so groß wie das halbe Gebäude und zu sehen war ein Wal, der um die Ecke und wieder zurückschwamm. Die Qualität war faszinierend. Es sah wirklich so aus, als befände sich da inmitten der Gebäude ein riesiges Aquarium – samt Blauwal. Nur mein gesunder Menschenverstand versicherte mir, dass das nicht real sein konnte. Man konnte jeden einzelnen Fisch und jede Bewegung des Wals erkennen. Jede Luftblase im Wasser. Die Auflösung war so gut, dass mir alleine beim Hinsehen die Augen wehtaten.

»Wir sind beim SMTOWN Coex Artium«, erklärte Emily mir, als sie bemerkte, wohin ich starrte. Das Gebäude ragte bis hoch in den Himmel und durch die spiegelnden, glänzenden Fenster reflektierte es die Wolken. »Im Gebäude befindet sich ein K-Pop-Entertainment. Es hat aber nicht so einen guten Ruf. Und da«, sie zeigte links daneben, »befindet sich die Coex Mall. Die Starfield Library ist weltbekannt. Falls du noch mal herkommen willst, nimm am besten immer die U-Bahn-Linie zwei.«

»Ich wette, dass man sich darin spiegeln kann«, murmelte ich, als ich den Kopf in den Nacken legte und das Gebäude weiterhin anstarrte. Jedenfalls reflektierte es das Licht der Sonne. Das Video des Wals wurde von einer Werbeanzeige für eine Kamera abgelöst.

»Noch nicht mal die Realität ist so scharf gestellt.«

Tatsächlich bekam ich bereits Kopfschmerzen von dieser hohen Auflösung. Emily grinste nur.

Ich erinnerte mich daran, als Chris einen neuen Fernseher gekauft hatte. Ultra-HD, 4K. Es war kurz vor Weihnachten gewesen und als wir einen Weihnachtsfilm angeschaltet hatten, hatte ich jede Schneeflocke erkennen können, die vom Himmel fiel. Das hier übertraf das um Längen.

Die Anzeige wechselte zu einer Werbung für Getränke, welche von einer

Gruppe junger Männer in Szene gesetzt wurde. *KT6 presents* stand in Großbuchstaben auf dem Bildschirm.

Die sechs Jungs warfen sich die Getränkedosen hin und her und schienen ihren Spaß zu haben. Während sie herumtanzten, sangen sie einen Werbesong, in dem auffällig oft *together forever* vorkam.

Es folgten Einzelaufnahmen und jeder hielt die Dose etwas anders in die Kamera und sagte einen Spruch, warum man dieses Getränk probieren sollte. Es wurde mit englischen Untertiteln begleitet.

Plötzlich sah ich ein bekanntes Gesicht, das ich zuvor versucht hatte, aus meinen Gedanken zu verbannen.

Min-ho.

Beinahe lachte ich laut auf.

Ich musste mich irren, das konnte nicht sein. Er sah auch ganz anders aus als heute Morgen. Der Mann dort hatte kurze, blond gefärbte Haare. War es schon so weit, dass ich ihn in jedem Koreaner sah? Das konnte nicht sein. Und doch …

Sein Gesicht starrte mich von diesem riesigen Bildschirm aus an. Mich und ein paar hundert Menschen, die diese Werbung ebenfalls sahen.

Die Grübchen erschienen links und rechts neben seinen Mundwinkeln und ich erstarrte. Vielleicht nahm mich mein Kopf doch nicht auf den Arm. Meine Gedanken überschlugen sich, versuchten alles zusammenzusetzen.

Schon war die Werbung vorbei und mir wurde eine Feuchtigkeitscreme empfohlen. Das war Min-ho gewesen, ich war mir sicher. Aber was machte er dort?

In dieser Sekunde fühlte es sich so an, als hätte die Welt aufgehört, sich zu drehen, und gleichzeitig in doppelter Geschwindigkeit damit weitergemacht.

8

Wie verloren rührte ich mich nicht von der Stelle und starrte auf die Werbeanzeige. Einige Augenblicke lang sah ich den Bildschirm einfach nur an. Sämtliche Geräusche gerieten in den Hintergrund. Die Gespräche der Menschen, die an uns vorbeizogen, und auch Emily, die unentwegt weiterredete und nicht zu bemerken schien, dass gerade Stille in meinem Kopf herrschte. Absolute Stille. Es war, als könnte ich meinen immer schneller werdenden Herzschlag hören. Das penetrante Schlagen wummerte in meinem Kopf und vertrieb jegliche Gedanken. Jegliche Erklärungen.

Das muss ein schlechter Scherz sein. Wo ist die versteckte Kamera? Das kann nicht sein. Das kann nicht Min-ho gewesen sein. Nein. Nein. Nein.

Mein Blick klebte am Bildschirm, ich wagte es nicht mal zu blinzeln, in der Hoffnung, die Werbung würde noch einmal kommen und dass ich mich nur geirrt hatte.

Das konnte schließlich nicht der Mann gewesen sein, der mir geholfen hatte. Der Mann, der mir Waffeln gemacht und mich aus meiner miserablen Lage befreit hatte. Doch insgeheim wusste ich bereits, dass ich mich nicht geirrt hatte. Dafür hatte ich sein Gesicht zu deutlich vor Augen und auch wenn ich es verdrängen wollte – diese tiefe, raue und gleichzeitig melodische Stimme hatte ich mir ebenfalls sehr gut eingeprägt.

Einzig mein Kopf wollte es nicht ganz begreifen, kam nicht mit den Eindrücken hinterher, die jetzt auf mich einprasselten.

»Beeindruckend, oder?« Irritiert schaute ich zu Emily, die mich nicht aus den Augen ließ und gespannt auf meine Reaktion wartete. »Ich fühle mich immer, als wäre ich im Jahr dreitausend angelangt.«

Daraufhin begann sie zu kichern, als mein Blick wieder starr in Richtung Bildschirm ging.

Meinen Stimmungswechsel hatte sie wohl nicht mitbekommen oder schob ihn auf die Faszination über die Technik. Ich bekam eine Gänsehaut und spürte, wie mir das Atmen schwerer fiel. Als hätte meine Lunge sich verknotet. Es war zu laut, zu viele Menschen. Zu viele Gedanken. Luft. Ich brauchte Luft.

»Alles okay?«, fragte Emily, als ich keine Anstalten machte, ihr zu antworten oder mich zu bewegen. Die Besorgnis in ihrer Stimme war nicht zu überhören, also versuchte ich mich zusammenzureißen.

Du musst atmen, Aria.

Atme tief durch.

Einmal ein – und wieder aus.

Konzentrier dich.

Atme.

Ich gehorchte der Stimme in meinem Kopf. Mein Herz pochte aufgeregt und ich schloss kurz die Augen, um mich zu beruhigen. Mein Puls nahm wieder einen normalen Rhythmus an. Doch die Gänsehaut blieb.

»Was ist denn KT6?«, fragte ich leise.

Mit verzweifeltem Blick sah ich kurz zu Emily rüber, nur um mich drei Sekunden später wieder dem Bildschirm zuzuwenden.

»Ah, du bist schockverliebt, oder?« Ein wissendes Lächeln erschien auf ihrem Gesicht und sie stupste mich leicht mit der Schulter an. »KT6 ist eine Band. Eine K-Pop-Band, um genau zu sein. Sie hatten vorletztes Jahr ihr Debüt.«

Wie aufs Stichwort flackerte die Getränkewerbung der Band erneut auf und ich kniff schmerzhaft die Augen zusammen. Gedanklich zählte ich die Sekunden, die es gebraucht hatte, meine Welt ein weiteres Mal aus den Fugen zu reißen.

Doch als Min-hos Gesicht erschien, konnte ich nicht weiterzählen. Mein Kopf war wie leer gefegt.

Er war es.

Zwar hatte er hellblonde kurze Haare und wirkte durch das viele Make-up und die Brille, die er trug, ganz anders, aber er war es. Ganz sicher. Aber es war nicht nur sein Aussehen, das anders war, seine ganze Ausstrahlung wirkte ebenfalls verändert.

Fröhlicher in seinem ganzen Erscheinen. Leuchtende Augen, ein Lächeln, das echt wirkte, und eine Gelassenheit, die man nicht vorspielen konnte. Ganz ohne diese traurige, dunkle Facette, die mir anfangs so ein Unbehagen bereitet hatte.

»Debüt?«, fragte ich verwirrt.

»Ja, genau. In Korea läuft das ein wenig anders mit den Bands. Die Mitglieder dieser Bands werden Idols genannt, von einer Agentur zusammengebracht und bevor sie überhaupt Musik veröffentlichen, darauf vorbereitet, Teil einer Gruppe zu sein. Tanztraining, Gesangsunterricht, all so was. Manche trainieren jahrelang, ehe ihre erste Single rauskommt.«

»Also so ähnlich wie bei *X Factor*.«

In der Hoffnung, die Gänsehaut zu vertreiben, legte ich die Arme um meine Taille, als würde ich mich selbst umarmen.

»Ja. So ähnlich.«

Sie machte eine kurze Pause und schaute hoch zur Werbeanzeige. Mein Blick folgte ihrem.

»Die Band wird richtig gehypt. Aber vor ein paar Monaten gab es einen Skandal nach dem anderen und der Leader ist für eine Weile von der Bildfläche verschwunden«, ergänzte sie, während wir die verschiedenen Werbespots beobachten.

Fragend legte ich den Kopf schief. »Leader? Etwa so was wie ein Anführer?«

»Ja, irgendwie schon. Jede K-Pop-Band hat einen Leader, der die Verantwortung trägt und als Ansprechpartner für die Außenwelt fungiert.«

»Okay«, erwiderte ich, doch es klang unsicher, eher wie eine Frage, denn in diesem Zustand verstand ich sowieso nichts.

Während mein Kopf sich das Ganze nicht zusammenreimen konnte, versuchte ich, einfach nur keine Panik zu bekommen, als der Werbespot von KT6 ein drittes Mal abgespielt wurde.

»Und das ist der Leader von KT6. Hwang Min-ho. Sänger, Songwriter und der Grund dafür, warum es in letzter Zeit so ruhig um die Band war«, fuhr Emily fort.

Schweigend sah ich sie an. Natürlich war Min-ho der Leader. Klar. Was auch sonst. Ein verzweifeltes Lachen kam mir über die Lippen.

»Wir gehen zuerst in die Coex Mall. Die muss man einfach gesehen haben.« Die Fröhlichkeit in Emilys Stimme drang kaum zu mir durch, bevor sie auch schon aus meinem Blickfeld verschwand.

Und damit war das Thema KT6 und Min-ho vom Tisch.

Oder auch nicht.

Denn meine Gedanken wanderten zu unserer ersten Begegnung zurück. Analysierten jedes Gespräch, jedes Wort, sein komplettes Verhalten. Und ich versuchte Indizien zu finden. Indizien, die ich übersehen haben musste. Je mehr ich darüber nachdachte, umso offensichtlicher wurde es.

Der gesperrte Flughafen. Der Mann im Anzug, der sicherlich sein Bodyguard war. Min-hos Verwirrtheit darüber, dass ich ihn nicht erkannte. Sein ganzes Auftreten. Das riesige Apartment, in dem er wohnte. Die Tatsache, dass er viel verreiste. Das Songwriting. In meiner Panik und meinem Zustand hatte ich diese Punkte nicht verknüpft und ich kam mir jetzt unendlich dämlich vor. Min-ho war ein Idol. Ein K-Pop-Star, dessen Gesicht sicherlich ganz Korea bekannt war.

Zwar dachte ich schon, dass er etwas zu verbergen hatte, aber an so etwas hatte ich nicht gedacht. Wie hätte ich auch? So was passierte einfach nicht im echten Leben. Warum ich mich so hintergangen fühlte, wusste ich auch nicht. Wahrscheinlich würde ich ihn sowieso nicht wiedersehen. Gelogen hatte er auch nicht, nur Dinge verschwiegen. Das machte es zwar nicht besser, aber irgendwie machte es die Sache anders.

»Kommst du?«, rief Emily mir zu und riss mich aus meinen Gedanken.

Ein Schritt nach dem anderen.

Du schaffst das, Aria.

Meine Beine fühlten sich wie Blei an und es kostete mich sämtliche Willenskraft, einen Fuß vor den nächsten zu setzen. Verdrängen und Vergessen waren jetzt angesagt. Ich würde ihn nie wiedersehen und er würde nichts als eine Erinnerung bleiben, bei der ich später lachen würde.

Jedoch hatte das Universum andere Pläne, als wir die Mall betraten. Es kam mir beinahe vor wie ein schlechter Scherz des Universums, denn je mehr ich Min-ho aus meinen Gedanken verdrängen wollte, umso häufiger sprang sein Gesicht mir irgendwo entgegen. Ich versuchte es damit, ganz bewusst an ihn zu denken. Daran, wie warm und hoffnungsvoll seine Augen leuchteten. Daran, wie sich diese Grübchen bildeten, wenn er ehrlich lächelte. Wie er sich mit seinen langen Fingern voller Ringe durch die schwarzen Haare fuhr und vor allem daran, wie tief, rau und melodisch seine Stimme klang. Doch Minho begegnete mir trotzdem überall. Wenn ich nicht an ihn dachte. Wenn ich es tat auch. Ganz Seoul war voll mit diesem Gesicht. Es gab kein gedankliches Entkommen für mich.

Beim Betreten der Coex Mall sprangen uns überall Aufsteller und Merchandise mit den Gesichtern der Band entgegen. Jeglicher Versuch, diesen Grübchen zu entkommen, scheiterte nach wenigen Schritten.

Der Starbucks, bei dem wir uns einen Iced Americano holten, warb mit einer Kollaboration der Band und hatte auf die Mitglieder abgestimmte Getränke im Angebot. Als ich mich im Olive Young nach Deo umsah, sprang mir Min-hos Gesicht auf einer Shampooflasche entgegen.

KT6 war überall, Min-ho war überall.

»Machen die eigentlich für irgendwas keine Werbung?«, fragte ich leicht genervt, als ich mir das Deo schnappte und in den Einkaufskorb legte.

»Für Tampons und Kondome jedenfalls nicht.« Emily sagte das so trocken, dass ich sie mit aufgerissenen Augen anstarrte.

Dann begann sie zu lachen. »Du solltest mal dein Gesicht sehen. Mittlerweile ist es aber etwas ruhiger um sie, auch wenn es nicht danach aussieht.«

»Was ist denn mit der Band passiert?« Bei meinen Worten bemühte ich mich um einen ruhigen und neutralen Ton, auch wenn ich innerlich vor Neugier platzte.

»Min-ho hat angeblich ein Drogenproblem. Jedenfalls laut der Presse. Es gab da ein paar ... Zwischenfälle.«

Natürlich. Minhos mysteriöses Auftreten hatte noch einen anderen Grund. Aber konnte man der Presse glauben? Meist übertrieben die doch maßlos und machten aus jeder Mücke einen Elefanten.

Emily holte ihr Handy heraus, tippte etwas in die Suchleiste ein. Es wurde ein Video abgespielt, das von einem Fan oder Paparazzi gefilmt worden sein musste. Die Qualität war allerdings nicht sehr gut. Trotz des Wackelns der Kamera konnte ich Min-ho deutlich erkennen.

Umzingelt von mindestens hundert Menschen stand er vor einem Club, ein Mann neben ihm stützte ihn. Meine Augen weiteten sich, als ich erkannte, dass es der Mann im Anzug war.

Mit langsamen Schritten liefen beide zu einem großen Geländewagen, gefolgt von kreischenden, weinenden Fans und ihren Handykameras. Wie ein Tier im Zoo. Die Schreie der Fans wurden lauter, mit jeder Sekunde kamen mehr Menschen angerannt.

Abrupt drehte Min-ho sich zu ihnen um und schrie etwas in die Menge, was ich nicht verstand. Seine Haut blass, eingefallen und seine Hände am Zittern, als er sie ausstreckte. In diesem Video sah er so dünn aus, so fertig mit der Welt, dass ich die Augen zusammenkniff.

Plötzlich sank er auf den Boden, vergrub das Gesicht in seinen Händen und rührte sich nicht mehr. Es war deutlich zu hören, wie seine Stimme brach, bis nur noch ein Krächzen übrig blieb und er sich hin- und herwiegte. Und auch wenn ich nicht verstand, was er sagte, brach es mir das Herz. Als seine Schultern anfingen zu beben, war klar, dass er weinte. Der Mann im Anzug beugte sich zu ihm hinunter und zog ihn ins Auto. Min-ho ließ ihn einfach machen. Wehrte sich nicht. Er gab keinen Widerstand, bis auf seine Schreie in die Menge, die nur noch näher an ihn herankam. Gerade als der Mann im Anzug Min-ho mit schützender Hand durch die Blitzlichtmenge brachte, war das Video vorbei.

»Was ist da passiert?« Meine Stimme war ganz leise, als hätte ich Angst vor der Wahrheit.

»Als die Band ihr Debüt hatte, wurden die Jungs von allen Seiten belagert. Über Nacht kannte sie einfach jeder. Man sagt, Min-ho konnte nicht mit der Öffentlichkeit umgehen und da war noch irgendwas mit einem Autounfall, über den Gerüchte umhergehen. Irgendwas mit seinen Eltern. Aber wer weiß, was davon stimmt.«

Hastig steckte Emily ihr Handy wieder ein und zog mich in Richtung Kasse. Ihr Desinteresse stieß mir bitter auf, doch dann erinnerte ich mich daran, wie oft ich solche Nachrichten von Prominenten schon gehört hatte und wie schnell ich mir danach keine Gedanken mehr dazu machte, weil es mir zu weit weg erschien.

»Als Nächstes zeige ich dir die Starfield Library. Die wird dich umhauen.«

Die Bilder von Min-ho ließen sich nicht so schnell verdrängen.

Was war mit ihm passiert?

Mein Gedankenwirbelsturm an Fragen wurde von der Aussicht auf unendlich viele Bücher beruhigt, als ich die Starfield Library zum ersten Mal sah.

Ein Paradies.

Bücherregale, die bis unter die gläserne Decke reichten. Das Ganze erstreckte sich auf zwei Etagen und eine riesige Rolltreppe führte an einem Turm von Büchern vorbei nach oben, wo ich weitere Regale und Arbeitsplätze erspähen konnte. Die Atmosphäre war einfach fantastisch.

Sofort entspannte ich mich. Überall sah man Menschen, die an den Arbeitsplätzen saßen und Bücher lasen oder auf ihrem Laptop herumtippten.

»Na, beeindruckt?«

»Absolut. Kann ich hier wohnen statt im Wohnheim?«

Sie lachte laut auf. Es war ein helles, fröhliches Lachen und ich konnte nicht anders, als mit einzustimmen.

Am liebsten wäre ich für immer hiergeblieben, doch zu meinem Pech hatten wir noch nicht mal ansatzweise alles, was wir brauchten, auch wenn ich schon ein halbes Vermögen bei Olive Young für Pflegeprodukte und Deo gelassen hatte. Aus einem mir unbekannten Grund kostete ein normales Deo in Korea fünfmal so viel wie in England.

Zusammen mit Emily lief ich durch die Läden und nach ein paar Stunden war ich stolze Besitzerin eines neuen Handys – und nicht nur das, ich hatte ungefähr hundert Notizhefte und Schreibutensilien gekauft.

Versuchte ich, die Gedanken mit meiner Kaufsucht unter Kontrolle zu bekommen und zu verdrängen? Vielleicht.

Hatte es geklappt? Nein.

Aber wenigstens war ich nun im Besitz von Badelatschen und ungefähr so vielen Mochis, wie ich die nächsten hundert Jahre essen wollte. Angeblich waren die Reiskuchen mit Füllung ein unverzichtbares Gut. Mit Emilys Hilfe hatte ich die nötigsten Apps heruntergeladen, die es mir hoffentlich ermöglichten, einigermaßen in Seoul klarzukommen.

KakaoMap oder Naver statt Google, Kakaotalk statt WhatsApp.

Daran musste ich mich noch gewöhnen.

Statt der Handynummer wurde hier nach der Kakao-ID gefragt, die wie ein Code funktionierte und trotz fehlender Handynummer Chatmöglichkeiten bot.

Auf der Fahrt zurück zum Wohnheim konnte ich meine Gedanken an Minho jedoch nicht mehr abstellen.

Ob es ihm gut ging? Eigentlich wollte ich ihm eine Nachricht schreiben, sobald ich mein neues Handy hatte. Aber war das wirklich eine gute Idee? Nun, da ich wusste, wer er war, schien es mir sowieso unmöglich.

Am besten vergaß ich diesen Typen so schnell es ging wieder.

9

Dieser Typ schien mich aber nicht so schnell vergessen zu wollen. Oder das Universum wollte es nicht.

Das Auto, das am Straßenrand vom Wohnheim parkte, erkannte ich sofort. Schließlich war ich erst heute Morgen daraus ausgestiegen.

Wie erschlagen von dieser Erkenntnis blieb ich stehen.

»Was ist?«, fragte Emily und folgte meinem Blick.

»Kannst du schon mal vorgehen? Ich komme gleich nach.«

Irritiert kniff sie die Augenbrauen zusammen.

»Alles gut, wirklich. Weißt du noch, der Typ von gestern? Sein Wagen steht dort und ... ich sollte wohl einmal nachsehen, was er will. Vielleicht hab ich ja was bei ihm vergessen oder so.«

Während ich diese Worte sprach, bemühte ich mich um ein Lächeln. Etwas verlegen zuckte ich mit den Schultern. Mir war klar, dass Emily falsche Schlüsse zog, als sie zu grinsen begann. Ihre Miene hellte sich auf, dann nahm sie mir die Einkaufstüten ab.

»Viel Spaß!« Die Worte unterstrich sie mit wackelnden Augenbraunen und ich hörte ihr Lachen nachhallen, als sie davonging.

Ich straffte die Schultern, atmete einmal tief durch und lief mit langsamen Schritten auf das Auto und das sich darin befindende Chaos zu.

Kurzzeitig hatte ich gehofft, dass Min-ho vielleicht nicht drinsitzen würde und das Auto jemand anderem gehörte.

Doch ein Blick durch die Frontscheibe zeigte mir einen Min-ho, der fröhlich zur Musik auf dem Lenkrad trommelte. Er trug einen schwarzen Fischerhut und hatte eine schwarze Maske auf, doch ich erkannte ihn trotzdem.

Leader von KT6. Idol. K-Pop-Star.

Die Worte wirbelten wie ein Tornado durch meinen Kopf und mein Lächeln wurde mit dem Wind fortgetragen.

Mit etwas mehr Kraft als nötig gewesen wäre, klopfte ich an die Fensterscheibe und zu meinem Vergnügen sah ich, dass Min-ho zusammenzuckte und sich dramatisch an die Brust fasste. Als wäre die ganze Situation nicht schon komisch genug, formte ich lautlos ein Hi, während ich ihm zuwinkte, statt die Autotür aufzumachen.

Amüsiert ahmte er meine Geste nach und beugte sich dann rüber, um die Tür zu öffnen.

In mir machte sich ein ungutes Gefühl breit.

Was tat ich hier eigentlich?

Warum war ich nicht einfach mit Emily weitergegangen?

»Steig ein«, befahl er, als hätte er meine Gedanken gelesen.

Diese Stimme. Verdammt. Davon durfte ich mich nicht ablenken lassen. Fragend runzelte er die Stirn, als ich ein paar Sekunden brauchte, um einzusteigen. Gerade setzte ich zu einer Antwort an, doch er unterbrach mich sofort. Mit einer fließenden Bewegung nahm er die Maske ab und ich fragte mich, ob es nicht besser wäre, wenn er sie aufbehielt. Das minimierte die Gefahr, dass er erkannt wurde. Aber damit kannte er sich wohl besser aus.

»Bevor jetzt eine Ausrede kommt, die Polizei hat angerufen. Sie haben deine Tasche gefunden und mich angerufen, weil du nicht erreichbar warst«, fügte er mit einem Lächeln hinzu.

Mein Blick fiel auf seine Grübchen und schon wurde mir wieder warm ums Herz. Dieses verräterische Ding. Die Tatsache, dass der Mann neben mir noch vor wenigen Augenblicken auf einer riesigen Werbetafel eine Limonade verkaufen wollte, war doch einfach nur lächerlich.

»Also …«, begann ich zögernd.

»Ich sagte doch, die Polizei hat angerufen. Ich nehme dich mit. Steig ein.«

Seine Stimme hatte einen Befehlston, der keine Widerworte erlaubte, also ließ ich mich auf den Beifahrersitz fallen. Vielleicht half es ja, mit ihm darüber zu sprechen. Vielleicht würden wir darüber lachen können.

»Ich wollte dich sowieso noch etwas fragen, Min-ho.«

Bei der Erwähnung seines Namens wandte er sich ruckartig in meine Richtung. Nervös drückte ich den An- und Ausknopf des Handys in meiner Hand, sodass das Display immer wieder aufleuchtete. Hatte ich mir umsonst ein Handy gekauft, wenn meine Tasche wieder da war? Obwohl ... das würde man doch neben dem Geld als Allererstes mitnehmen, oder?

Wenn mein Handy noch da war, was für Nachrichten warteten wohl auf mich? Wie viele verpasste Anrufe?

Das Geld war sicher weg. Aber ob mein Notizheft wohl auch weg war? Darin befanden sich schließlich keine wichtigen weltbewegenden Schriften. Na ja, nur wichtig für mich, aber für jemand Fremden ergab mein Gekritzel sicher wenig Sinn.

»Schnall dich bitte an«, sagte Min-ho und seine Augen wanderten einmal kurz über meinen Körper. Natürlich wurde mir sofort etwas wärmer. Er räusperte sich einmal, setzte sich aufrechter hin und drückte den Knopf, der den Motor startete.

Keine Sekunde später beugte er sich zu mir herüber, legte dann eine Hand hinter meine Kopflehne und blickte nach hinten, um rückwärts aus der Parklücke zu fahren. Dabei ließ er das Lenkrad in seiner linken Hand kreisen und ich wendete den Blick ab. Mein Atem stockte für einige Sekunden, weil er mir so nah war.

Was hatte er gesagt?

Was wollte ich sagen?

Ach ja, KT6. Richtig. Da war ja was.

Nervös blickte ich auf den Bildschirm, auf dem in diesem Moment eine Nachricht einging.

Emily: Schick ein Bild vom geheimnisvollen Fremden. ☺

»Ah, ein neues Handy?«, fragte Min-ho und sofort drehte ich den Bildschirm weg, in der Hoffnung, er hatte die Nachricht nicht gelesen. Ich nickte etwas zu eifrig, da mir jedes Wort aus meinem Sprachgebrauch wohl abhandengekommen war.

»Gerade gekauft.«

»Krieg ich deine Nummer?«

»Ich hab ja deine. Wenn was ist, kann ich –«

»Du hast mir noch nicht geschrieben.« In seinen Worten schwang ein leichter Vorwurf mit, der mich lächeln ließ.

»Ich bin noch nicht dazu gekommen.« Empört schaute ich ihn an, sah aber, dass er sich bereits ein Grinsen verkniff. »Außerdem muss ich es noch vollständig einrichten. Läuft es hier nicht mit KakaoTalk?«

Sein Lächeln wurde breiter. »Gibst du mir deine Kakao-ID?«

»Vielleicht.«

»Vielleicht heißt nicht nein.«

»Da hast du recht.«

Warum fuhr er eigentlich selbst? War das überhaupt sicher? Ich musterte ihn. Die Tatsache, dass er so dringend meine Nummer haben wollte, sorgte für Schmetterlinge in meinem Bauch, die eindeutig nicht dort hingehörten.

Während ich immer noch die gleichen Sachen wie heute Morgen trug, hatte er den grauen Jogginganzug gegen ein komplett schwarzes Outfit getauscht. Schade eigentlich. Doch dieses Outfit sorgte für ganz andere Gefühle in mir. Schwarzes Hemd, schwarze Hose, schwarze Boots, schwarzer Fischerhut und eine schwarze Maske. Schwarz, schwarz, schwarz und das unendlich warme Braun seiner Augen.

Das Hemd spannte sich über seiner Brust und er hatte die ersten drei Knöpfe geöffnet, sodass ich mehr sah, als gut für mich war. Eine Kette verschwand unter dem Hemd, die ich mit langsamem Blick verfolgte. Himmel. Was war das?

Min-ho hatte die Ärmel des Hemdes hochgekrempelt, sodass ich die Adern an seinem Unterarm sehen konnte. Mit größter Mühe versuchte ich meinen Blick zu lösen, als er den Fischerhut absetzte und auf die Rückbank schmiss. Seine schwarzen lockigen Haare waren ganz zerzaust.

Diesem Mann muss doch ganz Korea zu Füßen liegen, dachte ich und wurde augenblicklich noch nervöser. Kein Wunder, dass er so viel Macht und Selbstvertrauen ausstrahlte und es gewohnt war, seinen Willen durchzusetzen.

Laut Emily war KT6 *die* K-Pop-Band momentan und sein Gesicht zierte die großen Bildschirme in ganz Seoul.

Und ich? Ich war dreiundzwanzig, planlos und überfordert. Aus Angst, mich meinem Ex-Freund zu stellen, hatte ich fluchtartig das Land verlassen und lebte jetzt in einem Wohnheim, das nicht mal eine richtige Dusche besaß. Abgesehen davon, dass ich überhaupt keine Ahnung hatte, wie ich diesen neuen Job angehen sollte. Oder überhaupt etwas in meinem Leben, das sich immer mehr wie eine romantische Komödie anfühlte.

Min-hos Lippen formten ein Grinsen und rissen mich aus meinem Gedanken. Die Male, die er mich bereits beim Starren erwischt hatte, stiegen exponentiell mit jeder Begegnung an.

»Alles gut?« Herausfordernd hob er eine Augenbraue.

»Klar.« Schnell schaute ich aus dem Fenster und drückte meine Stirn gegen das Glas.

Die Sonne ging bereits unter und verschwand hinter den Wolkenkratzern. Der Himmel hatte sich rosa gefärbt und sah einfach wunderschön aus. Ein müdes Gähnen überkam mich, das ich zu unterdrücken versuchte.

»Anstrengende Shoppingtour?« mutmaßte er, als ich mich wieder zu ihm wandte. Der sanfte Ausdruck in seinem Gesicht nahm mir sämtliche Sorgen, es war lächerlich.

Die Tatsache, dass er mir schon wieder einen Gefallen tat, mir seine Hilfe anbot, war mir mehr als unangenehm. Fast so unangenehm wie die Tatsache, dass er ein verdammter Star war.

»Ich weiß nicht, wie ich das am besten frage oder wie ich das Thema am besten anspreche, aber …«, wisperte ich, ohne auf seine Frage zu antworten.

Die Veränderung in seinem Blick, in seiner ganzen Haltung, sagte mir, dass er genau wusste, was jetzt kam. Er wirkte plötzlich distanziert, kühler als noch zwei Sekunden zuvor. Dabei kniff er angestrengt die Augen zusammen und ich sah anhand seiner weiß werdenden Knöchel, dass er das Lenkrad etwas zu fest umklammerte.

»Ich denke, ich weiß, was du sagen willst. Wir werden darüber sprechen, okay? Aber vielleicht nach einem Kaffee.«

»Aber –«

»Lass uns einen Deal machen.« Seine Augen huschten kurz zu mir herüber, dann wieder auf die Straße. Frustriert atmete ich aus, doch nickte schließlich.

Was war das bloß mit ihm und diesen Deals?

»Wir holen deine Tasche ab und dann zeig ich dir, wo es den besten Kaffee der Welt gibt. Dabei kannst du mich alles fragen, was du willst. Dann bin ich ein offenes Buch für dich.« Ein flehender Blick trat in seine Augen. »Aber, Aria?«

»Hm?«

»Bitte gib mir die Chance, mich zu erklären.«

»In Ordnung. Aber ich habe viele Fragen. Nur, dass das klar ist.«

»Oh, daran habe ich keinen Zweifel. Das geht in Ordnung.«

»Versprochen?«

Der Gedanke an dieses Gespräch stresste mich bereits jetzt, doch meine Neugier war größer. Außerdem traute ich mich nicht, abzulehnen. Mit klopfendem Herzen sah ich zu ihm. Seine Miene hellte sich etwas auf, als er nickte. »Versprochen.«

Dann hielt er mir den kleinen Finger hin, woraufhin ich nicht anders konnte, als zu lächeln. Kopfschüttelnd hakte ich meinen kleinen Finger ein und mein Herz überschlug sich bei der Berührung.

Einmal. Zweimal. Vielleicht auch fünfmal.

Ein Blick. Eine Berührung. Eine einzige Sekunde. Mehr brauchte es nicht, um ein absolutes Gefühlschaos in mir auszulösen.

***

Als wir bei der Polizei ankamen, überreichte man mir meine Tasche, die vom Personal am Flughafen in einer Mülltonne gefunden worden war. Das braune Leder wies komische Flecken auf, wahrscheinlich von Essensresten, und mit gerümpfter Nase kippte ich den Inhalt auf den Tisch, an dem wir mit den Polizisten Platz genommen hatten.

Mein Notizheft, eine Packung Kaugummis, eine kleine Dose, in der ich Haarspangen und Zopfgummis aufbewahrte, und … mein Handy.

Kein Portemonnaie. Mein Geld, die Kreditkarte, das Foto aus dem Urlaub mit meinen Eltern, die vielen Kinokarten, die ich aufbewahrte.

Alles weg.

Der Akku vom Handy war leer und mir graute es schon davor, es anzuschalten und die vielen Nachrichten zu lesen, die bestimmt auf mich warteten.

Unter normalen Umständen hätte ich froh sein sollen. Doch irgendwie sah ich diesen Diebstahl als einen klaren Schnitt an und nun würde mich die Vergangenheit doch noch hier einholen.

Kurz spielte ich mit dem Gedanken, die Tasche samt Inhalt einfach wieder in den Müll zu schmeißen. Mein Blick fiel auf das Notizheft, in das ich so viele Dinge hineingeschrieben hatte.

Meine Seoul-to-do-Liste.

Orte, die ich besuchen wollte.

Dinge, die ich unbedingt ausprobieren oder essen wollte.

Erleichtert nahm ich es an mich und blätterte durch die Seiten.

Du schaffst das. Du schaffst das. Du schaffst das.

Während des Fluges hatte ich ganze Seiten mit diesem Satz gefüllt, in der Hoffnung, dass er sich dadurch bewahrheiten würde.

»Alles okay?«, hörte ich Min-ho neben mir sagen.

Gedankenverloren nickte ich. Nachdem wir uns bei den Polizisten bedankt hatten, liefen wir über den Parkplatz zurück zum Auto.

Es war erst mein zweiter Tag in Seoul und doch hatte ich schon so viel erlebt, dass es für eine ganze Woche reichen würde. Oder für ein ganzes Leben.

Min-ho öffnete mir die Autotür und erschöpft ließ ich mich auf den Sitz fallen. Bevor ich mich versah, beugte er sich über mich, griff nach dem Anschnallgurt und ließ ihn einrasten.

Möglich, dass ich für ein paar Sekunden die Luft anhielt.

Möglich, dass mein Herz gerade fast aus meinem Brustkorb gesprungen war.

Diese vielen kleinen Gesten, die für ihn so selbstverständlich waren, brachten mich noch um den Verstand. So etwas war ich nicht gewohnt. Steckte dahinter eine Absicht oder war er einfach nur achtsam und zuvorkommend? Vielleicht waren Koreaner ja einfach so?

Ich könnte mich daran gewöhnen, flüsterte eine Stimme in meinem Kopf und ich begann automatisch zu lächeln.

Als Min-ho ebenfalls ins Auto eingestiegen war, schlug er plötzlich euphorisch auf das Lenkrad.

»Okay«, rief er so laut, dass ich zusammenzuckte. »Bereit für den besten Kaffee der Stadt?«

Fragend legte er den Kopf schief und mir wurde klar, dass er auf eine Antwort wartete.

»Wie könnte ich da Nein sagen?«

Zufrieden nickte er. »Gaja«, sagte er auf Koreanisch. Auf meinen fragenden Blick fügte er ein »Los geht's!« hinzu.

Irgendwie hatte ich das Gefühl, dass das Ganze hier nicht gut ausgehen würde. Für keinen von uns beiden.

10

Die Fahrt über sprachen wir nicht wirklich viel. Stattdessen blätterte ich in meinem Notizheft herum und behandelte es fast wie einen wiedergefundenen Schatz.

Eine Radtour am Hangang machen
Scharfe Reiskuchen essen
In eine Karaoke-Bar gehen
Ein Schloss am N Seoul Tower anbringen
In Itaewon feiern gehen
Ein Foto unter Kirschblütenbäumen machen
Soju trinken
Ramyeon in einem Convenient Store essen
Den Gyeonghuigung Palast besuchen
Einen Hanbok tragen

Die Liste ging noch eine ganze Seite weiter, schließlich hatte ich mich ausführlich informiert und wollte wissen, womit ich mich hier in Südkorea ablenken konnte.

Im Augenwinkel sah ich, wie Min-hos Augen immer wieder zu mir hinüber huschten und auf den Seiten kleben blieben. Sofort drückte ich das Heft an meine Brust. Mit funkelnden Augen schaute ich zu ihm herüber, doch er zuckte nur grinsend mit den Schultern.

»Schon mal was von Privatsphäre gehört?« Peinlich berührt stopfte ich das Heft zurück in die Tasche, dabei wusste ich nicht mal, warum es mir so unangenehm war.

»War das eine Liste mit Dingen, die du hier unbedingt machen willst?«, fragte er mich und sah belustigt auf die Straße.

In der nächsten Sekunde bremste er so abrupt ab, dass sich der Anschnallgurt tief in meine Haut schnitt und mir die Luft nahm.

Keine Sekunde später schnellte Min-hos rechter Arm hervor, um meinen Aufprall abzumildern. Erschrocken riss ich die Augen auf, als mir klar wurde, dass seine Hand gerade auf meiner Brust lag. Meine Atmung stockte, als ich ihn mit großen Augen ansah. Verlegen räusperte ich mich und wusste nicht, wie ich mich verhalten sollte.

Als Min-ho sich in meine Richtung drehte, schaute ich etwas beschämt auf seine Hand, die er immer noch nicht weggenommen hatte. Anstatt sie wegzunehmen, schaute er mich nur mit besorgter Miene an.

»Alles in Ordnung? Sorry, der Typ da hat einfach so abgebremst und …« Beschämt riss er die Augen auf und entschuldigte sich, als er meinem Blick folgte.

In Sekundenschnelle nahm er seine Hand von meiner Brust, dann sah er mir in die Augen und senkte peinlich berührt den Kopf. Mein Herz klopfte wild und ich konnte ein Lachen nicht verhindern. Er sah überfordert aus.

»Alles in Ordnung, Min-ho«, beruhigte ich ihn schnell.

In seinem Gesicht spiegelte sich Erleichterung und er sah auf seine Hände, als wären sie die Übeltäter dieser Situation. Ein plötzliches Hupen ließ uns beide zusammenzucken, denn hinter uns hatte sich eine kleine Schlange von Autos gebildet. Nervös rutschte Min-ho im Sitz hin und her, verspannte sich etwas und setzte dann den Blinker, um weiterzufahren. Aufmerksam verfolgte ich seine Bewegungen und stellte fest, dass sich auf seinem Gesicht eine leichte Röte ausgebreitet hatte, die selbst seine Ohren erreichte.

Seine Augenbrauen zogen sich leicht zusammen, als er starr auf die Straße blickte.

Wo war sein Selbstbewusstsein hin?

Plötzlich wirkte er so anders als noch vor ein paar Minuten. Nervös und etwas überfordert, und das war mehr als süß. Es stand ihm viel besser, als ich dachte. Auf seinen Lippen konnte ich nach ein paar Sekunden wieder das bekannte Lächeln erkennen. Ich kam mir vor, als wäre ich wieder zwölf. Verlegenes Lächeln, Nervosität und Stille, die man doch genoss.

Nach einer Weile kamen wir an unserem Ziel an, das mir mehr als vertraut war.

»Ernsthaft?«, fragte ich mit vorwurfsvoller Stimme. Als wir die Auffahrt seines Apartments hochfuhren, warf ich ihm einen bitterbösen Blick zu, den er gekonnt ignorierte. Natürlich grinste er, wenn auch etwas schmaler als sonst.

»Hatte ich das nicht erzählt? Den besten Kaffee gibt es selbstverständlich bei mir zu Hause.«

Was hatte ich auch anderes erwartet? Schließlich konnten wir nicht einfach in ein Café hineinspazieren.

Der Gedanke kam mir viel zu spät. Mit Sicherheit würden sich innerhalb weniger Sekunden Hunderte Menschen um uns herum versammeln. Von Menschenmassen hatte ich erst mal genug. Und Min-ho sicherlich auch.

Das Apartment wurde nicht weniger beeindruckend, nur weil ich es schon einmal gesehen hatte. Ganz im Gegenteil, denn beim genauen Hinsehen entdeckte ich mehr und mehr Details.

»Wir sollten auch etwas essen. Du hast doch sicher noch kein Abendessen gehabt, oder?« Beim Öffnen der Tür trat er einen Schritt zur Seite und ließ mich als Erste hinein.

Ein Déjà-vu, so fühlte sich das hier an. Nur diesmal war ich nicht von der Panik gelähmt oder zu müde, um alles zu verarbeiten. Heute ging es mir den Umständen entsprechend gut. Meine Tasche war gefunden worden, ich hatte mich bei meinem neuen Job vorgestellt und war in mein Wohnheimzimmer gezogen. Außerdem hatte ich sämtliche Dinge gekauft, die ich benötigen … oder auch nicht benötigen würde.

Meine Zweifel gegenüber Min-ho waren in die hinterste Ecke meines Gedächtnisses verbannt. Seine Nähe fühlte sich merkwürdigerweise vertrauter und angenehmer an. Vielleicht war das ja so ein Syndrom, an dem mein Körper festhielt. Ein »Ich vertraue dir, weil du mich aus diesem Chaos geholt hast«-Syndrom. Das gab es doch sicherlich, oder?

»Aria?«

»Hm?«

»Abendessen?« Mit verschränkten Armen sah er mich an und legte den Kopf etwas schief, während er seine schwarzen Boots gegen klassische Slipper tauschte.

»Abendessen klingt gut«, antwortete ich mit einem Schulterzucken, als ich ebenfalls in die Hausschuhe schlüpfte. »Aber meine Fragen beantwortest du trotzdem.«

»Alles zu seiner Zeit. Nur Geduld.« Mit einem ausweichenden Blick lief er den Flur entlang. »Kommst du?«

Mit schnellen Schritten folgte ich ihm bis in die Küche, wo Min-ho bereits an der Kaffeemaschine herumdrückte und ich kurze Zeit später einen dampfenden Becher pures Glück in der Hand hielt. Nach dem ersten Schluck seufzte ich einmal.

»Wow. Du liebst Kaffee wirklich, oder?«

»Kaffee ist mein Lebenselixier«, gab ich völlig ernst zurück und nahm demonstrativ noch einen Schluck.

Kopfschüttelnd griff Min-ho nach einem iPad und tippte wie wild darauf herum. Seine langen Finger schwebten über der Tastatur, als er kurz zu mir herübersah.

»Essen ist unterwegs.«

»Du hast mich nicht gefragt, was ich möchte.«

»Lass dich überraschen.«

»Ich mag keine Überraschungen.« Der etwas schmollende Unterton in meiner Stimme ließ ihn grinsen.

»Wer mag denn keine Überraschungen?«, fragte er skeptisch und lehnte sich einige Zentimeter in meine Richtung. So, dass sein Gesicht plötzlich meinem sehr nahe war.

»Okay, gut. Ich lass mich überraschen«, gab ich mich geschlagen und hob abwehrend die Hände, weil ich diesen Blick nicht länger als nötig auf mir ruhen haben wollte.

Min-ho nickte zufrieden und hielt mir eine Hand hin. »Lust auf eine Wohnungstour, solange wir warten?«

Ohne großartig darüber nachzudenken, hüpfte ich vom Barhocker und legte meine Hand in seine. Das Lächeln auf seinem Gesicht erlosch und nahm einen anderen Ausdruck an. Es musste ihn überrascht haben, dass ich so schnell nach seiner Hand griff, und für eine Sekunde sah er auf unsere Hände, ehe er mich sanft aus der Küche zog. Ich versuchte die Schmetterlinge in meinen Bauch zu ignorieren, als er mit dem Daumen über meinen Handrücken fuhr und den Druck etwas verstärkte. Ohne Erfolg. Wahrscheinlich war es eine Geste, die er nicht mal bewusst machte. Aber es war eine, die mein Herz zum Tanzen brachte.

»Okay. Das hier ist mein Lieblingsraum«, sagte er, als wir vor einer verschlossenen Tür stehen blieben.

»Okay? Aber vergiss nicht, dass wir noch über etwas reden ...«, begann ich, doch verstummte, als Min-ho die Tür öffnete.

Vor mir lag ein Paradies. Ein Paradies aus Büchern, das eine absolute Wohlfühlatmosphäre verströmte.

Wir standen vor einer Bibliothek und statt Wänden gab es nur Bücherregale, die bis unter die Decke gingen – ähnlich wie im Flur. Und ich dachte, ich hätte viele Bücher ...

Es gab an jeder Wand eine lange Leiter, die man hin- und herrollen konnte, mitten im Raum standen zwei Lesesessel und eine Couch, die so gemütlich aussah, dass ich mich am liebsten mit einem Buch hineingekuschelt hätte. Genauso hatte ich mir meine eigene Bibliothek für mein späteres Zuhause vorgestellt.

Es war perfekt. Die Vorhänge waren zugezogen, doch als wir eintraten, gingen die Lampen automatisch an und erleuchteten das Zimmer in einem warmen Licht. Dieser Raum war ... nun, dieser Raum war das Schönste, was ich jemals gesehen hatte.

Zusammengewürfelte Teppiche, die trotzdem irgendwie perfekt in den Raum passten. Viele Pflanzen. Und damit meine ich wirklich viele. In jeder Ecke. Mehrere in den Bücherregalen, einige hingen von der Decke. Das Zimmer war in den Farben Dunkelgrau und Grün gehalten. Es sah wie ein Lesezimmer im Wald aus. Min-ho lief am Schreibtisch vorbei, der aussah, als würde er dem Präsidenten gehören. Mit einer Hand zog er die Vorhänge beiseite und ich starrte hinaus. Wie im ganzen Haus war diese Aussicht atemberaubend. Langsam ging ich auf Min-ho zu. Der Ausblick auf den Hangang hätte auch in einem Gemälde festgehalten sein können. Das Wasser reflektierte das Licht des Himmels, spiegelte die Wolken und wirkte sofort beruhigend auf mich.

Es war traumhaft. Wie konnte man sich hier denn nur aufs Lesen konzentrieren, wenn dort draußen so eine Aussicht wartete?

»Wow«, war alles, was ich herausbrachte. Ich konnte mein Staunen nicht verbergen. In der Zeit, in der ich die Aussicht bewunderte, kramte Min-ho in der Schreibtischschublade und hielt mir keine Sekunde später eine Papiertüte entgegen. Fragend sah ich ihn an.

»Wir können nur Freunde sein, wenn du dieses Buch gelesen hast.«

»Hm?«

Da ich keine Anstalten machte, die Papiertüte zu nehmen, griff Min-ho selbst hinein und holte ein Buch hervor.

Demian von Herman Hesse.

Das Buch, das auch auf seinem Couchtisch lag, mit seinen vielen Notizzetteln und Anmerkungen, die er mich nicht lesen lassen wollte. Nur, dass dieses hier neu war. Möglich, dass mein Herz etwas durchdrehte. Mein Lächeln war jedenfalls nicht zu verbergen, als ich ihn erneut ansah.

»Du schenkst mir dein Lieblingsbuch?« Dabei drehte ich es in meiner Hand, um den Klappentext lesen zu können.

»Ein Buch, das ich jedem ans Herz lege. Es wird dein Denken verändern, glaub mir.«

Durch seine leuchtenden Augen und die Begeisterung in seiner Stimme wurde mir sofort ein Stückchen wärmer. Wenn ich eine Schwäche hatte, dann waren es Menschen, die absolut begeistert von einer Geschichte sprachen.

»So kannst du doch kein Buch empfehlen! Da steigen meine Erwartungen gleich unendlich in die Höhe!«, rief ich empört.

Sanft schlug ich mit der flachen Hand auf seine Brust, was ich sofort bereute. Nicht nur, weil die plötzliche Berührung eine Hitzewelle durch meinen Körper schickte, sondern auch, weil es war, als würde ich gegen eine Wand hauen.

Abgesehen davon, dass es irgendwie eine unheimlich vertraute Geste war. Doch Min-ho lachte nur, ohne den Blick von mir abzuwenden. Die Lippen hatte er ebenfalls zu einem Lächeln verzogen.

»Ich bin mir sicher, dass es dir gefallen wird.«

»Hast du das Buch extra für mich gekauft?«

»Vielleicht?«, schmunzelte er und ließ sich in einen der Sessel fallen.

Ich drückte das Buch an meine Brust und ließ mich in dem Sessel am anderen Ende des Raumes nieder. Viel Abstand zwischen uns. Das war gut. Um mich abzulenken, schlug ich die erste Seite auf. Leise las ich den ersten Satz vor mich hin, doch beim dritten Wort zitierte Min-ho mit mir zusammen: »Ich wollte ja nichts, als das zu leben versuchen, was von selber aus mir heraus wollte. Warum war das so schwer?«

Mein Blick wanderte zu ihm hinüber. Wie er dort auf dem Sessel saß, ein Bein angewinkelt, beide Hände hinter dem Kopf gefaltet. Diese braunen warmen Augen. Das komplett schwarze Outfit stand ihm gefährlich gut. In mir machte sich der Wunsch breit, ihm die Haare aus der Stirn zu streichen. Noch mal zu spüren, wie …

Stopp.

Was war das hier?

Mir gefiel nicht, in welche Richtung sich das hier entwickelte. Und gleichzeitig wollte ich nicht, dass es aufhörte. Lauter Fragezeichen tauchten in meinem Kopf auf, während meine Wangen zu glühen begannen.

»Genial, oder?«

»Es fühlt sich an, als wären diese Worte speziell für meine Situation geschrieben worden«, erwiderte ich schließlich ehrlich und sah von ihm wieder auf die Buchseite vor mir.

Warum war das so schwer?

Eine Frage, die mich nicht nur seit meiner Ankunft, sondern schon seit viel längerer Zeit verfolgte.

»Das Buch wird dir gefallen, ich bin mir sicher«, bemerkte Min-ho zuversichtlich und strich seine Haare etwas nach hinten. Doch es brachte nichts, denn eine Sekunde später fielen sie ihm wieder ins Gesicht.

»Große Worte.«

»Schließlich ist es eine Empfehlung von mir.«

»Du hast eine ziemlich hohe Meinung von dir, oder?«

»Sollte nicht jeder eine hohe Meinung von sich haben?«

Daraufhin stand er auf und blickte mich prüfend an, bevor er sich dem Regal zu seiner Linken zuwendete und mit den Fingern über die Buchrücken strich. »Wieso sollte ich mich kleinreden, wenn es da draußen Menschen gibt, die nichts lieber machen als das? Menschen, die sich einbilden, mich besser zu kennen, als ich mich selbst kenne. Die über mich urteilen, weil ich dem Bild nicht gerecht werde, das sie von mir haben.«

Seine Worte trafen mich unerwartet. Irgendwas an der Art, wie er sprach, berührte mich so, dass ich für einige Sekunden verstummte. Die Worte in meinem Kopf wiederholte und abspeicherte. Viel zu ehrlich, viel zu verletzlich und unerwartet schmerzhaft. Seine Offenheit verblüffte mich. Min-ho sprach genau das aus, was ich hören musste.

»Ich kenne das Gefühl«, erwiderte ich und stand ebenfalls auf. »Wenn man sich für Leute verändert, um ihrem Bild zu entsprechen, meine ich. Wenn man sich kleinmacht, damit sie groß erscheinen. So klein, bis man selbst verschwindet. Und trotzdem reicht der Platz nicht aus.«

Ohne mich bist du nichts, hörte ich Chris' Stimme in meinem Kopf schreien und schloss kurz die Augen, um die Erinnerungen zu vertreiben. *Nicht jetzt.*

Ich weiß nicht, warum ich Min-ho das erzählte. Wahrscheinlich wollte ich ihm zeigen, dass ich ihn verstand. Auf eine gewisse Art und Weise verstand ich seine Gedanken.

Er kam ein paar Schritte näher und blieb nur wenige Zentimeter vor mir stehen. Die Art, wie er mich jetzt ansah, war anders als zuvor. Verständnisvoller. Es kam mir so vor, als hätten wir beide kurz unsere Mauern heruntergelassen, doch im gleichen Atemzug baute ich sie in Rekordzeit noch höher.

Ich schluckte schwer und ließ meine Augen weiter durch den Raum wandern, um seinem Blick auszuweichen. Einfach vom Thema ablenken. Das war das Beste in so einer Situation.

»Aria, wenn du …«

»Hast du jedes Buch hier gelesen?«, unterbrach ich ihn.

»Nicht alle«, gab er mit einem Schulterzucken zu. »Aber ich nehme immer ein paar mit, wenn wir unterwegs sind. Wir haben oft lange Wartezeiten zwischen den Shows.«

Kaum hatte er den Satz ausgesprochen, hielt er inne. Unauffällig blickte er mich an, wahrscheinlich um zu schauen, ob es mir aufgefallen war. War es.

»Warum hast du es mir nicht gesagt?«, fragte ich kaum hörbar und bemühte mich, den Blick nicht abzuwenden.

Ein trauriges Lächeln erschien auf seinem Gesicht. Sein Schweigen füllte die Stille mit lauter, schmerzhafter Wahrheit. Es fiel mir nie schwer, die Gefühle von Menschen zu entschlüsseln. Im Gegenteil: Ich war eine Meisterin darin. Doch Min-ho hatte von Beginn an ein gutes Pokerface gehabt. Bis jetzt. Die Traurigkeit in seinem Blick war nicht zu übersehen, auch wenn er lächelte. Seine Augen verrieten ihn. Mit jedem Herzschlag, mit jedem Atemzug, in dem er schwieg, wurde die Frage bedeutender.

»Min-ho?« Meine Stimme war kaum mehr als ein Flüstern. Es überkam mich das Bedürfnis, ihn in den Arm zu nehmen, so verletzlich wirkte er auf einmal.

»Ich wollte –«

Ein lautes, schrilles Klingeln ertönte und wir sprangen auseinander. Ohne ein Wort der Erklärung lief Min-ho zur Tür und ließ mich etwas verloren im Raum zurück.

Unser Essen war gekommen und bei den vielen weißen Tüten, die Min-ho jetzt auf dem Küchentresen abstellte, fragte ich mich, wie viel er wohl bestellt hatte.

»Ist das für eine Großfamilie?« Langsam ließ ich mich auf dem Barhocker nieder und beobachtete, wie er geschickt einen Behälter nach dem anderen auf dem Tresen stapelte.

»Möglich. Aber ich wollte dir eine gute Auswahl bieten.«

»Eine gute Auswahl?«

»Ich hab von allem etwas besorgt. Hier, Tteokbokki.« Mit strahlendem Gesicht schob er einen Behälter in meine Richtung und die Traurigkeit von vor zwei Minuten war wie weggeblasen. Die Mauern waren wieder oben. Die Tatsache, dass er mir die scharfen Reiskuchen bestellt hatte, versetzte mir einen Stich und ich fand es viel zu süß, um deswegen eine Diskussion über Privatsphäre zu beginnen, weil er doch in meine Liste geschaut hatte.

Zögerlich setzte er sich neben mich. So nah, dass unsere Beine sich berührten und mein Herz wie wild in einem schnellen Takt gegen meine Rippen klopfte.

Als er die restlichen Behälter öffnete und mir ein paar Stäbchen zuschob, begann mein Magen laut zu knurren.

Vorsichtig hob ich einen der Reiskuchen mit den Stäbchen hoch und biss ab, in der Angst, dass es mir entweder zu scharf war oder ich die Stäbchen zu locker hielt, sodass mir alles runterfiel. Mein Mund fing Feuer. Mit einem lauten Husten beugte ich mich vor und ließ die Stäbchen fallen.

Hätte ich gewusst, wie scharf Tteokbokki waren, hätte ich gleich um ein Glas Wasser gebeten. Auch wenn sie köstlich waren, trieben sie mir sofort Tränen in die Augen. Min-hos belustigte Miene entging mir nicht, als ich nach etwas zu trinken fragte und er mir einen Joghurtdrink in die Hand drückte.

»Das hier ist nicht so scharf«, sagte Min-ho und legte mir mit seinen Stäbchen etwas auf meinen Teller.

»Was ist das?«

»Jajangmyeon. Nudeln in einer Sojabohnenpaste mit Gemüse. Wenn ich könnte, würde ich mich nur davon ernähren.«

Um seine Worte zu unterstreichen, schaufelte er sich ebenfalls eine Portion auf seinen Teller. Nach und nach zeigte er mit den Stäbchen auf die Gerichte, die vor uns standen. »Gimbap, eigentlich nur Seetang mit Reis und Gemüse. Mandu, klassische Teigtaschen. Bulgogi ist gebratenes Fleisch. Aber sehr scharf. Und das hier ist Sojasprossensalat. Oh, und natürlich Reis und Kimchi.«

Keine Sekunde später schob er sich eine Ladung Reis in den Mund, während ich noch mit den Stäbchen zu kämpfen hatte. Klar, ich konnte damit essen, aber nicht mal ansatzweise so perfekt, wie Min-ho es konnte. Und vor allem nicht so schnell. Ohne jeglichen Kommentar erhob Min-ho sich und holte einen großen Löffel und eine Gabel, die er mir neben den Teller legte. Wärme schoss mir in die Wangen, als ich mich wieder meinem Essen widmete und sich eine Stille über uns ausbreitete, während wir aßen. Lange hielt ich es jedoch nicht aus. Die Angespanntheit zerschnitt messerscharf jeden meiner Gedanken.

»Warum hast du es mir nicht gesagt?«, wiederholte ich die Frage, die mir so unter den Nägeln brannte.

Lautlos lachte er auf, straffte die Schultern und setzte sich ein wenig aufrechter hin. »Woher weißt du es?«

Mit kurzen Worten schilderte ich ihm die Erfahrung am Coex.

»Die blöden Werbungen …«, murmelte Minho. »Aber wenigstens war es nicht die Unterwäschewerbung. Die war mir schon unangenehmer.« Seine Mundwinkel zuckten verdächtig.

Möglich, dass mir alles aus dem Gesicht fiel. Unterwäschewerbung? Ich versuchte mein Pokerface wiederzufinden, doch es hatte mich im Stich gelassen. Die Bilder waren bereits in meinem Kopf.

»Na ja, spätestens in der Mall wäre mir dein Gesicht überall entgegengesprungen«, versuchte ich möglichst locker zu sagen, während ich gegen die Vorstellung dieser Unterwäschewerbung ankämpfte.

Er nickte. »Aber es ist doch ein schönes Gesicht, oder?«

»Darauf antworte ich nicht.«

»Aria«, begann er und blickte starr auf die Uhr gegenüber. Mein Blick folgte seinem und fünf Sekunden lang hörte man nichts außer das Pochen meines Herzens und das Ticken der Zeiger.

»Entschuldige, dass ich nichts gesagt habe. Aber irgendwie wusste ich nicht wie. Als du mich angeschrien hast … ich weiß gar nicht, wann jemand zuletzt so mit mir gesprochen hat wie du. So direkt, so …« Ein Schmunzeln trat auf sein Gesicht, als er sich wieder zu mir drehte.

»Zickig?«, beendete ich den Satz für ihn.

»So ehrlich«, sagte er stattdessen. »Als du nach meinem Namen gefragt hast und ich realisiert habe, dass du kein verrückter Fan bist, der sich in diesen Raum geschlichen hat … Da wusste ich nicht, wie ich damit umgehen soll. Aber es war einfach erfrischend. Ich wollte dir nichts verschweigen, aber ich hab es plötzlich so genossen, dass ich nicht meine gewohnte Rolle spielen musste.«

»Ich dachte, du bist ein Drogendealer, Min-ho.« Peinlich berührt vergrub ich das Gesicht in meinen Händen, als ich sein tiefes Lachen hörte.

»Du solltest wirklich nicht einfach mit Fremden mitgehen«, tadelte er mich und schnipste mir gegen den Kopf. Erschrocken fuhr ich hoch. Er hatte mir tatsächlich gegen den Kopf geschnipst. Mit einer Hand rieb ich mir die Stelle, die nun leicht pochte. Doch auf meinen schockierten Blick hin lachte er nur und stand auf.

»Bist du denn ein Fremder?«, fragte ich, als ich ihm ins Wohnzimmer folgte. Mitten im Gang blieb er ruckartig stehen, sodass ich fast gegen seinen Rücken knallte.

»Hoffentlich nicht mehr«, sagte er, ohne sich umzudrehen. »Aber frag mich, was du wissen willst. Ich werde dir alles beantworten.«

Ich biss mir auf die Lippe. »Alles, was ich möchte?«

Zusammen ließen wir uns aufs Sofa fallen. Min-ho schenkte mir dieses Lächeln, das ich nicht einordnen konnte.

Diese Grübchen würden irgendwann mein Untergang sein. *Oder meine Rettung*, flüsterte eine Stimme in meinem Kopf.

»Lass uns mit dem Verhör beginnen. Ich schwöre, die Wahrheit zu sagen und nichts als die Wahrheit.«

Dabei lehnte er sich zurück und verschränkte die Arme hinter dem Kopf, während er mich aufmerksam ansah. Meine erste Frage musste wohlüberlegt und von bedeutender Wichtigkeit sein, denn vielleicht spielte er das Spiel nicht lange mit. In meinen Kopf stritten sich verschiedene Gedanken darum, welche Frage die erste sein sollte.

»Was für ein Sternzeichen bist du?«

»Was? Das ist wirklich deine erste Frage?«, gab er belustigt zurück und verlagerte das Gewicht.

»Hey! Sternzeichen sagen viel über einen Menschen aus!«, entgegnete ich, während ich versuchte, seinem Blick standzuhalten.

Fragend hob er eine Augenbraue. »Welches ist denn deins?«

»Waage. Aber du stellst hier nicht die Fragen.«

»Wassermann«, sagte er und klang dabei sehr fragend, als hätte er Angst vor meiner Einschätzung.

»Schon mal gut zu wissen.« Ich schnappte mir das Kissen neben mir und umarmte es wie ein Stofftier, ehe ich meine nächste Frage stellte.

»Welche Serie schaust du aktuell?«

»Itaewon Class«, sagte er etwas zu schnell.

Auf meinem fragenden Blick erklärte er mir die Handlung und gedanklich setzte ich das koreanische Drama auf meine Watchlist bei Netflix.

»Lieblingsjahreszeit?«, fragte ich weiter.

»Frühling.«

»Warum? Die meisten lieben doch viel eher den Sommer.«

Meine liebste Jahreszeit war ebenfalls der Frühling, was ich jedoch nicht sagte. Wenn alles blühte, die dunklen Tage endlich verschwanden und die Sonne mehr als zwei Stunden am Tag schien, fühlte ich mich viel motivierter.

»Da hab ich dich kennengelernt.« Die Art, wie er mich anschaute, verriet mir allerdings, dass er mich nur herausfordern wollte.

Okay, ich musste es zugeben. Mein Bauchkribben ließ sich nicht leugnen. Dafür war es zu spät. Sicherlich war ich für ihn eine Herausforderung, da ich ihm nicht sofort zu Füßen lag. Also ich tat das einzig Richtige: Ich ignorierte ich seine Antwort und zeigte keine Reaktion.

Nach kurzem Schweigen fügte er hinzu: »Wenn die Frühlingstage die dunklen Wintertage ablösen, fühlt es sich so an, als würden sie die Dunkelheit ebenfalls mit sich nehmen.«

Wie perfekt konnte eine Antwort sein?

Reiß dich zusammen, Aria.

»Warum ist *Demian* dein Lieblingsbuch?«

Min-ho stützte seinen Kopf mit einer Hand ab und runzelte die Stirn. »Kennst du das, wenn du ein Buch liest und währenddessen schon merkst, wie alles einfach Sinn macht? Als wäre das Buch nur für dich geschrieben worden? Weil du deine Welt und dich selbst irgendwie besser verstehst, je weiter du liest? Das Buch hat meine Perspektive auf viele Dinge verändert.«

Die Worte überrumpelten mich etwas, weil sie so nachvollziehbar waren, und für einige Herzschläge verlor ich mich in seinem Blick. Natürlich kannte ich das. Deswegen liebte ich Bücher so sehr. Wieso musste er plötzlich so viele tolle Dinge sagen?

Ich räusperte mich einmal und wippte mit den Füßen.

»So ging es mir mit *Der kleine Prinz* von Antoine de Saint-Exupéry«, sagte ich schließlich. Möglicherweise nuschelte ich den Namen des Autors so schnell weg, wie ich konnte, denn bei der Aussprache war ich mir immer unsicher. Das konnte doch keiner aussprechen.

Zustimmend nickte er. »Dein Lieblingsbuch?«

»Eins davon, ja.«

»Welches noch?«

»Harry Potter«, antwortete ich, ohne zu zögern.

»Natürlich«, grinste er.

Irgendwie verstrickten wir uns in unnötige Diskussionen über Fandoms, ohne dass ich genau wusste, wie wir hier angelangt waren. Beim Versuch, mir zu erklären, warum Iron Man viel cooler als Spider Man war, klingelte Min-hos Handy und holte uns aus unserer kleinen Bubble heraus. Bis dahin hatte ich gar nicht gemerkt, wie schnell die Zeit vergangen war. Inzwischen war es dunkel geworden. Min-ho entschuldigte sich, ging hinaus und ich hielt mich an dem Gefühl fest, das mich gerade durchflutete. Ausgelassenheit. Wir hatten uns unterhalten, ohne dass ich jedes Wort, jede Reaktion analysiert hatte. Plötzlich fiel mir wieder ein, was der eigentliche Plan gewesen war. Mit Min-ho über KT6 zu sprechen. Wahrscheinlich gingen wir beide diesem Thema absichtlich aus dem Weg, weil es etwas verändern würde.

Doch es zu ignorieren würde sowieso nicht funktionieren. Spätestens heute Nacht würde ich mir den Kopf darüber zerbrechen, was es mit den Gerüchten und Min-hos Person auf sich hatte.

Es war schwer vorstellbar, dass der Min-ho, der seinen liebsten *Harry-Potter*-Teil verteidigte, als ginge es um Leben und Tod, und der zugab, dass *Twilight* eigentlich ganz okay war, der gleiche Min-ho war, über den in den Nachrichten so schlecht gesprochen wurde. Dennoch: Ich kannte ihn erst zwei Tage. Zwei intensive Tage, die alles verändert hatten. Trotzdem durfte ich mir nicht einbilden, ihn zu kennen, oder? Menschen verstellten sich. Sie gaben nicht alles von sich preis. Das wusste ich selbst am besten. Entschlossen schob ich die Erinnerungen beiseite, teils, weil ich es einfach verdrängen wollte, aber auch, weil Min-ho mein Unwohlsein nicht mitbekommen sollte.

»Ich kann dich denken hören«, holte Minho mich ins Hier und Jetzt zurück und ich fragte mich, wie lange er schon dort im Türrahmen stand und mich beobachtete. »Alles in Ordnung? Magst du mich nicht mehr, weil ich Team Jacob bin?«

Die Frage ließ mich lächeln. Diese Diskussion würden wir wann anders führen. Noch während ich das dachte, bemerkte ich, dass ich Min-ho mochte. Es fühlte sich leicht an, mit ihm zu reden. Die Couch gab unter seinem Gewicht nach, als er sich viel zu nah neben mich setzte. Lachend schüttelte ich den Kopf, ignorierte die plötzliche Wärme, die in mir hochkroch, und seufzte einmal auf.

»Das setzt ja voraus, dass ich dich vorher mochte«, sagte ich, doch mein Grinsen verriet mich sowieso.

»Autsch«, erwiderte er und ließ sich theatralisch nach hinten fallen, als hätte ich auf ihn geschossen.

»Es ist schon spät«, murmelte ich. »Ich sollte los.«

»Okay, bringen wir dich nach Hause.« Langsam ließ er den Blick über mich wandern. Beinahe nachdenklich.

Nach Hause. Das war jetzt wohl das Wohnheim.

Gut, dass mein erster Arbeitstag erst in einer Woche war und ich morgen den ganzen Tag Zeit hatte, alles einzurichten und einmal durchzuatmen. Eine Pause hatte ich bitter nötig.

Außerdem zehn Jahre Schlaf.

Emily würde vielleicht auch noch warten. Ihrer Bitte, ein Foto von Min-ho zu machen, war ich noch nicht nachgekommen. Konnte ich auch nicht, ohne einen Skandal auszulösen.

In einer schnellen Bewegung stand Min-ho auf, als könnte er es sich sonst anders überlegen. Beim Versuch, ihm zu folgen, stolperte ich über ein Kissen, das am Boden lag, und kurz ruderte ich verloren mit den Armen, um die Balance zu halten.

Im Augenwinkel sah ich, wie Min-ho zu grinsen begann und schließlich Richtung Flur lief.

»Du bist etwas tollpatschig, oder?«, hörte ich ihn fragen, als er aus meinem Sichtfeld verschwand und ich ihm nachlief.

»Du bist bestimmt ein Slytherin, oder?«, erwiderte ich nur, während er sich in einer fließenden Bewegung umdrehte und sich schockiert die Hand an die Brust hielt.

»Durch und durch ein Ravenclaw. Ich bitte dich. Und du bist bestimmt Hufflepuff, oder?«

»Bei dir klingt das wie eine Beleidigung.«

»Also habe ich recht?«

Ich warf ein Kissen nach ihm, das er ohne Probleme in der Luft abfing, worauf er mich mit einem bösen Blick anfunkelte.

Kurz sah es so aus, als würde er es mir zurückwerfen, doch er ließ es einfach sinken.

»Also hör mal zu, Hufflepuff. Fang keinen Krieg an, den du nicht gewinnen kannst.« Dabei zog er herausfordernd eine Augenbraue hoch und ich hob entschuldigend die Hände. Diesen Krieg würde ich tatsächlich nicht gewinnen können. Keiner von uns würde das. Aber das bedeutete nicht, dass wir ihn nicht trotzdem anfangen würden.

***

Auf dem Weg zum Wohnheim lief leise das Radio und lieferte die perfekte Hintergrundmusik für das Musikvideo, das gerade in meinem Kopf stattfand.

Mit klopfendem Herzen und wirren Gedanken sah ich hinaus und versuchte eine gute Überleitung für meine tausend Fragen zu finden. In diesem Moment bereute ich es, dass wir die Zeit mit *Harry Potter* und *Marvel* vergeudet hatten.

Obwohl ... nein, eigentlich bereute ich es keine Sekunde lang. Vielleicht hatten wir das beide gebraucht. Belanglose Gespräche, die uns halfen, einander besser zu verstehen.

»Ganz schön viel Verkehr«, sagte ich unnötigerweise, weil ich die Stille nicht mehr aushielt.

Ganz schön viel Verkehr, wow. Was Besseres war mir nicht eingefallen? Ich kniff die Augen zusammen und schüttelte den Kopf.

Min-ho seufzte einmal laut, als der Wagen vor uns nicht sofort bei Grün losfuhr. Schließlich hupte er mehrmals und machte Handbewegungen in Richtung Frontscheibe. Als er zu fluchen begann, konnte ich mir das Lachen nicht verkneifen.

»Ich bin kein geduldiger Autofahrer«, gab er zerknirscht zu und drückte das Gaspedal durch.

Innerhalb von wenigen Sekunden beschleunigte der Wagen so schnell, dass ich ein Achterbahnkribbeln im Magen verspürte. Doch um ehrlich zu sein, verspürte ich dieses Gefühl auch jedes Mal, wenn Min-ho mich so unverwandt ansah.

»Ach wirklich? Schockierend.« Krampfhaft hielt ich mich am Sitzpolster fest.

Bevor ich mehr sagen konnte, wurde meine Aufmerksamkeit vom Radio abgelenkt.

»... neue Song von KT6, auf den ihr schon alle sehnsüchtig gewartet habt. Es wird vermutet, dass uns bald ein Comeback erwartet. Aber erst einmal der Song, der sämtliche Herzen gebrochen hat. Hier ist *Breathe* von KT6«, hörte ich den Radiosprecher auf Englisch sagen. Vorher war mir gar nicht aufgefallen, dass ich verstand, was er sagte.

In Lichtgeschwindigkeit hatte Min-ho das Radio ausgeschaltet.

»Hey! Ich will das hören!«, rief ich. »Mach das wieder an!«

»Ich hab extra einen internationalen Sender angemacht, damit das nicht passiert«, schnaubte er nur und ignorierte meine Aufforderung. Irritiert starrte ich auf seine Hände, die krampfhaft das Lenkrad festhielten.

Seine Augen huschten zur mir herüber und verharrten auf meinen Mund. Eine Sekunde zu lang.

Verlegen räusperte ich mich und drückte auf das Display, um das Radio wieder anzuschalten. Er hielt mich nicht auf.

Und dann hörte ich KT6 das allererste Mal.

So klischeehaft das auch sein mochte, dieser Song bereitete mir eine Gänsehaut. Dafür brauchte ich die Worte nicht zu verstehen, die die Band auf Koreanisch sang. Bis dahin hatte ich nicht gewusst, wie schön die koreanische Sprache klang. Und wie viel tiefer sich Min-hos Stimme in seiner Muttersprache anhörte … Auch, wenn ich es niemals zugeben würde, pochte mein Herz etwas schneller, als seine Strophen kamen. Musik war schon immer ein wichtiger Teil meines Lebens und ich liebte es, mich den Emotionen hinzugeben. Meine Sammlung von Playlisten für jede Situation bewies das. Eine zum Aufräumen, zum Lernen, zum Sportmachen, zum Schlafen. Beruhigende Playlisten, Playlisten mit Musik, bei der ich mich wie ein Gangster fühlte. Und meine Playlist, die den einzigen Zweck erfüllte, mich zum Weinen zu bringen.

Breathe war ein Song, der langsam und ruhig anfing und der mir von der ersten Sekunde an eine Gänsehaut bereitete.

Ein Song, der definitiv in meine »Zum Weinen«-Playlist gehörte und sofort mein Herz berührte. Klare Töne, Min-hos tiefe Stimme, die mit einer anderen, etwas höheren Stimme perfekt harmonierte. Eine Klaviermelodie wurde von einem ruhigen Beat abgelöst, jemand begann zu rappen und ich war erstaunt, wie gut es zusammenpasste.

Mit jeder Sekunde verliebte ich mich mehr. Ohne es zu verstehen, löste der Song Gefühle in mir aus, die ich nicht einordnen konnte.

Traurigkeit. Hoffnung. Gemeinschaft. Leichtigkeit.

Es war, als würde das Lied diese Phasen durchlaufen und ich nahm mir vor, sofort die Übersetzung nachzulesen, wenn ich zu Hause war.

»With you I am finally able to breathe«, sang jemand leise, dann war der Song vorbei.

Vier Minuten und fünf Sekunden.

Der Song dauerte vier Minuten und fünf Sekunden.

So lange hatte keiner von uns etwas gesagt.

Knapp vier Minuten, die mir gezeigt hatten, wie talentiert diese sechs Männer waren.

Und dass sie ihren Erfolg absolut verdienten, wenn sie mit einem einzigen Song so viele Emotionen rüberbrachten, dass ich mich zusammenreißen musste, nicht zu weinen. Einige Herzschläge lang war es still. Ich spürte Min-hos erwartungsvollen Blick auf mir, doch ich musste mich erst einmal sammeln.

»Aria! Jetzt sag doch was. Das ist ja unerträglich.«

»Ich weiß nicht, was ich sagen soll.«

»Ist okay. Ich weiß, es gefällt nicht jedem.«

»Min-ho, es war absolut wundervoll«, versicherte ich ihm schnell und drehte mich in seine Richtung.

Überrascht schaute er mich an, legte den Kopf etwas schief und lächelte verlegen. Fast etwas schüchtern.

»Es hat dir gefallen?«

Ich nickte. Seine Mundwinkel zuckten leicht.

»Es hat mir gefallen.«

Er räusperte sich und ich wusste nicht, ob es nur das rote Licht der Ampel war, aber er errötete etwas. Erst dachte ich, dass nun eine schlagfertige Antwort kommen würde, stattdessen schaute er konzentriert auf die Straße und blieb stumm. Sein schüchternes Lächeln verwandelte sich mit jedem Meter, den wir hinter uns ließen, in ein breites Grinsen.

»Aber du lispelst etwas, kann das sein?«

Ruckartig drehte er sich zurück zu mir und ich konnte mir ein Lachen nicht verkneifen.

Sein Blick war Gold wert. Plötzlich fuhr er etwas langsamer und sah erst in den Seitenspiegel, dann in den Rückspiegel und blickte schließlich mit einem suchenden Blick auf die Rückbank.

»Suchst du etwas?« Irritiert sah ich mich ebenfalls um, ohne zu wissen, wonach.

»Ach«, sagte er langsam und zuckte mit den Schultern. »Nur dein Herz. Erst diese lange, unerträgliche Stille und jetzt so was. Von wegen Hufflepuff.«

»Was? Das war nur ein Scherz, ich … «, versuchte ich mich zu rechtfertigen und suchte fieberhaft nach Worten. »Sorry.«

Sofort machte sich ein schlechtes Gewissen breit. Wahrscheinlich sah er meinen Gesichtsausdruck. Jedenfalls fing er ein paar Sekunden später an zu lachen, was mich aufatmen ließ.

»Idiot«, murmelte ich leise.

»Das hab ich gehört.«

»Solltest du auch.«

»Weißt du eigentlich, dass du dich immer entschuldigst?«, fragte er schließlich und wir bogen in die Straße der Sprachschule ein. »Und ich lispele nicht. Jedenfalls nicht mehr. Okay, vielleicht manchmal. Manche finden, dass das Lispeln süß klingt.« Provokant hob er eine Augenbraue und wartete auf eine Reaktion.

Der Wagen kam zum Stehen. Lange Zeit schwiegen wir, auch noch, als er den Motor abstellte und wir einfach nur dasaßen.

»Min-ho?« Meine Stimme war zögernd, als ich zu ihm herübersah.

»Hm?«

»KT6. Wofür steht das?«

Für eine Sekunde verrutschte sein Lächeln.

Nur eine Sekunde, aber ich sah es.

Beinahe bereute ich meine Frage, so wie sich sein Gesicht schmerzhaft verzog, ehe er wieder das Pokerface aufsetzte.

»Als wir kurz vor unserem Debüt standen, hat ein Berater des Entertainments gesagt, dass wir Hyun-su aus der Band schmeißen sollen. Er war ihnen nicht idolmäßig genug. Zu wenig Erfahrung, zu alt. Es gab ein großes Hin und Her. Wir waren bis dahin nur zusammen gewesen. Kamen alle nicht direkt aus Seoul und waren für die Chance, Idol zu werden, hierhergezogen. Zu sechst teilten wir uns ein Zimmer, probten bis spät in die Nacht und machten einfach alles zu zusammen. Wir konnten uns die Band ohne ihn nicht vorstellen und haben das dem Entertainment auch gesagt. Ziemlich dreist, wenn man bedenkt, dass wir als Trainees eigentlich nichts zu melden hatten. Aber der Zusammenhalt schien unserem Manager zu gefallen. Am nächsten Tag schrieb er eine Mitteilung ans Entertainment. Im Betreff stand ›I'll keep the 6‹ und das ist irgendwie hängen geblieben.«

Ein leichtes Schmunzeln umspielte seine Lippen bei der Erinnerung daran. Ihn darüber sprechen zu hören, zeigte mir, wie wenig Ahnung ich von diesem Geschäft habe, wie wenig ich über K-Pop und das Leben als Idol wusste. Der Druck und die Erwartung mussten enorm sein.

»Ein Name mit Bedeutung. Das mag ich.«

»Vorher hießen wir The Fire Boys. Wer weiß, wo wir heute wären, wenn wir so heißen würden.«

»The Fire Boys?« Amüsiert sah ich ihn an und er konnte sich ein Grinsen nicht verkneifen, als er nickte.

»Ihr versteht euch also gut?«

»Ohne sie hätte ich das niemals geschafft. Über die Zeit sind sie zu meiner Familie geworden. Die einzige, die ich noch habe.« Der Satz versetzte mir einen Stich, doch er sprach einfach weiter. »Idols leben für diesen Beruf. Wir haben ewig dafür trainiert. Sechszehn Stunden am Tag irgendwelche Proben oder Aufnahmen. Intensives Tanztraining, Gesangsstunden, Englischunterricht. Die Erwartung an uns ist sehr hoch«, ergänzte er in einem sachlichen Ton, als wäre es nichts.

»Sechzehn Stunden?« Geschockt starrte ich ihn an.

Wie konnte denn jemand überhaupt sechzehn Stunden am Stück wach bleiben? Das bedeutete … acht Stunden Zeit für alles andere. Zum Schlafen, für ein Privatleben. Alles in acht Stunden gequetscht. Es erschien mir vollkommen utopisch.

»Mein Manager sagt immer: Wenn du deine Träume wahr werden lassen willst, musst du weniger schlafen. Und während alle anderen in meinem Alter über Mathebüchern hingen oder ihre ersten Erfahrungen mit Partys machten, hingen wir zu sechst im Proberaum ab, hielten strikte Trainingspläne und Diäten ein und bereiteten uns auf das Debüt vor.«

»Wie läuft das ab? Was ist das genau?«

»Der Moment, wo wir offiziell die Verträge unterschreiben und der Welt vorgestellt werden.«

Ich erinnerte mich daran, wie Emily mir das bereits erklärt hatte. Damals, als ich noch dachte, es wäre für mich weniger von Bedeutung und ich viel zu überwältigt von den vielen Eindrücken am Coex gewesen war.

»Und wenn ihr es nicht geschafft hättet, was wäre dann aus dem ganzen Training geworden?«

Min-ho verzog kurz das Gesicht. »Dann wäre alles umsonst gewesen.«

Das schien alles so unsicher. So viel Zeit in etwas zu stecken, ohne dass man wusste, ob es am Ende klappen würde. Für mich als Freundin von Sicherheit absolut unvorstellbar und doch ... Ich hatte plötzlich so viel Respekt vor diesem Business. Vor allen, die mutig genug gewesen waren, ihren Traum zu verfolgen.

»Wie alt warst du, als das alles anfing?«

»Mit dem Training? Ich war gerade fünfzehn geworden, als ich nach Seoul gezogen bin.«

Wow. Ich war sprachlos. Das erschien mir nicht richtig. Wie konnte jemand einem Fünfzehnjährigen so viel zumuten? Mit fünfzehn hatte ich es gerade mal geschafft, mein Zimmer ordentlich zu halten und in der Schule aufzupassen.

»Wir wollten es so«, sagte Min-ho, als hätte er meine Gedanken erraten.

Bei meinem schockierten Gesicht sicherlich ein Leichtes.

»Wir haben für das Debüt gelebt. Für unseren Traum. Wir haben wenig geschlafen, wenig gegessen und viel trainiert. Und am Ende hat es sich bezahlt gemacht.«

»Ihr seid ziemlich erfolgreich, oder?«

»So ziemlich, ja.« In seiner Aussage lag keine Spur von Arroganz, es war einfach die Wahrheit. Und nach so viel Training und Drama gönnte ich es ihm von Herzen. Doch die Traurigkeit in seiner Stimme war ebenfalls herauszuhören.

»Wie ist das so?«

»Am Anfang war es komisch. Überall, wo wir hingegangen sind, wurden wir erkannt. Irgendwann konnten wir nicht mehr ohne Begleitschutz raus.

Der Mann im Anzug heißt übrigens Han Do-yoon und folgt mir normalerweise auf Schritt und Tritt«, grinste er. »Nicht mehr alleine einkaufen oder ins Kino gehen. Nicht mehr mit der Familie irgendwo was essen. Aber es gibt eben auch viele positive Dinge. Ich lebe für die Bühne. Ich fühle mich dort zu Hause und ich liebe es, mich kreativ ausleben zu können.«

»Dann bist du viel unterwegs? Gibst Konzerte, Interviews und so was?«

»Nicht mehr ... Die Umstände haben sich etwas geändert. Momentan ist alles pausiert. Ich ...«, doch seine Stimme brach ab und er fuhr sich nervös durch die Haare.

Das Lächeln auf seinem Gesicht war wie weggefegt. Sein Kiefer spannte sich an und ich sah, wie ihn die Erinnerung aufzuwühlend schien.

»Schon okay, wenn du ...«,

»Du solltest los«, unterbrach er mich.

Irritiert löste ich den Blick von ihm und schaute hinaus. Die Scheiben waren schon ganz beschlagen. Wir saßen wohl schon eine ganze Weile hier und ein Blick auf das Armaturenbrett des Wagens bestätigte die Annahme. 22:04 Uhr.

»Tut mir leid, wenn ich zu neugierig bin.«

Ich senkte den Blick auf meine Hände, die in meinem Schoß lagen und die ich sofort zu kneten begann. Ein nervöser Tick, den ich mir vor Jahren angeeignet hatte.

»Nicht«, unterbrach er mich und wendete sich mir wieder zu. »Entschuldige dich nicht. Es ist nur einfach kein Thema für so eine späte Uhrzeit. Oder generell eine witzige Geschichte. Belassen wir es erst mal dabei.«

Das Lächeln, zu dem er sich zwang, schien absolut unehrlich und traurig, doch ich erwiderte es.

»In Ordnung«, sagte ich und fühlte mich schrecklich unbeholfen. Schnell löste ich den Anschnallgurt und hob meine Tasche auf den Schoß. Im Augenwinkel sah ich, wie Min-ho sich eine schwarze Maske anzog, bevor er ebenfalls ausstieg. Doch anstatt zum Wohnheim rüberzulaufen, lehnte er sich ans Auto.

»Meinst du, dass das eine gute Idee ist? Was ist, wenn jemand dich sieht?«

Panisch blickte ich mich um, doch da es bereits spät abends war, befand sich keiner in unserer Nähe. Jedenfalls noch nicht.

Trotz der Maske konnte ich sehen, dass er grinste, denn seine mandelförmigen Augen, die mich sonst so intensiv ansahen, verschwanden etwas, wenn er das tat.

»Aria?«

Ich legte den Kopf leicht in den Nacken, um ihn anzuschauen. Die vielen Zentimeter, die uns trennten, machten dies leider erforderlich. Schließlich war er fast zwei Köpfe größer.

»Ja?«

»Danke«, sagte er leise, aber bestimmt.

»Wofür?«

»Dass du … Also, dass du so bist. Normal, mein ich«, sagte er nun noch etwas leiser und verlagerte sein Gewicht von einem Fuß auf den anderen und blickte auf den Boden.

»Danke, dass du mich nicht drängst, über alles zu sprechen. Und dass du mir Fragen gestellt hast, die an mich gerichtet waren. Nicht an Min-ho, Mitglied von KT6.«

Seine Worte brachen mir das Herz. Es musste so anstrengend sein, wenn alle nur die Version von dir sahen, die sie sehen wollten. Erwartungen an dich stellten.

Schließlich verstand ich das nur zu gut. Ich hatte selbst lange eine Version meiner selbst gespielt. Eine Version, von der ich dachte, dass alle sie sehen wollten.

Sein ganzes Auftreten ließ mich vermuten, dass es ihm ähnlich ging. Auf einmal war ich mir einer Verbundenheit zu ihm sicher, von der ich vorher dachte, dass ich sie mir nur einbilden würde.

Langsam hob er eine Hand und strich mir eine Haarsträhne hinters Ohr. Augenblicklich hielt ich die Luft an, während mein Herz einen Moment aussetzte.

Ich sollte gehen.

Wieso gehe ich nicht? Was mache ich hier?

In der nächsten Sekunde fuhr ein Auto auf uns zu und die Scheinwerfer leuchteten so hell, dass ich instinktiv die Augen zusammenkniff. In Sekundenschnelle griff Min-ho nach meinem Handgelenk und drehte uns so, dass ich mit dem Rücken gegen sein Auto stieß. Links und rechts neben meinem Kopf platzierte er jeweils eine Hand, sodass mein Gesicht von seinen Armen verdeckt wurde.

Überrascht zuckte ich zusammen. Blickte in diese Augen, die so tiefbraun waren, dass ich mich darin verlieren wollte. Mit jeder Sekunde, die verging, wurde das zunehmend realistischer. Natürlich wusste ich, dass er das machte, um nicht erkannt zu werden. Warum auch sonst? Wir atmeten erleichtert aus, als das Auto an uns vorbeifuhr und nichts passierte. Außer, dass der Ausdruck in seinen Augen dunkler wurde und die plötzliche Nähe mir den Atem verschlug.

Was tat ich hier bloß?

»Aria.«

Ein Herzschlag.

»Du solltest gehen«, sagte er etwas heiser.

Zwei Herzschläge.

»Ich sollte gehen«, flüsterte ich, doch rührte mich nicht von der Stelle und Min-ho nahm seine Arme nicht weg.

Drei Herzschläge.

Vergiss das Atmen nicht, Aria.

»Okay«, erwiderte er und seine Stimme klang noch tiefer, noch rauer als ohnehin schon.

»Okay«, wiederholte ich seine Worte, da ich nicht mehr imstande war, klare Gedanken zu fassen.

Sein Geruch, der mich einhüllte, und die Wärme, die von ihm ausging, verhinderten, dass ich mich von ihm löste. Dieser dunkle Blick. Das Lächeln, das ich hinter der Maske erkennen konnte, einfach weil es seine Augen erreichte. Seine Anwesenheit hielt mich gefangen, dabei machte er gar nichts. Er schaute mich nur an und war mir etwas zu nah und das reichte aus. Konnte ein Herz explodieren? Es fühlte sich jedenfalls so an, als würde meins gleich die Flucht aus meinem Brustkorb ergreifen. Er hob seine Hand an meine Wange, ehe er einen Schritt von mir zurückwich und mich freigab. Warme Frühlingsluft durchströmte meine Lungen, als ich wieder richtig atmete.

»Wir sehen uns«, flüsterte er.

Meine Hand zitterte etwas, als ich meine Tasche griff und mit langsamen Schritten in Richtung Eingangstür lief.

Mit jedem Zentimeter Abstand zwischen uns klärte sich der Nebel in meinen Kopf, den er verursacht hatte. Schließlich drehte ich mich noch mal zu ihm um und lächelte, als er immer noch am Auto lehnte und mich wachsam beobachtete.

»Hey!«, rief ich. »Für einen Slytherin bist du ganz okay.«

»Der Test hat gesagt, ich bin Ravenclaw!«

»Kann ja jeder behaupten.«

»Jetzt geh schon rein! Ich fahr erst, wenn die Tür hinter dir ins Schloss gefallen ist.«

»Schon gut!«

»Auf Wiedersehen, Aria.« Lachend schüttelte er den Kopf, verschränkte die Arme vor der Brust und ließ mich keine Sekunde aus den Augen.

Verdammt.

Ich steckte bereits viel zu tief drin.

Und das nach nur zwei Tagen.

11

Erschöpft ließ ich mich auf mein Bett sinken. Vorher hatte ich gar nicht bemerkt, wie angespannt ich die ganze Zeit gewesen war, und den ganzen Tag unterwegs zu sein setzte mir mehr zu, als ich zugegeben wollte.

Dazu noch in einem fremden Land. Zwar bemerkte ich es währenddessen kaum, aber sobald ich einen Moment für mich hatte, rollte die Erschöpfung wie eine Lawine über mich. Ich wollte einfach schlafen. Am besten fünf Tage am Stück, bis ich wieder in Ordnung war.

Zu meinem Glück wartete Emily nicht auf mich. Die braune Tasche schmiss ich sofort in Richtung des Mülleimers, nachdem ich den Inhalt auf mein Bett gekippt hatte. Mein Blick fiel auf mein altes Handy und im nächsten Moment kramte ich in meinem Koffer nach dem Ladekabel. Während es lud, schnappte ich mir meinen Kulturbeutel und lief ins Bad.

Ach ja.

Die Dusche.

Da war ja was.

Mit skeptischem Blick inspizierte ich den Duschschlauch, der neben dem Spülbecken einfach aus der Wand heraushing. Keine versteckte Duschvorrichtung, die ich vielleicht übersehen konnte. Einfach ein Schlauch, der aus der Wand hing.

Warum baute man so etwas überhaupt?

Es erforderte etwas Geschick, den Wasserstrahl nur auf mich zu richten und trotzdem vergingen nicht mal drei Sekunden, und es war kein einziger Zentimeter des Bodens mehr trocken. Mein Körper entspannte sich unter dem heißen Wasser, aber um das größtmögliche Chaos zu verhindern, versuchte ich mich zu beeilen. In ein Handtuch gewickelt lief ich zurück zum Bett und meine nassen Füße hinterließen Fußspuren auf dem dunklen Parkett.

Das Handy war so weit aufgeladen, dass ich es anschalten konnte, und doch schwebten meine Finger einige Sekunden über dem Display, bevor ich mich traute.

Ein piepender Ton erklang, und als das Display aufleuchtete, kniff ich die Augen zusammen. Wie von selbst tippten meine Finger die PIN ein und ich hielt den Atem an, als der Startbildschirm erschien. Es dauerte nicht mal eine Millisekunde, nachdem ich mich ins W-Lan eingeloggt hatte, und schon wurde ich mit Nachrichten bombardiert. So schnell hintereinander, dass mein Handy nicht mehr mit dem eingehenden Ton hinterherkam und der Bildschirm kurz einfror.

War es komisch, dass ich mit meinem Bildschirm mitfühlte? Denn mein Gesicht fror ebenfalls ein. Eine Kälte durchzog mich, als ich die vielen verpassten Anrufe und Nachrichten sah.

Chris. Chris. Chris. Chris. Chris. Chris. Chris. Chris.

Sein Name sprang mir so oft entgegen, dass mir schlecht wurde. Natürlich hatte er versucht, mich zu erreichen.

Bei meinem hinterlassenen Brief war er sicher ausgerastet.

Mit zitternden Fingern tippte ich willkürlich auf eine der über hundert Nachrichten, die er geschickt hatte. Als der Chat sich öffnete, überflog ich die Worte. Zunächst klang er besorgt, doch das hielt nicht lange an.

Es folgten wütende Flüche. Beleidigungen. Drohungen.

Bei der letzten Nachricht, die er geschickt hatte, schlug ich mir die Hand vor den Mund. Ohne es bemerkt zu haben, liefen mir die Tränen die Wangen hinunter.

Chris: Ich finde dich.

Chris: Egal, wo du bist.

Chris: Ich werde dich immer finden.

Mancher hätte nun herzlich geseufzt, weil man seine Worte auch romantisch interpretieren konnte. Doch ich wusste, mit was für einem

Gesichtsausdruck er sie geschrieben hatte. Und ich wusste auch, was mich erwartete, wenn er mich finden würde. Daran war nichts romantisch. Ganz im Gegenteil.

Instinktiv schmerzten meine Handlenke, die er immer zuerst packte, bevor er komplett ausrastete. Unerträglich langsam breitete sich eine Gänsehaut an meinem Körper aus und ich begann heftig zu zittern. Kurz schloss ich die Augen, um meine Gedankensturm zu beruhigen, bevor er mich in die Dunkelheit zog.

Er konnte mich hier nicht finden.

Mehrere Kontinente trennten uns. Na ja, es waren eineinhalb Kontinente, um ganz genau zu sein. Doch Tausende Flugmeilen.

Ich war in Sicherheit.

Immer wieder sagte ich mir diese Worte, bis ich spürte, wie meine Angst in Wut umschlug.

Eine Wut auf ihn. Auf mich. Auf das Universum.

Das Gefühl war so stark, dass es mich völlig überwältigte und ich am liebsten auf irgendetwas eingeprügelt hätte. Ich entschied mich stattdessen, Chris überall in den sozialen Netzwerken zu blockieren. Sämtliche Fotos mit ihm zu löschen und ihn so aus meinem Gedächtnis zu verdrängen.

Die Erinnerungen prasselten wie ein plötzlicher Regen auf mich ein. Mit jedem Foto, das ich sah, quälte mein Kopf mich mit den Momenten, in denen es aufgenommen wurde.

Urlaubsfotos, Selfies, er und ich bei meinem Uniabschluss. Grinsend und voller Stolz hielt ich mein Zeugnis in die Kamera, während Chris hinter mir stand und die Arme um mich legte.

Alles schien perfekt. Das tat es immer. Was nicht zu sehen war: all die blauen Flecken an meinem Arm, die ich morgens überschminkt hatte. Der Rollkragenpullover, den ich unter der Robe trug und der seinen Handabdruck auf meinem Hals verdecken sollte. Ein Abdruck, der niemals ganz verschwand und sich so anfühlte, als würde ich ihn wie ein Tattoo auf der Haut tragen. Manchmal spürte ich seine Hand dort immer noch. Spürte seine Hände auf meinen Körper, die eine brennende, schmerzhafte Spur hinterließen. Wie er meine Kehle etwas zu fest zudrückte und mir die Luft zum Atmen nahm.

Das Bild suggerierte, dass wir glücklich waren, und der Schein war immer alles gewesen. Darauf war ich programmiert worden.

Schnell kramte ich in meinem Koffer nach Kopfhörern. Sobald mein Handy es zuließ, öffnete ich meine Playlist und ließ Nirvana auf voller Lautstärke all diese Erinnerungen wegfegen.

Das half immer.

»And I'm not sad

And just maybe I'm to blame for all I've heard ...«

Ich nahm einen tiefen Atemzug, als wäre ich zu lange unter Wasser geblieben und würde jetzt endlich wieder an die Oberfläche kommen. Als würde ich den rettenden Sauerstoff wie eine Ertrinkende einatmen, bis meine Lungen so voll davon waren, dass ich wieder klar denken konnte.

Er ist nicht hier.

Er ist nicht hier.

Er ist nicht hier.

Ich begann von Neuem, die Fotos durchzugehen und zu löschen.

Mit jedem Klick gewann ich etwas mehr Freiheit zurück, es hatte beinahe eine therapeutische Wirkung. Schließlich löschte ich einfach den kompletten Ordner mit Fotos.

Vielleicht war ich etwas zu naiv hierhergekommen, weil ich keinen anderen Ausweg gesehen hatte. Vielleicht hatte ich sogar geglaubt, dass mich das stärker machen würde. Dass Korea mich selbstbewusster machen würde. Allerdings war die Tatsache, dass ich ihn wirklich verlassen hatte, ein Punkt, der mich unheimlich viel Kraft gekostet hatte. Dadurch war ich über mich hinausgewachsen.

Alles andere würde folgen.

Natürlich, ich hatte Angst davor, dem Job nicht gerecht zu werden oder mich in den Straßen von Seoul nicht zurechtzufinden. Es konnte gut sein, dass ich nicht hier hingehörte. Möglicherweise verwirrten Min-ho und dieses Achterbahnkribbeln mich, weil ich so lange nichts Vergleichbares mehr gespürt hatte. Mit diesem Gefühl schloss ich meine Augen, die vom Weinen und dem Starren auf den Bildschirm brannten, und verfiel in einen unruhigen Schlaf.

12

Es verging ein ganzer Morgen voller Stress und Vorbereitungen auf meine erste Arbeitswoche. Nachdem ich meiner Mutter eine Nachricht geschrieben hatte, um ein Lebenszeichen von mir zu geben, telefonierten wir kurz. Es erforderte sämtliche Kraft, beim Hören ihrer Stimme nicht sofort in Tränen auszubrechen. Um mich danach abzulenken, ging ich dazu über, mein Zimmer etwas wohnlicher zu gestalten. Keine Sekunde später schaltete ich das neue Album von LANY ein, tanzte durch mein Zimmer und verstaute meine Klamotten ordentlich in der Kommode. Nach und nach fühlte sich der Raum etwas mehr nach meinem an. Mit meinen Büchern auf der Kommode, meinen Schreibtischutensilien und dem Laptop, der bereit fürs Arbeiten war. Gerade als ich auf meinem Schreibtischstuhl am Fenster stand, um eine Lichterkette daran zu befestigen, klopfte es an der Tür. Emily wartete meine Antwort nicht ab, kam unaufgefordert herein und setzte sich im Schneidersitz auf mein Bett.

Mit prüfendem Blick schaute sie sich um, nickte anerkennend und als sie die Musik bemerkte, grinste sie breit.

»Du stehst auf LANY?«

»Allerdings.« Mit wackeligen Beinen drapierte ich die Lichterkette um die Gardinenstange und sah sie an. Sie trug einen schwarzen Rock, dazu einen dunkelgrünen Hoodie und Doc Martens. Ihr schwarzer Eyeliner und der dunkelrote Lippenstift brachten ihr Gesicht zum Leuchten.

»Und lass mich raten: Du bist ein kleiner Organisationsfreak?«, fragte sie weiter und ließ den Blick durchs Zimmer wandern.

»Wie kommst du denn darauf?«, lachte ich, da es nur einen Blick zu meinem Schreibtisch brauchte, um das zu erkennen.

Bunte Fineliner, Textmarker, die vielen Notizhefte, dazu Post-it-Blöcke in sämtlichen Farben und Größen. Alles säuberlich sortiert. Ein Lernplan hing bereits an der Wand.

»Reine Spekulation«, erwiderte sie. »Ich brauche dringend Koffein. Und du siehst auch so aus, als könntest du einen doppelten Espresso gebrauchen.«

»Ich sehe nicht nur so aus.«

Mit einem lauten Gähnen unterstrich ich meine Worte. Meine Augenringe mussten mich wohl verraten haben.

»Dann zeig ich dir mal, wo es guten Kaffee gibt.«

Aber nicht den besten Kaffee der Welt, wäre es mir beinahe herausgerutscht.

Da das Café nur eine Straße weiter lag, gingen wir zu Fuß. Wir hatten das Haus kaum verlassen, da fing Emily auch schon an, mich mit Fragen zu löchern. Ich berichtete von meiner wiedergefundenen Tasche. Vom Essen, dem Kaffee, der Autofahrt und Min-hos Grübchen. Das Gefühl, das sie in mir auslösten, schluckte ich herunter. Aufmerksam hörte sie mir zu und bei jedem Wort wurde ihr Lächeln breiter. Meins konnte ich ebenfalls nicht verbergen, ebenso wenig wie meine roten Wangen.

»Ist die Luft hier eigentlich immer so schlecht?«, fragte ich Emily, als wir den Bürgersteig entlangliefen und ich bereits das Gefühl hatte, dreimal so viel atmen zu müssen wie gewöhnlich. Die Luft machte mir bereits nach dieser kurzen Zeit zu schaffen. Dass es so heftig war, hätte ich nicht gedacht. In Hampshire lebten wir direkt an der Küste. Frische Luft war eine Selbstverständlichkeit für mich gewesen.

Aber wie immer, wenn man etwas für selbstverständlich hielt, wurde man eines Besseren belehrt.

»Meistens schon, ja. Man gewöhnt sich irgendwie dran.«

Das Café erschien vor unserer Nase und ich lachte laut auf.

»Wow.« Emilys Blick folgte meinem und sie grinste.

»Ja, der Chef wollte, dass man es sofort erkennt.«

Ein riesiger Kaffeebecher als Logo zierte das Dach des Cafés und war daher nicht zu übersehen.

»Wie wäre es mit einer blinkenden Leuchtreklame?«

Mit ernster Miene legte Emily mir eine Hand auf den Arm und sah mich mit großen Augen an.

»Bring ihn bitte nicht auf falsche Gedanken.«

Ihre großen Ohrringe wippten mit jedem Schritt, den wir liefen, und ich versuchte mich ihrem Tempo anzupassen.

Emily hatte viel längere Beine als ich. Wenn sie einen Schritt machte, musste ich zwei machen. Wir überquerten die Straße und mein Blick fiel auf die Kirschblütenbäume, die links und rechts die Wege säumten. Die ganze Szenerie sah einfach atemberaubend aus. Das Licht der Sonne strahlte durch die Bäume und es wehte ein leichter Wind, der die Blüten umherwirbeln ließ.

»Es sieht aus, als würde es schneien«, sagte ich fasziniert. Die Kirschblüten fielen wie leichte Schneeflocken zu Boden oder wirbelten in der Luft herum.

»Moment. Ich will ein Foto machen.« Sofort kramte ich in meinem Rucksack nach dem Handy.

»Egal wie viele Fotos du machst, es wird nicht weniger atemberaubend. Mein Speicher ist voll von Fotos mit Kirschblütenbaumen, dem Hangang, dem ganzen Essen. Es fühlt sich immer noch an wie ein Traum.«

»Hoffentlich endet er nie.«

Während ich mehrere Fotos von der Straße machte, schnitt Emily eine Reihe von Grimassen, die ich ebenfalls festhielt.

»Lass uns ein Foto zusammen machen!«, rief sie euphorisch und hielt die Kamera auf unsere Gesichter, ohne darüber nachzudenken. Vielleicht steckten ihre Euphorie und gute Laune einfach an. Hoffentlich, davon konnte ich sehr gut etwas mehr gebrauchen.

»Kimchi«, rief Emily und formte ein Peace-Zeichen mit den Fingern. Die Art, wie wir grinsten, im Hintergrund die fallenden Kirschblüten und das warme Wetter ...

Es war einer dieser Momente, die man am liebsten in ein Marmeladenglas eingeschlossen hätte. Damit man ihn immer wieder durchleben konnte, wenn einem danach war. Ich schaute das Foto an und schmunzelte. Mein Lächeln war offen und ehrlich. Glücklich, ohne Schmerz und nicht verstellt.

In diesem Moment spürte ich so viel Glück, so viel Leichtigkeit. Ich hoffte, dass dieses Gefühl von nun an keine Ausnahme mehr sein würde.

Als wir die Tür zum Café öffneten, ertönte eine Klingel und einige Besucher drehten sich in unsere Richtung. Die halbe Seite des Cafés war verglast, sodass man einen perfekten Blick auf die Kirschblütenbäume hatte. Irgendwie hatte ich mir ein großes Café wie Starbucks vorgestellt. Aber stattdessen wirkte es klein, gemütlich und beinahe familiär.

»Such du uns einen Tisch. Ich bestell uns was«, sagte Emily und nahm schon Blickkontakt mit der Bedienung auf, die uns grinsend zunickte, als wir das Café betraten.

»Was möchtest du?«

»Iced Americano. Danke«, grinste ich und begab mich auf die Suche nach einem Tisch.

Im Augenwinkel sah ich, wie Emily sich über den Tresen beugte. Ihr gegenüber stand ein gut aussehender Kerl, der ungefähr in unserem Alter sein musste. Tattoos zierten seine Oberarme und sein Haar war kurz geschoren. Die umgebundene Schürze betonte seine schmale Taille, sein Bizeps war dafür umso breiter. Die Ellbogen stützte er auf den Tresen und beugte sich leicht vor, als Emily etwas zu ihm sagte. Sein Grinsen war verdammt charmant und absolut gefährlich. Irgendwas sagte mir, dass man sich besser nicht mit ihm anlegte. Allerdings strahlte er Emily an, als wäre sie der einzige Mensch in diesem Laden. Der Mann hinter ihr bekam dafür einen Todesblick ab.

Mit ein paar kurzen Klicks loggte mich ins W-Lan ein. Ein Hoch auf Korea und das schnelle und überall verfügbare Internet. In den kleinsten Ecken hier hatte ich besseres Internet als direkt bei mir zu Hause. Im Hintergrund lief ruhige instrumentale Musik, die die perfekte Atmosphäre schaffte.

Ich hörte, wie Emily anfing, über etwas zu lachen, was der mysteriöse Mann gesagt haben musste. Keine drei Sekunden später sank sie auch schon neben mich auf den Stuhl und seufzte einmal, als sie unseren Kaffee auf den Tisch stellte.

Als sie verträumt in ihrem Becher herumrührte, konnte ich mir ein Grinsen nicht verkneifen.

»Als du meintest, hier gäbe es den besten Kaffee und dass du deswegen immer herkommen würdest, hast du wohl jemanden ausgelassen«, bemerkte ich beiläufig und zog eine Augenbraue hoch, während ich mir meinen Kaffee schnappte.

»Ach«, fing sie an, zuckte mit den Schultern und nahm einen Schluck aus dem Becher, als würde sie das vor einer Antwort retten. Eine leichte Röte zierte ihre Wangen.

»Komm schon. Du hast mich den ganzen Weg hierher nach allem Möglichen ausgefragt, da darf ich doch auch mal ein paar Fragen stellen.«

»Den ganzen Weg hierher? Wir sind fünf Minuten gelaufen.«

»Es fühlte sich länger an«, murmelte ich schließlich und nahm ebenfalls einen Schluck Kaffee. »Also. Wie heißt er?«

»Ji-woon. Als ich neu hier war, bin ich öfter hergekommen, um zu lernen. Und wenn nicht so viel los war, hat er mir die richtige Aussprache beigebracht.«

»Die richtige Aussprache, aha.« Das Lachen konnte ich mir nicht verkneifen. »Wie romantisch.«

»So romantisch auch wieder nicht. Das geht jetzt über ein Jahr und es ist noch nichts draus geworden.«

»Was noch nicht ist, kann ja noch werden.« Neugierig blickte ich zum Tresen und sah, dass Ji-woon uns ebenfalls beobachtete.

Statt den Blick abzuwenden, schienen seine Augen mich zu durchbohren, daher wendete ich mich schnell wieder Emily zu.

»Schau nicht so auffällig hin. Dann weiß er doch, dass wir über ihn reden.«

»Und wie alt ist er?«, flüsterte ich, weil ich das Gefühl hatte, dass dies erforderlich war. Auch wenn er uns sicher nicht hören konnte. Dafür saßen wir zu weit vom Tresen entfernt.

»Achtundzwanzig. Seit er vom Militärdienst zurück ist, arbeitet er hier, um etwas Geld fürs Studium zu sparen.«

»Militärdienst?«, fragte ich irritiert.

»Ja, das ist in Korea verpflichtend. Aber die Koreaner sehen das eher als eine ehrenhafte Aufgabe an.« Ohne es zu wollen, dachte ich an Min-ho. War er schon dort gewesen? Oder stand ihm das vielleicht noch bevor?

»Vielleicht hat Ji-woon da seine Oberarme her«, sprach Emily weiter und ich versuchte meine Aufmerksamkeit nicht allzu sehr von Min-ho in Militäruniform und mit kurzen Haaren ablenken zu lassen.

Bei ihren Worten lehnte sie sich etwas zu schnell auf den Tisch, sodass er zu wackeln begann. Der Inhalt der Kaffeebecher schwappte gefährlich hin und her und instinktiv griff ich danach.

»Genug davon. Dann lass uns mal anfangen. Ich habe dir meine alten Unterlagen mitgebracht und stelle dir mein großes Wissen zur Verfügung.«

Dabei tippte sie mehrmals an ihre Schläfe, als wäre in ihrem Kopf die Quelle sämtlicher Antworten versteckt. Ihr Angebot, mir etwas beim Koreanischlernen zu helfen, hatte ich dankend angenommen, doch jetzt machte ich mir Sorgen, wie das Ganze ablaufen sollte.

Der Ordner, den sie daraufhin herausholte, schien gleich zu platzen, so vollgestopft war er. Überall schauten lose Papiere heraus und einige machten sich bereits jetzt auf die Reise über den Tisch.

Automatisch begann ich die Dokumente auf dem Tisch zu einem Stapel zu sortieren, wofür ich ein Lachen von Emily erntete. Aber ich konnte nicht anders.

»Okay, Lektion eins«, fing sie an und klappte den Ordner mit einer gespielten Dramatik auf. Dann griff sie nach meinem Notizheft und schrieb überdimensional groß 안녕하세요 hinein. »Annyeonghaseyo, die förmliche Variante von Hallo«, erklärte sie.

Im Vorfeld hatte ich bereits ein bisschen Koreanisch geübt und auch einen Podcast mit den Basics gehört, deswegen wusste ich, dass dies die Begrüßung war. Und obwohl das so ziemlich das Einzige war, was ich wusste, kam ich mir ein Stück schlauer vor.

Ich betrachtete die sorgfältig aufgeschriebenen Buchstaben. Die koreanische Sprache sah einfach so schön und ästhetisch aus. So geordnet. Perfekt für mich.

»An-nyeong-ha-se-yo«, sprach ich langsam und Silbe für Silbe.

Emily nickte. »Die häufigste Art, jemanden zu begrüßen. So viel wie Guten Tag, Guten Abend, Hi, Hallo – und was dir noch so einfällt. Und am besten legst du die Betonung auf die erste und letzte Silbe. Die meisten Koreaner nuscheln das Wort sowieso weg. Und wenn du es kurz halten willst und mit Freunden sprichst, kannst du auch einfach an-nyeong sagen, das ist die informelle Art«, fuhr sie fort und kritzelte 안녕 daneben.

Bevor ich mich versah, verbrachten wir die nächste Stunde damit, Basics durchzugehen. Ji-woon brachte uns irgendwann noch einen Kaffee und wir wechselten vom Koreanischlernen zu den Unterlagen für meinen ersten Arbeitstag.

Während Emily meine Unterrichtspläne durchblätterte, übte ich, Hangul zu schreiben. Dabei schrieb ich die koreanischen Schriftzeichen immer und immer wieder ab. Wieso sahen die Buchstaben alle so gleich aus? Wie sollte ich mir das jemals einprägen?

Und wie schrieb ich all das sauber unter- und nebeneinander? Natürlich würde ich noch einen Kurs besuchen, um all das zu lernen, aber ich wollte mich ausreichend vorbereiten. So war ich schon immer gewesen.

Nach einer gefühlten Ewigkeit kam Ji-woon an unseren Tisch und fragte, ob wir noch einen Kaffee wollten. Die Art, wie er die Frage stellte, ließ vermuten, dass wir bereits zu viel davon gehabt hatten.

»Ich bin übrigens Park Ji-woon«, wendete er sich schließlich an mich, stellte sich direkt hinter Emilys Stuhl und schenkte mir ein Lächeln, als würde er mich damit von sich überzeugen wollen. Wahrscheinlich gelang das auch. Bei diesem Lächeln war das kein Wunder.

»Ich bin Aria. Wir sehen uns ab jetzt vermutlich öfter«, erwiderte ich freundlich und blickte zwischen ihm und Emily hin und her.

»Freut mich. Also ihr zwei, noch einen? Oder macht ihr Schluss für heute?«

Dabei senkte er den Kopf, Emily legte ihren in den Nacken und ich hätte am liebsten ein Foto davon gemacht, wie die beiden sich nun ansahen. Er schenkte ihr ein Lächeln, das im Gegensatz zu dem, das er mir zuwarf, ernst gemeint aussah.

»Also für mich keinen mehr«, antwortete ich abwehrend und fühlte mich wie das fünfte Rad am Wagen.

»Wir machen Schluss für heute. Aber erwarte uns morgen in aller Frische«, sagte Emily und sah von Ji-woon zu mir.

»Du gehst doch nie vor fünf Uhr.« Die Verblüffung war ihm eindeutig anzusehen. Und die mögliche Enttäuschung darüber, dass sie gehen würde, ebenfalls. Er legte seine große Hand wie selbstverständlich auf ihre Stirn. Mit gespielter Besorgnis wechselte er vom Handrücken zur Handinnenfläche, bevor er sich selbst an die Stirn fasste.

»Kein Fieber. Na gut, dann kann ich dich gehen lassen. Vorerst.« Er zwinkerte. »Hat mich gefreut, Aria.«

Er schlenderte mit unseren leeren Kaffeebechern davon.

»Bis morgen, Ji-woon«, rief Emily mit einer zuckersüßen Stimme, ohne sich noch einmal umzudrehen, bevor wir gingen.

»Bis morgen, ihr zwei.«

Und schon war die Tür hinter uns ins Schloss gefallen und während Emily mich zur Tür hinauszog, erhielt ich eine Nachricht, die mich beinahe stolpern ließ. Während unserer Lernsession hatte ich Min-ho geschrieben, um mich zu bedanken, und jetzt starrte ich auf seine Antwort, die eigentlich keine Antwort war.

Min-ho: Habe grad einen Kaffee getrunken und an dich gedacht.

Prompt war ein breites Grinsen auf meinem Gesicht erschienen, das selbst Emily nicht entgehen konnte. Gerade als ich antworten wollte, sah ich die drei kleinen Punkte, die anzeigten, dass er eine weitere Nachricht tippte. Nervös starrte ich aufs Display, doch die Punkte verschwanden wieder. Gerade als ich das Handy in die Hosentasche steckte, kündigte der Ton eine neue Nachricht an. Irgendwie schaffte ich es, nicht sofort darauf zu starren und zu warten, bis ich allein im Wohnheimzimmer war.

13

Das nervöse Achterbahnkribbeln in meinem Bauch konnte ich nicht leugnen. Mein Lächeln ebenso wenig.

Min-ho: Wie war dein Tag? ☺

Eine kurze Schwärmerei, nichts weiter. Das musste es sein.

Als Ablenkung und Reaktion auf diese ganze Situation.

Wie war dein Tag? Eine simple Frage.

Die konnte ich beantworten, ohne gleich eine Gefühlslawine auszulösen, oder?

Ich: Kaffee. Lernen. Kaffee. Lernen.
Ich: Bin gerade zurück im Wohnheim.
Min-ho: ㅋㅋㅋㅋ
Min-ho: Klingt ja aufregend.

Mit einem Finger kopierte ich seine Nachricht und keine Sekunde später sagte mir das Internet, dass »ㅋㅋㅋㅋ« so etwas wie lol bedeutete.

Ich: Ich hoffe, dein Tag war spaßiger.
Min-ho: 노잼
Min-ho: Sorry. Manchmal tippe ich schneller, als ich denke.
Min-ho: 아니 노잼 = Nein, es war überhaupt nicht spaßig.
Min-ho: Meetings und in der Wohnung verstecken.
Ich: ?
Min-ho: Es darf noch keiner wissen, dass ich wieder da bin.

Min-ho: Bis die offizielle Pressemitteilung raus ist, darf ich nur zum Management und wieder zurück.
Min-ho: Keiner darf rein, keiner raus.
Ich: Absolut keiner? Und für wie lange?
Min-ho: Für eine gewisse Person könnte ich eine Ausnahme machen.
Min-ho: Du könntest dich von mir in Mario Kart besiegen lassen und wir könnten etwas zu essen bestellen.

Nervös trommelte ich auf meinem Oberschenkel herum. Für eine Sekunde spielte ich mit dem Gedanken, einfach auf seine Einladung einzugehen. Die Vorstellung, mit ihm den Abend zu verbringen, klang absolut verlockend. Wesentlich besser als meine bisherige Abendplanung, Dokumente zu sortieren und meine Woche durchzustrukturieren. Und doch …

Es war keine gute Idee.

Wir beide wussten das.

Außerdem wollte ich ihn nicht in Schwierigkeiten bringen. Ich zögerte einen Augenblick, ehe ich die Antwort tippte. Wenn ich nun zu ihm fahren würde …

Es würde alles nur noch komplizierter machen.

Doch warum fühlte es sich absolut richtig an, wenn es doch das Falsche war?

Ich: Ich glaub, das ist eine schlechte Idee.
Min-ho: Ich mag schlechte Ideen. Das sind die besten.
Ich: ☹
Min-ho: Ich verzeihe dir, wenn du dafür Demian anfängst.

Wir können nur Freunde sein, wenn du dieses Buch gelesen hast, hörte ich Min-hos Stimme in meinen Gedanken.

Ich: Den Gefallen tue ich dir gerne.

Min-ho: Tust du mir noch einen?
Ich: Übertreib es nicht.
Min-ho: Gib mir eine Chance.
Min-ho: Bitte.
Ich: Vielleicht.
Min-ho: Vielleicht reicht mir fürs Erste.

Mein Herz machte einen Satz und klopfte wie wild in meiner Brust. Insgeheim hatte ich ihm schon längst eine Chance gegeben und ihm mehr Raum in meinen Gedanken eingeräumt, als gut für mich war.

Es war zu spät, um zu leugnen, dass ich ihn mochte.

Doch es war nicht zu spät, die Reißleine zu ziehen und das Ganze zu beenden, bevor wir beide nur verletzt wurden. Bevor es Schwierigkeiten geben würde, die wir nicht in der Hand hatten.

Warum riskierte er seine harte Arbeit für ein Treffen?

Erinnerungen an sein schüchternes Lächeln schossen mir wieder in den Kopf. Mit zittrigen Händen legte ich das Handy beiseite und konzentrierte mich darauf, Unterlagen meiner Bank durchzugehen, um das Geld meines alten Kontos auf mein neues koreanisches Konto zu überweisen und eine neue Kreditkarte zu beantragen.

Aufgrund der neun Stunden Zeitverschiebung musste ich dort anrufen, wenn es bei uns mitten in der Nacht war.

Die Vorstellung, dass die Leute aufstanden, während wir hier gerade ins Bett gingen, war mehr als absurd und gleichermaßen faszinierte es mich. Um die Zeit bis dahin totzuschlagen, kochte ich mir einen Tee und legte mich anschließend ins Bett, um mit dem Lesen zu beginnen.

Und ich hörte erst damit auf, als ich das Buch beendet hatte und mein Tee längst kalt geworden war. Ein paar Sekunden starrte ich in die Leere, nachdem ich den letzten Satz gelesen hatte. Nur, um keinen Augenblick später mein Notizheft hervorzuholen und die Stellen, die ich mit einem Post-it markiert hatte, aufzuschreiben.

Viertel vor Zwölf. Ob Min-ho noch wach war?

Mich überkam das starke Bedürfnis, mit ihm über diese Geschichte zu reden, doch es war wahrscheinlich besser, es einfach zu lassen.

Drei Sekunden später tippte ich eine Nachricht an ihn.

Ich: Demian ist ein absolutes Meisterwerk.

Sofort gelesen. Im nächsten Augenblick klingelte mein Handy und Min-hos Name sprang mir auf dem Display entgegen, während ich am liebsten aus dem Fenster gesprungen wäre.

Völlig überfordert drückte ich auf *Anruf annehmen* und hielt das Handy wortlos an mein Ohr.

»Aria.«

Mehr sagte er nicht und doch brachte seine Stimme mich komplett durcheinander. Kurz überlegte ich, einfach wieder aufzulegen, um der Situation entkommen, in die ich mich so gedankenverloren hineinmanövriert hatte.

»Hallo?«, fragte Min-ho verunsichert und wahrscheinlich verwirrt, dass ich nicht antwortete.

»Ja. Ähm. Hi. Also ...«, stotterte ich schließlich unbeholfen und hielt das Handy fest umklammert. Nach einigen Sekunden taten mir die Finger weh, weil ich es so krampfhaft festhielt. Es war, als hätte ich vergessen, wie man ein Gespräch führte.

»Du hast das Buch also beendet?«

Selbst wenn er nicht vor mir stand, wusste ich, dass sich jetzt ein Grinsen auf seinem Gesicht bildete. Nach einem kurzen Räuspern hatte ich mich so weit gefangen, um zu antworten.

»Das Buch ... Demian«, begann ich, stand auf und lief nervös im Zimmer auf und ab. »Es ist großartig. Du hattest recht.«

»Warte. Sag das noch mal«, befahl er.

Lächelnd schüttelte ich den Kopf und kam seiner Bitte nach.

»Du hattest recht.«

»Dann hat es dir gefallen?«

»Sehr sogar. Aber ich muss noch in Ruhe darüber nachdenken. Und jetzt muss ich mich entschuldigen, weil ich gesagt habe, du hast keinen Geschmack.«

Sein Lachen am anderen Ende der Leitung klang wie Musik.

»Merk ich mir fürs nächste Mal.«

»Das nächste Mal?«

»Wenn wir uns das nächste Mal sehen«, entgegnete Min-ho, als würde außer Frage stehen, dass es dazu kam.

»Gibt es denn ein nächstes Mal?«

»Wenn du möchtest, schon.«

Mein Herz schrie ganz laut: »Natürlich!«

»Möchtest du denn?«, fragte ich stattdessen.

Daraufhin seufzte er einmal und ich stellte mir vor, wie er den Kopf etwas schief legte und sich durch die Haare fuhr.

»Ganz ehrlich?«

»Immer.«

»Ich würde sofort zu dir kommen, wenn du es wollen würdest.«

Das Geständnis brachte mich aus der Fassung und ich ließ seine Worte einige Zeit in der Luft hängen, unfähig, zu denken.

»Es ist schon nach Mitternacht«, krächzte ich und drückte das Kissen an meine Brust, um mein Herz daran zu hindern, gleich hinauszuspringen und zu ihm zu hüpfen. Min-ho seufzte geschlagen und plötzlich klang er sehr erschöpft. Ich dachte an die vielen Meetings, die ihn sicher einige Nerven gekostet hatten. »Wieso bist du eigentlich noch wach?«

»Konnte nicht schlafen«, sagte er, ohne weiter darauf einzugehen. »Also schaue ich *Toy Story*.«

Im Hintergrund begann es zu rascheln, als würde er sich im Bett hin und her wälzen. Bevor ich mich versah, berichtete Min-ho mir, warum *Toy Story* sein Lieblingsfilm war, und nahm mir das Versprechen ab, einen Disneyfilmmarathon mit ihm zu veranstalten. Min-ho hatte diese besondere, selbstsichere Art, Dinge festzulegen, bei der man gar nicht widersprechen konnte. Aber nicht auf eine fordernde Weise, sondern eher so, als wäre das ein unausweichlicher Fakt.

Stattdessen berichtete er fröhlich, mit welchen Figuren aus dem Disneyland er bereits Fotos gemacht hatte. Dabei klang er so stolz, als hätte er den Präsidenten getroffen. Die Tatsache, dass Min-ho eine Schwäche für Disney hatte, wärmte mich auf komische Weise. Es zeigte eine neue Facette von ihm und ich fragte mich, wie vielseitig dieser Mann wohl war. Und ob ich es jemals herausfinden würde.

»Und wenn du die Figuren aus *Toy Story* siehst, kannst du laut ›Andy kommt!‹ rufen, dann fallen sie um. Wie im Film. Das ist einfach großartig.«

»Ich war noch nie dort«, gestand ich leise.

»Du warst noch nie in Disneyland?«, fragte er schockiert.

»Konnte ich mir nie leisten.« Ich lachte freudlos auf.

Wenn ich ihm jetzt noch berichten würde, dass ich vor meiner Reise hierher nie meine Heimat verlassen hatte, würde er sicher in Ohnmacht fallen. Er war wahrscheinlich schon auf jedem Kontinent gewesen, in mehr Ländern, als ich aufzählen konnte. Vor der Reise nach Korea hatte ich nicht mal einen Reisepass gehabt.

»Dann ist es beschlossen, Hufflepuff. Du und ich. Disneyland.«

Abrupt blieb ich im Raum stehen. »Min-ho, ich –«

»Okay, sorry. Ich merke selbst, dass ich gerade fünf Schritte überspringe. Ich schalte einen Gang zurück.«

»Fünf Schritte?«

»Ja. Schritt eins wäre erst einmal ein richtiges Date.«

Schweigen brach über uns hinein. Ein paar Augenblicke sagte keiner von uns etwas, bevor er wieder das Wort ergriff.

»Geh mit mir aus, Aria.« Seine Stimme war fest, klar und brachte mein Herz für eine Sekunde zum Stolpern. Natürlich.

»Ich ... Ich kenn dich doch gar nicht so gut.« Überfordert suchte ich nach einer guten Ausrede, nur fiel mir keine ein. Schweiß trat mir auf die Stirn, weil ich in Sekundenschnelle sämtliche Szenarien durchging. Wie ein Computer, der überhitzte. Fieberhaft durchstöberte ich jede kleine Ecke meines Gehirns, um wieder aus dieser Nummer herauszukommen.

Nichts. Absolut nichts.

Denn die Wahrheit war: Ich wollte mit ihm ausgehen.

Viel mehr, als ich mir eingestehen wollte.

»Dabei bildet sich die ganze Welt doch ein, mich besser zu kennen als ich mich selbst.« Min-hos Tonfall änderte sich bei den letzten Worten, sodass ich mir nicht sicher war, wie amüsiert er über diese Tatsache war. Plötzlich machte sich eine Traurigkeit in mir breit, die ich schnell unterdrückte.

»Ich bin aber nicht die ganze Welt«, gab ich leise zurück.

»Eindeutig nicht«, sagte er mit etwas mehr Nachdruck, dann raschelte es erneut, so als wäre er aufgestanden. »Aber wie willst du mich kennenlernen, wenn du keine Zeit mit mir verbringst?« Damit hatte er einen guten Punkt. Verdammt.

»Das Internet ist ein Ort voller Wissen.«

»Aber die guten Dinge kannst du nicht nachlesen.«

Viel zu schnell ließ ich mich von ihm überzeugen, vielleicht auch deshalb, weil ich gar nicht ernsthaft versucht hatte, es nicht zu tun.

»Okay«, hörte ich mich antworten, bevor mein Verstand einsetzen konnte. Meine Wangen glühten und ich legte meine kalte Hand an die Haut. Die Worte, die aus meinem Mund kamen, überraschten mich vielleicht, doch die Gefühle, die er in mir auslöste, taten es dafür überhaupt nicht.

»Okay?« Die Überraschung war ihm anzuhören.

»Du. Ich. Ein Date«, brachte ich hervor.

»Du weißt gar nicht, wie sehr du mir damit meinen Tag rettest, Aria.«

»Es ist nach Mitternacht. Es hat schon ein neuer Tag begonnen.«

»Dann rettest du mir eben den neuen Tag. Und alle, die noch kommen.« Mit seinen Worten stahl er mir ein kleines Stück meines Herzens und ich konnte nicht anders, als zu lächeln. Doch gleichzeitig überkam mich ein Gähnen und ich erinnerte mich daran, wie spät es war.

»Ich muss jetzt schlafen. Morgen wird ein anstrengender Tag.«

»Arbeit?«

»Lernen.«

Ein raues, tiefes Lachen vibrierte durchs Telefon. »Klingt toll. Ich wünsche dir viel Spaß«, sagte er und seine Stimme klang ehrlich.

Konnte man vom zu vielen Grinsen Muskelkater bekommen?

»Gute Nacht, Min-ho.«

»Gute Nacht, Aria.«

Mit einem Seufzen ließ ich mich in die Kissen fallen und schloss die Augen. Was war da eben passiert?

Luft. Ich brauchte frische Luft. Schnell öffnete ich das Fenster einen Spalt und starrte hinaus in die Dunkelheit, die durch die vielen bunten, blinkenden Lichter gar nicht mehr so finster aussah.

14

Es war der erste Morgen, an dem ich endlich ausschlafen konnte und doch schien mein Körper diese Nachricht verpasst zu haben.

Ich wachte pünktlich mit den ersten Sonnenstrahlen auf.

Müde drehte ich mich ein paarmal hin und her, gab jedoch schnell auf, wieder einschlafen zu wollen, und begann mich fertig zu machen. In den letzten Tagen waren wir jeden Morgen im Café gewesen. Zwischen dem Lernstoff, Gesprächen mit Ji-woon und viel zu viel Kaffee und Kuchen hatten wir eine kleine Routine entwickelt. Das half mir, mich von meinen lauten Gedanken abzulenken, denn seit meinem Gespräch mit Min-ho waren fünf Tage vergangen.

Fünf Tage, an denen ich nichts von ihm gehört hatte.

Auf eine Small-Talk-Nachricht meinerseits kam keine Antwort, seitdem traute ich mich nicht mehr. Ich machte mir bereits die wildesten Gedanken, warum ich nichts hörte.

Vielleicht war er vom Management eingesperrt worden.

Vielleicht hatte er das Land verlassen.

Vielleicht war sein Handy gestohlen worden.

Oder … vielleicht war es ihm das Risiko doch nicht wert.

Was ich voll und ganz verstehen konnte. Vielleicht hatten wir uns einfach hinreißen lassen und nun versuchte er, Abstand zu gewinnen, bevor diese ganze Sache explodierte. Nach meiner sehr impulsiven Zusage war ich morgens mit Herzrasen aufgewacht und wollte mich nur noch verkriechen.

Doch der Alltag und die Lerndates mit Emily ließen das nicht zu, was vielleicht auch besser war. Möglicherweise klammerte ich mich deswegen so stark an die Unterrichtsvorbereitungen und das Koreanischlernen. Aber es brachte mich wieder auf den Boden der Tatsachen zurück und erinnerte mich daran, was mein Plan gewesen war: mich selbst zu finden und es allen zu zeigen. Es war Zeit, an mich zu denken, an mich und meine Zukunft und nicht an einen Typen, den ich gerade erst kennenlernte. Da konnte sein Lächeln mit den Grübchen noch so charmant sein.

Und trotzdem hatte ich mir eine koreanische Nachrichten-App heruntergeladen und für den Begriff KT6 die Push-Benachrichtigungen eingestellt. Bis jetzt gab es keine Neuigkeiten, was entweder sehr gut oder auch sehr schlecht sein konnte.

Mein Blick huschte zu meinem alten Handy, das ich seit dem Abend meines emotionalen Zusammenbruchs nicht mehr angerührt und ausgeschaltet in die Ecke geschmissen hatte, in der Hoffnung, dass Chris mich so nicht orten konnte. Wie auch immer er das anstellen würde. Aber irgendwie gab es mir eine Genugtuung, dass er sofort die Mailbox dran hatte und die Nachrichten nicht zugestellt werden konnten. Erstaunlicherweise war ich bis jetzt standhaft geblieben und hatte es nicht wieder angeschaltet. Meine Mutter war die Einzige, die meine neue Handynummer hatte. Und Emily. Und Min-ho. Drei Menschen.

Das reichte doch vollkommen aus, oder?

***

Für meinen letzten freien Tag hatten Emily und ich eine kleine Sightseeing-Tour geplant, die mich ablenken sollte. Es war traurig genug, dass ich seit über einer Woche in Seoul war und noch fast nichts gesehen hatte, außer das Wohnheim und das Café. Na ja, abgesehen von den futuristischen Bildschirmen und der atemberaubenden Starfield Library auf unserem kurzen Ausflug ins Zentrum von Gangnam.

Auf dem Weg nach draußen kam ich an der Rezeption vorbei und wie jeden Morgen stand Mr Choi mit seinem starren Blick dahinter, der sofort weich wurde, sobald er mich sah.

Dass wir eine richtige Rezeption samt Portier hatten, fand ich immer noch unheimlich cool. Da fühlte ich mich nicht nur wesentlicher sicherer, was in meinem Fall unabdingbar war, sondern auch, als würde ich in einem Hotel wohnen.

Irgendwie erinnerte Mr Choi mich an einen alten Kauz aus einer Kinderserie. Immer freundlich und liebenswürdig, aber auch etwas verplant und mürrisch.

»Guten Morgen, Miss Harper! Ich wünsche einen schönen Tag!«, flötete er gut gelaunt und nickte mir einmal zu.

»Den wünsche ich auch. Heute steht Sightseeing auf dem Programm. Irgendwelche Empfehlungen?« Kurz vorm Tresen blieb ich stehen und sah, wie seine Miene sich aufhellte.

»Ich für meinen Teil würde unbedingt Gyeongbokgung besuchen. Die meisten Besucher leihen sich ein Hanbok aus, denn dann ist der Eintritt umsonst. Die traditionelle koreanische Kleidung ist wunderschön und die Führungen sind wirklich fantastisch.« Jedes Wort klang wie aus einem Reiseführer, weil er es wahrscheinlich schon Dutzende Male gesagt hatte.

»Gyeongbokgung?«, versuchte ich den Namen korrekt auszusprechen, doch murmelte die Buchstaben eher vor mich hin.

»Es ist der größte Palast in Korea. Beeindruckende Architektur. Man spürt richtig, wie viel Geschichte in diesen Steinen steckt.«

»Könnten Sie mir das vielleicht aufschreiben?« Niemals könnte ich mir den Namen merken. Da Emily und ich eh noch etwas Luft auf unserer To-do-Liste hatten, war es vielleicht einen Besuch wert.

»Aber natürlich, Miss Harper.« Dass er mich siezte, fühlte sich befremdlich an. Schließlich war er locker fünfzig Jahre älter als ich.

»Wissen Sie zufällig, wie weit der Palast vom N Seoul Tower entfernt ist? Schafft man das an einem Tag?«

»Wenn ich mich nicht täusche, sind es ungefähr dreißig Minuten. Am besten nehmen Sie die Linie vierhundertzwei und steigen direkt bei der Station am Palast aus. Abfahrt ist alle fünf bis zehn Minuten.«

»Haben Sie alle Linien auswendig gelernt?«, lachte ich, als er sich nachdenklich an der Schläfe kratzte.

»Mit der Zeit kennt man sich gut aus«, gab er zwinkernd zurück und schob den Zettel mit Namen und Wegbeschreibung zu mir herüber.

»Vielen Dank, Mister Choi.« Kurz verbeugte ich mich leicht und entfernte mich in Richtung Tür, bevor ich zum Café marschierte, um Emily und meinen Kaffee abzuholen.

Es war heiß. Viel heißer, als ich gedacht hatte. War nicht gerade noch eine leichte Frühlingsbrise um die Kirschblütenbäume geweht und hatte für den perfekten Temperaturausgleich gesorgt?

Nachdem Emily und ich uns auf den Weg zum N Seoul Tower gemacht hatten, standen wir mit ein paar weiteren Menschen vor verschlossenen Türen, während die Mittagssonne nur so auf uns herunterprallte. Normalerweise fuhr eine Gondel bis zur Spitze des Towers hoch, doch zu unserem Unglück hatte diese heute wegen Wartungsarbeiten geschlossen, sodass wir die vielen Stufen zu Fuß erklimmen mussten.

Oben angekommen versuchte ich, nicht umzukippen.

Wenn das Treppensteigen mir nicht schon den Atem genommen hätte, dann hätte es die Aussicht getan.

Der Ausblick war einfach unglaublich und obwohl ich wusste, dass es unmöglich war, bildete ich mir ein, das Wohnheim in ganz weiter Ferne zu erspähen. Schließlich bekam ich hier die umgekehrte Version meiner Fensteraussicht.

Seoul ließ mein Herz höherschlagen und raubte mir den Atem. Egal auf welche Art. Gerade standen Emily und ich noch in einer überfüllten U-Bahn und fuhren durch die belebten Straßen der Hauptstadt, und eine Stunde später standen wir auf einem Berg, blickten auf die Stadt hinunter und genossen die Aussicht auf den Hangang und die vielen Hochhäuser.

Eine Großstadt mit Bergen, Flüssen und Wäldern. Niemals hätte ich gedacht, dass Seoul so vielfältig sein würde.

Nachdem wir uns von der Aussicht hatten losreißen können, folgten wir den Anweisungen von Mr Choi und befanden uns kurze Zeit später in einem Geschäft keine hundert Meter vom Palast entfernt, in dem wir uns Hanboks ausleihen konnten.

Dabei fühlte ich mich kurz wie Mulan, die in einer der ersten Filmszenen ebenfalls in traditionelle Kleider gesteckt und zurechtgemacht wurde. Doch der Hanbok, den die Frau mit den kurzen Haaren mir zuwies, überragte meine Vorstellungen um Längen. Er war in den Farben Beige und Hellblau und damit ziemlich schlicht gehalten und hatte eine große Schleife, die eng um die Taille gebunden wurde. Das Oberteil war langärmelig und der Rock ging mir bis zu den Fußknöcheln, sodass man eigentlich kaum Haut sah. Durch die Schleife lag er dennoch sehr körperbetont an, und als die Frau mir beim Anziehen half, schnürte sie den Hanbok so fest zu, dass mir kurz die Luft wegblieb. So mussten sich Frauen mit Korsetts fühlen, schoss es mir in den Kopf, und doch war alles vergessen, als ich in den Spiegel blickte.

Ich war sofort verliebt und hätte ihn am liebsten einfach mitgenommen und nie mehr ausgezogen. Emily bekam ein ähnliches Modell, nur war ihr Rock nicht blau, sondern mintgrün. Für einen Augenblick grinsten wir uns beide an wie kleine Mädchen, die ein Hochzeitskleid anprobierten.

»Danke, dass du das alles mitmachst«, sagte ich und meinte es so. Allein hätte ich mich das niemals getraut. Sofort nahm sie meine Hand und drehte mich einmal im Kreis, während sie mich zufrieden anlächelte.

»Soll ich dir mal was verraten? Insgeheim bin ich ein kleiner Fan solcher Sachen.« Dann begann sie zu lachen. Auf diese Art, die so hell und fröhlich war, dass ich nicht anders konnte, als es ihr gleichzutun. »Wir sind wunderschön!«

Ich sah uns beide im Spiegel an und glaubte ihr.

Die Führung durch den Palast dauerte ungefähr eine Stunde. Eine Stunde, in der ich versucht hatte, mir so viel wie möglich zu merken. Gyeongbokgung. Unter den fünf Palästen, die es in Korea gab, war er der größte und zudem auch der erste, der erbaut wurde. Die Architektur, insbesondere die Dachkonstruktion aus Holz, war einfach ein Traum und versetzte mich in andauerndes Staunen. Es wirkte absolut respekteinflößend. Königlich. Beim Betreten zündeten alle Besucher ein Räucherstäbchen an, um sich von negativen Energien zu befreien und Wünsche für die Zukunft vorzutragen.

Vielleicht hätte ich das auch gleich nach meiner Ankunft tun sollen. Mein Magen knurrte und erinnerte mich daran, dass ich zum Mittag nur einen Kaffee und ein paar Mochis zu mir genommen hatte. Als hätte Emily meine Gedanken erahnt, schlug sie vor, die Radtour am Hangang und das Shopping zu verschieben und stattdessen zurück nach Gangnam zu fahren, um etwas zu essen. Da wir uns derzeit in Jongno-gu befanden, stand uns eine fast einstündige Rückfahrt bevor, in der Emily ein paar ihrer Freunde zusammentrommelte, die uns begleiten würden.

Bereits als das Wort Freunde fiel, begann ich zu schwitzen. Diesmal nicht wegen körperlicher Anstrengung, sondern vielmehr aufgrund der Aussicht auf neue Menschen.

Menschen, die auch meine Freunde werden könnten, wenn ich mich nicht komplett wie ein Fisch auf dem Trockenen verhielt.

Seit meiner Ankunft hatte ich noch nicht mit vielen Leuten gesprochen, schließlich hatte die Arbeit noch nicht begonnen und ich hatte meine Kollegen noch nicht kennengelernt.

Der Koreanischkurs würde erst übernächste Woche beginnen und somit blieben mir als Gesprächspartner nur Emily, Mr Choi oder Ji-woon. An Min-ho wollte ich gar erst nicht denken. Was schwierig war, da er mir überall begegnete.

Nicht persönlich, aber sein Vorzeige-KT6-Gesicht, das für Werbungen und Plakate genutzt wurde.

Doch der richtige Min-ho?

Kein Telefonat, keine weitere Nachricht, kein Treffen.

Mein Herz und mein Kopf führten seit dem Telefonat einen stillen Krieg miteinander.

Oder eher, seit ich das erste Mal in seine warmen, undurchdringlichen Augen geschaut und er gelächelt hatte.

Dennoch ...

Ein paar Leute müsste ich schon in mein Leben lassen und Emilys Freunde waren ein guter Anfang.

Wir betraten das Restaurant und die Bedienung zeigte uns den Tisch, an dem bereits ein Typ saß. Die Cap saß umgedreht auf seinem Kopf, darunter schaute hellblondes lockiges Haar an den Seiten hervor und er trug ein lockeres T-Shirt.

Surferboy, kam es mir in den Sinn.

»Aria, Nate – Nate, Aria«, sagte Emily und zeigte zwischen uns hin und her.

Nate verbeugte sich leicht und grinste breit, was mir etwas albern vorkam. Keine fünf Sekunden, nachdem wir uns hingesetzt hatten, wurde uns die Speisekarte hingelegt. Emily und ich setzten uns auf die Bank, Nate sich auf den Stuhl gegenüber.

»Wo bleiben denn die anderen? Ich dachte schon, wir wären spät dran«, murmelte sie und blätterte in der Speisekarte. Etwas überfordert von den ganzen Eindrücken in diesem Restaurant und wegen meiner fehlenden Kenntnisse des Essens hier tat ich es ihr gleich.

Gut, dass neben vielen Gerichten Bilder abgebildet waren.

»Du weißt doch, wie pünktlich sie sind«, erwiderte Nate und beide sahen sich über die Speisekarten hinweg verschwörerisch an.

»Nämlich überhaupt nicht!«, riefen sie im Chor und prusteten drauflos. Etwas verwirrt sah ich zwischen den beiden hin und her.

»Ach, der gute Nate und ich sind eigentlich immer zuerst da. Marie und Yi Seo kommen grundsätzlich zu spät«, klärte Emily mich auf.

»Schon mal gut zu wissen«, antwortete ich und bemühte mich um einen lockeren Ton. Grundsätzlich gehörte ich zu den Menschen, die fünf Minuten vor der eigentlichen Zeit am Treffpunkt waren. Zu dritt unterhielten wir uns über die Führung des Palastes und ich ließ es mir nicht nehmen, Nate die Fotos, die ich gemacht hatte, zu zeigen. Stolz hielt ich ihm mein Handy unter die Nase und merkte bereits, wie ich mich etwas entspannte.

»Wow. Ihr seht toll aus!«

»Natürlich sehen wir toll aus«, sagte Emily und streckte ihm die Zunge heraus. Er tat es ihr gleich.

»Die Fotos sind richtig gut, Aria«, wendete sich Nate jetzt an mich und sah mich offen an. »Ich würde die sofort ausdrucken und aufhängen.«

Tatsächlich war mir schon öfter gesagt worden, dass ich ein Händchen für Fotografie hatte. Früher hatte ich meine Kamera überall mit hingenommen und alles fotografiert, was mir entgegenkam. Bis Chris die Kamera im Streit gegen die Wand geworfen hatte. Er war eifersüchtig gewesen, weil ich mit einem Freund für eine Sport-Fotostrecke zusammengearbeitet hatte. Danach hatte ich nie wieder fotografiert. Bis jetzt.

»Danke«, gab ich etwas peinlich berührt zurück, während ich weiter durch die Fotos scrollte. »Und was machst du so, Nate?«, fragte ich in dem Versuch, die Aufmerksamkeit von mir abzulenken.

Nach ein paar Minuten hatte er mir seine halbe Lebensgeschichte erzählt.

Er war, wie Emily, sechsundzwanzig Jahre alt und kam aus Australien. Bei dieser Information lächelte ich, denn das passte einfach perfekt zu meiner Surferboy-Vermutung. Zusammen mit Marie, die gleich noch kommen würde, wohnte er in einer kleinen Wohnung etwas außerhalb.

Eine Kellnerin stellte einen Wasserkrug vor uns ab und ich schaute ihr verwirrt hinterher. Schließlich hatten wir nichts bestellt.

»Das Wasser ist in Korea in Restaurants immer kostenlos«, erklärte Emily. »Das gilt auch für Reis, Salat, Kimchi und sämtliche Beilagen.«

So viel Nachschlag, wie man wollte und Gratiswasser? Davon konnte England sich noch eine Scheibe abschneiden. Aber vielleicht ließ ich mich auch etwas zu schnell begeistern.

»Und woher kennt ihr euch?«, fragte ich und füllte unsere Gläser mit Wasser. Als Jüngste hier am Tisch versuchte ich, mir gleich die koreanischen Höflichkeiten anzueignen.

»Wir …«, fingen beide gleichzeitig an und ich verkniff mir ein Grinsen.

»Wir sind gleichzeitig hier angekommen. Der Arme war ganz verloren, als wir uns begegneten.« Bei ihren Worten funkelte sie Nate provozierend an, doch ihr sanftes Lächeln verriet sie.

»Hey! Ich war nicht verloren.« Empört verschränkte er die Arme.

»Ach nein?«

»Ja, gut. Schon ein bisschen. Also haben Emily und ich einen Pakt geschlossen und ihn mit viel Soju besiegelt«, sagte Nate.

»Etwas zu viel für meinen Geschmack«, antwortete Emily und schüttelte sich leicht, sodass ihre schwarzen Haare hin und her wackelten.

Gerade als ich fragen wollte, was das genau für ein Pakt war, kamen zwei Mädchen an unseren Tisch. Das Mädchen mit dem schwarzem Fischerhut ließ sich genervt auf die Bank neben mir nieder, ohne mich auch nur zu beachten, und seufzte laut auf. Vorsichtig blickte ich sie an. Beim Anblick des

Fischerhuts musste ich direkt an eine bestimmte Person denken, aber ich bremste meinen Gedankengang sofort, indem ich den Blick schnell abwendete und einen Schluck Wasser trank.

»Immer diese Männer. Kann ich nicht einmal mit der U-Bahn fahren, ohne angegafft zu werden?«, sagte sie genervt. Dann blickte sie mich auffordernd an, als würde sie eine Antwort erwarten. Beinahe verschluckte ich mich und blickte etwas überfordert zurück.

»Kein Wunder. Du zeigst viel zu viel Ausschnitt«, antwortete Emily und zog provokant eine Augenbraue hoch.

»Das ist noch lange keine Einladung«, sagte ich etwas lauter als beabsichtigt, doch so ein Thema brachte meinen Puls immer sofort auf hundertachtzig.

»Dich mag ich. Wer bist du?«, fragte das Mädchen neben mir und lächelte mich an.

»Aria. Hi.«

»Du bist neu hier?«, fragte das andere Mädchen und setzte sich neben Nate auf den freien Stuhl.

Ich nickte. »Genau.«

»Wie schön! Emilys neue Nachbarin, ja?«

Wieder nickte ich. Ihr Akzent verriet mir, dass Englisch auf jeden Fall nicht ihre Muttersprache war. Ihr kupferrotes schulterlanges Haar strahlte förmlich und stand im perfekten Kontrast zu ihren grünen Augen. Sie sah aus, als wäre sie einem Disneyfilm entsprungen.

»Ich bin Marie und das … «, dabei zeigte sie auf das Mädchen neben mir, »… ist Yi Seo.«

Yi Seo.

Bei dem Namen klingelte etwas bei mir und musternd schaute ich noch mal zu ihr herüber.

»Wir kennen uns doch«, stellte ich fest. Unter dem Fischerhut erspähte ich regenbogenbuntes Haar und da fiel es mir wieder ein. »Du arbeitest doch in dem Café am Flughafen, oder? In Incheon?«

Die Erinnerungen an diese Begegnung waren zwar etwas vernebelt von meiner Panik und den vielen Tränen, doch ich erinnerte mich an ihre pastellfarbenen Haare und die Piercings. Und an ihren aufmunternden, mitleidigen Gesichtsausdruck.

»Ich arbeite nicht dort. Ich bin nur für eine Freundin eingesprungen, die unbedingt dieser Band hinterherlaufen wollte«, murmelte sie, doch dann hellte sich ihre Miene auf, als hätte sie mich jetzt auch erkannt. »Ah, stimmt! Du bist die mit der gestohlenen Tasche!«, rief sie so laut, als wollte sie es dem ganzen Restaurant mitteilen.

Autsch. Schon waren die Erinnerungen an den Diebstahl wieder zurück. Noch während sie die Worte aussprach, verschwand ihr Lächeln und wich einer mitfühlenden Miene. Yi Seo legte mir eine Hand auf den Arm, bevor sie fortfuhr. »Sorry. Ist sie wieder aufgetaucht?«

»Ja, sie ist wieder aufgetaucht, aber –«

»Ihr kennt euch?«, unterbrach Emily.

»Was denn für eine Tasche?«, fragte Nate beinahe zeitgleich.

Während wir die Speisekarte durchblätterten und ich mich beraten ließ, erzählte ich erneut von meiner Ankunft. Diesmal mit weniger Weinen und mehr Witz, denn mittlerweile konnte ich etwas darüber lachen und hatte es außerdem satt, Trübsal zu blasen.

Meine Wahl fiel auf Tteobokki, da ich den scharfen Reiskuchen noch eine Chance geben wollte. Und weil sie mich an Min-ho erinnerten. Nach und nach nahm die Bedienung die Bestellung auf und wiederholte die einzelnen Gerichte so schnell, dass es sich wie ein lang gezogenes Wort anhörte.

»Wann ist denn dein erster Tag?«, fragte Marie mich und schob mir ein paar Stäbchen rüber. Ihre Fingernägel waren in bunten Farben lackiert. Irgendwie mochte ich diese Gruppe jetzt schon sehr. Ich konnte nicht genau sagen warum, aber ich fühlte mich wohl und das war die Hauptsache.

»Morgen. Ich bin schon supernervös und hoffe, dass ich das gut hinkriege.«

»Du hast dich so gut vorbereitet. Ich bin sicher, du machst das mit links«, ermutigte mich Emily.

»Bloß kein Druck oder so«, murmelte ich und wir fingen an zu lachen. Manchmal hatte ich so Momente, wo ich das Glück praktisch spüren konnte. Dieser war so einer. Die Tatsache, dass ich hier in Seoul in einem Restaurant in Gangnam saß, mit Leuten, die mich so herzlich aufnahmen, und wir zusammen lachen konnten, machte mich einfach glücklich. Das hier war ein Glücksmoment. Ein zufriedenes Lächeln machte sich auf meinem Gesicht breit, als ich in die Runde schaute und alle weiterredeten, ohne meinen kleinen Gedankenspaziergang zu bemerken.

»Oh! Dann gehen wir morgen Abend feiern und stoßen an!«

»In Itaewon ist morgen diese Party, oder?«, meldete sich Nate aufgeregt zu Wort.

Genervt schaute Yi Seo ihn an und seufzte laut auf, während sie mit einer Haarsträhne spielte. »Das hatten wir doch schon«, gab sie knapp zurück und wendete sich wieder mir zu. »Aber anstoßen werden wir auf jeden Fall!«

»Na ja, aber nur, wenn der erste Tag auch gut verläuft«, erwiderte ich nervös und unterdrückte die Panik, die in mir hochkroch. Eins nach dem anderen.

»Ach, das wird schon. Wenn diese Versager es hinbekommen«, sie zeigte einmal in die Runde, »dann kriegst du es auch hin.« Dabei lächelte sie mit einem triumphierenden und provozierenden Lächeln.

»Hey!«, riefen Emily, Marie und Nate gleichzeitig und ich konnte ein Grinsen nicht unterdrücken.

»Kann ja nicht jeder in so einem schicken Hagwon arbeiten wie du.« An seinem Lächeln sah ich, dass er ihr die Bemerkung nicht eine Sekunde lang übel nahm.

Verwirrt runzelte ich die Stirn. »Hagwon?«

»Das sind private Nachhilfezentren. Kosten eine Menge Geld und nicht alle zahlen gut, aber ich hatte Glück«, klärte Yi Seo mich auf und lehnte sich entspannt zurück.

»Oder gute Kontakte«, murmelte Emily und trank sofort einen Schluck Wasser. Die Blicke der anderen huschten wie ein Tennisball zwischen den beiden hin und her.

»Ja gut, in Ordnung. Vielleicht bin ich nur wegen meinem Dad da reingekommen, aber behalten haben sie mich, weil ich gut bin«, rechtfertigte sich Yi Seo und funkelte erst Nate und dann Emily böse an.

Marie und mich verschonte sie mit ihrem Blick. Die Worte klangen keineswegs arrogant, sondern einfach nur selbstbewusst. Diese Art, einfach zu sich selbst zu stehen, und zu dem, was man konnte, bewunderte ich sehr. Warum sollte man sich schämen, wenn man gut in etwas war? Das hatte ich nie verstanden. Doch selbst machte ich mich auch immer schlechter, als ich war. Ich war gut darin, mich kleinzumachen, und das war definitiv etwas, woran ich arbeiten musste. Woran ich arbeiten würde.

»Also gibst du Nachhilfe?«, fragte ich.

»Genau, eigentlich in so gut wie allen Fächern. Aber am besten wird der Musikunterricht bezahlt. Durch meinen Dad arbeite ich mit ein paar Familien, die ihre Kleinen dazu bringen wollen, lieber Klavier oder Geige zu spielen, anstatt draußen auf den Fußballplatz zu sein.«

»Und du spielst ganz zufällig Geige und Klavier?«, schmunzelte ich.

»Geige, Klavier, Gitarre, ein bisschen Cello, aber das wirklich nicht gut. Und Gesangsunterricht gebe ich auch. Bevor du was sagst, ich bin quasi damit groß geworden. Mein Dad ist durch seine Arbeit und frühere Band musikalisch sehr breit aufgestellt. Während andere Kinder das Einmaleins gelernt haben, wurde mir beigebracht, Noten zu lesen.«

»Ihr Dad arbeitet bei SYE«, sagte Marie schließlich und da ich sie verwirrt anschaute, fuhr sie fort. »Das ist genau genommen das Entertainment für alle Idols.«

»Auch KT6 sind da unter Vertrag«, ergänzte Emily.

»Yi Seo, wann machst du eigentlich mal ein Date mit Min-ho für mich klar? Vielleicht morgen auf der Party?« Bei ihrer Frage wackelte sie mit den Augenbrauen.

Als Min-hos Name fiel, verrutschte mein Lächeln für eine Sekunde. Zusätzlich verschluckte ich mich an meinem Wasser und hustete ein paarmal. So viel zum Thema, sich nichts anmerken lassen.

»Oh, stimmt«, sagte Emily. »Aria hat auch ein Auge auf

Min-ho geworfen. Teilen wir? Oder ich nehme einfach Woosung. Diese Bewegungen mit der Hüfte, die er bei diesem Song immer macht. Und wenn er sein Shirt dabei ganz unschuldig anhebt. Er weiß genau, was er da tut.«

Nate räusperte sich. Sehr laut. Wir blickten alle zu ihm und er schüttelte nur den Kopf. »Gehen wir auf die Party?«

»Wann hört ihr damit auf?«, schnaubte Yi Seo.

»Kennst du die Band?«, wollte ich wissen und versuchte möglichst neutral zu klingen, doch meine Stimme war eine Oktave höher gerutscht. Sollte sie mich doch für ein Fangirl halten, aber ich konnte nicht anders. Gerade als sie antworten wollte, kam unser Essen. Mir lief sofort das Wasser im Mund zusammen. Obwohl mir noch so viele Fragen auf der Zunge brannten, war das Thema KT6 für die anderen vom Tisch. Gedanklich machte ich mir eine Notiz, später noch einmal darauf zurückzukommen. Ganz unauffällig, versteht sich.

Wir beschlossen, unsere Gerichte zu teilen. Jeder bekam etwas von jedem und durfte probieren. Mein Blick huschte über den Tisch, wo überall verschiedene Schüsseln verteilt standen. Das Essen sah köstlich aus und ich wusste gar nicht, wo ich anfangen sollte. Sofort meldete sich Nate zu Wort, dass keiner etwas von seinem Korean Fried Chicken abbekam, da er am Verhungern wäre und Proteine bräuchte. Aber wir hatten sowieso genug Auswahl.

Reis, Nudelgerichte, Suppen, Salat. Von allem etwas. Nach wenigen Bissen war ich bereits süchtig nach Kimchi.

Es war wie eine Geschmacksexplosion und die anderen lachten nur, als ich mir immer mehr auf den Teller schaufelte. Zwar war der Großteil des Essens so scharf, dass ich bereits nach einem Happen bemerkte, wie mein Kopf ganz rot wurde und meine Nase anfing zu laufen, doch es hielt mich nicht davon ab, weiter zu essen. Dafür war es viel zu lecker.

Das Thema KT6 kam nicht mehr auf. Stattdessen erzählte Marie, dass sie aus Deutschland kam und dieses Fach ebenfalls an unserer Schule unterrichtete.

Ich war erstaunt, dass es überhaupt angeboten wurde.

Der Hauptgrund, warum sie nicht im Wohnheim lebte, war ihr kleiner Pomeranian. Tiere wurden dort nicht geduldet.

»Wie ihr es dort aushaltet, weiß ich eh nicht. Ich habe grad mal einen

Monat durchgehalten. Es ist einfach viel zu klein und die Matratze ist steinhart«, schmatzte Nate mit vollem Mund, während wir alle etwas angewidert das Gesicht verzogen.

Anscheinend waren Nate und Marie nach kurzer Zeit in eine WG gezogen. Yi Seo wohnte noch bei ihrer Familie. Doch mir wurde schnell klar, dass die ein heikles Thema war und sie es vermied, viel darüber preiszugeben, was ich respektierte. Stattdessen erzählte sie mir von ihren Nebenjobs, die sie beschäftigt hielten und die ein Kompromiss mit ihrem Vater gewesen waren.

»Arbeitsmoral und Disziplin«, zitierte Yi Seo ihn mit tiefer Stimme. Statt zu studieren, arbeitete sie an einem Webtoon, der bereits zahlreiche Leser hatte, und man konnte ihre Begeisterung in ihrem ganzen Auftreten erkennen, wenn sie darüber sprach. Ihre Augen leuchteten. Ich nahm mir vor, den Webtoon später zu lesen, denn für so was war ich immer zu haben.

»Deswegen hab ich mich so gefreut, als du kamst. Diese Idioten haben mich alle alleine gelassen«, schmollte Emily jetzt und brachte das Thema Wohnung wieder zur Sprache.

»Na ja, die Miete wird ja schließlich übernommen«, begann ich und zuckte mit den Schultern. »Das Gehalt, das wir bekommen, reicht doch kaum für was anderes, oder?«

»Mit einem dicken Sparbuch schon«, sagte Marie.

»Oder mit einem Nebenjob mehr und der Unterstützung der Eltern«, erwiderte Nate.

»Ist Gangnam nicht sowieso das teuerste Viertel hier in Seoul?«

»Ja«, sagten Marie und Yi Seo gleichzeitig.

Plötzlich fingen Emily und Nate an zu diskutieren, dass nicht jeder das Privileg hatte, finanziell unterstützt zu werden. Oder dieses Privileg haben wollte, wie Yi Seo einwarf. Eine Diskussion, die sie öfters führten. Jedenfalls kam es mir so vor. Doch ich mochte die Art, wie sie miteinander umgingen. Humorvoll, sarkastisch und direkt. Dennoch behielt die Diskussion immer einen freundlichen Ton, sodass ich als Außenstehende sofort erkannte, wie sehr sie einander respektierten.

»Ich habe schließlich auch zwei Nebenjobs, weil mein Dad meint, ich muss mir mein Geld selbst verdienen, wenn ich schon nicht studieren gehe. Das will ich auch gar nicht anders«, sagte Yi Seo wie selbstverständlich.

Ich bewunderte ihre Einstellung.

Für mein Studium hatte ich einen großen Studienkredit aufgenommen, der bald darauf wartete, abbezahlt zu werden. Seit ich denken konnte, arbeitete ich für mein Geld und es kam mir nie in den Sinn, auf Kosten anderer zu leben. Selbst als Chris gemeint hatte, ich sollte bei ihm einziehen und mir so die Miete für meine Wohnung sparen, behielt ich sie. Ich brauchte meine eigene Wohnung, obwohl ich kaum dort war. Diese Unabhängigkeit war mir wichtig, auch wenn ich es vielleicht manchmal etwas übertrieb. Kellnern, Nachhilfe, Regale einräumen, ich hatte auf dem Wochenmarkt Obst und Gemüse verkauft oder im Kino an der Kasse gesessen.

Wie wäre mein Leben wohl verlaufen, wenn ich das nicht gemusst hätte? Was hätte ich dann mit meiner Zeit angefangen?

Gerade als die Diskussion in Richtung Konsumgesellschaft und Minimalismus steuerte, brachten die Nachrichten im Fernseher des Restaurants die Gruppe zum Schweigen. Synchron drehten sich alle zum Fernseher um, der in der rechten Ecke hing. Ich tat es ihnen mit einer Sekunde Verzögerung nach. Die Nachrichtensprecherin sprach Koreanisch, doch ein Wort lenkte meine Aufmerksamkeit ebenfalls auf den Fernseher. KT6. Die Nachrichten wurden von englischen Untertiteln begleitet, die jedoch so schnell über den Bildschirm flogen, dass meine Augen kaum hinterherkamen und ich nur einzelne Worte verstand. *Leader. KT6. Hwang Min-ho. Flughafen. Rückkehr. Gerüchte.* Ich versteifte mich.

Es war beinahe ein Wunder, dass Min-ho und mich keiner gesehen hatte.

Was wäre wohl sonst los gewesen?

Wieso verfolgte dieser Typ mich überallhin, wo ich war? Gerade als meine Gedanken mal ein wenig Ruhe gefunden hatten, tauchte er auf. Ich lauschte den Nachrichten und versuchte mir nichts anmerken zu lassen. Meine Atmung zu beruhigen. Mein Herz davor zu bewahren, wie in einem Cartoon aus meiner Brust herauszuspringen, als ein Bild von Min-ho gezeigt wurde. Mein Gott. Ich kam mir so lächerlich vor.

Entzugsklinik.

Es war nur ein Wort. Ein Wort, das mich schockiert nach Luft schnappen ließ, als ich meine Aufmerksamkeit von den Bildern auf die Untertitel lenken konnte.

Ein weiteres Bild von Min-ho wurde eingeblendet. Er sah dünner aus, beinahe krank, und seine Haare waren lila gefärbt. Augenringe zeichneten sich unter seinen Augen ab und standen im Kontrast zu seiner blassen Haut. Im Gesicht hatte er einige Prellungen, die blaulila gefärbt waren und passenderweise mit seiner Haarfarbe übereinstimmten. Als käme er grad aus einer Schlägerei in irgendeiner Bar. Und seine Wangen schienen eingefallen, sodass seine Gesichtszüge noch markanter zum Vorschein kamen.

»Entzug?«, entfuhr es mir, bevor ich es verhindern konnte.

»Entzug. Exil. Wie man es nennen möchte«, sagte Nate und zuckte mit den Schultern.

»Das ganze Drama und die Hexenjagd gehen mir mittlerweile echt auf die Nerven. Man entkommt dem ja gar nicht mehr. Lasst es doch mal gut sein.« Marie verdrehte die Augen. »Es weiß doch jeder, dass er nur nach Amerika geschickt wurde, um in Ruhe an Songs zu arbeiten.«

Gerade als ich nachfragen wollte, kam die Bedienung auf uns zu. Irgendjemand hatte sie wohl gerufen, ohne dass ich es mitbekommen hatte. Kein Wunder, denn mein Kopf war wie leer gefegt. Wir bezahlten die Rechnung und verließen das Restaurant, ohne noch einmal auf das Thema zurückzukommen.

Irgendwie schaffte ich es, Min-ho in eine gedankliche Schublade mit der Aufschrift »später« zu stecken. Doch auf dem Weg zum Wohnheim wanderten meine Gedanken wieder zu ihm, ohne dass ich es verhindern konnte. Es kribbelte mir in den Fingern, sofort mein Handy herauszuholen und ihm zu schreiben. Oder bei Google seinen Namen zu suchen. Oder vielmehr bei Naver, denn Google nutzte man hier ja nicht.

Nur die Tatsache, dass ich dann nicht mehr aufhören würde, hielt mich davon ab.

Dann wäre die Büchse der Pandora geöffnet.

Dann gäbe es kein Zurück mehr.

Bis jetzt hatte ich mir nicht mal weitere Songs angehört. Ich hatte mich aktiv von dem Gedanken an Min-ho ferngehalten. Mit allem, was dazu gehörte. Keine Songs, keine Fotos, keine ausführliche Recherche, die dem FBI Konkurrenz machen würde. Doch leider war es so, dass ich mich seiner Präsenz gar nicht entziehen konnte, es war beinahe etwas nervig, denn ich ließ mich natürlich jedes Mal davon einnehmen. Sein Gesicht, alle Gesichter von KT6, tauchten überall auf. Auf großen Bildschirmen, auf Werbeplakaten in der Bahn und auf den Covern von Zeitschriften, die man an jeder Ecke kaufen konnte.

»Es freut mich, dass du dich so gut mit allen verstanden hast. Das war wie eine Feuerprobe«, sagte Emily und holte mich aus meinen Gedanken, als wir die Straße zum Wohnheim entlangliefen. Dabei stupste sie mich mit einer Schulter an und verzog die Lippen zu einem Lächeln.

»Danke, dass ihr mich so gut aufgenommen habt. Sonst würde ich wahrscheinlich nur in meinem Zimmer hocken«, gab ich zurück. »Und danke für diesen Tag!«

»Das war schon cool, oder? Ich wollte schon immer einen Hanbok ausleihen.«

»Morgen werden wir solchen Muskelkater haben«, seufzte ich. Bei den vielen Treppen und dem vielen Laufen war das nur eine Frage der Zeit.

»O ja! Und ich freu mich so auf eine heiße Dusche!«

Zusammen liefen wir an Mr Choi vorbei, dem wir einen kurzen Bericht über unseren Tag gaben. Es war süß, dass er sich aufrichtig dafür interessierte und bei den Fotos breit grinste.

»Ach, und ich glaube, Nate hat sich auch sehr gefreut, dich kennenzulernen«, sagte Emily beiläufig, als wir in den Fahrstuhl traten. »Du bist doch Single, oder?«

»Was?« Schockiert riss ich die Augen auf und drehte mich in ihre Richtung, doch sie begann nur zu lachen.

»Guck doch nicht so! Das war nur eine einfache Frage.«

Ja, es war eine einfache Frage. Auf die ich die letzten Jahre immer mit Nein geantwortet hatte. Doch nun wurde mir bewusst, dass ich das seit der Trennung von Chris noch nicht laut ausgesprochen hatte.

Ich war Single. Und es fiel mir schwerer als gedacht, es über die Lippen zu bringen. Nervös zupfte ich an den Ärmeln meiner Bluse und schaute zu Boden.

Sag einfach Ja.

Das war doch nicht so schwer. Aber irgendwie war es das doch, irgendwas in mir weigerte sich. Stellte sich quer. Chris' Gesicht blitzte vor meinen Augen auf und sofort zog eine eisige Kälte durch meinen Körper, nahm jeden Zentimeter ein. Gefolgt von seinen Schreien, Drohungen und den Gefühlen, die immer damit einhergingen. Angst, Hilflosigkeit, Panik und auf eine perfide Art Schuldgefühle. In Kombination mit dem Gefühl meiner toxischen Loyalität ihm gegenüber.

Ich holte einmal tief Luft und nahm meinen ganzen Mut zusammen.

»Ja«, sagte ich schließlich. Es fühlte sich wie eine Lüge an. »Ja, ich bin Single.«

Worte, die kurz und schmerzlos ausgesprochen werden mussten. Auf die Art, wie man ein Pflaster abriss.

Konnte ich jemals von ihm frei sein, obwohl er sich so prägend in mein Bewusstsein eingebrannt hatte?

Der musternde Blick, den Emily mir daraufhin zuwarf, zeigte mir, dass sie es mir ebenfalls nicht ganz abkaufte.

»Lass mich raten. Es ist kompliziert?«, fragte sie vorsichtig und wir verlangsamten unsere Schritte auf dem Flur, als wir vor unseren Türen angekommen waren. Ihr Blick war sanft und abwartend.

Kurz lachte ich lautlos auf. »Ist nicht alles kompliziert?« Es entstanden einige Sekunden Stille. Emily sah mich fragend an, also fuhr ich fort. »Aber nein, diesmal nicht. Ich habe mich von meinem Freund –«, ich stolperte über die Worte, bevor ich mich korrigierte. »Ich mein, von meinem Ex-Freund getrennt. Nun bin ich hier. Aber ich bin nicht auf der Suche, jedenfalls noch nicht.«

Lügnerin, hallte es in meinem Kopf.

Min-ho. Min-ho. Min-ho.

Meine Gedanken wanderten wieder zu ihm, ohne dass ich etwas dagegen tun konnte. Wie er *Demian* zitierte. Wie er mich ansah. Das Gefühl, das er in mir auslöste. Wie er meine Hand gehalten hatte.

Ich dachte an gedankenlose Berührungen, an Wunderkerzenluft und Grübchen.

»Liebes. Du bist in Korea. Du brauchst dich nicht zu rechtfertigen. Und du bist heiß. Genieß die Zeit«, sagte Emily und ergriff meine Hand.

Sie kicherte, bevor sie sagte: »Die Typen können warten!«

»Die Typen können warten«, wiederholte ich ihre Worte und war ihr unendlich dankbar.

Wahrscheinlich mehr, als sie ahnte.

15

Als wenige Stunden später mein Wecker klingelte, sehnte ich mir nichts mehr herbei als einen Kaffee. Oder einen Zeitumkehrer, der mich frühzeitig schlafen lassen ging, anstatt auf Netflix zum sechsten Mal *Modern Family* zu schauen. Doch gestern Abend hatte ich das irgendwie gebraucht.

Phils Weisheiten und seine Lebensfreude.

Clairs Disziplin, Glorias Selbstbewusstsein.

Das Gefühl, dass es okay war, zu zweifeln, wenn man versuchte, man selbst zu sein, das mir Mitch und Cam mitgaben.

Aber eine Folge hätte es auch getan. Jetzt musste ich damit leben, übermüdet in den ersten Arbeitstag zu starten. Meine Nervosität war zu groß, um die Schlummertaste des Weckers zu drücken und noch ein paar wertvolle Minuten Schlaf zu bekommen. Stattdessen schnappte ich mir mein Handy, schaltete eine Playlist an und sprang unter die Dusche.

Als die Beatles *Here comes the sun* sangen, klopfte es an der Tür. Hektisch sprang ich heraus, wickelte mir ein Handtuch um, schlüpfte zusätzlich in einen Bademantel und war dankbar, nicht ausgerutscht und nackt im Bad aufgefunden worden zu sein.

Eine Angst, die ich viel zu oft hatte.

»Ich komme ja schon«, rief ich etwas genervt, als das Klopfen immer energischer wurde.

Ruckartig riss ich die Tür auf.

Vor mir stand Mr Choi.

Mit einem Kaffee in der Hand.

Und er lächelte mich an.

Instinktiv hielt ich den Bademantel noch ein Stück fester zu, als ich durch den kalten Luftzug eine Gänsehaut bekam. Meine nassen Haare tropften bereits auf den Boden und ich verschränkte die Arme vor der Brust, als Mr Choi mich amüsiert anblickte.

»Guten Morgen«, sagte er fröhlich, ohne meine Geste zu beachten, und hielt mir einen Kaffeebecher vor die Nase. »Der ist für Sie.« Völlig perplex starrte ich auf den dampfenden Becher und rührte mich nicht. »Wissen Sie, ich bin kein Bote. Aber wenn mir ein junger Mann einen kleinen Bonus zusteckt …«, fuhr Mr Choi fort und zuckte mit den Schultern. »Da spiele ich gerne Amor und helfe der Liebe auf die Sprünge«, redete er weiter, während ich nur versuchte, mit seiner fröhlichen Stimme mitzukommen und seine Worte zu verstehen.

Ich war eindeutig noch nicht ganz wach. Verwirrt kniff ich die Augen zusammen, doch der Kaffeegeruch stieg mir in die Nase und weckte meinen Verstand genug, um zu reagieren.

»Wie bitte?«, fragte ich irritiert und nahm reflexartig den Becher entgegen.

»Ist heute nicht Ihr erster Arbeitstag?«, fragte Mr Choi, statt auf mich einzugehen, und musterte mich skeptisch. »Sie wollen sich aber schon noch anziehen, oder?«

»Natürlich.« Meine Wangen wurden sofort rot.

Wusste dieser Mann eigentlich alles über jeden? Na ja, wahrscheinlich gehörte es zu seinem Job, die Arbeitspläne zu kennen, aber Kaffeedienst gehörte sicherlich nicht zu seiner Berufsbeschreibung. Tadelnd schüttelte er den Kopf.

»Nun gut. Mein Auftrag ist hiermit erledigt und ich muss wieder an den Empfang. Aber sagen Sie ihrem Verehrer, dass das nicht zu häufig vorkommen sollte. Und wenn doch, ich trinke meinen Kaffee mit einem Schuss Haselnusssirup und fettarmer Milch. Ich muss auf meine Linie achten.«

In meinem Kopf schwirrten lauter Fragezeichen. »Was?«

»Die fettarme Milch soll den Sirup etwas ausgleichen.«

Doch er winkte ab, als ich ihn weiter anstarrte.

»Ich wünsche Ihnen einen schönen ersten Arbeitstag, Miss Harper.« Mit einer Hand fuhr er an seine Portiermütze und zog sie etwas hinunter, als er mir zunickte.

Keine drei Sekunden stand ich mit einem heißen Becher Kaffee alleine im Flur.

»Haselnusssirup und fettarme Milch, klar«, wiederholte ich Mr Chois Worte, bevor ich zurück in mein Zimmer ging.

Ich schloss die Tür hinter mir und setzte mich auf den Boden vor den Spiegel, wo meine wenigen Schminksachen schon ausgebreitet lagen. Noch während ich den Kaffee trank, wurde mir klar, dass es nur Min-ho gewesen sein konnte.

Emily hätte mir den Kaffee persönlich gebracht.

Möglicherweise war es Ji-woon, der mir eine Freude machen wollte. Bei dem Gedanken schüttelte ich lachend den Kopf. Obwohl wir uns inzwischen gut verstanden, war das sehr abwegig. Das passte nicht zu ihm.

Nein, es konnte nur Min-ho gewesen sein.

Wusste er, dass heute mein erster Tag war?

Als ich einen Schluck vom Kaffee nahm, holte ich mein Handy hervor, um ihm eine Nachricht zu schreiben. Meine Finger flogen über das Display und das nervöse Kribbeln war zurück. Bevor ich darüber nachdenken konnte, schickte ich die Nachricht ab.

Ich: Hi.

Sofort sah ich, dass Min-ho die Nachricht gelesen hatte. Mein Grinsen wurde breiter. Statt einer Antwort schickte er ein Bild zurück, auf das ich innerhalb einer Millisekunde klickte. Plötzlich war jegliche Müdigkeit verschwunden und ich war hellwach. Das Bild zeigte Min-ho, wie er oberkörperfrei in seinem Bett lag und sich am Kopfteil anlehnte. Mit einer Hand verdeckte er sein halbes Gesicht, indem er ein Peace-Zeichen machte. Darüber war ich mehr enttäuscht, als ich jemals zugeben würde. Die verwuschelten Haare hingen ihm ins Gesicht und trotzdem konnte ich erkennen, dass er müde aussah. Eine Müdigkeit, die nicht durch etwas mehr Schlaf auszugleichen war. Meine Augen wanderten wieder zu seinem Oberkörper. Zwar war eine graue Decke bis zu seiner Brust hochzogen, aber das bisschen

Haut, das ich sah, reichte aus, um meine Aufmerksamkeit auf sich zu ziehen. Das war doch unfair.

Ich: Mr Choi mag seinen Kaffee mit Haselnusssirup und fettarmer Milch.
Ich: Und danke für den Kaffee ☺

Seine Antwort kam sofort.

Min-ho: Du wirst das heute toll machen.
Ich: Woher weißt du, dass heute mein erster Tag ist?
Min-ho: Das Internet ist ein Ort voller Wissen.

Die Nachricht ließ mich kurz stocken. Er verwendete meine eigenen Worte gegen mich. Aber konnte man diese Info wirklich im Internet finden? Wenn ja, könnte Chris es auch finden, wenn er meinen Namen in der Suchleiste eingab? Sofort bekam ich eine Gänsehaut. Mit zittrigen Fingern klappte ich den Laptop auf, doch meine Suche ergab nichts außer diverse Links zu Social-Media-Accounts und alten Zeitungsartikeln meiner ehemaligen Schule.

Ich: Alles klar, Joe Goldberg.
Min-ho: Man tut, was man kann.
Ich: Ist zwar nicht der beste Kaffee der Welt, aber ich nehme ihn dankend an.
Min-ho: Der beste Kaffee der Welt steht dir jederzeit zur Verfügung ☺

Einige Sekunden starrte ich auf den Chatverlauf, doch legte das Handy mit einem Seufzen weg, bevor ich noch einmal antwortete. Am liebsten hätte ich ihn sofort gefragt, warum es so plötzlich ruhig um ihn geworden war. Warum er nicht geantwortet hatte. Aber ich wollte nicht gleich am ersten Tag zu spät kommen und hatte keine Zeit, mir darüber den Kopf zu zerbrechen.

Heute ging es um mich, nicht um Min-ho. Also schlüpfte ich in das blaue Latzkleid, das ich mit Emily extra für den ersten Tag gekauft hatte, und begann damit, mich etwas vorzeigbarer zu machen.

Ein erneutes Klopfen ließ mich genervt herumfahren.

Was war denn heute Morgen los?

So viel menschliche Interaktionen, bevor ich überhaupt meinen ersten Kaffee ausgetrunken hatte. Diesmal war das Klopfen sanfter, weniger energisch und stattdessen in einer bekannten Melodie.

Keine Sekunde später trat Emily hinein, mit einem breiten Lächeln und einem Kaffeebecher.

Anscheinend wussten die Menschen hier von meiner Koffeinsucht. Beschweren würde ich mich deswegen nicht.

»Na, bist du wach?«, fragte sie unnötigerweise und lief an mir vorbei ins Zimmer, während sie mir den Kaffee in die Hand drückte. Vor dem Spiegel blieb sie stehen und fuhr sich durch den Pony. Heute war sie etwas dezenter geschminkt als sonst und statt Rock und Doc Martens trug sie jetzt eine weiße Bluse und eine schwarze Jeans.

»Ich dachte, ein Kaffee kann an deinem ersten Tag nicht schaden, bevor es losgeht«, ergänzte sie und zupfte an ihrer Bluse herum.

»Also, ob ich wach bin, weiß ich nicht. Eher bei Bewusstsein«, murmelte ich schließlich als Antwort auf ihre Frage und griff nach einer Bürste, in der Hoffnung, meine Frisur einigermaßen in den Griff zu bekommen. Möglicherweise ging ich etwas zu brutal mit meinen Haaren um und stöhnte genervt auf, als die Bürste immer wieder einmal in meinen blonden Locken hängen blieb.

»Nervös?«, fragte Emily schließlich, als ich frustriert die Bürste sinken ließ.

»Etwas.«

»Das wird schon!«

Dabei strahlte sie mich an und ich hoffte, dass ihre gute, positive Einstellung etwas auf mich abfärbte.

»Danke dir. Auch dafür, dass du alles mit mir durchgegangen bist. Ohne dich wäre ich bestimmt verloren gewesen.« Wahrscheinlich wäre ich völlig überfordert durch Seoul gewandert oder hätte mich in mein Schneckenhaus verkrochen. Ich war so unendlich dankbar, dass ich Emily hatte.

»Du hättest das auch ohne mich hinbekommen. Ganz sicher. Können wir los?« Mit einer schwungvollen Bewegung stand sie auf und zog mich mit. »Erster Tag, da will man nicht zu spät sein.«

Zusammen liefen wir durch den Flur, vorbei am großen Gruppenraum, der für die Lehrkräfte eingerichtet wurde.

In der letzten Woche hatte ich mich meist abends für einige Stunden dort verschanzt und gelesen, gelernt oder mein Notizheft vollgeschrieben, bevor ich zu Tee und K-Drama übergegangen war. Irgendwie gefiel es mir, dass ich dort nicht alleine, aber trotzdem für mich war.

Der Gruppenraum war supergemütlich eingerichtet. Es gab verschiedene Sitzsäcke in bunten Farben, eine Reihe von Arbeitsplätzen und viele Regale mit Materialien und Lehrbüchern. Und die Schreibtische waren der absolute Wahnsinn. Sie hatten schallisolierte Abgrenzungen und eine Lampe, deren Licht sich automatisch anpasste. Überall gab es Steckdosen für Ladekabel.

Aber das Highlight dieser Etage war die große angrenzende Küche. Hier konnte sich jeder etwas zu essen holen. Es gab genügend Reis, welcher in einem Reiskocher allzeit bereitstand. Mehrere Wasserkocher, um sich an den verschiedenen Sorten Ramyeon zu bedienen, und außerdem eine große Kaffeemaschine, die ich jedoch mied, weil mir von allen Seiten davon abgeraten wurde.

Emily und ich trennten uns, denn die Flure waren nach Altersstufen der Schüler aufgeteilt. Da ich die jüngeren Kinder unterrichten würde, befand sich mein Raum auf einem anderen Flur.

Ein Blick auf meine Armbanduhr verriet mir, dass es kurz vor acht war. Die Gänge füllten sich bereits mit Eltern, die ihre Kinder brachten. Neugierig und auch etwas besorgt sah ich in die kleinen Gesichter, die an meiner Tür vorbeihuschten.

Gegenüber dem koreanischen Bildungssystem hatte ich schon im Vorfeld meine Zweifel gehabt, ich war mir unsicher gewesen, ob ich es für richtig halten sollte, und die Zweifel hatten sich während meiner kurzen Zeit hier mehr als bestätigt. Kinder, die bis zu sechszehn Stunden am Tag lernten. Die kurz vor Mitternacht noch in ihren Schuluniformen in der Bahn von der Nachhilfe nach Hause fuhren. Reguläre Schulzeit, Zusatzunterricht, Nachhilfe, außerschulische Aktivitäten. Dem ständigen Konkurrenzdenken ausgesetzt zu sein, Prüfungsergebnisse, die öffentlich sichtbar waren und einen vergleichbar machten. Der IQ auf der Mensakarte. Wöchentliche Tests.

Dem hätte ich nicht standgehalten.

Doch es gab schönere Themen, über die ich vor meiner ersten Stunde nachdenken konnte.

Ich straffte die Schultern, schob mir eine Haarsträhne aus dem Gesicht und betrat den Klassenraum, der in Zukunft meiner sein würde. Neugierige Gesichter drehten sich zu mir um und im Vorbeigehen zählte ich durch. Neun Jungen und elf Mädchen. Alle zwischen fünf und sechs Jahren und sie sahen einfach zuckersüß aus in ihren Uniformen und mit ihren Schreibblöcken. Alle lächelten mich an und erhoben sich bereits zur Begrüßung, als ich zur Tür reinkam.

Auf einmal wusste ich es.

Genau das war das Richtige für mich. Hier gehörte ich hin.

Für die erste Stunde hatte ich nichts Großes geplant und doch war ich überrascht, wie viel die Kinder bereits wussten. Meine Stelle war kurzfristig frei geworden und mir wurde gesagt, dass bis zu meiner Ankunft eine Aushilfe den Unterricht übernommen hatte, die jedoch auch häufiger gewechselt hatte. Deswegen starteten wir von vorne im Lehrplan, damit ich einen Eindruck vom Wissensstand der Kinder bekam. Doch zunächst gab es eine Vorstellungsrunde im Plenum, nach der die Kinder im Anschluss Steckbriefe über sich ausfüllten.

Der Unterricht verlief in mehreren Blöcken von neunzig Minuten. Heute stand der Buchstabe F auf dem Plan, den wir mehrmals zusammen an der Tafel übten, bevor sie dann in ihren Heften weitermachten. Zwischen dem Weiterführen unseres Alphabets, das sich sehr vom koreanischen Schriftsystem abgrenzte, machten wir eine kurze Frühstückspause. Die Zeit verging schneller, als ich dachte, und am Ende des Unterrichts verabschiedete ich mich an der Tür von den Kindern. Erschöpft sank ich auf meinen Stuhl zurück. Die ganze Nervosität fiel von mir ab und Erleichterung durchströmte mich, als ich die Steckbriefe der Kinder einsammelte und in meinen Ordner heftete. Nach einem kurzen Gespräch mit Mrs Oh, die mit einem riesigen Blumenstrauß und aufmunternden Worten vorbeischaute, vibrierte mein Handy.

Und mein Lächeln hätte nicht größer sein können, als ich Min-hos Namen auf dem Display las.

16

Auf dem Weg zu meinem Zimmer öffnete ich den Chat und lief dabei fast gegen einen Typen, der mir entgegenkam. Genervt beschwerte er sich, als ich in letzter Sekunde auswich und entschuldigende Worte murmelte.

Min-ho: Wie feiern wir deinen ersten Arbeitstag?
Ich: Hast du meinen Arbeitsplan auswendig gelernt?
Min-ho: Hab viel Zeit. Also?
Ich: Emily und ich wollten vielleicht auf eine Party.
Min-ho: Wurde ich so schnell ersetzt?

Seine Worte ließen mich grinsen und gleichzeitig hüpfte mein Herz in meinem Brustkorb ein wenig schneller auf und ab, als normal war.

Ich: Bist du etwa eifersüchtig?

Gespannt starrte ich auf die drei kleinen Punkte, die mir anzeigten, dass er etwas tippte.

Min-ho: Und wenn es so wäre?
Ich: Ich würde ja fragen, ob du mitkommst, aber ...
Min-ho: Ich weiß.

Die Antwort kam innerhalb einer Millisekunde. Er wusste genauso gut wie ich, dass das unmöglich war, und bei dem Gedanken, dass wir niemals einfach unbeschwert auf eine Party gehen konnten, schnürte sich meine Kehle zu. Mein Herz, das eben noch auf und ab gehüpft war, sank nun traurig zu

Boden. Wie ein Luftballon, der sein Volumen verlor.

Was machten wir hier eigentlich?

Ich: Wie sieht dein Abend aus?

Min-ho: Gespräch mit dem Management.

Min-ho: Vielleicht rufe ich dich danach an.

Min-ho: Wenn das okay ist?

Ich: Das ist okay.

Das ist sogar mehr als okay, dachte ich.

***

Drei Kaffee, mehrere Nervenzusammenbrüche und ein großes Stück Schokokuchen später war mein Kopf nur noch Matsch.

»Ich versteh das einfach nicht«, stöhnte ich frustriert auf und vergrub mein Gesicht in den Händen. Mittlerweile waren mehrere Stunden vergangen, von denen Emily und ich vielleicht eine wirklich produktiv genutzt hatten.

»Das wird mit der Zeit einfacher. Dann hörst du auch einen Unterschied, glaub mir«, versicherte Emily mir mit einem zuversichtlichen Lächeln. Das bezweifelte ich jedoch stark.

Nach ein paar Versuchen, die Worte so auszusprechen, wie Emily es mir vorsagte, ließ ich den Kopf auf den Tisch fallen. Hätte ich einen Emoji für meinen Zustand auswählen müssen, wäre es der mit dem rauchenden Kopf gewesen.

Wieso war ㄱ denn der Buchstabe für g, aber man sprach es wie ein k aus?

Wo war da der Sinn?

Nächste Woche würde mein Koreanischkurs beginnen und dafür wollte ich unbedingt Hangul können. Wenigstens in den Grundzügen, damit ich nicht komplett überfordert war.

»Glaub mir, das lernst du mit der Zeit«, wiederholte Emily immer und immer wieder, wenn ich verzweifelt die Hände über den Kopf hob und mich fragte, wo der Unterschied in der Aussprache lag oder wann welcher Vokal verwendetet wurde.

Warum die Konsonanten alle gleich aussahen und wie ich diese jemals unterscheiden sollte, wusste ich nicht.

Immer wieder schrieb ich erst die Vokale, dann die Konsonanten in mein Heft. Setzte einen Strich nach dem anderen und versuchte es mir einzuprägen. Ich öffnete Papago, eine Übersetzungsapp, und begann einige Wörter zu suchen.

한국 – Korea

서울 – Seoul

사랑 – Liebe

커피 – Kaffee

Und so füllten sich die Seiten meines Heftes und ich merkte, wie ich wenigstens hinsichtlich der Schreibweise immer schneller wurde. Eigentlich machte es wirklich Spaß. Als würde ich eine Geheimschrift lernen. Na ja, eine Geheimschrift, die jeder in meinem Umkreis beherrschte. Aber trotzdem machte es Spaß. Dann ging ich dazu über, meinen Namen zu schreiben, so wie Emily es mir gezeigt hatte.

아리아 – Aria

Darunter schrieb ich ihren Namen.

에밀리 – Emily

Ohne darüber nachzudenken schrieb ich einen weiteren Namen auf.

민호 – Min-ho

Schon tauchte das Selfie von heute Morgen in meinem Kopf auf. Ich war mir sicher, dass ich das nicht so schnell vergessen konnte. Oder wollte. Ich dachte an unser Telefonat heute Abend, an seine Stimme und daran, wie warm mir wurde, wenn ich sie hörte. Meine Finger wanderten wie von selbst zu unserem Chatverlauf.

»Willst du mir vielleicht verraten, warum du dein Handy so angrinst? Wenn du ein witziges Meme hast, bist du dazu verpflichtet, es mit mir zu teilen«, bemerkte Emily und sah mich mit ihren funkelnden Augen an.

»Ach. Also … ich erwarte noch eine Nachricht von … meiner Mum.« Wow, du bist so überzeugend, Aria.

»Schon klar. Deine Mum«, lachte Emily nur und schüttelte den Kopf. Anscheinend kaufte sie mir das nicht ab, aber das hätte ich vielleicht auch nicht getan. »Also wegen der Party heute …« Die Zuversicht in ihrem Gesicht war kaum zu übersehen und bereitete mir sofort ein schlechtes Gewissen.

»Ich weiß nicht so recht. Eigentlich bin ich nicht so der Partymensch, weißt du.« Nervös begann ich mit dem Anhänger meiner Kette zu spielen.

»Ach, kein Druck. Es wäre schön, wenn du mitkommst. Aber ich kann auch absolut verstehen, wenn dir das heute zu viel wird. Das wird nicht die letzte Party gewesen sein.«

Dankbarkeit machte sich in mir breit. Dass sie mich nicht drängen wollte, bedeutete mir mehr, als sie wusste. Die letzte Party, auf der ich gewesen war, hatte ihre Spuren hinterlassen. Außerdem musste ich morgen früh arbeiten und gleich am zweiten Arbeitstag mit einem Kater aufzutauchen war vielleicht keine so gute Idee. Und da war auch noch das Telefonat mit Min-ho. Wie aufs Stichwort begann ich zu gähnen. Seufzend rieb ich mir über die Augen, las immer wieder die Sätze, die ich zuletzt auf Koreanisch aufgeschrieben hatte, doch meine Konzentration war vollkommen verschwunden. Und ich war froh, als Emily vorschlug, die Lernsession für heute zu beenden.

Zurück in meinem Zimmer sprang ich sofort unter die Dusche, in der Hoffnung, dass mich das etwas wacher machen würde. Am liebsten hätte ich mich einfach auf den Boden gesetzt, mich vom Wasser berieseln lassen und geschlafen. Doch ich schaffte es irgendwie, mich abzuschminken und einen bequemen Schlafanzug anzuziehen, bevor ich ins Bett fiel. Erneut checkte ich, ob ich neue Nachrichten hatte.

Lächerlich, hörte ich eine Stimme in meinem Kopf sagen und ich gab ihr vollkommen recht. Anders konnte man mein Verhalten nicht nennen. Um mich auf andere Gedanken zu bringen, schnappte ich mir *Das Lied der Krähen* von Leigh Bardugo und sank zurück ins Bett. Ein gutes Fantasybuch hatte mich schon oft gerettet. Zusammen mit sechs Außenseitern auf einer scheinbar unlösbaren Mission zu sein würde mich schon ablenken. Bereits nach wenigen Minuten verschwammen die Buchstaben auf den Seiten, ehe ich einschlief.

17

Gerade als Chris mich in meinen Träumen am Flughafen heimsuchte, wurde ich von dem schrillen Ton meines Handys geweckt. Mein Körper stand komplett unter Strom. Blinzelnd schaute ich aufs Display und sah Min-hos Namen.

Anruf in Abwesenheit.

Einige Sekunden wartete ich, ob er erneut anrufen würde, aber es blieb still. Wahrscheinlich war es nur ein Versehen gewesen. Erst jetzt schaute ich nach, wie spät es war: 03:22 Uhr.

Wann war ich eingeschlafen?

Min-hos Name, der mir auf dem Display entgegensprang, erinnerte mich daran, dass ich eigentlich mit ihm hätte telefonieren wollen. Vielleicht war sein Anruf doch nicht aus Versehen passiert. Seufzend ließ ich meinen Kopf wieder ins Kopfkissen sinken. Mein Puls raste immer noch, mein Herz klopfte wie wild, als könnte sich mein Körper noch nicht von diesem Albtraum trennen.

Angestrengt stellte ich mir eine Weltkarte vor, mit der Fluglinie und einem kleinen Flugzeug, das fast einen Tag brauchen würde, um hier anzukommen. England, Chris und all die schlechten Erinnerungen waren ganz weit weg. Dieser Gedanke beruhigte mich wenigstens etwas.

Gerade, als ich die Augen wieder schließen wollte, klopfte es an meiner Tür.

Einmal.

Zweimal.

Ein drittes Mal, so laut, dass ich dachte, die Tür würde nachgeben. War mein Traum eine Warnung gewesen?

Sofort befand sich mein Körper erneut in Alarmbereitschaft, denn ich wusste, dass nur einer es wagen würde, mitten in der Nacht so hart an meine Tür zu klopfen. Chris war nachts ständig bei mir aufgetaucht, denn wir hatten nicht zusammengewohnt. Das Zusammenziehen war längst überfällig gewesen, denn ich war die meiste Zeit in seiner Wohnung. Weil er es so wollte. Weil ich nicht widersprach.

Dabei lag meine Zwei-Zimmer-Wohnung viel näher an der Uni. Ein häufiges Streitthema, dem ich meist viel zu schnell nachgab. Chris wollte, dass wir zusammenzogen, doch meine Wohnung gehörte meinem Patenonkel, ich konnte mietfrei darin leben und sie hatte die perfekte Lage. Außerdem hatte ich so einen Ort für mich. Und war ich mal doch länger als einen Tag dort, war Chris unangekündigt vorbeigekommen.

Weil er betrunken gewesen war.

Weil ihm einfach danach gewesen war und es ihm egal war, dass ich am nächsten Tag früh rausmusste.

Oder auch weil ihm nicht gefallen hatte, dass ich den Tag über beschäftigt gewesen war und meine volle Aufmerksamkeit nicht ihm gegolten hatte. Aber diesmal konnte er es nicht sein. Das konnte nicht sein.

Schlagartig wurde es still. Mit zittrigen Händen zog ich die Bettdecke bis zum Kinn hoch und beobachtete ängstlich die Tür. Es klopfte erneut und ich hörte, wie jemand meinen Namen rief. Mit wackeligen Beinen stand ich aus dem Bett auf und tapste zur Tür. Mit dem dicksten Buch von meiner Kommode bewaffnet, um es jederzeit jemandem an den Kopf zu hauen.

»Wer ist da?«, zischte ich und hielt den Atem an.

Als Antwort kam ein gedämpftes Nuscheln. Nervös zählte ich bis drei und öffnete in einer schnellen Bewegung die Tür.

Min-ho.

Vor mir stand Min-ho, der sich mit einem Arm am Türrahmen abstützte und jetzt etwas nach hinten taumelte, weil ich so rasch die Tür geöffnet hatte.

Erleichterung durchströmte meine Adern. Für eine Sekunde schloss ich die Augen, atmete einmal laut aus und ließ die Arme sinken.

Es war nur Min-ho. Alles war gut. Chris war nicht hier.

»Aria!«, rief Min-ho enthusiastisch, als er sein Gleichgewicht wiederfand, und streckte beide Hände nach mir aus. Doch ich wich seinem Versuch, mich zu umarmen, aus und schob ihn mit der Hand auf seiner Brust von mir weg. Fragend legte er den Kopf schief, kniff kurz die Augenbrauchen zusammen und begann dann wieder zu grinsen.

Die Erleichterung ließ nach, mein Verstand setzte wieder ein. Ich starrte ihn an.

»Weißt du, wie spät es ist?« Meine Stimme klang noch ganz heiser vom Schlaf und ich rieb mir über die Augen, weil das Flurlicht viel zu hell war.

Plötzlich spürte ich, wie Min-ho mir gegen die Stirn schnipste und zu kichern anfing. Er versteckte sein halbes Gesicht unter der Kapuze des dunkelgrünen Hoodies, doch ich konnte trotzdem das breite Grinsen erkennen, das sich auf seinem Gesicht bildete.

Seine Wangen waren leicht gerötet und die Augen etwas glasig. Irritiert blickte ich ihn einige Sekunden an, blinzelte und versuchte meine müden Gedanken zu sortieren und zu realisieren, was hier vor sich ging. Erneutes Kichern.

Er war betrunken. Na super.

»Du solltest nicht mitten in der Nacht die Tür aufmachen«, tadelte er mich und hob sogar den Zeigefinger, um seine Worte zu unterstreichen. In Erwartung eines erneuten Schnipsens gegen den Kopf zuckte ich zusammen.

»Und du solltest nicht mitten in der Nacht hier auftauchen«, erwiderte ich leicht genervt.

Dabei verschränkte ich die Arme vor der Brust, sodass ich das Buch fest umklammert hielt, das ich zu meiner Verteidigung mit zur Tür genommen hatte. Eine Gänsehaut breitete sich auf meinem Arm aus, als ich realisierte, wie er mich musternd ansah. In meinem kurzen rosa karierten Schlafanzug sah ich sicher toll aus.

Min-hos Blick verdunkelte sich etwas und er schluckte schwer, als er die Augen von meinen nackten Beinen abwendete. Er befeuchtete seine Lippen mit der Zunge und ich konnte nicht anders, als darauf zu starren. Drei stille Herzschläge vergingen, ehe er seufzte.

»Hab doch angerufen.«

Die plötzlich tiefe, leise Stimme klang nun alles andere als albern. Doch auch, wenn mein Herz gerade am Durchdrehen war, hielt mein Verstand dagegen.

Tausende Mädchen würden gerade dafür sterben, in meiner Haut zu stecken. Min-ho so nah zu sein. Und doch … so sollte es nicht sein. Ganz und gar nicht.

»Ja, aber –«

»Wir wollten doch telefonieren.«

»Es ist mitten in der Nacht.«

»Wir haben keine Uhrzeit abgemacht.«

Bei seinen Worten senkte er etwas den Kopf und sah mich eindringlich an, ehe er sich mit beiden Händen am Türrahmen festhielt. Er versperrte mir so indirekt den Weg nach draußen und wirkte plötzlich breiter, muskulöser, als ich ihn in Erinnerung hatte.

»Du bist betrunken.« Keine Frage, eine Tatsache.

»Nur ein ganz kleines bisschen. Aber ich hab Soju und Mochis mitgebracht.« Stolz hielt er mir eine Plastiktüte entgegen und verzog schmollend das Gesicht. Diese Lippen. Mein Gott, was war denn mit mir los? Ich versuchte ihn böse anzufunkeln, was sicherlich nur bedingt funktionierte.

Ich schüttelte den Kopf. »Ich weiß, ich wiederhole mich, aber es ist mitten in der Nacht.«

»Mochis gehen doch immer.« *Als wären die Mochis das Problem*. Ein Strahlen zeichnete sich in seinem Gesicht ab und automatisch zuckten meine Mundwinkel ebenfalls verdächtig. Es war, als würde die Sonne in seinem Gesicht aufgehen, und irgendwie sah er verdammt süß aus.

Schnell rief ich mir wieder ins Gedächtnis, wie unpassend diese Aktion war und in was für Schwierigkeiten er uns brachte.

»Du bist sauer. Bist du sauer? Bitte sei nicht sauer auf mich, Aria.« Tief einatmen, tief ausatmen.

Bei diesem Anblick konnte ich meinen Ärger nicht aufrechterhalten. Nicht, wenn er mich so anschaute.

»Nein, ich –«

»Hast du vielleicht ein Glas Wasser für mich?«, unterbrach er mich und lief an mir vorbei ins Zimmer, ohne dass ich ihn hereingebeten hatte. So schnell, wie er sich an mir vorbeiquetschte, konnte ich gar nicht reagieren. Seine Brust streifte meine und verschaffte mir eine andere Art von Gänsehaut.

Das war gar nicht gut.

Überhaupt nicht.

Mission abbrechen, ich wiederhole, Mission abbrechen.

Gerade, als ich mich lautstark über seine Aktion beschweren wollte, ließ er sich auf mein Bett fallen. Als wäre das hier sein Zuhause und nicht meins. Mein Blick huschte schnell über den Flur, dann ins Zimmer zu Min-ho und dann wieder hinaus. Ein Wunder, dass ihn niemand gehört hatte.

Frustriert stöhnte ich auf, doch schloss dann die Tür.

»Was –«, begann ich.

»Psst! Kannst du aufhören, dich zu drehen?«, unterbrach er mich zum zweiten Mal, bevor er sich nach hinten lehnte und die Augen schloss.

»Wenn du dich übergeben musst, dann geh bitte ins Bad.« Beim Öffnen der Tür war ich genervt gewesen, doch nun war ich eher besorgt. Seine Augen sahen aus, als hätte er geweint, und so wie er torkelte, musste er ganz schön viel getrunken haben. Wie er dort ausgestreckt auf meinem Bett lag … Das war überhaupt nicht gut.

Sein Hoodie war ein Stück nach oben gerutscht und gab einige Zentimeter seiner Haut frei, bei jedem Atemzug rutschte er noch weiter nach oben.

Etwas beschämt wendete ich den Blick von seinem Bauch ab. Das Mondlicht ließ sein Gesicht noch heller erscheinen und seine geröteten Wangen standen im starken Kontrast dazu.

Fieberhaft überlegte ich, wie ich mich in dieser Situation verhalten sollte. Jegliche Müdigkeit war verschwunden.

»Starr mich nicht so an«, murmelte er schließlich mit geschlossenen Augen und ich wurde rot. Kurz hatte ich gedacht, er wäre eingeschlafen.

Ertappt wendete ich den Blick ab und lief zum Kühlschrank, um ihm eine Flasche Wasser aufs Bett zu schmeißen.

Licht war auch eine gute Idee. Schnell schaltete ich die Schreibtischlampe an und das Zimmer erschien trotzdem noch viel zu dunkel.

»Trink etwas«, forderte ich ihn auf und stand vollkommen überfordert mitten im Raum.

Nickend griff er nach der Flasche. »Dein Wunsch ist mir Befehl.« Er leerte sie beinahe in einem Zug. Selbst von hier aus konnte ich erkennen, wie sein Adamsapfel auf und ab tanzte.

»Du tauchst hier betrunken auf …«, sagte ich mehr zu mir selbst als zu ihm und schüttelte den Kopf. »Wie bist du überhaupt ins Gebäude gekommen? Es ist doch alles zu.«

»Ich bin nicht betrunken. Ich hatte nur ein paar Drinks«, antwortete er und machte keine Anstalten, sich weiter zu erklären. Demonstrativ rollte ich mit den Augen.

»Ein paar zu viel.« Min-ho erfüllte wunderbar alle Klischees eines Stars, der auf die schiefe Bahn geraten war. Und doch konnte ich nicht anders, als mich zu fragen, was dazu geführt hatte.

»Ist das etwa so ein Gespräch, wo wir uns einig sind, dass wir uns uneinig sind?«, fragte er mit einer Unschuldsmiene und umarmte eins der drei Kissen. Sehr, sehr doll. Beinahe so, als wollte er das Kissen so fest es nur ging an sich drücken. Seine Armmuskeln spannten sich dabei an.

Möglicherweise war ich gerade neidisch auf ein Kissen.

»Nein, Min-ho. Das ist es ganz sicher nicht.« Wir lieferten uns ein kleines Starrduell, was ich natürlich verlor. Trotz seines Zustandes war sein Blick warm und eindringlich und mit jeder Sekunde, die ich ihm in die Augen sah, verlor ich mich ein Stück mehr darin.

»Ja, wir sind uns wohl uneinig.« Hastig nickte er, bevor er fortfuhr. »Hast du schon geschlafen?«

»Ob ich schon geschlafen habe? Min-ho, es ist mitten in der Nacht!«

»Schrei doch nicht so.« Er verzog das Gesicht zu einem Schmollmund, auf dem ich zwei, drei, vier Sekunden zu lang verharrte. Diese vollen Lippen waren … anders.

Einige Herzschläge lang blieb es still.

»Okay, entschuldige.«

»Nein, mach das nicht«, sagte er leise und fuhr sich durch die Haare. »Mir tut es leid. Ich war einfach … fertig.«

»Was ist passiert? Geht es dir gut?« Die Besorgnis in meiner Stimme war deutlich zu hören, aber es war mir egal. Seine Augen begannen verdächtig zu glitzern, er blinzelte mehrmals und starrte an die Decke.

»Klar«, hörte ich ihn sagen. Leise, wispernd, unehrlich.

»Du hast schon besser gelogen. Und –« Plötzlich war Min-ho so schnell aufgestanden, dass ich vergaß, was ich sagen wollte. Mein Zimmer war nicht groß, er brauchte nur drei Schritte, ehe er mir gegenüberstand.

So nahe, dass ich den Kopf in den Nacken legen musste, um ihn anzusehen. Der Blick in seinen Augen war noch intensiver als zuvor. Irgendwie ungehemmter, beinahe offen. Sofort verschränkte ich die Arme vor der Brust, denn bei diesem Blick wäre selbst der dickste Pullover der Welt zu wenig Stoff gewesen. Meine Geste lockte ihm ein Grinsen hervor. Idiot.

»Was machst du hier?« Die Worte purzelten aus mir heraus und ich wusste nicht mal, ob ich darauf eine Antwort hören wollte.

Ich wusste nicht, was ich empfinden sollte.

Zittrige Atemzüge, verhedderte Gefühle und Herzrauschen.

Die anfängliche Albernheit war komplett verschwunden. Als ich erneut den Kopf hob, um ihn anzusehen, wartete sein Blick bereits auf mich.

»Ich wollte dich sehen«, gestand Min-ho mit heiserer Stimme.

Fragend, zögernd und beinahe in Zeitlupe hob er die Hand und einen Moment lang schwebte sie in der Luft. Ich wagte es nicht, mich zu bewegen. Der Wind peitschte gegen das Fenster, während ich nach Worten suchte.

»Oh«, war alles, was ich sagen konnte, und er lächelte.

Ich sollte zurückweichen. Doch ich tat es nicht.

»Wenn du so auf meine Lippen guckst …«, murmelte er und sein Atem streifte meine Haut.

Sofort wendete ich den Blick ab und schaute aus dem Fenster, auf die bunten Lichter, die die Dunkelheit weniger bedrohlich erscheinen ließen.

Seine Finger strichen eine blonde Haarsträhne hinter mein Ohr, kurz wanderten seine Fingerspitzen dabei über meinen Hals, und während er das tat, hielt ich die Luft an und hoffte, dass er mein Zittern nicht spürte. Dort, wo er mich berührte, kribbelte meine Haut. Ich konnte nicht anders, als wieder in diese Augen zu schauen. Es war wie ein Bedürfnis, gegen das ich nicht ankämpfen konnte.

Wunderkerzenluft. Die Luft begann zu knistern, wenn wir uns so nahe waren. Uns so ansahen.

Luft holen, Aria. Luft holen.

»Was machen wir hier?«, fragte er mich flüsternd und leise. Seine Worte kaum mehr als ein Hauchen.

»Ich weiß es nicht«, gab ich ebenso leise zurück. Wir sprachen so, als würden wir Geheimnisse austauschen. Unausgesprochene Sätze, die zwischen den eigentlichen Worten verborgen waren.

»Hattest du nicht ein Meeting?« Ein Versuch, von dieser Spannung im Raum abzulenken.

»Warum ist das alles so verdammt kompliziert?«, fragte er stattdessen.

Ich sah ihn mit pochendem Herzen an.

Und über sein Gesicht huschte ein ganzes Kaleidoskop von Gefühlen. Seine Augen, die sonst immer zu leuchten schienen, waren jetzt mit Tränen gefüllt, und ihn anzusehen tat weh.

»Hey«, sagte ich leise und fragend streifte sein Blick über mein Gesicht, als suchte er etwas darin.

Vielleicht suchte er Halt.

Vielleicht auch Hoffnung oder Verständnis.

»Ich wusste einfach nicht wohin«, sagte er schließlich und fuhr sich mit beiden Händen durch die Haare. Bei dieser Bewegung fiel das Licht so auf seine Hand, dass ich sehen konnte, dass die Haut an den Knöcheln aufgeplatzt war.

»Was ist passiert, Min-ho?«

»Das Leben.«

»Wow. Wie philosophisch von dir.« Wir fingen beide an zu lachen, doch es wirkte eher gezwungen. Mit einem Seufzen legte er die Hände vors Gesicht und atmete tief ein, dann wieder aus.

»Es war zu viel.« Seine Stimme klang durch seine Hände etwas gedämpft und doch war der Schmerz der Worte deutlich zu herauszuhören.

Ich sah, wie seine Schultern vor Kummer zu beben begannen. Es war faszinierend und schmerzhaft zugleich, dass ich den Moment, an dem er sein Pokerface nicht mehr aufrecht halten konnte, genau beobachten konnte.

»Ich wollte mich nur verstecken. Irgendwo, wo mich keiner vermuten würde.«

»Vor wem denn? Deinem Aufpasser?«

»Vor der Welt«, sagte er mit einem traurigen Lächeln. Wie konnte jemand jemals mit so was zurechtkommen?

Wenn die ganze Welt ein Auge auf das hat, was du tust, tust du es dann überhaupt noch ehrlich und aufrichtig? Oder verlierst du dich selbst dabei? Diese Fragen schluckte ich herunter, auch wenn sie laut in meinem Kopf hämmerten.

Es schien, als würde Min-ho einen innerlichen Kampf austragen, und das verstand ich nur zu gut. Vielleicht war es mir deswegen so leichtgefallen, mit ihm zu sprechen. Weil wir beide auf eine Art mit der Dunkelheit tanzten, die nicht jeder verstand.

»War es so schlimm?«

»Ach, es ist unwichtig«, sagte er kopfschüttelnd und richtete seinen Blick auf die gegenüberliegende Wand.

»Wenn es dich beschäftigt, dann ist es wichtig.«

Er holte tief Luft und wollte gerade zu einer Antwort ansetzen, schüttelte jedoch in letzter Sekunde den Kopf und drehte mir den Rücken zu.

Ich betrachtete ihn, wie er dort in diesem grünen Hoodie stand. Die Haare total chaotisch, die Hände lose an den Seiten, als wüsste er nicht, was er mit ihnen anfangen sollte.

Ohne sein Gesicht zu sehen, wusste ich, dass er nachdachte. Grübelte. Mit sich kämpfte, darüber zu sprechen.

Eine kurze Stille legte sich über uns, in der ich die Augen nicht von seinem Rücken löste. Als würde er verschwinden, wenn ich auch nur blinzelte.

»Sie wollten klare Verhältnisse schaffen«, brach er die Stille und drehte sich wieder zu mir um.

»Das Entertainment?«

»Genau. Und die Band. Alle waren da. Sie haben mir gesagt, wir kriegen das hin. Wir sind eine Familie.« Das Wort Familie betonte er so abfällig, dass ich zusammenzuckte. »Das Schlimmste daran ist: Sie sind es wirklich. Meine Familie, mein ich. Sie sind alles, was ich noch habe. Alles, was noch übrig ist.« Mitfühlend sah ich zu ihm herüber. Die Haut ganz nass von den vielen Tränen, die ihm leise die Wangen hinunterliefen. Und wie er die Worte ausspuckte, als könnte er es nicht länger ertragen.

»Habt ihr euch gestritten?«, fragte ich sanft und der Blick, den er mir zuwarf, sagte alles und nichts.

»Sie wollten eine Erklärung für mein Verhalten. Stattdessen ging ich in Abwehrhaltung und als der Manager mich auf meinen Vertrag hinwies, bin ich ausgerastet. Die Zeit zum Trauern sei vorbei. Und keiner hat das Wort für mich ergriffen. Sie haben mich vor vollendete Tatsachen gestellt. Ein Comeback, Termine für eine Tour und Pressekonferenzen. Vorbei mit der Schonfrist. Ich hätte eine Verantwortung und mich viel zu lange davor gedrückt. Er hat mir einfach ein schlechtes Gewissen eingeredet. Und weißt du was? Er hat recht. Mit allem.« Dabei redete er so schnell, dass die Worte ineinander übergingen. Sein Akzent war jetzt deutlich herauszuhören. »Ich habe sie im Stich gelassen«, fuhr er fort. »Und ich tue einfach jedem weh.«

Völlig verzweifelt taumelte er drei Schritte zurück und sank auf die Matratze, als hätte er nicht mehr die Kraft, aufrecht zu stehen. Verwirrung machte sich in mir breit, tausend Fragen lagen mir auf der Zunge, doch ich stellte sie nicht. Das war nicht der passende Zeitpunkt dafür.

Ohne ein Wort setzte ich mich neben ihn. Etwas zu nah, doch ich wich nicht zurück, als sich unsere Oberschenkel berührten.

»Was kann ich tun?« Eine dämliche Frage. Aber die einzige, die mir momentan in den Sinn kam. Schließlich hob er den Kopf und sah mich mit Augen voller Tränen an.

»Es ist alles meine Schuld«, weinte er leise und sein ganzer Körper begann zu zittern. »Ich habe doch nur noch die Band. Ich habe nur noch sie. Aber vielleicht sind sie ohne mich besser dran. Vielleicht wären meine Eltern auch besser ohne mich dran gewesen. Ohne mich wären sie noch am Leben.« Die Worte waren wie Eiswasser, das über mir ausgekippt worden war, und ich bemühte mich, nicht laut nach Luft zu schnappen.

»Ich bin kein guter Mensch.« Die Worte kamen schleppend über seine Lippen, als musste er sich zwingen, sie laut auszusprechen.

»Was meinst du?«, fragte ich und hatte Angst vor seiner Antwort.

»Es gab einen Autounfall. Es ist schon fast ein Jahr her, aber es kommt mir vor, als wäre es erst gerade passiert.«

Mit gesenktem Kopf fuhr er fort, während seine Tränen auf den Boden tropften.

»Meine Eltern, sie –«, er räusperte sich. »Meine Eltern waren auf dem Weg zu einem Konzert von uns. Ich wollte sie unbedingt dahaben, obwohl das nicht ihr Ding war. Aber ich ließ nicht locker. Sie haben mich nie unterstützt. Sie fanden, dass das Entertainment uns ausbeutet, und waren besorgt, dass mich das Ganze kaputtmacht. Mein Vater und der CEO waren Freunde, bis sie sich irgendwann zerstritten. Ich wollte, dass sie sehen, warum ich das mache, weil sie immer dagegen waren. Es für Zeitverschwendung hielten. Aber sie kamen nie beim Konzert an. Und das Letzte, was sie von mir zu hören bekamen, waren nur Vorwürfe.«

Als seine Stimme brach, brach mein Herz ebenfalls ein kleines Stück. Mir fehlten die richtigen Worte und ich war mir nicht mal sicher, ob es die überhaupt gab.

»Der Typ ist einfach in sie hineingerast. Ohne abzubremsen. Einfach so. Sie waren sofort tot.«

Der nüchterne Ton in seiner Stimme, der plötzlich herausstach, bereitete mir eine Gänsehaut. Er sah so schrecklich müde aus.

»Es ist alles meine Schuld. Meinetwegen sind sie tot«, wisperte er immer und immer wieder.

»Min-ho, sieh mich an.« Mit größter Mühe hob er den Kopf und kam meiner Bitte nach. »Ich kann mir nicht vorstellen, wie du dich fühlst. Aber eins weiß ich: Dieser Unfall ist nicht deine Schuld.« Sanft legte ich eine Hand auf seinen Arm, doch er zog ihn auf die Berührung hin weg und sprang hektisch auf.

»Es ist verdammt noch mal meine Schuld. Wäre ich nicht gewesen … hätte ich nicht darauf bestanden … Sie wären noch am Leben, hätte ich sie nicht dazu gedrängt.«

»Hör mir mal zu«, sagte ich so behutsam, wie ich konnte.

Dabei zwang ich mich zu einem Lächeln. Er blinzelte die Tränen weg und fuhr sich mit dem Ärmel übers Gesicht.

»Es ist nicht deine Schuld.« Doch meine Worte erreichten ihn nicht, er schüttelte nur immer wieder den Kopf, schüttelte meine Worte ab.

»Es. Ist. Nicht. Deine. Schuld.« Jedes Wort sprach ich langsam und mit Bedacht aus und schließlich sah er mich an. Sah mich wirklich an, statt durch mich hindurchzusehen. »Ohne dich wäre ich dort am Flughafen verloren gewesen. Du hast mich, ohne zu zögern, bei dir schlafen lassen, obwohl du mich nicht kanntest. Mir Waffeln gebracht. Kaffee gekocht. Mich durch ganz Seoul gefahren. Ohne jegliche Gegenleistung. Du warst da, als ich dringend Hilfe brauchte. Du bist garantiert kein schlechter Mensch. Glaub mir.«

Ohne darüber nachzudenken, umarmte ich ihn.

Kurzschlussumarmung.

Meine Mutter hatte es immer so genannt. Jemanden umarmen, ohne nachzudenken. Einfach, weil du musst.

Also hielt ich Min-ho fest, weil es keine richtigen Worte für diese Situation gab. Erst reagierte er kaum, versteifte sich sogar kurz, aber dann legte er ebenfalls die Arme um mich. Zog mich näher. Klammerte sich fest an mich, als wäre ich ein Rettungsanker und er am Ertrinken. Das Gesicht vergrub er an meinem Hals und ich spürte die heißen Tränen, die ihm lautlos über die Wange liefen.

Gerade war ich noch wütend darüber gewesen, dass er einfach mitten in der Nacht vor meiner Tür stand, und nun wollte ich ihn nur festhalten und dafür sorgen, dass es ihm besser ging.

Er wirkte so müde, so verängstigt.

Sein zitternder Atem kitzelte meinen Nacken und selbst durch den Stoff, der uns trennte, konnte ich sein Herz schlagen spüren. Rasend schnell.

»Ich konnte ihnen nicht sagen, dass ich sie liebe. Sie waren einfach weg.

Einfach so. Die Tour ging weiter, doch ich stand still. Und obwohl ich inmitten von tausend Lichtern stand, mit mehr Menschen um mich rum, als ich überhaupt sehen konnte, kam mir alles unendlich dunkel vor. Ich stand vor Tausenden von Leuten, zwang mich zu lächeln und hab mich nie einsamer gefühlt.« Sein Schluchzen verschluckte seine Worte beinahe.

Es tat weh. Der Mann, der von so vielen Menschen geliebt wurde und doch einsam war. Spätestens da begriff ich, wie sehr ich Min-ho unterschätzt hatte. Wie sehr ich die Schattenseiten dieser K-Pop-Welt unterschätzt hatte. Und wie sehr ich dachte, dass bei ihm schon alles in Ordnung sein musste. Schließlich hatte er alles. Dachte ich zumindest. Er hatte keine Zeit zum Trauern, musste sofort weitermachen, funktionieren, bis er daran zerbrach und er auch dafür verurteilt wurde. Wut machte sich in mir breit, doch Min-hos leises Weinen ließ sie wieder verpuffen.

Wir waren beide einsam und irgendwie verloren, auf ganz unterschiedliche Art. Er auf der Bühne vor Tausenden Fans und ich in den Armen eines Mannes, der zu sehr liebte und mich nicht gehen ließ. Es gab unterschiedliche Arten, sich alleine zu fühlen, das begriff ich jetzt.

»Sie wissen, dass du sie liebst. Glaub mir. Das wissen sie.«

Meine Stimme war jetzt ebenfalls nur noch ein Flüstern und trotzdem versuchte ich, die Worte mit Zuversicht zu sagen. Die einzigen Worte, die jetzt zählten.

Min-ho löste sich ein paar Zentimeter von mir und nahm meine Hände in seine. Ich konnte mir nicht erklären warum, aber es fühlte sich anders an. Vertrauter. Ein Muskel in seinem Kiefer zuckte. Den Blick hielt er starr auf unsere Hände gerichtet.

»Es wird alles wieder gut werden, oder?«, fragte er leise und beinahe flehend.

Was konnte ich darauf schon antworten?

Alles wird gut? Wohl kaum. Denn das wäre eine Lüge gewesen und wir hatten einander doch irgendwie versprochen, ehrlich zu sein.

»Du wirst lernen, damit zu leben. Und es wird einfacher. Ich kann dir nicht sagen, dass irgendwann alles gut wird. Das wäre gelogen. Manche Dinge werden nicht wieder gut. Aber es wird leichter.« Schließlich sprach ich hier aus Erfahrung. Aber das war nicht der Zeitpunkt für Erklärungen. »Und du bist nicht allein«, fügte ich mit fester Stimme hinzu. Unwissend, ob ich damit nicht wirklich mich selbst meinte.

»Danke«, flüsterte er und sein Daumen strich über meine Handfläche. »Danke, dass du mir sagst, dass nicht alles wieder gut wird. Ich kann diese Heuchler nicht mehr ertragen.«

Mehrere Herzschläge lang war es ruhig. Wir sagten nichts, stattdessen wanderten Min-hos Finger an meinem Handgelenk auf und ab und hinterließen ein warmes, knisterndes Gefühl auf meiner Haut. Ein nachdenklicher Ausdruck trat auf sein Gesicht, als er meine Hand betrachtete und die Augenbrauen zusammenkniff.

»Aria. Ich habe dir nicht erzählt, was alles passiert ist.« Ich dachte an die vielen Skandale, von denen ständig alle sprachen. Warum er im Exil war, wie alle es nannten. Mein Blick suchte seinen, gefolgt von hundert Fragezeichen.

»Frag nicht. Noch nicht. Für heute war das echt genug«, murmelte er und drehte unsere Hände im Mondlicht hin und her, als wäre es nie anders gewesen. Als wäre es ganz normal.

Es fühlte sich beinahe so an, als wäre eine unsichtbare Mauer durchbrochen worden. Eine Mauer, die wir beide viel zu hoch gebaut hatten, bis wir selbst nicht mehr drüber kamen.

Plötzlich fühlte ich eine unheimliche Erschöpfung über mich rollen und ich war mir sicher, dass es Min-ho genauso ging. Nicht nur, weil es mitten in der Nacht war. Sondern weil die ganze Situation so aufwühlend und emotional war, dass ich gar nicht mehr hinterher kam. Ein solches Gefühlschaos zu dieser Uhrzeit und unendliche Überforderung zollten ihren Tribut.

»Der Überfall tut mir leid«, sagte er plötzlich und sah verlegen auf den Boden, während er eine Hand in den Nacken legte. »Und auch alles andere.«

Er klang unbeschwerter, sein Blick wirkte zuversichtlicher.

»Wie kommt es, dass du ausgerechnet hier gelandet bist?« Als hätte ihn meine Frage überrumpelt, schoss sein Kopf in meine Richtung.

Bitte sprich es aus, dachte ich.

Bitte sprich aus, was wir beide nicht leugnen können.

Denn ich konnte es nicht. Dafür war ich zu feige.

Nervös fuhr er sich mit einer Hand durch die Haare, sieben Ringe funkelten im Mondlicht.

»Ehrliche Antwort?«

»Immer.«

»Ich weiß es nicht genau. Als alle auf mich eingeredet haben, musste ich an dich denken. Ich wollte dir schreiben. Dich anrufen. Verdammt, ich konnte an nichts anderes denken. Da stand ich auch schon vor deiner Tür.«

Die Worte brachten mich zum Schmunzeln, auch wenn das vielleicht falsch war. Irgendwas veränderte sich. Als hätte jemand einen Schalter umgelegt. Min-ho starrte auf meine Lippen und das sorgte für Gefühle in mir, die ich am liebsten wieder eingesperrt hätte.

Ich merkte, wie mein Herz mit jeder Sekunde, die verging, schneller klopfte.

Mehr, mehr, mehr.

Doch ein Blick in sein Gesicht erinnerte mich daran, dass er betrunken war. Die Wangen schimmerten noch immer rot, seine Augen waren zwar nicht mehr glasig, seine Worte nicht mehr so verwaschen, aber nüchtern war er trotzdem nicht. Mit aller Willenskraft, die ich aufbringen konnte, unterbrach ich diese Verbindung, die wir mit unseren Blicken aufgebaut hatten.

»Das geht nicht.« Unklar, ob ich damit die jetzige Situation oder einfach alles meinte.

Man konnte da viel reininterpretieren.

»Ich weiß«, gestand er.

»Du kannst trotzdem hierbleiben, wenn du möchtest.« Ich hoffte, dass er das Zittern in meiner Stimme nicht bemerkte. Es war wahrscheinlich sicherer zu warten, bis sein Fahrer ihn abholen konnte und er nicht so müde und angetrunken durch die Straßen von Seoul laufen würde.

»Bittest du mich gerade, hier zu übernachten, Aria?«

Oh. Hatte ich das? Wollte ich das?

In seinem Blick tanzten Zweifel und Unsicherheit. Abgelöst von etwas anderem, das seinen Blick verdunkelte und die Stimmung gefährlich auflud. Zum

Knistern brachte. Das schüchterne Lächeln, die Grübchen, der tiefe Ton in seiner Stimme. All das fegte meinen Kopf leer und ich presste die Lippen aufeinander, weil ich mir selbst und dem, was ich sagen könnte, nicht mehr traute.

Mir fielen mindestens hundert Gründe ein, warum das hier keine gute Idee war. Doch es brauchte nur einen Grund, um die restlichen zum Schweigen zu bringen.

Min-ho wollte nicht alleine sein. Er brauchte mich.

Das reichte aus.

Ich schluckte meine Panik hinunter, verscheuchte die Gedanken daran, dass wir in einem Zimmer schlafen würden. Min-ho war nicht Chris. Wenn ich die Augen schloss, brauchte ich keine Angst haben, was passierte. Tatsächlich fühlte ich mich in Min-hos Gegenwart sicherer als jemals zuvor, auch wenn ich es mir nicht erklären konnte.

Ehe ich über die nächsten Worte nachdenken konnte, waren sie auch schon über meine Lippen gekommen. »Ja, das tue ich.«

Sein schüchternes Grinsen war wie weggeblasen, mein Angebot musste ihn überrascht haben. Da waren wir schon zu zweit.

Langsam kam er einen Schritt näher. Kurz dachte ich, dass er mich berühren würde, doch dann hob er frustriert die Hände. »Ich will niemanden mehr an mich heranlassen. Warum machst du es mir so schwer?« Der Ton in seiner Stimme war nun noch tiefer, noch rauer. Die Worte erfüllten mich gleichermaßen mit Glücksgefühlen und mit Angst. Ich spürte seinen Atem auf meiner Haut, so nah stand er jetzt vor mir.

Höchstens fünfzehn Zentimeter trennten uns.

Viel zu weit weg.

Viel zu nah.

»Das kann ich nur zurückgeben«, brachte ich hervor.

In seinen Augen blitzte etwas auf, das mir nicht gefallen sollte und es dennoch tat. Etwas Warmes, Leidenschaftliches, etwas, gegen das ich nicht mehr ankämpfen wollte. Doch er war betrunken und ich war eigentlich noch nicht bereit für diesen Schritt. Auch wenn mein Herz mich dafür gerade fertigmachte.

Es gab so vieles, was ich sagen wollte. So vieles, wofür mir die Worte fehlten. Sanft strich er mir über die Wange. Das kühle Metall seiner Ringe an meiner glühenden Haut fühlte sich verboten gut an.

»Das ist keine gute Idee«, brachte er heiser hervor.

Ich brachte nur ein langsames Nicken zustande.

»Und ich war viel zu ehrlich zu dir. Wer weiß, was ich noch alles ausplaudere. Ich sollte gehen.«

Sein Blick suchte meinen, hielt ihn fest, und uns beiden war klar, dass er bleiben würde. Unsere Blicke tauschten Worte aus, die wir noch nicht bereit waren auszusprechen.

Wir standen einfach so da. Taten nichts, sagten nichts. Wir sahen einander einfach an und das war genug.

Schließlich holte ich tief Luft, als hätte ich noch nie richtig geatmet. So ein natürlicher Prozess, und doch fiel es mir in seiner Gegenwart schwer. Min-ho lächelte und holte sein Handy hervor.

»Ich schreibe Hyun-su, dass es mir gut geht und wir morgen sprechen. Damit die Band beruhigt ist und mich kein wütender Mob erwartet«, räusperte er sich und ging einen Schritt rückwärts, während er auf das Display eintippte.

»Sie machen sich bestimmt Sorgen.«

»Bestimmt. Und das sicher schon eine Weile. Daran bin ich schuld. Ich hätte da sein sollen.«

»Aber du bist doch nicht für sie verantwortlich.«

»Doch, irgendwie schon. Ich bin ihr Leader.«

»Leader hin oder her. Du musst dich um dich selbst kümmern, bevor du dich um andere sorgst. Auch wenn es schwer ist.« Min-ho stieß einen tiefen Seufzer aus, doch nickte schließlich, bevor er weiter aufs Display eintippte.

Mit schnellen Schritten ging ich zur Kommode und schlüpfte in einen viel zu großen Pullover, obwohl mir unendlich heiß war. Mit zittrigen Fingern öffnete ich das Fenster, um frische Luft hineinzulassen. Die kühle Nachtluft drang in meine Lungen und mein Puls beruhigte sich.

»Du schläfst auf dem Boden!«, sagte ich, um meine Gedanken zu beruhigen, die schon wieder in eine ganz gefährliche Richtung wanderten.

»Wie bitte?« Verwirrt kniff er die Augenbrauen zusammen.

»Das ist mein Ernst. Du schläfst auf dem Boden«, wiederholte ich meine Worte und begann damit, eine dicke Wolldecke auf dem Boden auszubreiten und zwei meiner tausend Kissen vom Bett zu schmeißen. Sofort machte sich ein schlechtes Gewissen breit, da der Boden schließlich alles andere als weich war. Aber bei den harten Matratzen hier im Wohnheim gab es eh kaum einen Unterschied und durch die Bodenheizung wäre es vielleicht sogar ganz angenehm.

Andererseits war es in Korea doch normal, auf dem Boden zu schlafen, oder? Jedenfalls hatte ich das irgendwo gelesen.

»Das hätte ich sowieso gemacht. Nur fürs Protokoll.« Bei der Art, wie er mich ansah, war ich mir nicht sicher.

Warum zog ein Mann, dem alles zu Füßen lag, der alles haben konnte, was er wollte, es vor, auf dem Fußboden in einem Wohnheim zu schlafen?

Kurze Zeit später lag ich unter meiner Bettdecke und versuchte den Fakt zu ignorieren, dass ich Min-ho lieber neben mir gehabt hätte. Er beschwerte sich nicht, zog die Decke bis zu seinem Kinn hoch und drehte sich dann auf die Seite.

»Ach, weißt du. Der Boden ist doch ganz bequem.«

Wir lagen eine gefühlte Ewigkeit in der Dunkelheit und ich lauschte Min-hos gleichmäßigen Atemzügen. Nach einiger Zeit entspannte ich mich und drehte mich auf die Seite.

»Weißt du, warum ich wirklich zu dir gekommen bin?«

Seine Stimme war kaum hörbar und mehr ein Hauch von Worten.

Aber ich hörte sie trotzdem klar und deutlich.

»Weil du betrunken warst?« Es sollte witzig klingen, aber es klang wohl viel mehr vorwurfsvoll. Ich starrte an die Zimmerdecke. Min-ho lachte lautlos auf.

»Du strahlst irgendwie etwas Beruhigendes aus. Wenn du lächelst, dann verspricht dieses Lächeln einem, dass schon alles gut wird. Davon könnte ich echt mehr gebrauchen.«

»Ja, du bist eindeutig immer noch betrunken«, erwiderte ich, doch fügte leise »Aber davon könnte ich auch mehr gebrauchen« hinzu.

In der Dunkelheit dieser Nacht schien die Welt sich weiterzudrehen, auch wenn sie für uns in diesem Moment einen Augenblick lang stillstand.

»Können wir einfach hier liegen und kurz alles vergessen?«

»Manchmal klingst du, als würdest du Songtexte zitieren, weißt du das?« Ein Schmunzeln stahl sich auf mein Gesicht.

»Berufskrankheit.« Ein tiefes Lachen erfüllte den Raum.

Kurz darauf hörte ich, wie er gähnte.

»Gute Nacht, Min-ho.«

»Gute Nacht, Aria.« Schon legte sich eine Stille über uns, die jedoch alles andere als unangenehm war. Im Gegenteil, sie war beruhigend. Irgendwie schön.

In dieser wolkenlosen Nacht hatten wir einander versichert, dass es okay war, nicht okay zu sein.

Min-ho wusste das.

Ich wusste das.

Ohne es laut ausgesprochen zu haben, war uns beiden klar, dass wir nun zusammen in der Dunkelheit tanzten. Dieses Gefühl hatte sich tief in meinem Herzen eingenistet.

Während meine Augen voller Müdigkeit kapitulierten, hörte ich Min-ho flüstern, dass er froh war, nicht alleine zu sein.

18

Für gewöhnlich war es noch recht dunkel, wenn mein Wecker klingelte. Als ich die Augen aufschlug, wusste ich sofort, dass ich verschlafen hatte. Denn jetzt spürte ich die Wärme der Sonne auf der Haut, die Uhr zeigte drei Minuten nach zehn an. Ich kniff die Augen zusammen und schaute erneut, doch die Uhrzeit veränderte sich nicht. Erleichterung durchströmte mich, als mein müder Kopf realisierte, dass ich die erste Englischstunde erst um Viertel nach elf geben musste. Mein zweiter Arbeitstag und ich hörte meinen Wecker nicht mehr. Fing ja gut an.

Willkommen in der Welt der Arbeitenden, Aria.

Etwas zu schnell stand ich aus dem Bett auf und die Welt begann sich zu drehen. Ich taumelte zwei Schritte zur Seite und knallte dabei mit dem Knöchel gegen den Schreibtischstuhl. Das würde einen blauen Fleck geben. Vor Schmerz verzog ich das Gesicht und rieb über die angestoßene Stelle. Erinnerungen von letzter Nacht blitzten auf.

Min-ho.

Ein betrunkener Min-ho, der völlig fertig mit der Welt gewesen war.

Tränen. Geständnisse. Gedankenlose Berührungen.

Für eine Sekunde dachte ich, dass mein Kopf mir einen Streich spielte. Dass alles nur ein Traum gewesen war. Meine Augen wanderten hektisch durch den Raum, auf der Suche nach Beweisen dafür, dass letzte Nacht real gewesen war. Doch ich war allein und Min-ho nicht da.

Still horchte ich, ob er sich vielleicht im Bad aufhielt, aber außer dem Surren des Kühlschrankes und dem Ticken der Uhr war es ruhig. Kein Min-ho. Hätte ich es besser gewusst, hätte ich gesagt, dass ich darüber ein wenig enttäuscht war.

Auf dem Schreibtisch lagen das Kissen und die Decke, fein säuberlich zusammengelegt, daneben die Tüte mit Mochis und zwei Flaschen Soju mit Erdbeergeschmack, die Min-ho hiergelassen hatte. Wenigstens ein Beweis, dass ich mir das nicht eingebildet hatte. Frühmorgens musste er sich leise davongeschlichen haben und es schockierte mich, dass ich so tief geschlafen hatte, ohne davon aufzuwachen.

Beim Gedanken daran, wie er auf Zehenspitzen durch das Zimmer getapst und an Mr Choi vorbeigehuscht war, stahl sich ein Grinsen auf mein Gesicht. Mein Display leuchtete wegen einer Push-Benachrichtigung auf und ich sah zwei Nachrichten von Min-ho, die er mir um fünf Uhr morgens geschrieben hatte.

Min-ho: Das mit gestern Nacht tut mir leid.
Min-ho: Danke, dass du da warst.
Min-ho: Musste (leider) früh los ☹

Etwa fünf Sekunden zu lang starrte ich auf die Nachricht, ehe ich zu Spotify wechselte und zu *Dear Evan Hansen* mitsang, als wäre ich selbst ein Teil des Musicals. Innerhalb von wenigen Minuten war ich geduscht, vernünftig angezogen und ich betrat den Klassenraum gerade noch pünktlich, als die Melodie der Schulglocke ertönte.

Ohne Koffein war mein Gehirn nicht zu gebrauchen, doch einen Kaffee bei Ji-woon zu holen war vor Unterrichtsbeginn zeitlich einfach nicht drin gewesen. Ich quälte mich durch den Unterricht und als würde es dort oben jemand nicht gut mir meinen, war es heute besonders schwer.

Die Schüler vertrieben meine Müdigkeit zwar recht schnell, aber der Unterricht zog sich wie Kaugummi. Unregelmäßige Verben, gefolgt von einer zusätzlichen Grammatikstunde zur Vergangenheitsform und einem Übungsdiktat. Selbst mit Koffein wäre diese Stunde mühselig gewesen, doch trotz allem machten mich die vielen Fortschritte und das schnelle Verstehen der Kinder meiner Unterrichtsideen sehr stolz.

Die Glocke beendete die Stunde und eine Sekunde später rauschten die Kinder aus dem Klassenraum heraus.

Gähnend rieb ich mir die Augen. Am liebsten hätte ich mich schlafen gelegt. Doch es war erst zwei Uhr am Mittag und die To-do-Liste war zu lang für ein Nickerchen.

Hausaufgaben sichten und das Übungsdiktat korrigieren, Protokolle schreiben, den Lehrplan für morgen noch einmal durchgehen und Koreanisch lernen.

Mit müden, langsamen Schritten lief ich durch die Flure an den kreischenden Kindern und überfürsorglichen Eltern vorbei zurück ins Wohnheim und bemühte mich zu lächeln. Im Kopf war ich noch bei den Antworten der Schüler und versuchte mir die Namen zu den Gesichtern zu merken. Zwar hatte ich mir zu Beginn gleich einen Sitzplan gemacht, doch es würde noch einige Zeit dauern, bis ich das draufhatte.

Im Eingangsbereich sah ich Mr Choi am Tresen, der mir wissend zunickte.

»Miss Harper. Kann ich Sie kurz sprechen?« Mitten in der Bewegung stoppte ich und schaute zu ihm herüber. Sein Blick war prüfend, als wüsste er genau, was sich gestern abgespielt hatte.

Waren im Haus vielleicht Überwachungskameras?

Natürlich, tadelte mich mein Verstand. Natürlich hatten sie hier Überwachungskameras. Das hatte Mrs Oh mir sogar am Anfang erklärt. Die Frage war nur, wer das Material sichtete und wie schnell das geschah. Aber selbst wenn Mr Choi die Aufnahmen, wie Min-ho betrunken durch den Flur lief, gesehen hatte …

Moment!

Ein Schauer überkam mich, als sich mir eine weitere Frage aufdrängte. Wie war Min-ho ins Wohnheim gekommen? Schließlich hatten wir an meinem ersten Abend vor verschlossenen Türen gestanden. Grundsätzlich ließen sie sich nur mit Schlüsselkarte öffnen.

Hatte Mr Choi ihn reingelassen?

Als berühmtes K-Pop-Idol hatte er bestimmt seine Mittel und Wege, oder?

Mittlerweile ging ich davon aus, dass Mr Choi allwissend war. Die Augen und Ohren dieses Gebäudes. Hier passierte nichts, ohne dass er es mitbekam. Auch Emily hatte mich schon davor gewarnt und mir eine peinliche Geschichte eines One-Night-Stands erzählt, mit der Mr Choi sie immer noch aufzog, wenn auch mit Humor. Irgendwie erinnerte er mich an meinen Opa, der das Leben nicht zu ernst nahm, aber gleichzeitig absolute Autorität ausstrahlte. Man konnte mit ihm lachen, aber wütend wollte man ihn nicht erleben.

»Ja?«, fragte ich zögerlich.

»Ich hoffe, Sie passen gut auf sich auf, Miss Harper. So ein Vorfall sollte einmalig sein«, antwortete er auf meine unausgesprochene Frage zwischen den Worten. Ein besorgter Ausdruck erschien auf seinem Gesicht und Erleichterung durchströmte mich, dass wir das nicht weiter vertieften. Oder dass die Situation keine weitreichenden Konsequenzen nach sich zog.

Ich straffte die Schultern und wollte gerade zu einer ausweichenden Antwort ansetzen, als Mrs Oh erschien. Ihre Anwesenheit brachte mich sofort zum Verstummen.

»Mister Choi, ich wollte noch mit Ihnen über die neuen Baupläne für den Trakt der Studios sprechen«, fing sie an, ehe sie mich entdeckte. Da ich kaum größer war als der Tresen und mein Gesicht auch noch hinter dem großen Kaffeebecher verschwand, war es kein Wunder, dass sie mich übersah. Jetzt schenkte sie mir ein warmes Lächeln. »Ah. Miss Harper, wie schön, Sie zu sehen. Ich hoffe doch, bei Ihnen ist alles in bester Ordnung?«

Sofort strich ich meine Bluse glatt und stellte mich etwas gerader hin.

»Freut mich auch, Sie zu sehen. Mir geht es so weit gut.« Nervös blickte ich zu Mr Choi hinüber, unsicher, ob er ihr von dem Vorfall berichtet hatte.

»Es ist alles in bester Ordnung«, erwiderte dieser und zwinkerte mir zu.

Noch einmal Glück gehabt, Aria.

»Mister Choi ist ein echter Gewinn für uns alle«, sagte Mrs Oh, legte ihre Hand auf seinen Arm und strahlte ihn an. Mit Freude konnte ich sehen, wie Mr Choi errötete, und ich versuchte mein Grinsen zu unterdrücken.

Die beiden nickten mir zu, als ich mich verabschiedete.

Während ich durch die Korridore lief, tippte ich eine Nachricht an Emily, um sie vorzuwarnen, dass heute nicht mein bester Tag war und Kaffee und Süßes von Vorteil wären. Auf die Frage, ob Ji-woon nicht süß genug wäre, schickte ich nur einen obszönen Smiley zurück. Im Fahrstuhl angekommen, drückte ich auf den Knopf für mein Stockwerk und als die Türen sich schlossen, bekam ich eine neue Push-Benachrichtigung der Nachrichten-App, die ich installiert hatte. Als ich die Schlagzeile las, schnappte ich nach Luft.

KT6-Leader Min-ho zurück in Seoul!

Dass ich einen Alarm für KT6 eingerichtet hatte, war schon wieder ganz in Vergessenheit geraten. Die Türen öffneten sich, gerade als die Seite geladen hatte. Kurz dachte ich darüber nach, die App wieder zu schließen und so zu tun, als hätte ich nichts gesehen. Doch meine Neugier gewann die Oberhand. Mit zitternden Fingern drückte ich auf den Button, der mich zum vollständigen Artikel weiterleitete, und bemerkte zu spät, dass der Fahrstuhl sich schon wieder schloss und mich erneut nach unten zu den Klassenräumen brachte.

»Die Band KT6 eroberte die südkoreanischen Charts nach ihrem Debüt im letzten Jahr innerhalb weniger Tage. Doch seit ihrem zweiten Album und einer anschließenden Welttour wurde es still um die Band. Der Grund? Leadsänger und Mainproducer Hwang Min-ho fiel mehr als einmal durch negative Schlagzeilen auf. Wir erinnern uns an das Video seines Zusammenbruches vor dem Apple Store in Hongdae. Seit Tagen munkeln die Fans, dass der Leader zurück in Seoul sei. Jetzt berichten wir endlich mit exklusivem Bildmaterial über seinen Aufenthalt in Gangnam. Was hat das Idol, das über Nacht zum Star wurde, dort gemacht? Kommt es bald zu einem Comeback? Bislang hat sich SYE nicht zu den Gerüchten geäußert, eine Pressekonferenz soll in Kürze bekannt gegeben werden –«

Pling!

Als die Fahrstuhltüren sich öffneten, zuckte ich zusammen. Vor mir standen zwei Männer, die mir freundlich zunickten und sich neben mich stellten. Etwas zu nah für meinen Geschmack. Doch statt auszusteigen, war ich wie erstarrt, und als wir wieder nach oben fuhren, huschten meine Augen erneut über die Worte. Bislang kein Statement. Keine Äußerungen von Min-ho, dem Entertainment und auch keine expliziten Gerüchte darüber, wo er gewesen sein könnte. Bei der Vorstellung, dass die Paparazzi auf den Straßen nur darauf warteten, ihn irgendwo anzutreffen und ihm nachzustellen, lief es mir eiskalt den Rücken hinunter. Wenn ich so darüber nachdachte, war es nur eine Frage der Zeit gewesen.

Die Fotos waren zu klein, um etwas darauf erkennen zu können. Mit einem Klick wurden sie größer und ich hielt die Luft an.

Oh, verdammt.

Er wurde nur eine Straße von der Schule entfernt fotografiert, wie er in einen schwarzen Wagen einstieg. Ohne darüber nachzudenken, machte ich einen Screenshot und schickte ihn Min-ho. Sicherlich war im Entertainment schon die Hölle los.

Wie in Trance lief ich den Flur entlang zu meinem Zimmer und konnte dabei den Blick nicht vom Chat abwenden. Ich rief mir seine Worte von gestern erneut in Erinnerung.

Sie haben mich vor vollendete Tatsachen gestellt.

Ein Comeback, Termine für eine Tour und Pressekonferenzen.

Wenigstens war das Geheimnis jetzt raus und er musste sich nicht mehr verstecken. Das war doch gut, oder?

Doch eine Erkenntnis traf mich erneut wie aus dem Nichts. Wenn wir uns treffen wollten, würde sich nichts ändern. Wir müssten uns trotzdem verstecken. Ich dachte an Min-ho und unsere unausgesprochenen Versprechen. Seine zarten Berührungen, von denen ich unbedingt mehr wollte, auch wenn ich es mir nicht eingestehen konnte. Und ich dachte an Min-ho, der sich allein fühlte und jemanden brauchte, der ihm zuhörte.

Die Art, wie er zusammengebrochen war, unter all dieser Schuld und der Last von verdrängten Gefühlen, schmerzte selbst noch in meiner Erinnerung. Ich sah auf unseren Chatverlauf und begann erneut zu tippen.

Ich: Hey …

Ich: Alles okay?
Ich: Können wir reden?

Meine Finger trommelten nervös auf dem Tisch herum. Es vergingen ein paar Sekunden, dann mehrere Minuten, und während ich meine Unterlagen zusammensuchte, ließ ich mein Handy nicht aus den Augen. Als der Ton für eine neue Nachricht ertönte, griff ich so schnell nach dem Handy, dass es mir beinahe runterfiel.

Min-ho: Ja. Und immer.
Min-ho: Sofort?

Ja, ja, ja, schrie mein Herz. Aber es war wahrscheinlich klüger, einen klaren Kopf zu bekommen. Außerdem war es tagsüber sicher gefährlicher. Ich ging davon aus, dass spätestens jetzt das ganze Viertel voller Paparazzi war. Dazu kam der Berg an Aufgaben, den ich noch vor mir hatte. Das Bedürfnis, mit Min-ho zu reden, ihn zu sehen, wurde von meinem Pflichtbewusstsein überlagert. Manchmal ging es mir auf die Nerven, dass ich nicht einmal etwas riskieren konnte. Na ja, obwohl der Kontakt zu Min-ho schon Risiko genug war. Ein Foto von uns beiden hätte mein Leben für immer verändern können. Bevor mein Gedankensturm noch weiter abdriften konnte, schaute ich wieder zurück aufs Handy. Unser Chatverlauf und Min-hos Profilbild von einem Koala vertrieben sofort alle Gewitterwolken in meinem Kopf, die mir das hier schlechtreden wollten.

Ich: Lerndate ☹
Ich: Heute Abend?
Min-ho: Kannst du das nicht verschieben?

Es folgte ein Selfie, auf dem er traurig schaute. Bis auf sein Gesicht konnte man nicht viel erkennen und doch … Für einige Sekunden vergaß ich, worum es ging. Vergaß die Welt um mich herum und starrte auf diese Lippen. Diese vollen Lippen, die mich auf ganz andere Gedanken brachten. Wahrscheinlich wusste er genau, dass er mich damit aus dem Konzept brachte.

Ich: Geht nicht. Anweisung von ganz oben.
Min-ho: Von Gott?
Ich: Der Chefin. Das kann leider nicht warten.
Min-ho: Die Arbeit geht vor.
Ich: Leider ☹
Min-ho: Ich hätte dich gerne noch gesehen, bevor ich fahre.
Ich: Was? Wohin?

Es machte sich eine Enttäuschung in mir breit, die ich nicht ganz einordnen konnte. Und als hätte Min-ho meine Gedanken erraten, rief er mich an, anstatt zu antworten.

Diesmal bekam ich keine Panik.

Diesmal ging ich ohne Zögern ran.

»Wirst du mich vermissen?«, fragte er ohne eine Begrüßung oder einleitende Worte. Nach all diesem Trubel seine Stimme zu hören, war wie Balsam für meine Seele.

»Wohin fährst du?«, wollte ich stattdessen wissen.

»Busan. Es wird unser erster öffentlicher Auftritt sein.«

»Wie lange bist du weg?«

»Eine Woche«, sagte er mit etwas trauriger Stimme. Das ging alles viel zu schnell. Das sollte nicht so sein. Gestern stand er noch tränenüberströmt in meinem Zimmer, hatte Zweifel und Angst und jetzt sollte er ein perfektes Lächeln für die Öffentlichkeit aufsetzen? Das war nicht richtig.

»Eine ganze Woche?«, gab ich mit einem Flüstern zurück.

»Eine ganze Woche.« Stille breitete sich zwischen uns aus.

»Kannst du so lange auf mein hübsches Gesicht verzichten?« Der amüsierte Ton in seiner Stimme war gespielt, da war ich mir sicher.

Eine Woche.

Wir kannten uns etwas länger als eine Woche, aber es kam mir schon wie eine kleine Ewigkeit vor. Beinahe so, als hätten wir uns nur nach einer langen Auszeit wiedergesehen und uns schon vorher gekannt. Absolutes Klischee, aber eben die Wahrheit. Es fiel mir unheimlich schwer, mein Pokerface zu bewahren, wenn er mich ansah. Mit diesem Blick, der alles leichter werden ließ. Ich wollte dringend mehr davon.

»Bestimmt«, gab ich mit fester Stimme viel zu spät zurück. »Ich kann es mir dann ja ansehen. Den Auftritt, meine ich.«

»Wirst du mich vermissen?«, wiederholte er seine Frage, nur diesmal ohne amüsierten Tonfall. Seine Stimme war tief, rau und wie eine Melodie, die mich in ihren Bann zog. Eine, die ich nie vergessen wollte.

»Vielleicht.«

Sein Lachen hallte durch den Hörer und ließ mein Herz kurz aussetzen. »Nur vielleicht? Aua.«

»Wann fährst du denn los?«

»Morgen Nachmittag.«

»Vielleicht könnte ich heute Abend, wenn du möchtest.«

Warum lässt du es nicht gut sein, flüsterte mein Kopf.

Weil es einfach nicht geht, schrie mein Herz zurück. Und dabei klopfte es wie wild in meiner Brust, während die Sekunden verstrichen, in denen ich auf seine Antwort wartete.

»Ich möchte. Ist es okay, wenn ich dir einen Wagen schicke, der dich abholt?«, fragte er und ließ meine Wangen damit glühen.

Ein Lachen entfuhr mir, ehe ich es aufhalten konnte, und ich hörte, wie Min-ho ebenfalls auflachte. Wie absurd.

»Sorry, das ist …«, fing er an, ehe ich ihn unterbrach.

»Nein! Na ja, es ist schon komisch. Aber ich verstehe es.«

»Noch kannst du auflegen. Mich blockieren und einfach vergessen.«

»Würde ich nie tun«, versicherte ich ihm leise. Niemals würde das gehen. Dafür beherrschte er schon viel zu sehr meine Gedanken. Ich hätte schwören können, dass jetzt dieses schüchterne Lächeln auf seinem Gesicht erschien. Mein Blick fiel auf meine Armbanduhr.

»Ich muss los. Schreibst du mir die Details?«

»Mach ich. Bis heute Abend.«

Bis heute Abend.

Drei Worte.

Drei kurze Worte, die mein Herz stolpern ließen und mir den Tag retteten.

19

Während ich mit beinahe hopsenden Schritten die Straße hinunter und in Richtung Café lief, kam ich mir fast so vor wie in einer Serie. Vielleicht lag es daran, dass ich gerade den Soundtrack von *Start-Up* hörte – einem koreanischen Drama, dessen Plakate mir an den Bushaltestellen entgegengesprungen waren und von dem auch Marie beim Essen geschwärmt hatte.

Es war ein perfekter Frühlingstag und ich kam nicht drum herum, kurz stehen zu bleiben und die Eindrücke der belebten Straße aufzusaugen. Der Himmel so hellblau, mit leichten

weißen Pinselstrichen. Der Speicher meines neuen Handys war nach den wenigen Tagen, die ich es besaß, schon vollkommen ausgelastet.

Straßenschilder, Gebäude, Werbeanzeigen, Kirschblütenbäume, Essen. Ich fotografierte wie wild alles, was mir unter die Nase kam. Dabei erfüllte ich liebend gern das Klischee einer Touristin, die in der Menschenmenge stehen blieb, um den riesigen Bildschirm zu fotografieren, bei dem es so aussah, als würde ein Blauwal mit vielen Fischen in einem Aquarium herumschwimmen. Wehmütig trat ich auf die zahllosen Kirschblütenblätter, die überall verstreut lagen, und blickte durch die Glasscheibe des Cafés, wo ich Emily bereits mit ernster Miene an unserem Stammplatz erkennen konnte.

Als ich mich auf den freien Stuhl neben sie fallen ließ, erschrak sie so heftig, dass ihr Buch auf den Tisch knallte und ihr Kaffee gefährlich hin und her schwappte.

»Toll, jetzt weiß ich nicht mehr, wo ich aufgehört habe«, meckerte sie und blätterte schon wie wild im Buch herum, ohne mich auch nur für eine Sekunde zu beachten.

»Dir auch einen schönen Tag«, murmelte ich. »Welches Buch lässt dich die Außenwelt denn komplett vergessen?«

»*Heartstopper*«, antwortete sie gedankenverloren und ihre Miene hellte sich auf, als sie die Seite fand, bei der sie aufgehört hatte. Ein Blick hinein sagte mir, dass es ein Comic war. Kleine, schwarz-weiße Bilder und Sprechblasen. Emily schnappte sich einen Flyer vom Tisch und legte ihn zwischen die Seiten. Ein Schmunzeln trat auf mein Gesicht, da ich auch nie ein Lesezeichen parat hatte. Eigentlich nutzte ich so gut wie alles, was beim Lesen irgendwie rumlag und sich eben eignete, um es zwischen die Seiten legen zu können. Fröhlich zeigte sie mir das Cover, auf dem zwei Jungen mit Schultaschen zu sehen waren. Boy meets boy, las ich. *Heartstopper* von Alice Oseman. Das Cover war in Rosa und Mintgrün gehalten.

»Ist es gut?«

»Gut?« Sie riss schockiert die Augen auf. »Es ist grandios. Ich habe noch nie eine so süße Geschichte gelesen. Vielleicht sterbe ich bald an einem Zuckerschock.« Ihre aufgeregte Stimme und das Schwärmen ließen mich grinsen, als sie mir ein paar Seiten unter die Nase hielt.

»Lass dich nicht davon abschrecken, dass es ein Comic ist. Bei der Geschichte von Charlie und Nick kannst du nicht anders, als jede Seite zu inhalieren. Ich hab gleich alle Teile gekauft, die erschienen sind, und es nicht bereut«, fügte sie hinzu und seufzte einmal verliebt.

Dieses Gefühl kannte ich nur allzu gut. Ich kaufte sowieso viel zu viele Bücher, für die ich viel zu wenig Zeit hatte. Aber besitzen wollte ich sie trotzdem. Schließlich gab es Schlimmeres, als sein Zimmer in eine Bibliothek zu verwandeln, weil man sich beim Bücherkauf nicht zügeln konnte.

Die *Heartstopper*-Reihe wanderte sofort auf meine Wunschliste.

»Natürlich war ich solidarisch und habe mit dem Lernen gewartet, bis du hier warst«, versicherte sie mir jetzt und holte ebenfalls ihren Laptop hervor.

»Hatten die anderen keine Zeit?« Seit unserem Essen hatte ich Nate, Yi Seo und Marie nicht mehr gesehen und sie fehlten mir etwas. Sofern einem jemand fehlen konnte, den man nur einmal gesehen hatte, vielleicht vermisste ich auch eher das Gefühl, das ich hatte, als ich mit ihnen zusammen gewesen war.

»Marie und Yi Seo haben Nachmittagsunterricht. Und Nate etwas, das sich Faulheit nennt.«

In dem Moment stellte Ji-woon mir einen Iced Americano vor die Nase, nach dem ich in so kurzer Zeit absolut süchtig geworden war.

Ji-woon gab ein kurzes »an-nyeong« von sich, als er den Kaffee abstellte, verschwand dann jedoch ohne jeglichen weiteren Kommentar. Ziemlich ungewöhnlich, denn sonst machte er sich entweder über irgendetwas lustig oder wechselte noch ein, zwei Sätze über nervige Gäste mit uns. Heute schien seine Laune wie eine dunkle Wolke zu sein, die man schon von Weitem erahnen konnte.

»Gomawo« rief ich ihm hinterher. Das war die informelle Form von *Danke* und somit unpassend für Ji-woon. Außerdem ließ ich absichtlich die Endung -yo weg, die man an die Worte dranhängte, um es etwas höflicher klingen zu lassen.

Ruckartig drehte er sich zu mir um, was genau meine Intention gewesen war. Schließlich war er älter als ich und um die informelle Form beim Sprechen zu nutzen, kannten wir uns auch noch nicht gut genug. In Korea wurde stark auf Höflichkeitsformen geachtet. Man konnte jahrelang befreundet sein und trotzdem in aller Förmlichkeit miteinander sprechen, weil man einen Altersunterschied hatte. Emily hatte versucht, es mir zu erklären, doch ganz dahintergestiegen war ich noch nicht.

Aber ich wusste, dass Ji-woon es liebte, mich zu korrigieren, was er in diesem Moment auch tat.

»Es heißt gamsahamnida. Du musst die formelle Form benutzen«, erklärte er und verschwand, doch ich sah, dass er sich ein Grinsen verkneifen musste.

»Was ist denn mit dem los?«, wendete ich mich jetzt an Emily.

»Möglicherweise hatten wir einen kleinen Streit, bevor du aufgetaucht bist«, murmelte sie und senkte den Blick. Mir fiel auf, dass mich ihre sonst so leuchtenden Augen jetzt traurig anblickten.

»Möchtest du darüber reden?« Sie schüttelte den Kopf.

»Grad nicht. Vielleicht später bei einer Flasche Wein und einer Packung Chips. Eigentlich ist es auch weniger dramatisch. Schließlich streiten wir mindestens einmal die Woche über das Thema.«

Damit meinte sie, dass Ji-woon gerade keine Beziehung wollte, damit er sich auf seine Arbeit und den Uniabschluss konzentrieren konnte. Etwas ungewöhnlich, wenn man bedachte, dass die Pärchen-Kultur in Korea stark vertreten war. Als wäre die oberste Mission, einen Partner zu finden. Weniger ungewöhnlich jedoch, wenn man bedachte, dass nur eins wichtiger schien als das: Bildung. Doch auf Dates waren sie beide trotzdem gegangen. Emily befürchtete zudem, dass es daran lag, dass Ji-woons Eltern sehr traditionell waren. Die Tatsache, dass Emily aus England kam und nicht fließend Koreanisch sprach, war natürlich nicht von Vorteil. Genauso wenig wie der Fakt, dass Emilys Visum bald auslief und sie noch nicht wusste, ob es verlängert wurde. Sofort machte sich ein ungutes Gefühl in meinem Magen breit, als ich daran dachte, dass sie vielleicht bald nicht mehr hier war.

»Irgendwann wird er es schon kapieren«, sagte ich mit ruhiger Stimme und legte eine Hand auf ihren Arm.

Ihr Blick sprach Bände.

»Irgendwann könnte aber zu spät sein.«

Warum war das mit der Liebe immer so kompliziert?

***

»Das hat ungefähr so viel gemeinsam wie ich und gute Noten in Mathe. Ich versteh das einfach nicht«, stöhnte ich frustriert auf und vergrub mein Gesicht in den Händen. Die Unterrichtspläne waren fertig, meine Aufgaben für die Arbeit ebenfalls, und nun verzweifelte ich erneut an der koreanischen Sprache.

»Mit der Zeit wirst du den Dreh raushaben.«

»Sei dir nicht zu sicher. Das sagst du jedes Mal.«

Emily versuchte mir etwas über die koreanischen Zahlen beizubringen und mein Kopf begann bereits zu rauchen, wie bei diesem kleinen Emoji, dessen Kopf explodierte.

»Aber warum gibt es überhaupt zwei Systeme? Wo ist denn da der Sinn?« Meine Stimme klang genauso verzweifelt und frustriert, wie ich mich fühlte.

»Das eine System hat seinen Ursprung in Korea, man spricht auch von den koreanischen Zahlen. Das nutzt du bei allem, was mit Personen, Tieren,

Gegenständen und so weiter zu tun hat. Das andere System hat einen chinesischen Ursprung. Das sind die sinokoreanischen Zahlen. Die werden für Geld, fürs Datum und für sämtliche Nummern genutzt. Es klingt komplizierter, als es ist, versprochen. Und es ist auch kein Weltuntergang, wenn du es verwechselst.«

»Das werde ich mit Sicherheit. Ich glaub, das ist noch eine Nummer zu hoch für mich«, gestand ich.

»Verschieben wir das.«

Klar, ich hatte Hangul gelernt, die grundlegenden Sätze und auch die Zahlen von eins bis zehn. Darauf konnte ich schon unheimlich stolz sein. Die Tatsache, dass ich einen Kaffee bei Ji-woon auf Koreanisch bestellen konnte, war schon ein großer und wichtiger Erfolg für mich.

»Die Koreaner lieben dich schon dafür, dass du überhaupt versuchst, ihre Sprache zu lernen. Glaub mir. Letzte Woche hat eine Frau im Restaurant mir das Essen umsonst gegeben, weil ich meine Bestellung komplett auf Koreanisch aufgegeben habe. Sie hat mich mit einem so stolzen Gesicht angeguckt, als hätte ich gerade ein Heilmittel gegen Krebs entdeckt.«

»Dagegen hätte ich auch nichts einzuwenden.« Schon begann mein Magen zu knurren. »Lass uns für heute Schluss machen. Ich brauch eine heiße Dusche und etwas zu essen.«

»Kimchi Jjigae und Soju?«, grinste Emily und allein der Gedanke an den koreanischen Eintopf mit Kimchi sorgte dafür, dass mir das Wasser im Mund zusammenlief. Wie konnte ich nur jemals auf dieses Essen verzichten? Nach und nach gewöhnte ich mich an die Schärfe, die beinahe in jedem Essen war, und Kimchi gehörte bereits jetzt zu jeder Mahlzeit dazu.

»Sehr gute Idee.«

»Aber vielleicht sollten wir statt Soju erst mal mit Wasser anfangen. Ich hab heute Abend noch etwas vor.« Wir packten unsere tausend Zettel, Ordner und Stifte ein und liefen zur Tür hinaus.

»Aria«, sagte Emily mit einem Lächeln. »Soju ist nicht ohne Grund billiger als Wasser. Wir haben Wochenende. Entspann dich, bevor dich der Burn-out einholt.«

»Ein oder zwei Gläser Soju haben noch niemandem geschadet«, gab ich mich geschlagen. Vielleicht würde es meiner Nervosität entgegenwirken, die ich wegen des Treffens mit Min-ho hatte. Die Tatsache, dass ich Emily nicht einfach von ihm erzählen konnte, gefiel mir aber bereits jetzt schon nicht.

»Das wollte ich hören!« Ihr Zahnpastalächeln erschien. »Saranghae«, fügte sie mit einem Fingerherz hinzu.

Saranghae. *Ich liebe dich.* Einer der ersten Sätze, die Emily mir beigebracht hatte. Ich konnte nicht anders, als ebenfalls zu grinsen. Das ging bei ihrem Strahlen einfach nicht anders.

»Ich ruf die anderen an. Vielleicht haben sie auch Lust. Wir könnten tanzen gehen. Im Octagon Club ist immer viel los, das ist auch gleich hier in Gangnam. Gegenüber von Starbucks. Oder wir gehen in den Pacific Room Club, der hat eine Karaokebar. Ist allerdings etwas weiter weg«, überlegte sie laut und begann bereits, auf ihr Handy einzutippen.

»Karaoke steht eh noch auf meiner Liste.«

»Sehr gut. Dann gehen wir dahin«, sagte sie triumphierend.

Es war längst Zeit, über meinen Schatten zu springen.

Karaoke, Soju und ein Treffen mit Freunden.

Es könnte Schlimmeres geben, als etwas Spaß zu haben.

Für ein, zwei Gläser, die mein Gefühlschaos etwas beruhigten.

Das würde ich schon nicht bereuen, oder?

20

Ich bereute es. Sobald Marie und Yi Seo den ersten Song ausgewählt hatten und auch die höchsten Töne trafen, schrumpfte ich in meinem Sitz zusammen. Die beiden hatten pures Talent, ihre Stimmen harmonierten perfekt und ich würde einen Teufel tun, in ein Duett einzusteigen und mich zu blamieren. Vielleicht reichten ja ein paar nette Hintergrundgeräusche. Oder ich übernahm die Zweitstimme. Alleine würde ich mich schon mal nicht ans Mikrofon trauen.

Nicht nüchtern jedenfalls.

Zu fünft hatten wir uns einen kleinen Raum mit Karaokeanlage genommen und ich war fasziniert, dass das hier in Korea so etabliert war. Businessleute trafen auf Jugendliche in Schuluniformen. Als wäre das hier der Treffpunkt aller Menschen. Und ich liebte es. Bunte Lichter, die durch den Raum flimmerten, sodass wir unsere eigene kleine Disco hatten. Eine riesige Anlage, mehrere Mikrofone und tausende von Songs in allen Sprachen. Dazu eine schwarze Ledercouch, die fast den halben Raum einnahm, und ein ebenso großer Kühlschrank, der randvoll mit Soju und anderen Getränken war. Bis auf die grellen Neonlichter und den riesigen Fernseher an der Wand, auf dem in schneller Geschwindigkeit Songtexte liefen, war es im Raum dunkel. Das machte es fast weniger unangenehm, sich zu blamieren. Aber auch nur fast.

Früher hatte ich *Sing Star* mit meinen Freundinnen geliebt und alle möglichen Songs zum Besten gegeben.

Damals, als das Leben noch leicht gewesen war und man für nichts die Verantwortung getragen hatte, außer seinen Hamster zu füttern oder die Haushaltsaufgaben zu erledigen. Als es noch meine Welt erschütterte, wenn meine Sitznachbarin und ich in der Schule bei Gruppenarbeiten getrennt wurden oder Josh aus der Parallelklasse nicht mehr mit mir sprach. Und jetzt? Ich wünschte mir diese Probleme zurück, die damals meine kleine Welt zerbrachen und im Vergleich zu den heutigen Problemen nicht mal erwähnenswert waren.

Während ich versuchte, mich von den Gesangseinlagen von
Yi Seo und Marie nicht verunsichern zu lassen, diskutierten Emily und Nate darüber, welches Alter sie nannten, wenn sie danach gefragt wurden. Auf meinen irritierten Blick hin erklärten die beiden mir, dass es in Korea mit dem Alter etwas anders lief, denn bei der Geburt war man bereits ein Jahr alt. Und jedes Jahr am Neujahrstag wurden alle gemeinsam ein Jahr älter.

Warum? Das wusste ich beim besten Willen nicht.

Yi Seo erklärte mir das koreanische Alter so:

Hatte ich dieses Jahr schon Geburtstag gehabt? Wenn ja, wurde ein Jahr auf mein internationales Alter draufgerechnet. Wenn nein, kamen gleich zwei Jahre hinzu. Ich war im Frühling hergekommen, wir hatten April. Mein Geburtstag war im Oktober und deswegen waren es bei mir gleich zwei Jahre, die auf mein eigentliches Alter addiert wurden. In Korea war ich also nicht dreiundzwanzig, ich war fünfundzwanzig. FÜNFUNDZWANZIG.

Es ergab für mich keinen Sinn und ich fühlte mich kein Stück so. Sollte man in den Zwanzigern nicht anfangen, sein Leben etwas zu ordnen? Völlig verstört von dieser Erkenntnis nahm ich das kleine Glas Soju entgegen, das Yi Seo mir hinhielt. Wir hatten einige Sorten probiert, Pflaume war mein Favorit. Dicht gefolgt von Pfirsich und Erdbeere. Und Emily hatte nicht gelogen: Soju war günstiger als Wasser. Die strahlenden Lichter ließen die vielen grünen Flaschen auf dem Tisch leuchten und ich beschloss, dass das nicht mein letzter Soju gewesen war. Es war lecker, beinahe etwas zu lecker, und es machte mich angenehm kribbelig und heiter. Ich spürte bereits, wie sich der Gedankensturm in meinem Kopf etwas verlangsamte.

Der Abend war perfekt und ich war froh, mitgekommen zu sein. Als würde Emily meine Gedanken erraten, lächelte sie mich mit ihrem typischen Zahnpastalächeln an. Etwas übertrieben, beinahe blendend und dennoch echt. Und ich lächelte ebenso echt zurück.

»Oh!«, rief Nate plötzlich und klopfte einmal euphorisch auf den Tisch.

»Wo wir gerade über das koreanische Alter gesprochen haben ... Was ist eigentlich dein größter Kulturschock, seitdem du hier bist?« Kurz blickte er mich an, dann schenkte er uns allen noch eine Runde ein. Einige Sekunden nahm ich mir die Zeit, darüber nachzudenken. Es gab schließlich eine gute Auswahl, aber eine Sache faszinierte mich jeden Tag aufs Neue.

»Das schnelle Internet. Und dass es einfach überall W-Lan gibt. Als würde es in der Luft liegen. Emily und ich waren neulich auf dem Namsam Tower, perfektes W-Lan. In der U-Bahn? Perfektes W-Lan. In irgendeiner verlassenen Ecke in Seoul? Perfektes W-Lan. Es ist verrückt. Zu Hause versagt das Internet schon, wenn zwei Leute gleichzeitig Netflix gucken. Aber hier? Es ist nicht nur überall, sondern auch verdammt schnell. Überrascht mich immer noch jeden Tag.«

Alle nickten mir eifrig zu und hielten ihre Gläser in die Mitte des Tisches.

»Geonbae!«, riefen die vier im Chor, als wir anstießen. Ich brauchte keinen Übersetzer, um zu wissen, dass dieses Wort das koreanische Pendant zu *Prost* war.

»Auf das schnelle Internet«, grinste ich und kippte den Glasinhalt hinunter. Der Soju war kühl und fruchtig und stieg mir so langsam in den Kopf. Gleich war erst einmal Wasser an der Reihe. Ein, zwei Drinks waren vor meinem Treffen mit Min-ho schon in Ordnung, um mein rasendes Herz zu beruhigen. Aber zu viel und ich würde es sicherlich bereuen.

Oder auch nicht, flüsterte mein Herz. Vielleicht würde ich mich trauen, all die Dinge auszusprechen, die er in mir auslöste. Doch wenn ich diese Worte zu ihm sagen würde, wollte ich bei klarem Verstand sein. Gedankenverloren griff ich nach einer Flasche Wasser und nahm fünf große Schlucke.

»Ohhhh! Und die Frage nach meiner Größe, meinem Gewicht und vor allem nach meinem Alter«, rief Marie etwas zu laut und schlug dabei auf Nates Oberschenkel. Er verzog schmerzvoll das Gesicht, doch keine Sekunde später grinste er wieder und legte ihr einen Arm um die Schulter. »Jedes Mal, wenn ich mehr als zwei Sätze mit jemandem spreche, kommen diese Fragen.«

»Wirklich?« Diese Erfahrung hatte ich noch nicht gemacht. Aber ich hatte schließlich auch noch nicht so viele neue Leute kennengelernt. Außer Ji-woon und Min-ho eigentlich auch keine Koreaner. Von Mr Choi und Mrs Oh mal abgesehen, die meine Akte und Daten sowieso kannten.

»Und das meinen sie auch nicht unhöflich. Das hängt auch viel mit dem Respekt zusammen. Damit sie wissen, ob sie formell oder eher locker mit dir reden können. Und auch, ob du eine unnie oder noona bist.« Diese Begriffe hatte Emily mir bereits erklärt und ich war stolz, dass ich mich daran erinnerte und noch wusste, was sie bedeuteten. Unnie stand für alle Frauen und Mädchen, die älter als ich waren. Noona war das Pendant für die Jungen und Männer, die eine Frau oder ein Mädchen ansprachen, die älter war als sie selbst. An diese Anreden hatte ich mich allerdings noch nicht gewöhnt.

»Was war es denn bei dir, Emily?«, fragte ich.

»Kakaomap oder Naver. Die dir wirklich auf die Sekunde genau anzeigen, wann dein Bus kommt. Auf die Sekunde. Und noch nie kam ein Bus zu spät. Das war zu Hause Standard.«

»Ja das ist echt heftig. Und beinahe etwas gruselig.«

»Alles ist so sauber!«, warf Marie ein. »Und die Leute sind so nett hier. In Deutschland laufen alle mit gesenktem Kopf durch die Straßen und wollen bloß nicht, dass man sie anspricht. In Seoul kommen die Menschen auf dich zu, wenn du verloren aussiehst. Helfen dir, die richtige Adresse zu finden oder Formulare auszufüllen. Natürlich sind das nur meine Empfindungen. Vielleicht ist das der Bonus, weil ich nicht von hier komme. Aber so ist es eben.« Zustimmendes Nicken ging durch die Runde, während im Hintergrund ein weiterer Song lief. Die Melodie erkannte ich sofort. *Bohemian Rhapsody*. Ich liebte Queen, Freddie Mercury und alles, wofür ihre Musik stand. Während die anderen noch von weiteren Dingen schwärmten, die sie an Korea faszinierten, grinste ich in mich hinein und sang jedes Wort in meinem Kopf mit, der ganz vernebelt vom Alkohol und von Glücksgefühlen war.

Min-ho.

Ganz automatisch kam sein Lächeln mir in den Sinn. Ich fragte mich, ob er wohl auch gerade lächelte. In dem Moment, als ich mein Handy herausholen wollte, um ihm eine peinliche Nachricht zu schicken, fiel mein Blick auf

Yi Seo, die still dem Wortgefecht der anderen lauschte. Ihr Blick traf meinen, dann schüttelte sie grinsend den Kopf.

Ich wusste nicht, ob sie von Thema genervt oder gelangweilt war oder es einfach schon zu oft gehört hatte. Sofort überlegte ich, wie sie in diese Gruppe gerutscht war, und gerade, als ich fragen wollte, klatschte Emily aufgeregt in die Hände.

»Ach ja!« Nun sah sie ebenfalls zu Yi Seo. »Die Leute haben einfach einen so guten Modegeschmack. Schaut euch Yi Seo an. Ich wünschte, ich hätte deinen Sinn für Mode.«

»Oder ihren Kleiderschrank«, gab Nate lachend zurück.

Das war mir auch schon aufgefallen. Yi Seo sah einfach toll aus in ihrem karierten Rock, den schlichten Boots und dem pastellblauen Oversized Cardigan.

»Es ist unglaublich zu sehen, wie alle vom Winter in ihren schwarzen Mänteln zu pastellfarbener Frühlingsmode übergehen und so modisch aussehen«, fuhr Emily fort, ohne auf Nate einzugehen. Augenblicklich grinste Yi Seo und eine leichte Röte huschte über ihre Wangen.

»Wie sieht es eigentlich mit negativen Punkten aus?«, fragte sie stattdessen herausfordernd, ohne auf das Kompliment einzugehen.

Wir tauschten kurze Blicke aus.

Es war Nate, der sich zuerst räusperte.

»Also, frisches Obst und Gemüse? Beinahe unbezahlbar. Wenn ich umgerechnet fünf Dollar für einen Apfel zahlen muss, wähle ich doch gleich die Ramyeon, die ich vor Ort im Convenient Store aufgießen und essen kann.«

»Diese Läden sind ganz große Liebe!«, schaltete Marie sich ein. »An GS25 oder den E-Mart könnte ich einen Dauerauftrag einrichten, so oft bin ich da.«

Tatsächlich war ich erst einmal dort gewesen, aber hatte mich sofort verliebt. Es war wie eine eigene kleine Welt. Mit lauter Snacks und allem, was das Herz begehrte.

Tausend Ramyeon-Sorten, frisches Gimbap, Sushi, Aloe-vera-Drinks, Bananenmilch. Hier fand man aber auch alles, was man sonst brauchte. Ladekabel, Hygieneartikel, sogar Klamotten.

Und das Beste? Die Ramyeon- und Instantreis-Station. Wenn man sich davon etwas kaufte, wartete ein Arsenal an Mikrowellen und Automaten für heißes Wasser auf dich, damit du dir dein Essen gleich im Laden zubereiten konntest.

Emily seufzte einmal auf. »Eine negative Sache hätte ich noch: Milch. So gut wie kein Café hat eine gute Milchalternative. Für jemanden mit Laktoseintoleranz der absolute Horror.«

Der nächste Song wurde automatisch gespielt.

Fröhliche, gleichmäßige Beats. Pfeifen und Gitarrenspiel. Ich sah zum Bildschirm. IU & SUGA-*eight.*

Yi Seo sprang so schnell auf, dass sie beinahe vornüberfiel. Sie griff hastig zum Mikrofon auf dem Tisch und mit einer schnellen Bewegung schmiss sie Nate ebenfalls eins zu.

»Nate! Unser Song!«, schrie sie ganz aufgeregt. Bevor Nate etwas erwidern konnte, begann die erste Strophe. Die Stimme klang engelsgleich.

So are you happy now? Finally happy now?

Ja, ja und ja. Ich war verdammt happy.

Emily saß neben mir und filmte gerade die herrliche Szene, wie Nate mit dem Rapteil des Songs begann und unheimlich gut dabei war, während Yi Seo ihn anfeuerte.

»Daebak!«, hörte ich Emily rufen. Ein Ausdruck, den sie häufig nutzte und der so etwas wie »Wahnsinn« oder »Das ist der Hammer« bedeutete. Und ich konnte ihr nur zustimmen, das Duett der beiden war der absolute Hammer.

Während ich den Song bei Spotify eintippte, um ihn in meine Playlist zu packen, fragte ich mich, warum das Leben nicht immer wie jetzt war.

Unbeschwert, glücklich, frei, genau wie in diesem Moment.

In der Sekunde, in der ich daran dachte, leuchtete mein Handy auf und blendete mich, sodass ich die Augen zusammenkniff.

Unbekannte Nummer.

Wer rief mich unter einer unbekannten Nummer an?

Meine Mum war raus, denn aufgrund der Zeitverschiebung schlummerte sie grad tief und fest in ihrem Bett.

Für eine Millisekunde dachte ich, dass der Anrufer Min-ho sein könnte. Aber würde er mit unbekannter Nummer anrufen? Es konnte eigentlich nur die Arbeit sein. Oder ein Notfall.

Anruf in Abwesenheit.

Ich hatte zu lange darüber nachgedacht.

Mein Handy verstummte für vier Sekunden, nur um dann erneut zu vibrieren. Mit schnellen Schritten verließ ich den Raum.

»Hallo?«, nahm ich den Anruf entgegen und drängte mich an den vielen Menschen vorbei, die im Flur herumstanden und sich unterhielten. Laute Musik aus allen Räumen machte es mir unmöglich, etwas zu verstehen.

»Einen Moment, sofort …«, redete ich entschuldigend weiter, damit mein Anrufer nicht auflegte.

Mein Körper reagierte instinktiv auf die Stimme am anderen Ende der Leitung. Selbst im lautesten Raum der Welt hätte ich die Stimme erkannt, die gerade meinen Namen sagte. Auf diese ganz besondere Art. Schließlich hatte sie sich in meinen Kopf eingenistet, mich gehorsam gemacht und mir so viele schöne, aber leere Versprechungen ins Ohr geflüstert, nur um sie keine Sekunde später zunichtezumachen.

Es war so weit.

Chris hatte mich gefunden.

21

»Aria«, war alles, was ich hörte, und meine Welt blieb stehen. Mein Lächeln verschwand, starb einfach so. Diese Stimme ließ alles schwarz werden.

Mein Herz hörte auf zu schlagen.

Und zerbrach.

Es zerbrach in tausend Stücke.

Zusammen mit meiner Hoffnung, jemals frei zu sein.

Der Klang dieser Stimme schnürte mir die Kehle zu und ließ meine Knie weich werden, als ich die Tür nach draußen aufstieß. Vorbei an der Gruppe Jugendlicher, die mir besorgte Blicke zuwarf. Mit wackeligen Beinen steuerte ich in Richtung Parkbank, die einige Meter entfernt stand.

Eine Hand hielt das Handy so fest umklammert, dass es wehtat. Die andere hielt ich mir vor den Mund. Teils um mein Schluchzen zu unterdrücken, teils weil mir so schlecht war, dass ich dachte, ich würde mich gleich übergeben.

Chris wiederholte meinen Namen. Einmal, zweimal und beim dritten Mal in einem Ton, der mir eine Gänsehaut bereitete.

»Sag bitte etwas.«

Warme Frühlingsluft durchflutete meine Lungen und doch fühlte es sich an, als würde ich ersticken. Als würde mein Körper gleich in sich zusammenfallen.

Ich konnte nicht atmen.

Ich konnte nicht antworten.

Mein Herz zog sich mit jedem Schlag weiter zusammen und schmerzte. Ein Wunder, dass es überhaupt noch schlug. Tief einatmend legte ich das Handy wieder ans Ohr, wo seine Stimme einfach dort weitermachte, wo wir aufgehört hatten.

Mit Wut und Vorwürfen.

»Jetzt sag etwas, verdammt!« Jedes seiner Worte schnitt die Narbe wieder auf, die gerade erst begonnen hatte zu heilen.

Tränen schossen mir in die Augen, ohne dass ich es verhindern konnte. »Woher hast du meine Nummer?«

Irgendwie brachte ich es doch zustande, ihm zu antworten. Auch wenn meine Worte nicht mehr waren als ein Flüstern. Ein Hauch von Lauten.

Ein lautes Seufzen entfuhr ihm. »Ist das wichtig?«

»Ich –«

»Wie lange willst du in Seoul bleiben?« Mir wurde eiskalt.

Die Tatsache, dass er wusste, wo ich war, hätte mich nicht verwundern sollen. Doch irgendwie tat es das doch. Mehrere Herzschläge lang sagte ich kein Wort, dachte über seine Frage nach und woher er es wohl erfahren hatte.

»Woher hast du meine Nummer, Chris?«

»Eine Antwort für eine Antwort.« Das gleiche Spiel wie immer.

»Ich weiß es noch nicht«, antworte ich leise.

Niemals, schrie dafür die Stimme in meinem Kopf so laut sie konnte.

»Was meinst du damit?«

»Ich hab hier einen Job.« Vermutlich mehr, als er wissen sollte. Sein Lachen bereitete mir eine Gänsehaut.

»Ich weiß.«

Kurz stolperte mein Verstand über diese beiden Worte. »Woher?«

»Willst du das wirklich wissen?«

»Sag es mir einfach.«

»Deine Mum hat mir deine Nummer gegeben. Du weißt, sie liebt mich. Und sie will doch nur das Beste für dich.«

»Und du bist das Beste für mich, ja?« Der Sarkasmus in meiner Stimme war nicht zu überhören, doch ich konnte nicht anders. Meine Mutter wusste nicht, was zwischen uns vorgefallen war. Dennoch ... Ich dachte, ich wäre deutlich genug gewesen. Bittere Enttäuschung machte sich in mir breit.

»Natürlich«, antwortete er wie aus der Pistole geschossen, ehe er hinzufügte:

»Du brauchst mich doch.« Innerhalb von drei Millisekunden war meine Überraschung verschwunden und einem traurigen Lächeln gewichen.

Während meine ganze Welt erneut ins Wanken geriet. Da hatte ich mich einen Abend lang gut gefühlt, das war wohl jetzt die Retourkutsche dafür.

»Ist dir eigentlich klar, was ich durchgemacht habe?«, fragte er und der Vorwurf in seiner Stimme war deutlich.

Ist dir eigentlich klar, was ich durchgemacht habe?, hätte ich am liebsten zurückgeschrien, doch brachte nicht den Mut auf.

Er war so gut darin, mir ein Gefühl der Schuld einzureden. Alles war meine Schuld. Immer.

»Ich weiß, wir hatten unsere Probleme. Aber ich sagte doch, wir kriegen das hin. Ich mache eine Therapie und dann –«, fuhr er fort und ich konnte nicht anders, als laut aufzulachen.

Gefährlich, aber unvermeidbar. Sofort verstummte er. Alarmglocken schrillten laut und penetrant in meinem Kopf.

Treib es nicht zu weit, Aria. Das bereust du, warnte mich die Vernunft. Einatmen, ausatmen. Noch mal von vorn.

Ob man meinen Herzschlag wohl hören konnte?

So laut, wie es in meiner Brust hämmerte?

»Du meinst, so wie du es die letzten zwei Jahre lang auch wolltest?« Buchstabe für Buchstabe, Wort für Wort, sprudelten ungefiltert hinaus, ohne dass ich es aufhalten konnte.

Woher ich den plötzlichen Mut nahm, wusste ich nicht. Vielleicht lag es am Soju. Vielleicht an der Entfernung. Oder vielleicht einfach daran, dass ich es leid war. Genug hatte. Es reichte und endlich hatte ich das erkannt.

Ich hörte, dass er zu weinen begann.

»Aria. Bitte.« Das Schluchzen und Flehen in seiner Stimme waren kaum auszuhalten. Doch dieses Manipulieren kannte ich zu gut. Seine Stimmungsschwankungen waren mir mehr als bekannt. Von Wut zu Trauer in einem Bruchteil von Sekunden und wieder zurück. Von Weinen zu Wutausbrüchen in wenigen Augenblicken. Chris ging schneller durch alle Emotionen, als ich sie überhaupt registrieren konnte.

Mit zusammengekniffenen Augen schüttelte ich den Kopf. Ich wollte seine Stimme, seine Worte, seine Vorwürfe und Bitten nicht mehr hören.

»Ich meine es ernst. Bitte komm nach Hause, Liebling.« Der Kosename versetzte mir einen Stich.

Mich traf es irgendwo zwischen Herz und Kopf und ich versuchte in Einklang zu bringen, was ich fühlen und denken sollte. Meine Gedanken rasten. Irgendwie machte sich eine Sehnsucht breit, die ich mit aller Kraft zurückdrängen musste. In diesem Augenblick hatte sich das Versprechen, das ich mir selbst gegeben hatte, in Luft aufgelöst. Es brauchte nur seine Stimme am anderen Ende der Leitung dafür.

Die Stimme, auf die mein Körper sofort reagierte. Tausend Gefühle in mir auslöste. Die Stimme, die mir einst so viel Halt gegeben hatte und jetzt nichts mehr als Angst auslöste.

»Nenn mich nicht so, das bin ich schon lange nicht mehr.« Die Tränen liefen ungehindert meine Wangen hinunter, sodass meine Sicht ganz verschwommen war. Meine Worte waren eher an mich gerichtet als an ihn. Vielleicht taten sie deswegen umso mehr weh.

»Doch, das bist du«, belehrte er mich. »Das wirst du immer sein. Und jetzt hör auf, so ein Drama zu machen und komm zurück. Komm zurück zu mir, wo du hingehörst.«

»Nein, ich will nicht zurück«, sagte ich mit aller Willenskraft, die ich aufbringen konnte, und war froh, dass er meine Tränen nicht sehen konnte. Ob ich damit meine Vergangenheit oder England meinte, war in diesem Moment nicht wichtig. Plötzliche Ruhe legte sich über uns, ehe er sich räusperte.

»Doch, das willst du. Sei schön brav, bevor es ungemütlich wird.«

Meine Atmung wurde flacher. Ich konnte nichts sagen, nur schweigen. Wie immer.

»Das ist mein Mädchen«, deutete er meine Stille falsch und seine Stimme war klar, bedrohlich und schmerzhaft.

Es war, als hätte ich seine eisblauen Augen, mit denen er mich immer so intensiv anschaute, direkt vor mir. Kein Entkommen. Mein ganzer Körper begann zu zittern, meine Stimme brach, als ich ihm antworten wollte. Jeder

Atemzug kostete mich unheimliche Kraft. Ich schüttelte den Kopf in der Hoffnung, seine Worte damit ebenfalls abzuschütteln.

»Nein«, versuchte ich es ein letztes Mal. Doch mehr als ein leises Flüstern brachte ich nicht zustande.

»Du gehörst mir. Du weißt das. Ich weiß das. Du hast deinen Punkt klargemacht. Hören wir auf mit diesem Spiel. Wir beide wissen, dass du zurückkommst. Je eher, desto weniger Konsequenzen wird es haben.«

»Ich sagte Nein.« Hoffentlich bemerkte er die Unsicherheit in meiner Stimme nicht. Während ich die Tränen wegblinzelte, fühlte sich mein Herz so an, als würde es jede Sekunde vor Panik explodieren.

»Du führst dich wie ein kleines Kind auf, weißt du das?« Die Angespanntheit war ihm deutlich anzuhören. Die Art, wie er die Worte hervorpresste, die gefährlich ruhige Stimme, die mir voraussagte, dass das ein bitteres Nachspiel haben würde. Instinktiv tat mir alles weh, als wüsste mein Körper, was eigentlich gleich folgen würde.

»Ich führe mich wie jemand auf, der endlich aufgewacht ist.« Und jedes verdammte Wort meinte ich so.

Selbst wenn ein kleiner Teil meines Herzens immer ihm gehören würde.

Selbst wenn ich unsere guten Zeiten vermisste.

Irgendwas zerriss in mir. Wachte auf. »Wir tun uns nicht gut, Chris. Merkt du das nicht?« Die Tränen liefen immer noch in Endlosschleife, doch meine Atmung beruhigte sich. Es tat so gut, das auszusprechen. Als würde eine unendliche Last von mir abfallen. All die aufgestauten Gefühle, all die Hoffnung, die ich noch für uns hatte, strömten jetzt aus mir heraus.

»Nein!«, schrie er plötzlich und ich hörte, wie er gegen irgendwas schlug. »Nein. Du kannst mich nicht einfach so verlassen.«

Ich nahm einen tiefen Atemzug, als wäre ich zu lange unter Wasser geblieben und würde endlich wieder an die Oberfläche kommen. Als würde ich den rettenden Sauerstoff wie eine Ertrinkende einatmen, bis meine Lungen so voll davon waren, dass ich wieder klar denken konnte.

»Du darfst mich nicht verlassen. Ich brauche dich. Tu mir das nicht an.« Seine Stimme war kaum mehr als ein Flüstern.

Angst, Reue, Zweifel.

Drei lange Herzschläge Pause.

Es ging mal wieder nur darum, wie er sich fühlte. Nicht, wie es mir dabei ging. Darum ging es nie.

»Chris, lass uns ein anderes Mal sprechen. In Ruhe.« In mir machte sich eine Erkenntnis breit: Ich liebte ihn mit jeder Faser meines übrig gebliebenen Seins, doch ich hasste ihn ebenso stark. Fast so sehr, wie mich selbst dafür hasste, dass es überhaupt so weit gekommen war.

»Ich komme zu dir«, sagte er. »Ich buche sofort ein Ticket. Ich werde dich schon finden.«

»Chris, das –«

»Du lässt mir keine andere Wahl«, waren die letzten Worte, die er sagte.

Der Ton am anderen Ende der Leitung signalisierte mir, dass er bereits aufgelegt hatte, und piepte mit meinem Herzen im gleichen Rhythmus. Und ganz weit hinten in meinem Hinterkopf machte sich ein Gedanke breit. Ein Gedanke, der mir Angst machte und den ich schnell wieder in die Schublade schloss. Manchmal, an besonders schlimmen Tagen, fühlte ich mich wie eine Superheldin, wenn ich nicht zusammenbrach. Heute war keiner dieser Tage. Denn heute waren es nicht nur meine dunklen Gedanken, die mich lähmten. Heute brannte meine Zukunft vor mir lichterloh und hinterließ nichts als Asche auf meiner Haut.

22

Eine kleine Ewigkeit saß ich da, völlig taub.

Möglich, dass seine Worte nur leere Drohungen waren. Aber es bestand doch eine Chance, dass er es ernst meinte. Wie konnte ich glauben, dass Chris mir nicht auch hierhin folgen würde?

Sämtliche Geräusche gerieten in den Hintergrund, schweigend blickte ich auf die Skyline Seouls und hätten sich die Autos nicht bewegt, wären keine Menschen dort gewesen, hätte ich schwören können, dass die Zeit stehen geblieben wäre.

Er würde herkommen. Vielleicht hatte er das verdient. Eine ehrliche Aussprache. Doch dann dachte ich an all die Male, an denen ich genau das versucht hatte. An die vielen Male, und wie sie geendet hatten. Immer.

Kurz bevor ich zu hyperventilieren begann, sah ich hoch in die Sterne. Zählte sie, bis mein Nacken vom Hochstarren wehtat. Weil ich nicht wusste, was ich sonst tun sollte, um wieder klarzukommen. Langsam spürte ich, wie mein Herzschlag sich beruhigte. Und auch wenn ich wegen der vielen Großstadtlichter und dem Smog nicht viele Sterne erkannte, waren es doch ein paar. Ein paar, die stark genug leuchteten. Trotz der Umstände für mich sichtbar waren. Ein paar Sterne reichten aus, um den hämmernden Bass in meinem Kopf zum Stillschweigen zu bringen.

»Aria?« Aus der Ferne konnte ich hören, wie jemand meinen Namen rief.

Emily.

Allerdings brachte ich nicht die Kraft auf, um ihr zu antworten. Ich war so unendlich müde. Schritte näherten sich, eine Hand legte sich auf meine Schulter.

»Alles okay?«, hörte ich sie fragen, doch ihre Stimme drang kaum zu mir durch. Sie klang wie durch Watte gedämmt.

Nein, dachte ich.

Nichts ist okay. Es hört nie auf. Es wird nie aufhören.

Irgendwie brachte ich ein stummes Nicken zustande. Ihr skeptischer Blick entging mir nicht. Vielleicht half es nicht, dass ich auf dieser Parkbank mit angezogenen Knien und verheulten Augen saß.

Der Blick, mit dem sie mich bedachte, strahlte vieles aus.

Sorge, Angst, Mitgefühl.

Ich öffnete den Mund, doch brachte kein Wort heraus.

»Wirklich alles in Ordnung?«, fragte sie erneut und setzte sich neben mich.

Vier Worte, mehr brauchte es nicht.

Vier ehrlich besorgte Worte, die meine dünne Schutzschicht durchbohrten.

Als hätte man einen prallen Luftballon gepikst, fiel ich zusammen. Die Flut der Gefühle überkam mich, ohne dass ich es verhindern konnte. Schluchzend vergrub ich das Gesicht in meinen Händen. Zwei Sekunden später nahm Emily mich in den Arm und ließ mich einfach weinen. Strich mir beruhigend über den Rücken und hielt mich fest. Manchmal brauchte es nicht mehr.

Ich sagte nichts, sie sagte nichts.

Wir saßen einfach da, hinter uns die lauten Stimmen unserer Freunde, schallende Musik und der leichte Geruch von Alkohol, der mit den Windstößen herüberkam. Emily bombardierte mich nicht mit Fragen, stattdessen setzte sie sich neben mich und zog mich in ihre Arme. Und das reichte aus. Das Wissen, dass sie da war. Nach einiger Zeit versiegten meine Tränen, ich konnte wieder freier atmen und schaffte es, sie anzuschauen. Ihre Augen bedachten mich mit diesem Blick, der mir sagte, dass es in Ordnung war.

»Du brauchst eine heiße Dusche und ein Bett«, sagte sie und stand auf. »Lass uns von hier verschwinden.«

Ich schluckte schwer. »Du musst nicht ...« Mir fehlten die richtigen Worte. Wie so oft.

»Ich weiß.«

Zögerlich stand ich ebenfalls auf und zusammen liefen wir durch die bunt beleuchteten Straßen von Seoul zurück zum Wohnheim.

***

Emily war die erste Person, der ich von Chris erzählte.

Ungefiltert, ehrlich, schmerzhaft. Ein Teil von mir. Von meiner Geschichte. Ich erzählte von den Schmetterlingen im Bauch, als er mich in der Uni angesprochen hatte. Von den vielen Abenden, in denen er mich so angesehen hatte, als wäre ich seine Welt. Von dem Gefühl, so sehr geliebt und beschützt zu werden, dass ich mich unbesiegbar fühlte. Davon, wie ich feststellte, dass man Menschen zu sehr lieben konnte. Auf ungesunde Weise. Und von dem Abend, als er das erste Mal so wütend wurde, dass ich sein wahres Ich erkannte.

Blaue Flecken, die grün und lila wurden.

All meine Lieblingsfarben vereint auf meiner Haut.

Wie schöne Versprechungen sich in leere Phrasen verwandelten und von dem Gefühl, in seiner Gegenwart auf Eierschalen zu laufen.

Ich erzählte von Wut, Tränen und Hoffnung.

Ein trauriger Gesichtsausdruck huschte über ihr Gesicht und ich beschloss, dass es für heute mit Geständnissen und Wahrheiten reichte. Mittlerweile waren wir im Wohnheim angekommen und standen auf dem Flur zu unseren Zimmern.

Fünf lange Atemzüge war es einfach still.

»Du bist unfassbar stark, weißt du das?«

Sie legte ihre Hand zögerlich und sanft auf meinen Arm. Eine Reaktion, die ich so nicht erwartet hatte. Leicht irritiert schaute ich sie an. Fragend. Unsicher, was sie damit meinte. Schließlich fühlte ich mich alles andere als stark. »Die Tatsache, dass du es geschafft hast, dich von dieser Person zu lösen. Hierhergekommen bist. Einen Neustart beginnst. Es erfordert mehr Mut, für sich selbst einzustehen als für andere. Du bist unheimlich stark, dass du noch hier stehst, nach all dem, was du durchgemacht hast«, fuhr sie mit fester Stimme fort. Ihr Blick, ihre Worte, ihre ganze Ausstrahlung waren ehrlich und von Herzen. Jedes Wort wärmte mich, legte sich schützend um mich wie eine warme Decke. Ich wollte so sehr daran glauben. Mit jedem Tag, den ich hier verbrachte, ein Stückchen mehr. Das war alles, was ich wollte.

Wir waren an meiner Tür angekommen und ich war so unendlich müde.

Erschöpft von dem ganzen Drama, das in meinem Leben abging und jeder Serie Konkurrenz machen würde.

Emily zog mich in eine Umarmung, als wir uns verabschiedeten.

Dreimal versicherte ich ihr, dass es schon okay war, wenn ich gleich alleine sein würde. Dass ich das jetzt brauchte. Die richtigen Worte, um mich bei ihr zu bedanken, fand ich nicht, aber ich hoffte, dass sie es wusste.

»Wenn du immer versuchst, es allen recht zu machen, dann vergisst du mit Sicherheit immer eine Person: dich selbst.« Ihre Worte taten weh, weil sie wahr waren.

»Denk jetzt an dich. Ich bin da, wenn du reden willst«, sagte sie, ehe sie mich losließ.

Als ich die Tür ins Schloss fallen ließ, atmete ich erleichtert auf. Dieser Ort war mein neues Zuhause, mein Rückzugsort. Ich wollte nicht weg. Und ich würde alles dafür tun, dass Chris mir das nicht auch noch nahm. Es fühlte sich so an, als wäre der Knoten geplatzt. Als hätte es nur ein wenig Abstand und Ruhe für meinen Kopf gebraucht, um endlich in die richtige Richtung zu kommen. Zu mir selbst. Auch wenn ein Teil von mir ihn immer lieben würde, wenn ein kleines Stück meines Herzens immer ihm gehören würde, war es genug. Für uns beide. Inständig hoffte ich, dass Chris das ebenso erkennen würde, wie ich es tat.

Ein Neuanfang schien immer so leicht.

In Filmen, in Büchern. Doch die Realität sah anders aus. Ich wünschte, meine Entscheidung wäre mit einem Warnhinweis gekommen. Ich war kein naiver Mensch. Mir war klar, dass ich nicht einfach gehen und dann ein schönes, glückliches Leben führen konnte. Man nahm seine Probleme immer mit, egal wohin man ging. Doch ich hatte nicht damit gerechnet, dass sich die alten Erinnerungen wie ein Schatten an mich klammerten. Und womit ich am wenigsten gerechnet hatte, war, dass ich in kürzester Zeit so großen Abstand zu all dem gewonnen hatte. So klar vor mir sah, was ich wollte, wer ich war und wohin ich wollte.

Ich werde dich schon finden.

Dieser Ton in seiner Stimme bereitete mir selbst jetzt noch eine Gänsehaut.

Als sich eine eisige Kälte in mir breitmachte, stieg ich unter die Dusche. In der Hoffnung, das heiße Wasser und der Dampf würden alles vertreiben. Die Gedanken an Chris, wie er vor mir stand, mich packte, mich küsste, mich festhielt, mich wegstieß.

Meine Tränen vermischten sich mit dem Wasser und wurden durch den Abfluss weggeschwemmt. Innerlich schrie ich ihn an und weinte um das, was wir hätten haben können. Ich weinte um die Zukunftspläne, die einfach verpufft waren. Meine zittrigen Hände verkrampften sich zu Fäusten.

Ich hasse dich. Ich hasse dich. Ich hasse dich.

Und es tut mir leid, dass ich dich erst hassen musste, um mich zu finden. Glaub mir, ich hasse mich so sehr dafür, dass ich es so weit habe kommen lassen.

Erst als das Wasser kalt wurde, bemerkte ich, wie lange ich hier gestanden hatte. Rote, schrumpelige Haut vom heißen Wasser. Mein aufgequollenes Gesicht durch den vielen Dampf und meine Tränen. Mit schnellen Schritten stieg ich aus der Dusche und lächelte meinem Spiegelbild zu. Dunkle Augenringe, blasse Haut, rote Augen. Leise lachte ich in mich hinein, wischte die Tränen weg und legte mich zurück ins Bett, wo ich mit leerem Blick an die Decke starrte.

Meine Gedanken wanderten erneut zu dem Szenario, das mir am meisten Angst machte. Wie Chris vor mir stand, ich den Anblick nicht ertrug, meine Gefühle mir zu viel wurden, und wie ich schließlich einfach wieder mit ihm zurückging. Wieder in meine alte Rolle schlüpfte. Dass ich schwach wurde, auch wenn mir nichts ferner schien, als Seoul und meine neu gewonnene Sicherheit hinter mir zu lassen. Zögernd griff ich das Handy, das ich seit dem Telefonat ausgeschaltet hatte. In der Hoffnung, dass ich mit dem Ausschalten des Handys ebenfalls meine Panik ausschalten konnte. Wegen der Helligkeit des Bildschirms kniff ich die Augen zusammen. Und dann vibrierte es mehrmals hintereinander.

Zwei Anrufe in Abwesenheit.

Fünf neue Nachrichten.

Da fiel es mir wieder ein. Min-ho. Der Wagen, den er schicken wollte. Unser Date, bevor er nach Busan fuhr. Die Nachrichten waren in größeren

Abständen geschickt worden. Kurz scrollte ich im Chat nach oben, las die älteren Nachrichten von früh am Abend. Sofort überkam mich ein schlechtes Gewissen.

Min-ho: Freu mich darauf, dich zu sehen.
Min-ho: Der Wagen kommt um acht Uhr und parkt um die Ecke. Der Fahrer weiß Bescheid.
Min-ho: Alles gut?
Min-ho: Wir können auch morgen reden. Oder übermorgen. Oder später. Egal wann.

Um acht Uhr. Das war vor fast zwei Stunden gewesen. Mist. So ein Mist. Die letzte Nachricht kam vor einer halben Stunde.

Min-ho: Melde dich, damit ich weiß, dass alles gut ist.

Er hatte sich Sorgen gemacht und ich hatte nicht eine Sekunde an ihn gedacht. Eine Premiere, seit ich in Seoul angekommen war. Normalerweise nahm dieser Mann mindestens jeden dritten Gedanken von mir ein. Schnell tippte ich eine Antwort.

Aria: Sorry, mein Handy war aus.
Aria: Es tut mir so leid.

In meinem Kopf hämmerte es. Vielleicht von den Tränen, vielleicht vom Stress. Gerade als ich nach einer Kopfschmerztablette suchte, vibrierte mein Handy erneut.

Min-ho: Geht's dir gut?
Aria: Ganz ehrlich?
Min-ho: Immer.
Aria: Mir geht es nicht gut.

Min-ho: Kann ich etwas tun?
Aria: Nein.
Min-ho: Möchtest du alleine sein?
Aria: Nein.
Min-ho: Der Fahrer steht immer noch vor der Tür.
Aria: Immer noch? Wartet er seit zwei Stunden? ☹
Min-ho: Hier war jemand hoffnungsvoll und dachte, du meldest dich sicher noch.
Aria: Gib mir fünf Minuten.
Min-ho: Ich gebe dir alle Zeit der Welt.

Kurz lachte ich auf, weil ich Emilys Gesellschaft so schnell ausgeschlagen hatte und umso schneller auf Min-hos Vorschlag eingegangen war. Doch alles in mir verlangte danach, mich in Min-hos Arme zu schmeißen und ihn mein Gedankenchaos beruhigen zu lassen. Meine Augen wanderten aus dem Fenster, doch ich konnte den Wagen von hier aus nicht sehen. Stattdessen starrte ich hinaus auf die Skyline, verharrte beim N Seoul Tower, der bunt und fröhlich in der Dunkelheit leuchtete. Mir kam etwas in den Sinn, das meine Oma früher immer zu mir meinte, wenn ich Angst im Dunkeln bekam.

Sterne scheinen selbst noch in der dunkelsten Nacht.

Je endloser, je dunkler die Nacht, umso heller schienen sie. Das hatte mir damals etwas die Angst genommen. Früher hatte ich die Tiefe dieser Worte nicht verstanden, doch dafür fühlte ich sie heute umso mehr.

Kurze Zeit später saß ich auf der Rückbank eines schwarzen Hyundai Palisade. Es war der Mann in Schwarz, Min-ho hatte ihn Do-yoon genannt, wenn ich mich richtig erinnerte. Stumm bedachte er mich mit einem Nicken, ansonsten sagte er nichts und mir kam sofort in den Sinn, dass er angewiesen wurde, sich so zu verhalten, und wie viele Geheimnisse die Fahrer von Stars wohl wussten. Denn ich vergaß viel zu oft, dass Min-ho genau das war.

Ein Star. Ein Idol. Ein Mann, dem Tausende Mädchen zu Füßen lagen. Und doch war ich es, die gerade auf dem Weg zu ihm war. Warum ausgerechnet ich diejenige war, wusste ich nicht. Aber was ich wusste, war, dass Min-ho mich verstand. Das war alles, was für mich zählte. Worauf es ankam.

Als wir die Brücke von Gangnam nach Yongsan überquerten, sah ich, wie das Wasser die Lichter der Stadt reflektierte.

Während ich meine Stirn gegen das kühle Glas des Fensters lehnte, bildete ich mir ein, dass ich all die negativen Gedanken, all die Panik und Ängste einfach im Wohnheim gelassen hatte. Mit jedem Kilometer, den wir fuhren, entfernte ich mich ein Stück weiter davon.

Der Fahrer brachte mich bis zu Min-hos Tür, bevor er sich vor mir verbeugte und verschwand. Zögerlich klopfte ich, worauf keine Sekunde später die Tür aufgerissen wurde.

Braune warme Hoffnungsaugen blickten mich an und ließen alles irgendwie einfacher werden. Daran würde ich mich nie gewöhnen. Für einige Atemzüge sagte keiner von uns etwas, doch gerade als meine Gedanken drohten, mich zu ertränken, zog Min-ho mich hinein, schloss die Tür und nahm mich in seine Arme. Ohne ein Wort. Er roch nach Wärme. Wie eine Mischung aus frischem Aftershave, Moschus und Kaminholz.

Mein Gesicht vergrub ich an seiner Brust und es war mir egal, dass das hier vielleicht armselig rüberkam. Wie in Zeitlupe hob ich meinen Kopf. Nur wenige Zentimeter trennten unsere Lippen voneinander und ich dachte an den Abend zurück, als wir diese Grenze beinahe überschritten hatten.

»Was ist passiert?«, fragte er mich sanft.

»Wird das jetzt unser Ding? Mitternachtsbesuche und Gefühlsausbrüche?«, brachte ich leise hervor, ohne auf seine Frage einzugehen.

Lächelnd legte er den Kopf etwas schief. »Ich kann mir Schlimmeres vorstellen. Wahrheiten sind nachts manchmal einfacher auszusprechen. Und zu ertragen.« Langsam hob er seine Hand, berührte meine Wange und ich konnte nicht anders, als sein Lächeln zu erwidern.

»Mitternachtswahrheiten«, murmelte ich und er nickte.

Dieses Gefühl, das ich in seiner Nähe hatte, war neu und aufregend. Etwas, woran ich festhalten wollte. Und etwas, was sich so seltsam vertraut anfühlte.

Obwohl es neu war. Zum ersten Mal seit einer Ewigkeit hatte ich das Gefühl, dass da jemand war, der mich auffing, anstatt mich weiter in den Abgrund zu ziehen.

»Ich –«

»Entschuldige dich jetzt bloß nicht.«

Augenblicklich verstummte ich, schluckte die Entschuldigung für mein Verhalten herunter und atmete diese Wunderkerzenluft ein, bis sie mich komplett einnahm.

»Darf ich dich etwas fragen?«, brach Min-ho die Stille.

»Natürlich. Frag mich alles, was du wissen willst.«

»Würdest du meine Fragen denn auch beantworten?«

»Möglich. Kommt ganz drauf an.«

Kopfschüttelnd ergriff er meine Hand und zog mich sanft in Richtung Wohnzimmer. Mit einem Blick starrte ich auf unsere Hände, die wie von selbst ineinander verschlungen waren.

Bitte lass nicht los.

Nicht heute, nicht morgen, nie wieder.

Ich wollte diese negativen Gedanken so lange vertreiben, wie es ging. Bis sie mich nicht mehr überwältigen konnten. Zusammen sanken wir auf die Couch. Er ganz lässig, ich plötzlich unnormal versteift.

»Willst du darüber reden?«

»Ach, nicht so wichtig. Ich weiß nicht, ob ich dich damit belasten will.«

»Wenn es dich beschäftigt, ist es wichtig«, wiederholte er meine Worte. »Ich glaub, wir können beide etwas weniger Gedankenchaos vertragen. Also kümmere dich nicht darum, ob es mich belastet. Ich weiß nicht, ob du es mitbekommen hast, aber ich kann ziemlich viel ab.« Auf seinen herausfordernden Blick hin warf ich ein Kissen nach ihm.

»Safe space, ja?« Um ein Grinsen zu verhindern, biss ich mir auf die Lippe. Seine Augen tanzten vor lauter Freude und es war eins der schönsten Dinge, die ich jemals gesehen hatte.

»Safe space. Wenn du möchtest«, versicherte er mir.

»Okay.«

»Versprochen«, sagte er jetzt und streckte mir den kleinen Finger hin. Das Grinsen stahl sich diesmal auf mein Gesicht, ohne dass ich es verhindern konnte. Oder wollte.

»Versprochen«, flüsterte ich, als ich meinen kleinen Finger einharkte.

»Du hast viel größere Hände als ich«, sagte ich gedankenverloren, ohne den Blick zu heben. Min-ho nahm das als Aufforderung, mich mit einer sanften, aber schnellen Bewegung näher zu sich zu ziehen.

Zögernd langsam hob er seine Hand, ich tat es ihm gleich. Wir hielten unsere Hände aneinander. Eine Geste, die mir auf einmal viel intimer vorkam, als ich gedacht hätte. Aber irgendwie fühlte sich jede noch so kleine Berührung von Min-ho so an.

Eine Szene aus Tarzan kam mir in den Sinn. Meine Hand sah an seiner winzig aus. Ich fühlte ein Kribbeln in mir aufsteigen, als er seine Finger um meine schloss. Den Blick fragend auf meinem Gesicht, das anfing zu glühen.

»Ist das okay?«, fragte er mit rauer Stimme, die verboten werden sollte. Denn wenn er mich mit dieser Stimme fragte, war die Antwort immer gleich.

»Das ist mehr als okay.«

Endlich hob ich den Kopf und sah ihn an. Und da war sie wieder. Die Wunderkerzenluft. Alles andere, was mich gerade noch so sehr belastet hatte, war wie weggeblasen. Dafür reichte ein Blick aus.

Ein Blick in seine warmen, hoffnungsvollen Augen.

Ein Lächeln mit diesen tiefen Grübchen.

Gerade als Min-ho etwas sagen wollte, ertönte eine schrille Melodie.

Mein Klingelton. Mein Handy, das da klingelte.

Ruckartig wich ich von Min-ho zurück, kramte schnell in meiner Hosentasche und erstarrte, als ich *Unbekannte Nummer* auf dem Display las. Tränen stiegen mir in die Augen, ohne dass ich sie aufhalten konnte. Mit sämtlicher Willenskraft drückte ich den Anruf weg.

»Aria?«, hörte ich Min-ho fragen. Zwei, drei tiefe Atemzüge vergingen, ehe ich mich wieder unter Kontrolle hatte.

»Alles gut. Ich –« Erneut klingelte es.

Diesmal reagierte ich schneller, drückte schneller auf *Anruf ablehnen*. Dann schaltete ich das Handy auf lautlos und legte es mit dem Display nach unten neben mich.

»Wer hat dich da angerufen?«, fragte Min-ho.

Sanft, interessiert, nicht fordernd. Doch als mein Handy erneut vibrierte, sah ich ihn einfach nur mit tränengefüllten Augen an. Unfähig, darauf zu antworten. Unfähig, irgendeine Regung zu zeigen. Als hätte er genau erkannt, was ich gerade dachte, wandte er seinen Blick von mir ab. In seinen Augen funkelte es bedrohlich, als er mein Handy an sich nahm. Kurz sah er mich an, vergewisserte sich, dass ich nicht protestierte, und schaute aufs Display.

Und dann ging er ran.

23

Kurz ruhten seine Augen auf mir, doch ich erstarrte. Er nahm den Anruf entgegen und hielt sich das Handy ans Ohr. Chris' Gesicht ging mir nicht aus dem Kopf. Der Ausdruck, den es wohl angenommen hatte, weil ein anderer Mann an mein Handy ging. Wenn er vorher nicht schon wütend gewesen war, wäre das hier jetzt die Kirsche auf der Torte gewesen. Wie ein rotes Tuch für einen Stier. Es gab definitiv kein Zurück mehr.

»Hallo?« Min-hos Stimme war vollkommen ruhig und er ließ mich keine Sekunde aus den Augen. »Hallo, wer ist da?« Chris musste irgendetwas gesagt haben, denn Min-ho riss plötzlich die Augen auf und räusperte sich. Wirkte auf einmal erstaunt, irritiert. Ich konnte nicht hören, was Chris da sagte, aber Min-ho hielt das Handy so fest umklammert, dass seine Knöchel ganz weiß wurden.

Bitte lass das alles enden, flehte ich das Universum an und wusste nicht mal, was ich damit genau meinte.

»Ganz ruhig. Was willst du?« Seine Stimme klang plötzlich wütend, autoritär.

Ich wusste nicht recht, was ich fühlen sollte. Irgendwann hielt Min-ho das Handy von sich, sodass ich Chris' wütendes Schreien hörte. Ganz leise zwar, aber immer noch deutlich genug. Min-ho kniff die Augenbrauen zusammen und presste die Kiefer aufeinander. Diesen Ausdruck hatte ich noch nie bei ihm gesehen. Doch Min-ho ließ Chris einfach unkommentiert schreien. Wahrscheinlich war es besser so.

»War schön, mit dir zu sprechen. Zu deinem Besten hoffe ich, dass wir nie wieder etwas voneinander hören«, sagte Min-ho nach einigen Minuten und in einem Ton, der mich fragend den Kopf heben ließ.

Mehr sagte er nicht. Mehr musste er auch nicht sagen.

Ein Muskel in seinem Kiefer zuckte, als er ihn erneut anspannte. Ein paar Sekunden wartete er, bis er das Handy zurück auf die Couch legte.

Eine unangenehme Stille senkte sich über uns.

»Ssibal«, fluchte er schließlich mit finsterem Blick und ging mit schnellen Schritten aus dem Raum, während ich ihm schweigend hinterhersah. Mittlerweile waren die Tränen ungehindert meine Wangen hinuntergelaufen und ich fragte mich, warum immer alles auf einmal auf mich einprasselte.

Mit leisen Schritten und viel zu lauten Gedanken tapste ich den Flur hinunter, in dem Min-ho mich jedoch abfing. In der Hand hatte er eine grüne Flasche Soju und zwei Schnapsgläser, die er geschickt mit den Fingern hielt.

»Wo willst du hin?«, fragte er mich besorgt und sein finsterer Ausdruck war wie weggewischt. Nach einem kurzen Schniefen wischte ich mir die Tränen aus dem Gesicht.

»Ich wollte erst Kaffee machen. Aber ich denke, Soju ist angemessener«, fuhr er fort, als ich nicht antwortete.

»Auf jeden Fall«, murmelte ich und suchte seinen Blick, um seine Gefühle zu deuten. Es war das erste Mal, dass er es vermied, mich richtig anzusehen, und das fühlte sich absolut falsch an. Min-ho lief an mir vorbei zurück zur Couch und schenkte uns ein. Zwei überfüllte Gläser Soju, die wir hinunterkippten, ohne uns anzusehen.

Das bringt Unglück, kam es mir in den Sinn. Der Soju war eiskalt und löste sofort eine Gänsehaut aus. Als ich das Glas mit einem Klirren auf dem Tisch vor uns abstellte, füllte Min-ho es direkt wieder auf.

»Min-ho? Bitte sieh mich an.« Er tat mir den Gefallen, doch auf seinen Blick war ich nicht vorbereitet.

Sorge und Wut trugen darin einen Kampf aus.

Ohne etwas zu sagen, kippte er noch einen Soju hinunter.

»Was hat er gesagt?«, versuchte ich es erneut.

»Dein Freund?« Seine Stimme klang scharf, beinahe schneidend. Lautlos lachte er auf und schenkte noch einmal nach. Doch diesmal nahm ich beide Gläser in die Hand, bevor er danach greifen konnte, und erntete einen bösen Blick. Kalter Soju lief meine Hand hinunter, doch das war mir egal.

»Ex-Freund«, korrigierte ich ihn.

Blitzschnell schossen seine Augen zu mir herüber und ich sah etwas, was mir absolut zuwider war. Mitleid. »Das sieht er aber anders. Er hat bereits ein Flugticket gekauft. Was ist das für ein Typ? Warum redet er über dich, als wärst du sein Eigentum? Warum droht er dir?«

Mir wurde eiskalt. Das konnte nicht sein. Ein trauriges Lächeln trat auf Min-hos Gesicht, ehe er sich die Hand in den Nacken legte und seufzte. Mit zittrigen Händen drückte ich ihm ein Glas in die Hand und kippte meins in Sekundenschnelle hinunter, ehe ich ihm antwortete.

»Darum hab ich ihn nicht gebeten. Wir sind nicht mehr zusammen. Ich will ihn nie wiedersehen«, sagte ich mit brüchiger Stimme. »Du musst mir glauben.«

Jedenfalls brachte es Min-ho dazu, mich erneut anzusehen.

Mich richtig anzusehen. »Das tue ich, Aria. Aber es macht mir auch Sorgen.« Erleichterung durchströmte mich.

»Du glaubst mir?«

»Natürlich. So wie der Kerl redet … Allein dein Blick reicht aus, um mir zu sagen, dass da was nicht in Ordnung ist. Bist du deswegen aus England weg?« Mein Blick wich seinem aus.

»Welches Problem willst du so dringend hinter dir lassen, dass du den Kontinent wechselst? Was hat er dir angetan, dass du nachts so aufgewühlt vor meiner Tür stehst? Wenn ich etwas tun kann … Dann sag es mir. Ich bin für dich da. Aber ich muss wissen, womit wir es hier zu tun haben.«

Wir. Womit *wir* es zu tun haben. Ganz langsam sickerten seine Sätze zu mir durch. Die unterdrückten Emotionen waren in jedem seiner Worte deutlich spürbar. Als würde er sie hinausschleudern. Da war keine Wut. Stattdessen klang er verzweifelt und das war tausend Mal schlimmer zu ertragen.

»Bitte rede mit mir.«

»Es ist nicht so einfach«, brachte ich hervor.

»Du musst es nicht erklären, wenn du nicht willst, aber …«, fuhr er fort. »Bitte, sag mir, was das alles bedeutet. Was das für uns bedeutet.«

Langsam nickte ich und sah ihn an. »Es hat mich einfach kalt erwischt«, wisperte ich. Seine Nähe und seine Sanftheit ließen mich den Mut zusammenkratzen, der sich irgendwie in den Ecken meiner Selbst versteckt hatte. »Chris ist … er ist aufbrausend. Sehr temperamentvoll. Und unsere Beziehung war schon lange vorbei, ehe ich nach Seoul kam. Er hat mich …« Meine Stimme brach.

Ich verschluckte die Worte, die ich nicht aussprechen konnte. Min-hos Hand fand meine wie von selbst. Sein Daumen malte kleine Kreise auf meinen Handrücken und es fiel mir schwer, die Tränen zurückzuhalten. Doch ich hatte genug geweint.

»Was hat er gemacht, Aria?« Die unterdrückte Wut in seiner Stimme war nicht zu überhören, auch wenn sein Blick sanft auf mir lag.

»Er schickte mich durch die Hölle, aber ich habe es Liebe genannt.« Der Satz war wie ein längst überfälliges Geständnis. Zum zweiten Mal an diesem Tag sprach ich die Dinge laut aus, die ich so lange versucht hatte zu verdrängen. Dinge, die ich für unaussprechlich hielt und die ich einfach vergessen wollte, obwohl sie sich fest in meinem Kopf verankert hatten. Zum zweiten Mal an diesem Tag brach ich das Versprechen, das Chris und ich uns gegeben hatten. Und ich fühlte mich mit jedem Wort, mit jedem Satz und mit jedem Geständnis über meine Vergangenheit leichter. Es fühlte sich so an, als wäre ich auf einem kleinen Ruderboot mit viel zu viel Gepäck auf einem stürmischen Ozean herumgepaddelt. Allein. Mit jedem Wort, das ich mich traute, laut auszusprechen, warf ich einen Koffer über Bord. Mit jedem weiteren Satz vertrieb ich die finsteren Wolken, beruhigte das Wasser. Ich bremste mich, als ich merkte, wie ich erneut zu zittern begann. Min-ho sorgte mit seinem sanften Blick dafür, dass endlich wieder die Sonne am Himmel erschien. Mehrere Herzschläge lang war es still. Dann zog er mich in eine Umarmung, die ich mehr brauchte, als er ahnte.

»Mir fehlen die Worte, Aria. Ich weiß nicht … Ich finde immer passende Worte, aber jetzt bin ich einfach sprachlos.«

»Du musst nichts sagen. Es ist okay«, murmelte ich. Als Min-ho mich ein paar Zentimeter von sich schob, um mir in die Augen zu sehen, rieb ich mir über die Arme, um die Kälte zu vertreiben, die mich augenblicklich heimsuchte.

»Bitte sag so etwas nicht. Daran ist absolut nichts okay«, sagte er nun und seine Stimme wurde lauter. »Das ist nicht okay und ich hoffe, du weißt, dass du so was nicht verdient hast. Niemand hat das.« Der Ausdruck in seinen Augen traf mich unvermittelt. Seine Worte ebenso.

»Das muss eine so schmerzhafte Entscheidung gewesen sein. Ich bin froh, dass du die Kraft hattest, hierherzukommen. Dass du den Mut dafür gefunden hast, diesen Schritt zu gehen und weiterzumachen.« Mit zarten Berührungen strich er über meine Arme. »Danke, dass du es mir gesagt hast. Hör bitte nicht auf, mit mir zu reden, wenn es dir schlecht geht.«

Er war voller Verständnis, aber da waren auch Fragezeichen und Sorgen, die ich mit meiner Geschichte heraufbeschworen hatte.

»Danke, dass du mir glaubst«, war alles, was ich über die Lippen bekam. »Du weißt gar nicht, was mir das bedeutet.«

Ein Lächeln trat auf mein Gesicht, das er erwiderte. Langsam hob er eine Hand und strich mir eine Haarsträhne hinters Ohr. »Es ist schön, dass du dein Lächeln nicht verloren hast. Was würde ich nur ohne es tun?« Mir wurde ganz warm. Keine Sekunde später trat jedoch ein ernster Ausdruck in Minhos Augen, die mich in die Realität zurückholten.

»Er hat gesagt, dass er dich finden wird. Dass er herkommt. Er hat ein verdammtes Flugticket gebucht, weiß, wo du arbeitest. Meinst du, das hat er ernst gemeint?«

»Ich weiß es nicht. Es wäre ihm zuzutrauen.«

»Aria?« Fragend legte er den Kopf etwas schief.

»Hm?«

»Ich habe ein Gästezimmer, in dem du absolut sicher wärst. Er klang sehr … wütend. Hat Drohungen ausgesprochen, die ich lieber nicht riskieren möchte. Auch wenn nur die kleinste Chance besteht. Wir haben Sicherheitsleute. Die Gegend hier ist vollkommen sicher. Wenn du bleibst … Ich kann nicht guten Gewissens schlafen, wenn ich weiß, dass du dort in Gefahr wärst. Nicht, wenn du hier sein könntest. Bei mir.«

Die Worte waren zu viel und taten weh.

»Das ist alles nicht so, wie ich es mir vorgestellt habe«, flüsterte ich leise, anstatt auf sein Angebot einzugehen.

»Bitte denk darüber nach.«

»Bekommst du nicht Ärger? Es verstößt doch sicher gegen tausend Regeln, dass ich überhaupt hier bin, oder?«

Min-ho schmunzelte, ehe er seine Hände an meine Wangen legte und mich zwang, zu ihm hinaufzusehen. Sicherlich spürte er, dass meine Wangen glühten. Von der Aufregung, von der Nähe, von ihm.

Grübchen erschienen links und rechts neben seinen Mundwinkeln. »Ich war schon immer gut darin, mich nicht an Regeln zu halten. Mach dir da mal keine Sorgen.«

Tausend Fragen drängten sich in meinen Kopf und stritten darum, wegen welcher ich zuerst Panik bekam. Der Gedanke, dass Chris im Wohnheim auftauchte. Mich abpasste, sodass ich ihm nicht entkommen konnte. Der Gedanke, dass Chris hier vor der Tür stehen und Min-ho sehen würde. Allein bei dieser Vorstellung stellten sich mir sämtliche Härchen auf, ein kalter Schauer lief mir den Rücken hinunter.

»Ich weiß nicht. Es hat so viele Konsequenzen. Nicht nur für mich, auch für dich. Ich weiß nicht, ob es sich lohnt, dieses Risiko einzugehen, Min-ho.«

Auf meine Worte hin ließ er seufzend seine Hände sinken.

»Bitte überleg es dir. Morgen fahre ich für das Wochenende nach Busan, danach beginnt der Konzert-Marathon. Ich werde sowieso kaum hier sein. Du hättest also deine Ruhe vor mir.« Er wollte witzig sein, doch ich war viel zu erschöpft, um darauf einzugehen. Außerdem wollte ich ihm nicht erklären, dass ich mich mit ihm zusammen viel sicherer fühlte als ohne ihn.

»Und du bist das Risiko absolut wert«, fügte er hinzu und schlug damit den letzten Stein meiner Mauer nieder.

»Okay«, sagte ich leise und viel zu schnell.

»Wirklich?«, fragte Min-ho und sah plötzlich mehr als erleichtert aus.

»Mir fällt grad keine bessere Lösung ein.«

Entrüstet griff er sich an die Brust, doch sein Grinsen verriet ihn. »Du weißt, wie du mich verletzen kannst.« Lächelnd schüttelte ich den Kopf, ehe ich zu gähnen begann.

»Auf die Gefahr hin, dass ich es wieder einmal überstürze, aber wollen wir sofort deine Sachen holen? Oder willst du das lieber morgen machen?«

»Morgen reicht. Ich würde einfach gerne ins Bett fallen.«

»Alles klar. Du weißt ja, wo dein Zimmer ist.«

Dein Zimmer. Mein Herz setzte einen Schlag lang aus, bevor es aufgeregt in doppelter Geschwindigkeit zu schlagen begann.

»Zweite Tür rechts?«

»Zweite Tür rechts. Fühl dich wie zu Hause. Ich hol dir ein paar Sachen zum Schlafen«, sagte er, bevor er aufstand. Mit langsamen Schritten folgte ich ihm in den Flur und gerade, als ich die Tür zum Gästezimmer öffnete, räusperte er sich.

»Aria?« Ich drehte mich noch mal zu ihm um.

»Du hast was Besseres als das verdient. Ich weiß, das klingt abgedroschen, aber es ist die Wahrheit. Nicht mal an deinen schlimmsten Tagen hast du das verdient, was er dir angetan hat.« Min-ho blickte mich an und es sah so aus, als würde er versuchen, seine Gedanken in Worte zu fassen. Er zögerte kurz, ehe er fortfuhr und näher kam. »Es ist möglich, jemanden zu lieben und ihn zu hassen. Und es ist möglich, jemanden auf eine ungesunde Weise zu sehr zu lieben. Trotz allem, was du durchgemacht hast, stehst du noch hier. Du hast nicht aufgegeben. Das erfordert unheimlich viel Stärke und Mut. Ich bewundere dich dafür und gleichzeitig bricht es mir das Herz, dass du so was durchmachen musstest. Und dass es dich immer noch verfolgt. Du hast mir mal gesagt, dass es irgendwann leichter wird, mit dem Schmerz zu leben. Ich verspreche dir, dass ich für dich da bin und dir helfe, es leichter werden zu lassen. Du kannst mit mir reden, wenn du willst. Du kannst mit mir schweigen, wenn dir nicht nach Reden zumute ist. Bitte lass mich für dich da sein.«

Jedes seiner Worte war so eindringlich, so ernst, dass es mir kurz dem Atem verschlug. So viel Wahrheit, so viel Ehrlichkeit, alles an einem Abend.

»Da hast du wohl doch noch die perfekten Worte gefunden«, sagte ich leise und mit einem Lächeln, das er erwiderte.

Einige Herzschläge lang sahen wir uns an, ehe ich ihm meine Arme um den Hals legte. Etwas zu hastig, denn Min-ho taumelte mit mir im Arm drei große Schritte zurück, bis er mit dem Rücken an die Wand stieß. Wir konnten beide nicht anders, als darüber zu lachen.

Wie schaffte dieser Mann es nur, mich innerhalb von Sekunden so glücklich zu machen, nachdem ich vorher noch am Boden gelegen hatte?

»Es tut mir …«, fing ich lachend an, doch er unterbrach mich sofort, in dem er seinen Griff verstärkte und mich näher an sich zog. Seine Lippen waren nur noch wenige Zentimeter von meinen entfernt.

»Dafür brauchst du dich nie zu entschuldigen.« Die tiefe Stimme und der wenige Abstand zwischen uns ließen mich einen Moment die Luft anhalten. Alle Gefühle, die dieser Mann in mir auslöste, brausten auf einmal durch meinen Körper und wussten nicht wohin. Mit jedem Lachen, mit jedem Wort zwischen uns, wurde es einfacher. Min-ho legte seine Arme um meine Taille, während seine Stirn an meiner lag. Kurz schloss ich die Augen, saugte die Bedeutung seiner Worte und die Wärme seiner Haut auf.

»Danke für deine Worte. Du weißt gar nicht, wie viel sie mir bedeuten.« Als ich ihn ansah, verlor ich mich in seinem Blick. In diesen braunen Augen, die beinahe zu leuchten schienen und Hoffnung versprachen.

Ein Schmunzeln trat auf seine Lippen. »Wenn das deine Reaktion ist, sollte ich so was vielleicht öfter tun.«

»Ich muss es bestimmt noch ein-, zweimal hören.«

»Jedes Wort war ernst gemeint, Aria. Du musst da nicht alleine durch. Ich will, dass du hierbleibst.«

»In Korea?«

»In meinen Armen.« Drei Atemzüge Pause. »In Sicherheit.«

Einatmen, Ausatmen.

»Da sind wir schon zwei«, gestand ich und spürte die Röte, die meine Wangen erreichte. »Ich bin auch für dich da, das wollte ich nur noch einmal gesagt haben.«

Er begann zu lächeln.

Ich begann zu lächeln.

Und damit wurde mein Herz ein Stück leichter, mein Kopf etwas klarer, bis es so schien, als wären alle Probleme schon zu bewältigen. Solange wir sie zusammen angehen würden.

Mit schnellen Schritten verschwand Min-ho in seinem Schlafzimmer, nur um wenige Augenblicke später mit einem schwarzen T-Shirt zurückzukommen, das ich wahrscheinlich als Kleid tragen konnte. Der Gedanke daran, in einem seiner T-Shirts zu schlafen, machte mehr mit mir, als ich zugeben wollte.

»Danke«, sagte ich etwas zögerlich, als er es mir reichte und mich musterte. Kurz darauf fuhr er mit der Zunge über seine Lippen und ich hätte schwören können, dass mein Herz drei Schläge lang aussetzte.

»Seit ich dich kennengelernt habe, bin ich nur noch verwirrt. Wieso ist das so?«, fragte er, während er den Blick auf meine Lippen richtete. Sofort wurde ich nervös.

»Ich weiß es nicht. Aber mir geht es auch so.«

Min-ho verschränkte die Arme vor der Brust und ich gab mir Mühe, nicht auf die Muskeln zu starren, die sich gerade an seinem Oberarm abzeichneten.

»Es ist ein gutes Verwirrtsein«, fügte Min-ho hinzu.

Leise, flüsternd, zögerlich.

»Bei mir auch.«

Ein schüchternes Lächeln spiegelte sich in unseren Gesichtern, während wir so dastanden und uns einfach nur ansahen. Dann wurde sein Lächeln breiter. »Schlaf gut«, sagte er, drehte sich um und ließ mich im Flur alleine. Am liebsten wäre ich ihm einfach hinterhergegangen.

Mit einem ebenso breiten Lächeln und glühenden Wangen betrat ich das Gästezimmer, in dem ich meine erste Nacht in Seoul verbracht hatte. Nur, dass sich seitdem so ziemlich alles verändert hatte. Doch eins war gleich geblieben: der Wunsch, wieder zu mir selbst zu finden. Damals hatte ich noch gedacht, dass ich das alleine schaffen müsste. Aber ich hatte mich geirrt. Emily, Yi Seo, Marie, Nate, selbst Mr Choi mit seiner kauzigen Art. Und Min-ho. Er half mir zu erkennen, wer ich war. Er ließ mir Freiraum und forderte mich heraus. Der etwas zu schnelle Herzschlag in seiner Nähe blieb. Auch wenn sich alles änderte, war es wenigstens eine Sache, die blieb. Mit dem Unterschied, dass ich mir die Gefühle für ihn jetzt eingestand. Nun, wo ich das getan hatte, fühlte es sich beinahe so an, als gäbe es kein Zurück mehr. Aber wer brauchte das schon?

24

Die ganze Nacht über schreckte ich wieder und wieder hoch. Nachdem Min-ho mir eins seiner T-Shirts gegeben hatte, das mir bis zu den Knien reichte und außerdem noch nach ihm roch, ging mir nicht mehr aus dem Kopf, wie es sein würde, einfach neben ihm zu liegen. Seitdem konnte ich an nichts anderes mehr denken, und das obwohl gerade mein Leben, das ich mir aufgebaut hatte, den Bach runterging.

Mit einem Stöhnen vergrub ich das Gesicht im Kopfkissen. Während sämtliche Szenarios vor meinen Augen abliefen, fragte ich mich, ob ich jemals wieder ruhig schlafen würde.

Meine Gedanken wurden so laut, dass ich keine Sekunde länger liegen bleiben konnte. Unruhig lief ich hin und her, zählte meine Schritte bis zur Tür, bis zur Fensterfront, bis zum Bett. Beim dritten Anlauf öffnete ich das Fenster, ließ erneut die kühle Nachtluft hinein und starrte auf die blinkenden Lichter der Hochhäuser.

In dieser Nacht war mir so viel bewusst geworden. Wer ich war, wer ich sein wollte. Es kam mir so vor, als könnte ich nun, wo es mir so bewusst war, nicht mehr aufhören, daran zu denken. Beinahe so, als hätte ich Chris noch einmal hören müssen. Um für mich zu erkennen, dass es richtig gewesen war, zu gehen. Die Art, wie er mir selbst aus der Ferne gedroht, mir Angst gemacht hatte. Seine Manipulationen prallten augenblicklich von mir ab, als hätten sie ihren Zauber verloren. Die Frage war nur, ob ich auch so denken würde, wenn er wirklich herkam. Mich mit diesem Blick anschaute, alles einfror. Die Macht, die er über mich hatte, war erloschen. Doch es stand noch zur Debatte, ob es nur einen Funken benötigte, um sie wieder zu entfachen. Das ließ sich allerdings nur auf einem Weg herausfinden. Den ich nicht alleine bestreiten müsste, Min-ho wäre an meiner Seite, wenn ich das zulassen konnte.

Und wenn meine Welt nun zerbrach, dann wenigstens, während ich in seinen Armen lag. Bevor ich mich bremsen konnte, schnappte ich mein Handy.

Aria: Bist du noch wach?

Eine Sekunde später stapfte ich mit nackten Füßen hinüber zur Tür und verweilte dort drei Sekunden, bevor ich sie aufriss. Ich erschrak, weil Min-ho direkt vor mir stand. In seiner karierten Schlafanzughose, dem schwarzen T-Shirt und mit diesem Blick. Als wir uns gegenüberstanden, vergingen vier, fünf Herzschläge. Achterbahnkribbeln machte sich in mir breit.

Plötzlich musste ich an eine Zeile von The 1975 denken.

Be my mistake

We could turn off the lights

And when you feel wrong

Then I'll make you feel right, sang Matthew Healy in meinem Kopf. Und genau das wollte ich. Ich wollte, dass sich all diese Dinge, die sich früher so falsch angefühlt hatten, wieder gut anfühlten.

Min-ho begann leicht zu schmunzeln, schüchtern, unsicher, als er seine Hand hob und mit dem Daumen federleicht über meine Wange strich. Dort, wo er mich berührte, begann meine Haut zu brennen, während sich gleichzeitig eine Gänsehaut auf meinem Körper ausbreitete. Als er so vor mir stand, brachte ich es kaum fertig zu atmen.

»Hi«, sagte er schließlich.

»Hi«, flüsterte ich leise. »Konntest du nicht schlafen?«

Lautlos lachte er auf. »Konnte ich nicht.«

»Oh«, murmelte ich und verstummte, als Min-ho noch einen Schritt auf mich zu machte.

»Nicht, wenn ich weiß, dass du nur zwei Türen weiter liegst.«

»Oh«, wiederholte ich, während ich immer nervöser wurde. Doch ein Blick in Min-hos Augen sagte mir, dass es keinen Grund dazu gab. Nie geben würde. Bei ihm brauchte ich keine Angst haben.

»Weißt du, was ich mich gefragt habe?« Wie von selbst nahm er meine

Hand in seine, als wäre es das Normalste der Welt. Und irgendwie war es das auch.

Ich schüttelte den Kopf. »Verrat es mir.«

»Ob es nicht manchmal gut ist, Fehler zu machen. Ob verlieren nicht manchmal genauso gut ist, wie zu gewinnen. Und ob es überhaupt ein Fehler ist, wenn es sich so gut anfühlt.«

»Kannst du Gedanken lesen?«

»Ja«, sagte er völlig ernst und brachte uns beide damit zum Lachen. Dann zog er mich näher zu sich, ließ eine Hand auf meiner Taille ruhen und sah mich an.

»Was machst du?«, flüsterte ich.

Noch ein paar Zentimeter näher. »Was soll ich denn machen?«

»Ich weiß nicht.« Lüge, Lüge, Lüge.

Während eine seiner Hände noch auf meiner Taille lag, hob er mit der anderen mein Kinn an, sodass sich unsere Blicke trafen. Der Moment zog sich unerträglich lang. Fühlte sich so wunderschön und schmerzhaft zugleich an.

Wunderschön, weil ich mich genauso fühlte, wenn er mich mit diesem Blick ansah. Schmerzhaft, weil ich wusste, was wir für ein Risiko eingingen. Und weil es unvermeidbar war.

Min-ho wartete. »Ich weiß es.«

Meine Augen schlossen sich wie von selbst, als er seine Lippen ganz sanft auf meine legte.

Für den Bruchteil einer Sekunde setzte mein Herz aus. Es setzte aus, stolperte, fing schließlich an zu rasen. Der Kuss war sanft, zögerlich und viel zu schnell vorüber. Min-ho entfernte sich einige Zentimeter, die sich wie Tausende Meilen anfühlten.

»Ist das okay?«, fragte er heiser und sah mich eindringlich an, während er seine Stirn gegen meine lehnte. Das Einzige, woran ich denken konnte, waren seine Lippen auf meinen. Unsere Blicke trafen sich und ich vergaß die Schüchternheit, die ich ihm gegenüber sonst empfand. Ich vergaß alles um uns herum.

»Bitte küss mich noch mal«, erwiderte ich. Die Dunkelheit ließ mich wohl mutiger werden, vielleicht waren es auch seine Berührungen, durch die ich mich selbstsicherer fühlte.

Seine Hände umfassten mein Gesicht, während sein Daumen sanft über meine Lippe fuhr. Mein tosender Herzschlag rauschte mir in den Ohren, hallte in meinem Kopf nach wie ein wunderschönes Echo.

Schon zog er mich wieder an sich. Diesmal nicht mehr sanft, sondern ungeduldig, intensiver. Der Kuss war wie ein Sturm, den man kommen sah und nicht aufhalten konnte. In den man mit offenen Armen hineinlief und ihn willkommen hieß. Min-ho drehte uns in einer Bewegung so, dass ich mit dem Rücken gegen die Wand stieß. Eingekesselt zwischen ihm und dieser Wand fühlte ich mich sicherer als je zuvor. Völlig außer Atem sah er mich an, so als wollte er sich vergewissern, dass ich ihn genauso sehr wollte wie er mich. Dann ließ er seine Lippen über meinen Kiefer wandern, hinab zu meinem Hals bis hin zu meinem Schlüsselbein. Im gleichen Augenblick suchten meine Hände an seinen Oberarmen nach Halt, während seine an meinen Seiten hinabfuhren. Er hielt meinen Blick fest, bevor er vor mir in die Knie ging. Ein kleiner Teil in mir freute sich, dass ich nur sein schwarzes T-Shirt zum Schlafen angezogen hatte, da es mir nur bis zur Mitte des Oberschenkels ging. Ein anderer Teil war damit beschäftigt, mein Herz zu beruhigen, das mir bis zum Hals schlug.

Unerträglich langsam strich er mit seinen Fingern meine Beine entlang. Zentimeter für Zentimeter verteilte er Küsse auf meiner Haut, immer ein Stück weiter nach oben an meinen Beinen entlang, und fegte meinen Kopf damit leer.

Ungeduldig grub ich meine Hand in seine Haare, zog sanft daran und hörte sein leises Lachen, das diesmal ganz tief und rau klang. Ein Prickeln lief meine Wirbelsäule hinab, als er meinen Namen an meiner Haut flüsterte und auf diese Art betonte, die mich um den Verstand brachte.

Seine Hände fuhren unter das T-Shirt, bis sie fast dort angekommen waren, wo ich sie am dringendsten brauchte. Doch anstatt mich von diesem Druck zu erlösen, der sich mit jedem seiner Küsse in mir anstaute, packte er in einer fließenden Bewegung meine Hüfte, hob mich hoch und legte seine großen Hände auf meine Oberschenkel. Wie von selbst schlang ich meine nackten Beine um seine Mitte, als hätten wir nie etwas anderes gemacht. Ich hielt den Atem an, als er seinen Kopf zu mir hinabbeugte und seine Lippen meine Mundwinkel streiften.

Das war nicht genug.

Ich brauchte mehr. Ich brauchte ihn. Überall.

Er presste sich so an mich, als wollte er keinen Zentimeter mehr zwischen uns haben. Dagegen hatte ich nichts einzuwenden. Ein lustvoller Schauer überkam mich, als ich spürte, dass er mich genauso sehr wollte.

»Min-ho«, brachte ich flehend hervor. Mit seiner Zunge fuhr er über meine Haut und murmelte Worte, die ich nicht verstand. Aber das war egal. Einzig die Art, wie seine Stimme plötzlich klang, reichte aus, um mir eine Gänsehaut zu bereiten. So tief, so außer Atem, beinahe heiser.

»*Noreul gatkko sipo*«, hörte ich ihn auf Koreanisch flüstern, während er mir nicht eine Sekunde zum Nachdenken ließ. »Ich will dich«, wiederholte er jetzt und stieß mit seiner Hüfte gegen meine. Wir beide stöhnten auf und sein glühender Blick setzte meinen Körper in Flammen. Ich war unfähig, auch nur ein Wort herauszubringen.

»Ich dachte, ich kann das ignorieren. Ich wollte mich wirklich beherrschen. Aber das geht nicht. Nicht bei dir. Mir egal, was es für Konsequenzen hat.« Seine Brust hob und senkte sich unendlich schnell, genau wie meine.

»Deine Beherrschung hat ja lange angehalten«, zog ich ihn auf, auch wenn meine Stimme nicht nach Spaß klang.

Ein Grinsen trat auf sein Gesicht. »Selbstbeherrschung war noch nie meine Stärke.«

Ich schloss meine Augen und ein leises Seufzen entfuhr mir, als er seine Mitte etwas härter an mich presste.

»Gut zu wissen, dass du nicht in allem perfekt bist«, schaffte ich irgendwie zu sagen, während sich der Druck seiner Finger an meinen Oberschenkeln verstärkte.

Min-ho lachte heiser, bevor er endlich wieder seine Lippen auf meine legte.

Ein Kuss, der so ungezähmt und stürmisch war, dass ich wünschte, er würde nie wieder aufhören. Finger, die über meine Haut strichen. Das Lächeln, das ich durch seine Küsse auf meinen Lippen spürte. Mit jeder Berührung fegte er meinen Kopf ein Stückchen leerer. Ich konnte mich nur noch auf ihn konzentrieren. Auf ihn und die Gefühle, die er in mir auslöste. Er begann meinen Hals zu küssen, ich ließ meinen Kopf gegen die Wand hinter mir sinken und flüsterte seinen Namen. Der Druck, der sich in mir aufbaute, war kaum auszuhalten.

Es war, als spürte ich seine Küsse, seine Worte, seine Berührungen überall. Auf meiner Haut, in meinem Herzen. Kein Denken, nur Fühlen. Nur er und ich, während wir uns ineinander verloren. Es dauerte nicht lange und wir taumelten rückwärts den Flur hinunter zu seinem Schlafzimmer. Unsere Küsse unterbrach er nur, um mich vorsichtig aufs Bett zu legen. Keine Sekunde später schwebte er über mir und in einer schnellen Bewegung zog er sich das T-Shirt über den Kopf. Dieser Anblick gab mir den Rest. Langsam ließ ich meinen Blick über seine starken Arme, seine muskulöse Brust bis zu seinen Bauchmuskeln wandern, die dezent hervortraten. Meine Augen verharrten einen Augenblick zu lang auf dem sich leicht abzeichnenden V, das unter dem Aufdruck »Calvin Klein« verschwand.

Natürlich. Was auch sonst.

Automatisch hob ich eine Hand und fuhr mit zittrigen Fingern über seine gebräunte Haut, ehe ich mich nach vorne beugte und den Mund auf seinen Bauch senkte. Min-ho atmete scharf ein, bevor er den Kopf nach hinten fallen ließ. Ermutigt verteilte ich weitere Küsse auf seiner Haut, so wie er es vorher bei mir getan hatte, und genoss es, so eine Wirkung auf ihn auszuüben.

Ein Blick in Min-hos Gesicht zeigte mir, wie er mit geschlossenen Augen und leicht geöffneten Lippen leise vor sich hin seufzte. Es war ein Bild, das ich so schnell nicht wieder vergessen würde. Als ich kurz vorm Bund seiner Boxershorts angekommen war, zog er mich wieder zu sich hoch und küsste mich stürmisch, fast verzweifelt, dann ließen wir uns zurück in die Kissen fallen. Seine Finger wanderten federleicht von meinen Oberschenkeln hoch zur Taille unter das T-Shirt bis hin zu meinen Brüsten.

Keine Sekunde später lag mein T-Shirt neben dem Bett und Min-hos Augen weiteten sich, als er sah, dass ich keinen BH mehr trug. Für eine Sekunde starrte er mich einfach an.

»Du bist wunderschön«, brachte er mit heiserer Stimme hervor, in der ein leichtes Knurren herauszuhören war.

Zärtlich erkundete er meinen Körper, erforschte jede Kurve, jeden Zentimeter. Wo seine Finger waren, folgten schnell seine Lippen und hinterließen eine feuchte Spur auf meiner Haut, die schon vollkommen glühte.

Ich war nicht mehr imstande, irgendwas zu sagen. Außer seinen Namen und kleine flehende Worte, dass er niemals damit aufhören sollte. Alles in mir zog sich zusammen, als er seine Härte erneut an meine empfindlichste Stelle stieß und seine Finger zu meinen Brüsten wanderten. Min-ho schluckte schwer, ließ den Blick über mich wandern, bevor er mich endlich tiefer in die Matratze drückte und ich ihm bei jeder Reibung entgegenkam.

Ich genoss die tiefen Geräusche, die er dabei von sich gab, seine Arme links und rechts neben meinem Kopf, und wie wir an genau den richtigen Stellen zusammenpassten.

Meine Hände vergruben sich erneut in seinen Haaren, was ihn kurz seufzen ließ. Das Geräusch machte süchtig. Sofort machte ich es noch mal.

»Min-ho«, brachte ich etwas atemlos hervor, weil ich ungeduldiger wurde. »Bitte.« Mehr musste ich nicht sagen. Meine Worte ließen ihn lächeln, ehe er langsam mit dem Daumen über meine Lippen fuhr, die schon ganz geschwollen von seinen Küssen waren.

»Gwaenchanha?« Die Spannung wurde unerträglich. »Alles okay?«, fügte er nach einer kurzen Pause hinzu, ehe ich nickte.

»Mehr als das.«

Plötzlich schlug mein Herz noch einen Takt schneller, einfach, weil ich spürte, dass in diesen simplen Worten so viel Bedeutung steckte. Ich wollte mehr, mehr, mehr. Sein Lächeln war süß und anzüglich zugleich, als er mit den langen Fingern weiter über meine Haut fuhr und mich quälte. Mit einer Hand zog ich leicht an seinen Haaren, als er Küsse auf mein Schlüsselbein verteilte und sich dann zum Nachttisch hinüberbeugte, um ein Kondom hervorzuholen.

O Gott, o Gott, o Gott.

Meine Hände zitterten und ich wusste nicht mehr, ob es vor Lust, Aufregung oder Nervosität war.

»Bist du sicher?« Min-ho sah mich mit sanfter Miene an. Diese Frage war alles und bedeutete mir mehr, als ich für möglich gehalten hätte. »Ich will es nicht überstürzen, wir können warten. Ein Wort von dir und wir schauen uns einen Film an, anstatt ... das hier weiterzumachen.«

»Bloß nicht«, gab ich so schnell zurück, dass er zu lachen begann. »Ich hab nichts gegen einen Film. Aber ich will das hier. Ich will dich.« Bei meinen Worten legte ich meine Hände auf seinen Rücken und drückte ihn sanft zu mir herunter, sodass er seine Stirn an meine legte. Man sah ihm die Selbstbeherrschung an und wie er sich zurückhielt, auch wenn ich spürte, dass er mich wollte. Hitze kroch meine Wirbelsäule hoch. Es gab nun kein Zurück mehr. Das wollte ich auch gar nicht. Ich nickte an seine Stirn, woraufhin er mich ansah. In seinem Blick lag so viel Leidenschaft und doch so eine Sanftheit, dass ich sicher war, ich könnte nie genug davon bekommen.

»Min-ho. Ich bin mir sicher.« In meiner Stimme war ein leichtes Flehen zu hören.

Bis er endlich seine Hüften hob und ich ihm die Boxershorts abstreifte. Eine tiefe Röte legte sich auf mein Gesicht, als seine Hände unter meinen Slip wanderten und er ihn so tief es ging hinunterzog, bis er ganz weg war. Unsere Körper schienen zu beben. Jedes Stöhnen, das mir entwich, wurde von seinen Küssen verschluckt.

»Aria«, wisperte Min-ho.

Seine Stimme klang rau, heiser, völlig außer Atem. In einer schnellen Bewegung streifte er sich das Kondom über und sank zurück zu mir. Ich klammerte mich an seine breiten Schultern, während ich so viel spürte, dass es beinahe wehtat. Sein Name. Nur noch sein Name. Erst leise, dann immer lauter.

Eine Wärme durchflutete meinen Körper, die ich noch nie zuvor so heftig wahrgenommen hatte. Während Min-ho die letzten Zentimeter zwischen uns schloss, stolperte mein Herz eine Sekunde lang, wahrscheinlich stolperte es zu ihm herüber, und wahrscheinlich würde es einfach dort bleiben. Seine Bewegungen wurden schneller.

Tiefer, heißer, intensiver. Die Art, wie er meinen Namen vor sich hinmurmelte. Unsere schweißglänzenden Gesichter. Min-hos Augen, die mich vorher so eindringlich angesehen hatten und die sich bei der Bewegung, die uns vereinte, automatisch schlossen. Sein leises Stöhnen an meinem Ohr, mit Worten, deren Bedeutung ich nicht kannte und die mich trotzdem um den Verstand brachten. Alles beschleunigte sich. Mein Herzschlag, mein Atem, seine Finger und vor allem seine Bewegungen. Als ich mit meinen Händen seinen Rücken auf und ab fuhr, trieb er mich immer weiter. Küsste mich so, dass ich keine Luft mehr bekam, und doch hatte ich mich niemals so frei gefühlt wie in diesem Moment. Kaum hatten wir den höchsten Punkt erreicht, fielen wir zusammen in die Tiefe. Unsere Körper glühten und rangen nach Atem und als mein Kopf an seiner Brust lag, hörte ich sein Herz ebenso schnell schlagen wie meins.

25

In dieser Nacht bekam ich etwas zurück, das ich lange verloren geglaubt hatte: Hoffnung. Das Gefühl, angekommen zu sein. Es war wie eine Bestätigung: Ich gehörte hierher. Nach Korea, nach Seoul, in diese Stadt voller Lichter und Leben, zu Min-ho.

Vielleicht überkam mich dieses Gefühl, weil wir die Nacht mit unseren Worten füllten. Weil er mich hielt, fest in seinen Armen, als wäre ich nie woanders gewesen.

Wir redeten und redeten. Über Serien, die wir zusammen anschauen mussten, über die vielen Proben, die er hinter sich brachte, über meine Unterrichtsstunden. Über alles und nichts. Bis der Mond den dunklen Raum ein bisschen mehr ins Licht hüllte. Immer noch zu dunkel, um großartig etwas erkennen zu können. Und doch hell genug, um die Gesichtszüge des anderen zu sehen.

Vielleicht war dieser Moment so schön, weil die Sterne draußen funkelten, so wie seine Augen es taten, wenn er mich ansah. Wie meine Augen es ganz sicher auch taten.

»Wie fühlst du dich?«, fragte Min-ho und verlagerte das Gewicht, sodass er einen Arm hinter seinen Kopf legte.

Meine Wange ruhte weiterhin auf seiner Brust, lauschte seinem gleichmäßigen Herzschlag, der meinem sehr ähnlich war.

»Erschöpft. Glücklich. Berauscht.«

»Berauscht?«, lachte er und ich sah zu ihm hoch.

Seine Arme spannten sich an, ehe er eine Haarsträhne aus meinem Gesicht strich. Das brachte mein Herz, das gerade wieder einen normalen Rhythmus aufgenommen hatte, erneut zum Rasen.

»Ich fühle mich gut. Mehr als gut. Und du?«

»Vollständig«, antwortete er mit fester Stimme, ohne sich weiter zu erklären. Dann drückte er mir einen Kuss auf die Stirn und stand aus dem Bett auf.

»Bitte bleib bei mir, ja?« In diesem Satz schwang so viel mit, was er nicht sagte.

»Natürlich.« Bei meinen Worten sah ich ein Funkeln, das sein ganzes Gesicht zum Leuchten brachte. Dann beugte er sich zu mir herüber und streckte mir den kleinen Finger entgegen. Ein Lächeln stahl sich auf mein Gesicht.

»Versprochen?«

»Versprochen.«

»Weißt du eigentlich, wie glücklich du mich gerade machst?« Die Grübchen erschienen auf seinen Wangen, die noch leicht gerötet waren. Meine waren es sicherlich ebenfalls.

»Ich kann es mir vorstellen.«

Weil es mir genauso ging. Doch am schönsten an diesem Moment war die Tatsache, dass wir zusammen waren und sich nur eins geändert hatte: Wir waren endlich vollkommen ehrlich zueinander, wehrten uns nicht mehr gegen diese Gefühle, die sich von Anfang an so richtig angefühlt hatten.

Grinsend ließ ich mich in die Kissen zurückfallen und gähnte. Was war hier heute Nacht passiert? Ich schloss meine Augen und das erste Mal seit Langem schlief ich bereits nach Sekunden ein.

***

»Ich will das nicht tun. Aber ich muss. Du lässt mir keine Wahl.«

Du hast immer eine Wahl, *möchte ich sagen, doch verstumme. Sein Schlag in die Magengegend trifft mich unvorbereitet und ich falle nach hinten. Gequält keuche ich auf, halte mir den Bauch und lasse den Schmerz zu, der überall in meinem Körper pulsiert. Sein Blick trifft mich fast genauso hart wie zuvor seine Faust. Der Blick, der mich einst unbesiegbar gemacht hat. Mir Hoffnung und Wärme gab. Der Blick, der nun nichts mehr bedeutet als Schmerz. Dabei kann ich nicht mal sagen, was mehr wehtut: die Gewalt oder dass das, was wir hatten, zerbrochen ist. Bevor er erneut zuschlagen kann, schrecke ich aus dem Albtraum hoch.* Chris' Worte hallten in meinem Kopf nach, während mein Herz so laut, so schnell schlug, dass ich kaum Luft bekam. Mit einem lauten Poltern vertrieb diese Erinnerung all die schönen Worte, die ich zuvor noch gehört hatte und mit denen ich eingeschlafen war.

Ein lautes Schluchzen verließ meinen Mund, bevor ich es verhindern konnte. Gedanken, so eindringlich, dass sie sich nicht aussperren ließen. Mit voller Wucht kamen die Ereignisse vom Abend zurück, überrollten mich, ließen mich ertrinken. Nur dass sich nun ein Gefühl untermischte, an das ich vorher nicht zu träumen geglaubt hatte.

Das Gefühl, etwas verlieren zu können.

»Aria?«, flüsterte Min-ho und rieb sich über die Augen.

Das Mondlicht schien auf seine Haut und er zog mich sanft an sich, während die Tränen meine Wangen hinunterliefen. Er hielt mich fest, während ich die Erinnerung verarbeitete, die leider nicht bloß ein Traum war. Mit jedem Atemzug, mit jedem Herzschlag wurde es einfacher, mich wieder zusammenzusetzen. Mit ihm an meiner Seite war es sowieso leichter, meine Gedanken zu sortieren und mir zu sagen, dass es zu so einer Situation nie wieder kommen würde. Ich war jetzt stärker als damals. So weit würde ich es nie wieder kommen lassen. Ich war hier und Chris war in England. Ich war in Sicherheit. Weit weg von ihm.

»Sag mir, was los ist.«

Mit seiner Nasenspitze strich Min-ho über meine nackte Schulter, ehe er mich noch näher an sich zog. Herzschlag an Herzschlag.

»Ich …«, begann ich, doch meine Stimme brach.

Er seufzte. »War es zu viel auf einmal?«, fragte er besorgt. Ruckartig schüttelte ich den Kopf.

»Hör auf. Es war perfekt, okay? Und genau das ist das Problem.«

Schnell drehte ich mich um, stützte mich auf die Ellbogen und sah ihn an. In diese wunderschönen braunen Augen, die mich mit Hoffnung erfüllten.

»Ich bin glücklich. Wirklich glücklich. Und jetzt, wo ich es endlich bin, habe ich Angst, dass er mir das alles wieder nimmt.«

Schmerz flackerte in seinem Blick auf, als würde er meine Gefühle widerspiegeln. Langsam hob er eine Hand, wischte meine Tränen weg und vertrieb so einen Teil der Kälte, die sich auf meinem Körper ausgebreitet hatte.

»Ich lass nicht zu, dass dir etwas passiert«, fing er an und strich mir behutsam über die Haare. »Und das hier wird er uns nicht wegnehmen können. Dafür bedeutest du mir zu viel. Das geht nicht einfach so kaputt, hörst du?«

Funken von Hoffnung mischten sich in meinen Blick, als ich ihn ansah.

Du bedeutest mir zu viel. Das geht nicht einfach so kaputt.

Seine Worte in Endlosschleife.

Seine Worte gegen meine Gedanken voller Sorgen.

Ein leises Okay verließ meine Lippen, ehe ich die Augen schloss. Ich wollte ihm glauben, so sehr.

Doch ein Gedanke verfolgte mich die restliche Nacht.

Ich wusste es besser.

26

In meinem Kopf hämmerte es, als ich die Augen blinzelnd aufschlug und das Sonnenlicht sich wie eine Bestrafung anfühlte. Verwirrt blickte ich mich um, bevor ich wusste, wo ich mich befand. In Min-hos Wohnung. Doch er lag nicht mehr neben mir, ich war alleine. Stattdessen hörte ich das Geräusch der Dusche. Bei der Vorstellung, dass Min-ho dort nur wenige Meter …

Nein, stopp. Aria. Sonst kannst du nicht mehr damit aufhören. Erinnerungen von gestern Abend blitzten auf und liefen in meinem Kopf ab, als wäre jemand bei einer DVD auf eine vorherige Szene gesprungen.

Karaoke, Soju, Ausgelassenheit.

Tränen, die meine Wange hinunterliefen.

Diese Stimme, die meine Welt zerstörte, und die, die sie wieder zusammensetzte. Min-hos Arme, die mich an ihn zogen.

Worte, die ich dringend sagen, und welche, die ich dringend hören musste. Mein Herz drohte bei den vielen Emotionen zu platzen, als wäre es in einem Comic.

Die Kopfschmerzen konnten verschiedene Ursachen haben: Soju, das viele Weinen, die Wut oder auch das viele Nachdenken. Ich zog die Decke ein Stück höher und sofort stieg mir Min-hos Geruch in die Nase. Meine Wangen glühten, als ich an seine Worte von gestern Abend dachte. An seine Berührungen. An unser Lachen. Und daran, wie schnell unser Lachen verging, als sich die Luft so voller Spannung auflud, dass es nur einen Weg gab, sie zu entladen. Ich griff mir an die Lippen, auf denen ich seine noch deutlich spürte.

Das Wasser wurde abgestellt, leise Schritte näherten sich und Min-ho kam ins Schlafzimmer zurück.

Oberkörperfrei.

Mit nichts als einem weißen Handtuch um die Hüften, an dem meine Augen ein paar Sekunden zu lang verweilten. Die breiten Schultern, die sich bei jeder Bewegung anspannten. Nasse Strähnen, die ihm in der Stirn hingen, und Wassertropfen, die seine Brust hinunterliefen.

Gestern Nacht war es dunkel gewesen, doch nun konnte ich jede Ader seiner Arme sehen. Jede feine Linie, die sich auf seinem Körper abzeichnete. Als er mich sah, blieb er grinsend im Türrahmen stehen und blickte mich an. Sein Grinsen wurde breiter und breiter und ich sah Belustigung in seinen braunen Augen, als ich es endlich schaffte, den Blick zu erwidern. Mein Herz wusste nicht, ob es angebracht war, einfach zu explodieren oder in fünffacher Geschwindigkeit zu schlagen.

»Guten Morgen«, sagte er und ich brauchte einen Moment, um das zu verarbeiten. Vor einigen Tagen hatte ich mir noch vorgestellt, wie seine Stimme wohl nach dem Aufstehen klingen mochte. Die Realität war so viel besser.

»Morgen«, murmelte ich etwas verlegen zurück. Er verschränkte die Arme vor der Brust und sah mich weiterhin einfach nur an. »Hast du gut geschlafen?«

Er nickte, kam zwei Schritte auf mich zu und blieb direkt vor der Bettkante stehen. Plötzlich wurde mir mehr als bewusst, dass ich nur ein T-Shirt anhatte. Sein T-Shirt. Hitze kroch meine Wangen hoch und ich schaute nervös auf meine Hände, die sich in die Bettdecke krallten.

»Du hoffentlich auch? Wenigstens noch ein bisschen?«, fragte er und sein Blick verriet mir, dass er besorgt war.

Ich nickte. Dass ich die halbe Nacht nach meinem Albtraum wach gelegen hatte, bis meine Augen vor Müdigkeit brannten, musste ich ihm nicht erzählen.

»Kaffee?«

»Sehr gute Idee.«

Schlagartig war ich ein bisschen wacher, und als ich aus dem Bett aufstand, gab ich mir nicht die Mühe, das T-Shirt hinunterzuziehen, das viel zu viel Haut preisgab. Darüber waren wir hinaus, auch wenn mich Min-ho mit seinem Aussehen immer noch aus der Fassung brachte und das wahrscheinlich auch immer tun würde.

Mit vorgetäuschtem Selbstbewusstsein lief ich an ihm vorbei, doch seine

Hand war schneller. Hielt mich zurück, drehte mich zu ihm, sodass wir uns gegenüberstanden. Nur Zentimeter, die unsere Lippen von dem trennten, wo wir gestern aufgehört hatten.

»Alles gut zwischen uns?« Der Ausdruck in seinen Augen war plötzlich ernst.

»Mehr als das«, erwiderte ich und legte eine Hand auf seine Brust, die sich unter meinen Fingerspitzen hob und wieder senkte. Erleichtert atmete er aus, während seine Hände langsam meinen Rücken hoch- und runterwanderten.

»Ich mag das«, flüsterte er und mir war auf einmal unendlich warm. Fragend sah ich ihn an.

»Was?«

»Uns.« Ein kleines Lächeln erschien auf seinen Lippen samt Grübchen links und rechts neben seinen Mundwinkeln. Erneut verlor ich mich in seinen warmen braunen Augen und es war beinahe albern, dass er mich nur ansehen musste, um mir jegliche Gedanken aus dem Kopf zu fegen.

»In Zukunft trägst du bitte nur noch meine Shirts. Sie stehen dir viel besser als mir.«

»Okay«, flüsterte ich.

Meine Finger suchten seine und verschränkten sich mit ihnen, ehe ich antwortete. Mit einer schnellen Bewegung zog er mich noch näher.

Näher, näher, näher und doch nicht nahe genug. Drei Herzschläge Stille. Min-ho hob mein Kinn an und ließ eine Hand an meiner Wange ruhen, einer seiner Ringe streifte meine Haut und verursachte ein angenehmes Kribbeln.

»Was machen wir nur?«, fragte ich mich eher selbst, als dass ich eine Antwort erwartete. Sein eindringlicher Blick suchte in meinen Augen nach Antworten. Doch er würde keine finden, weil ich selbst keine hatte.

»Das, was sich richtig anfühlt«, erwiderte er schließlich und beugte sich zu mir hinunter, nur um wenige Zentimeter von meinen Lippen entfernt anzuhalten. »Wenn ich jetzt anfange dich zu küssen, kann ich vielleicht nicht mehr aufhören.«

Sein Blick rutschte zu meinen Lippen, auf die ich mir gebissen hatte. Etwa fünf Sekunden zu lang. Ich schluckte schwer. Ein Prickeln lief meine Wirbelsäule hinab, als er meinen Namen an meiner Haut murmelte und auf diese Art betonte, die mich um den Verstand brachte.

»Vielleicht will ich ja nicht, dass du damit aufhörst«, flüsterte ich, bevor er mich küsste. Min-ho drückte mich sanft nach hinten, ehe wir uns aufs Bett fallen ließen. Mit einer Hand griff er nach meinen Handgelenken, platzierte sie über meinem Kopf und presste sich an mich. Allein das reichte aus, um meinen Puls in die Höhe zu treiben. Bei jeder Bewegung kam ich ihm entgegen.

»Ich mag es, wie du auf meine Berührungen reagierst«, sagte Min-ho mit rauer Stimme zwischen den Küssen, während seine Hände an den Innenseiten meiner Oberschenkel entlangstrichen und mich zittern ließen.

»Min-ho«, sagte ich fordernd und er grinste. Ganz sicher wusste er genau, was er da tat.

»Die Gänsehaut, die du bekommst, wenn ich das hier mache.«

Ein Kuss auf die Innenseite an meinem Oberschenkel.

»Wie du dich mir entgegenlehnst.«

Ein Kuss auf mein Schlüsselbein.

»Wie rot du wirst, wenn ich dich ansehe. Dich berühre.«

Ein Kuss auf meine Schulter.

»Dein leises Stöhnen.«

Ein Kuss an meinen Hals.

»Besonders dein leises Stöhnen«, wiederholte er, ehe er mich so küsste, dass ich nicht mehr denken konnte.

Seine Hand wanderte unter das T-Shirt und gerade als ich mich völlig in seinen Berührungen verlor, klingelte es an der Tür. Durchbrach unsere kleine Blase, in der ich nur zu gerne geblieben wäre.

»Was war das? War das deine Klingel?«, fragte ich völlig außer Atem, nicht mehr zurechnungsfähig, und löste mich etwas von ihm.

»Ist doch egal«, murmelte Min-ho nur und küsste mich erneut. Und die Art, wie er mich küsste, ließ mich wieder alles vergessen. Als würde er all meine Gedanken beiseiteschieben. Ein erneutes Klingeln. Fünfmal hintereinander.

Kurz gab Min-ho ein genervtes Seufzen von sich und ließ seine Stirn an meine sinken, ehe er aufstand.

»Willst du dir nicht ein T-Shirt anziehen, bevor du zur Tür gehst?« Mein Blick wanderte über seinen Körper. »Und vielleicht eine Hose?«

Das Handtuch hatte sich bereits beim Fall aufs Bett verabschiedet.

Fast wäre ich peinlich berührt gewesen. Aber auch nur fast. Denn viel lieber hätte ich ihn zurück zu mir ins Bett gezogen. Seine Haut an meiner gespürt.

»Wenn du mir mein T-Shirt zurückgibst«, sagte er mit einem anzüglichen Grinsen. Einige Momente lang sahen wir uns an, wir hatten gerötete Gesichter, unsere Atmung ging stoßweise und unsere Herzschläge rasten. Ein erneutes Klingeln ließ Min-ho fluchen. Derjenige, der vor der Tür stand, war wohl hartnäckig. Es klingelte diesmal im Sturm und ohne Pause. Aber Min-ho sah mich an, als hätten wir alle Zeit der Welt.

»Okay, dann bleib halt so. Wenn du nur ein Shirt besitzt«, sagte ich möglichst gelassen und schaute ihn provokativ an.

Er legte den Kopf etwas schief, streckte die Hand aus und zupfte einmal an Kragen des Shirts, das ich trug. In seinen Augen blitzte pure Berechnung auf, als er sich so nah über mich beugte.

»Ist nun mal mein Lieblingsshirt. Vor allem jetzt«, sagte er leise, griff nach dem Bademantel, der an der Tür hing, und verschwand schließlich in Richtung Flur.

27

Kaum war Min-ho an die Tür gegangen, hörte ich eine weibliche Stimme, die ununterbrochen redete. Viel zu laut, viel zu schnell. Als würde sie sich über etwas aufregen. Bevor ich mich fragen konnte, was hier vor sich ging, erschien Min-ho mit einem entschuldigenden Gesichtsausdruck im Zimmer.

»Also …«, begann er und fuhr sich mit der Hand in den Nacken.

»Also?«, fragte ich zurück, hob dabei eine Augenbraue und versuchte meine Vermutungen im Zaun zu behalten, wer diese Frau sein könnte.

»Hast du Lust, zuzusehen, wie ich mich stundenlang quäle?«

Irritiert kniff ich die Augen zusammen. »Wie bitte?«

Ein leichtes Grinsen erschien auf seinem Gesicht, doch er erklärte seine Worte nicht.

»Wir sehen uns im Wohnzimmer«, sagte er geheimnisvoll.

Sein Grinsen entging mir dabei nicht, ebenso wenig, wie er meinen Körper musterte.

»Ach ja, vielleicht solltest du dir vorher was anziehen«, fügte er hinzu. Mit klopfendem Herzen und tausend Fragezeichen im Kopf sah ich ihm hinterher, als er in den Flur hinaustrat.

Seine Stylistin. Es war seine Stylistin. Nachdem ich mich angezogen und einigermaßen vorzeigbar gemacht hatte, traf ich die beiden im Wohnzimmer, das nun mehr einem explodierten Kleiderschrank ähnelte. Teure Anzüge, Lederschuhe, zahlreiche Boxen mit Schmuck. Überall Kleiderstangen, Kartons und in der Mitte des Raumes stand eins dieser Waschbecken, die Frisöre benutzten.

Was ging hier vor?

Überfordert blieb ich im Türrahmen stehen und betrachtete

Min-ho, der sich gerade ein blaues Jackett überwarf und dabei nicht gerade glücklich aussah. Während die Frau mit dem Hosenanzug und dem strengen Bob um ihn herumlief und ebenfalls unzufrieden wirkte. Sie bemerkte mich, doch sah fragend zu Min-ho, anstatt auf meine Begrüßung einzugehen. Stattdessen redete sie auf Koreanisch auf ihn ein und sah nicht erfreut aus.

Perplex schaute ich ebenfalls zu ihm. Sein Blick traf meinen und ich sah, wie seine Mundwinkel mit jedem Wort, das die Stylistin sprach, ein Stückchen weiter nach oben gingen. Doch die Frau mit dem Maßband in der Hand schien so, als würde sie ihm am liebsten den Kopf abreißen.

»Es tut mir leid«, sagte er schließlich zu mir, als sie ihre Predigt beendet hatte. »Aber ich werde heute hier festsitzen. Ich muss ein paar Outfits anprobieren und dann geht es an meine Haare.« Ein gequälter Ausdruck huschte über sein Gesicht, dann kam er ein paar Schritte auf mich zu.

»Diese nette Dame hier, Park Yi-Sook, wurde vom Management vorbeigeschickt und ich habe den Termin total vergessen. Es wird den ganzen Tag dauern, bis ich dann abends nach Busan fahre und dort die anderen Mitglieder für die Promotion der Comeback-Phase treffe.«

Stylistin. Management. Promotion. Comeback.

All diese Wörter bildeten eine Einheit in meinem Kopf, die sich zwischen Min-ho und mich stellte. Das hier war sein Alltag. Der Alltag eines Idols, eines K-Pop-Stars, der Min-ho schließlich war, was ich schon wieder ganz vergessen, oder eher verdrängt hatte.

»Comeback? Was war das genau?« Er hatte es schon ein paarmal erwähnt, aber bis jetzt war nie der richtige Zeitpunkt gewesen, um nachzufragen.

»Um die Band war es lange still, wir hatten sozusagen eine Pause.« Bei dem Wort Pause malte er Gänsefüße in die Luft. »Tatsächlich ist das häufig so. Die Bands ziehen sich aus der Öffentlichkeit zurück, arbeiten an einem neuen Album, neuem Content. Damit Spannung aufgebaut wird, kommen dann viele Teaser und danach kommt die große Promotionsphase des neuen Albums. Interviews, Teaser für neue Musikvideos, Konzerte. Es ist verrückt, aber … Ich konnte es leider nicht länger aufschieben.« Das »Auch wenn ich gewollt hätte« hing in der Luft und sein Blick sagte mehr als genug.

»Kurz hatte ich vergessen, dass du wegmusst. Und wer du eigentlich bist.«

»Ich auch«, seufzte Min-ho. Er war nur noch wenige Zentimeter von mir entfernt und hob mein Kinn an, damit ich seinem Blick nicht mehr auswich. »Soll ich hierbleiben?«

Ja!, schrie alles in mir. Aber ich wusste auch, dass das nicht möglich war. Oder dass Min-ho es möglich machen würde, wenn ich ihn darum bat, und er dann unheimlich viel Ärger bekam.

»Nein«, sagte ich stattdessen und zwang mich zu einem Lächeln.

Mrs Park räusperte sich, sodass Min-ho einmal demonstrativ mit den Augen rollte, ehe er sich zu ihr umdrehte.

Ob sie meine Anwesenheit wohl dem Management melden würde? Es war ja wohl offensichtlich, dass ich die Nacht hier verbracht hatte. Dass Min-ho trotzdem nicht auf Abstand ging, brachte mich ganz durcheinander.

War das wirklich klug?

»Wenn du möchtest, kannst du gerne hierbleiben. Ich würde mich über etwas … nettere Gesellschaft freuen, wenn mir gleich die halbe Kopfhaut weggeätzt wird und ich den hundertsten Anzug anprobiere, der wie alle anderen aussieht.«

»Ist das in Ordnung?«, fragte ich unsicher.

Min-ho schmunzelte. »Ich bestehe darauf.«

»Was ist mit …«, mein Blick huschte zur Stylistin, die auffällig konzentriert die Hemden an der Kleiderstange glattstrich. »Gibt das nicht Ärger?«

»Das geht schon klar.«

Irgendetwas sagte mir, dass das nicht so einfach war, wie Min-ho sagte. Aber schließlich war es seine Welt, sein Entertainment. Er würde es schon wissen.

Zwei Stunden später hatte Min-ho diverse Outfits anprobiert. Währenddessen hatte ich es mir auf der Couch mit seiner Ausgabe von *Demian* bequem gemacht, blätterte durch die Seiten und versuchte mit der Übersetzungsapp Papago die koreanischen Schriftzeichen und ihre Bedeutung zu entziffern, die er überall auf die Seiten gekritzelt hatte. Emily hatte mich heute Morgen bei der Arbeit entschuldigt, nachdem ich ihr nachts noch eine Nachricht geschickt hatte.

Als sie mir das Versprechen abgenommen hatte, mich bei ihr zu melden, wenn ich so weit wäre, hakte sie nicht weiter nach. So hatte ich hoffentlich genug Zeit, um das Gedankenchaos zu sortieren, das in meinem Kopf herrschte. Falls mir das jemals gelingen würde.

Zwischendurch erkundigte sich Min-ho immer wieder nach meiner Meinung, aber ich konnte jedes Mal nur sagen, dass er einfach großartig aussah. In allem. Was verdammt unfair war.

Bunte Hemden, schrille Farben, komische Sonnenbrillen und beinahe durchsichtige Oberteile, die mich sofort rot werden ließen. Auf meine Nachfrage, wie das denn alles zusammenpassen würde, erklärte er mir, dass es zwei Konzepte für das Comeback gab. Quasi wie Leitlinien, die prägend für die Songs und die Performances waren. Ein düsteres, dunkles Konzept, das sich mit den Schwierigkeiten vom plötzlichen Erfolg auseinandersetzte, und ein fröhliches, buntes Konzept, das für die Zeit stand, die ihnen jetzt bevorstand. Am liebsten hätte ich weiter nachgehakt. So wie Min-ho darüber sprach, steckte eindeutig mehr dahinter. Doch leider unterbrach Mrs Park uns immer wieder, um Min-ho verschiedene Uhren, Ketten, Ringe und Ohrringe anzuhalten oder ihn einfach von mir wegzulotsen. So kam es mir jedenfalls vor. Natürlich hatte sie hier ihren Job zu erledigen, weswegen ich versuchte, Ruhe zu bewahren und mich mit der Geschichte von Emil Sinclair und Demian abzulenken. Spätestens als Min-ho mit dem Kopf über dem Waschbecken hing und er und Mrs Park sich unentwegt zu streiten begannen, konnte ich mich nicht mehr konzentrieren. Ich holte mein Handy heraus, öffnete Papago und ließ die Übersetzungs-App laufen, um zu verstehen, worüber sie sich stritten. Okay, ich fühlte mich wie in einer schlechten Telenovela oder einem Spionagefilm, aber meine Neugier siegte. Bruchstückartig verriet die App mir, dass sie sich wohl um die Haarfarbe stritten.

Die Worte lila, grün und blond fielen, doch die beiden redeten viel zu schnell, als dass irgendeine App da mitkommen würde. Als mein Name fiel, blickte ich vom Handy auf. Beide sahen mich erwartungsvoll an, als Min-ho mich fragte, welche Farbe mir am besten gefallen würde. Genervt rollte Mrs Park mit den Augen.

»Welche würde dir denn am besten gefallen?«, fragte ich, unsicher, ob ich das wirklich beeinflussen sollte.

»Meine Haare gefallen mir so am besten.«

Demonstrativ wuschelte er sich durch die etwas zu langen schwarzen lockigen Haare. »Aber für das Comeback kriegt die ganze Band eine neue Farbe verpasst. Das gehört irgendwie dazu und steigert den Wiedererkennungswert.«

Ein Bild von Min-ho mit lila Haaren tauchte in meinem Kopf auf. Lila Haare und lila Blutergüsse um das linke Auge, so wie ich es im Restaurant damals in den Nachrichten gesehen hatte. Schnell schüttelte ich den Kopf, als könnte ich so die schlimmen Gerüchte und diese Bilder vergessen.

»Dann nimm eine Farbe, die nicht ganz so auffällig ist.«

»Was ist deine Lieblingsfarbe?«, fragte er mit seinem Grübchengrinsen, das Schmetterlinge in meinem Bauch fliegen ließ.

»Blau«, sagte ich wie aus der Pistole geschossen. »Nachthimmelblau«, fügte ich hinzu und hielt seinem Blick stand. »Und deine?«

»Ozeanblau. So wie deine Augen«, sagte er mit fester Stimme. Ich schluckte schwer. »Dann nehmen wir Blau.«

»Wir?«

»Meinst du, sie könnte mir auch meine Haare färben? Das wollte ich schon tun, seit ich hier bin.«

Ein nervöses Kribbeln fuhr meine Wirbelsäule hinab, als ich daran dachte, meine langen blonden Haare, die Chris so geliebt hatte, abzuschneiden und zu färben.

»Das lässt sich mit Sicherheit einrichten.« Min-ho musterte mich kurz, wahrscheinlich war er sich nicht sicher, ob ich es ernst meinte.

Nach einer kurzen Diskussion hatte Mrs Park sich dazu breitschlagen lassen, mir ebenfalls die Haare zu schneiden und zu färben. Den Gedanken, dass sie ganz aus Versehen meine Frisur ruinieren könnte, weil sie genervt von meiner Anwesenheit war, verdrängte ich nach ganz weit hinten in meinem Kopf. Min-ho hielt meine Hand, als fast dreißig Zentimeter Haare zu Boden fielen, weil ich mich für einen Bob-Haarschnitt entschieden hatte. Sofort fühlte ich mich befreiter.

Seine Haare schimmerten jetzt nachthimmelblau, so wie die leichten Strähnen bei mir. Mrs Park hatte sich geweigert, meine blonden Haare komplett blau zu färben, also war das ein guter Kompromiss. So konnte ich mich erst einmal an den neuen Haarschnitt gewöhnen. Und doch fand ich die dunkelblauen Strähnen perfekt, als ich endlich in den Spiegel blickte. Sie waren blasser als bei Min-ho und eigentlich nur in meinen Spitzen zu sehen, doch das war egal.

Verblüfft über diese Veränderung fuhr ich mir immer wieder durch die Haare, während Min-ho sich hinter mich stellte und seine Arme um mich legte.

»Du siehst wunderschön aus«, flüsterte er und drückte mir einen Kuss auf die Schläfe. Sein Atem strich über meine Haut und instinktiv schmiegte ich mich näher an ihn.

Doch ich konnte den Blick einfach nicht von meinem Spiegelbild abwenden. Die Person, die ich nun dort sah, konnte ihr Grinsen nicht verbergen. Vorbei mit langen blonden Haaren, die mir bis zur Hüfte reichten. Weg mit all den Erinnerungen, die ich damit verband. Es fühlte sich an wie ein großer Schritt in die richtige Richtung. So als würde jetzt alles bergauf gehen. Für mich, für Min-ho und für uns. Wir grinsten um die Wette, als ich im Augenwinkel sah, wie Mrs Park ihr Handy herausgeholt hatte und es in unsere Richtung hielt.

Sei nicht paranoid, Aria. Das bildest du dir nur ein.

Es war nur eine Sekunde, aber in dieser einen Sekunde hätte ich die Spirale, in die wir dadurch gerieten, aufhalten können. Hätte ich es nur besser gewusst.

28

Die nächsten zwei Tage vergingen viel zu schnell. Min-ho war nach Busan gereist, schickte mir abends ein Gute-Nacht-Selfie und witzige Memes, während ich mich am Wochenende in sein großes Bett kuschelte, *Modern Family* schaute und seit einer gefühlten Ewigkeit wieder in mein Tagebuch schrieb. Dadurch, dass ich mich weder Emily noch sonst wem anvertrauen konnte, was mich und Min-ho betraf, konnte ich wenigstens so meinen Gefühlen Luft machen. Und das waren eine Menge Gefühle.

Min-ho hatte einen Fahrer organisiert, der mit mir zusammen meine wenigen Kartons aus dem Wohnheim in sein Apartment brachte. Die Verabschiedung von Mr Choi war emotionaler, als ich es mir vorgestellt hatte. Statt mich zu fragen, warum ich so plötzlich auszog, war ihm nur wichtig, dass es mir gut ging. Wir würden uns ja trotz allem noch täglich sehen, schließlich arbeitete ich dort weiterhin. Das war ein kleiner Trost für die Gesamtsituation.

Der Gedanke an die Kinder und an den Unterricht brachte mich zum Lächeln. Ich war mir sicher, dass ich diese Ablenkung gerade gut gebrauchen konnte. Leider war Emily bereits weg, also schrieb ich ihr eine Nachricht, ob wir uns morgen nach der Arbeit zur gewohnten Zeit bei Ji-woon treffen wollten. Es fühlte sich an, als wäre eine kleine Ewigkeit vergangen, dabei waren es nur zwei Tage gewesen, seit meine Welt zusammengebrochen war und sich so verändert hatte. Im Wohnheim in meinem Zimmer zu stehen, rief ein Gefühl der Normalität in mir hervor. Doch die hörte auf, als ich in den schwarzen Wagen stieg, der mich zurück nach Hannam-dong brachte.

Es war komisch, in Min-hos Wohnung zu sein, ohne dass er selbst da war. Noch seltsamer war es, seine Interviews zu schauen, die online gingen. Vor allem, weil sie keine Untertitel besaßen und ich kaum verstand, was überhaupt gesagt wurde. Was ich jedoch verstand, waren Min-hos müde Augen, sein gespieltes Pokerface und seine ruhige Art zu sprechen, so als müsste er jedes Wort sorgfältig wählen.

Es war das erste Mal, dass ich auch seine anderen Bandmitglieder richtig sah. Von der Werbung am Coex abgesehen. Es zauberte mir ein Lächeln ins Gesicht, dass die Jungs sich trotz der Seriosität der Interviewerin gegenseitig auf die Beine klatschten, grinsten und komische Handbewegungen betrieben, wenn sie gerade nicht selbst am Sprechen waren. Ich konnte es nicht abwarten, sie kennenzulernen. Die Menschen, die für Min-ho wie eine Familie waren.

Sie so zu sehen, brachte mich auf den Gedanken, endlich auf YouTube nach Liveauftritten der Band zu suchen. Kaum hatte ich KT6 eingegeben, erschienen Tausende Videos. Nervös klickte ich auf eine Performance von einem Song, der *Daydream* hieß, und erstarrte, als ich das Stadion mit Tausenden von Fans sah. Jeder von ihnen hielt einen Light Stick in den Händen. Ich wusste nur, was das war, weil davon mehrere in Min-hos Wohnzimmer standen und er es mir auf Nachfrage erklärt hatte. Dieses wunderschöne Lichtermeer vor meinen Augen hatte er *Ocean* genannt. Es wurde extra ein DJ fürs Licht eingestellt, der die Light Sticks passend zu den Songs in verschiedenen Farben leuchten ließ. Es musste unglaublich sein, in dieser Menge zu stehen und Teil dessen zu werden.

Doch was noch viel unglaublicher war, waren die Jungs auf der Bühne. Sie strahlten. Sie glühten. Ihre Bewegungen waren so synchron, so perfekt, als wären sie dafür geboren worden. Allein die Tatsache, dass man bei solchen Choreos noch alle Töne traf, brachte mich zum Staunen. Es war ihnen anzusehen, dass sie genau dort hingehörten. Der Wechsel von supersüßen Grimassen zu Blicken, die mich erröten ließen, ging so schnell, dass mein Kopf nicht hinterherkam.

Meine Faszination wurde von meinem Handy unterbrochen, das zu klingeln begann.

Emilys Name sprang mir entgegen, sodass ich das Video pausierte und den Anruf annahm.

»Aria! Was ist da los? Was ist passiert? Wann? Und wie? Wieso hast du nichts gesagt?« Ihre Fragen prasselten wie ein Platzregen auf mich ein, ohne dass ich wusste, was sie meinte.

»Ganz langsam. Was meinst du?«

Stille trat ein.

»Hast du ... Hast du es noch nicht gesehen?« Der Unterton in ihrer Stimme bereitete mir eine Gänsehaut.

»Was gesehen?« Es raschelte im Hintergrund, ehe sie mir einen Link bei KakaoTalk schickte.

Ein Link zu einem Artikel mit der Überschrift:

Exposed!
K-Pop-Star Min-ho und seine neue Freundin.
Alles nur eine Marketingkampagne?

Mit weit aufgerissenen Augen scrollte ich runter zu dem Bild, das beinahe die ganze Internetseite einnahm. Min-ho und ich. Wie wir mit unseren neuen Frisuren im Spiegel grinsten. Seine Arme um mich gelegt. Unsere Gesichter nah beieinander und deutlich im Spiegelbild zu sehen. So deutlich, dass mir schlecht wurde.

In meinem Kopf ratterten die Zahnräder, bis sie sich verhakten und den Geist aufgaben. Mein Herz setzte in diesem Moment einige Schläge aus und ich hielt die Luft an.

Mrs Park. Sie hatte dieses Bild gemacht.

»Das sind ... Wie ...«, begann ich, doch mir fehlten die Worte, während meine Augen weiter über die Seite huschten.

Es gab nicht viele Informationen, aber das Foto genügte.

»Das kann nicht sein«, brachte ich schließlich hervor. Verzweifelt lachte ich auf, als Emily fragte: »Das war also nicht geplant?«

»Nein. Nein, das war es nicht.«

»Wenn es hilft, dein Name taucht nicht auf.« Ihre Stimme klang jetzt mitfühlender, beinahe so verzweifelt wie meine.

»Dafür ist mein Gesicht umso deutlicher zu erkennen. In HD. Man sieht sogar meine Sommersprossen, so gut ist es.«

»Du bist gerade bei ihm, oder?«

»Er ist in Busan.« Leugnen konnte ich es sowieso nicht mehr. Ein kleiner Funken Erleichterung machte sich in mir breit, der jedoch schnell von Angst und Sorgen verdrängt wurde.

»Also stimmt es? Ihr seid ein Paar?«

»Ich weiß nicht, was wir sind«, sagte ich ehrlich. »Aber ich mag ihn. Sehr. Und nun weiß es auch jeder hier in Seoul.«

»Meinst du, dass das funktionieren kann?« Die Sorge in ihrer Stimme war kaum zu überhören.

»So weit haben wir nicht gedacht. Es war ...«

Es war der einzige Lichtblick in dieser Dunkelheit.

»Natürlich wussten wir, dass es Konsequenzen haben könnte, aber ...« Erneut brach ich ab.

»Aber ihr habt es einfach ignoriert«, beendete Emily den Satz für mich. »Bist du glücklich?«

»Ja«, sagte ich, ohne zu zögern.

»Aria. Ich mache mir wirklich Sorgen um dich. Erst das mit Chris und jetzt ... Tu dir einen Gefallen und lies nicht die Kommentare. Und bevor du mit ihm gesprochen hast ...«, sie machte eine kurze Pause, »bevor du mit Min-ho gesprochen hast, geh lieber nicht raus, ja?«

In meinem Kopf spielten sich sofort tausend Szenarios ab. Das Video von Min-ho, wie er wie ein Zootier eingekesselt und fotografiert wurde, tauchte auf und ließ mich erschaudern. Würde mir das auch passieren? In was war ich hier hineingeraten? Und was passierte mit Min-ho?

»Danke, dass du mich angerufen hast. Ich muss auflegen«, sagte ich leise, als mir die ersten Tränen über die Wange liefen.

»Ich bin für dich da, hörst du? Wenn du reden willst. Oder wenn ich mit einer Flasche Wein und Schokolade vorbeikommen soll.« Ihr Angebot brachte mich kurz zum Lachen. Wenn es doch so einfach gewesen wäre ...

»Das bedeutet mir viel, wirklich. Ich ruf dich später an, ja?«

»Alles klar. Hab dich lieb.«

»Ich dich auch.« Und schon drückte ich auf Auflegen und wünschte, ich hätte das Gleiche auch mit meinen Gedanken machen können.

Immer und immer wieder las ich die wenigen Buchstaben, die der Artikel gebraucht hatte, um mein Leben auf den Kopf zu stellen.

Freundin.

Marketingkampagne.

Skandal.

Tatsächlich tauchte mein Name nicht auf. Und auch sonst keine weiteren Informationen. Doch an Min-hos Haaren erkannte man sofort, dass das Foto erst vor Kurzem aufgenommen worden war. Der Artikel war keine Stunde alt und schon über fünfhunderttausendmal angeklickt worden. Twitter, Instagram, TikTok, auf allen Nachrichtensendern. Es war überall. Kein Entkommen. Kein Verstecken.

Verzweifelt versuchte ich Min-ho zu erreichen, doch sein Handy war ausgeschaltet. Entgegen Emilys Ratschlag las ich die Kommentare und erschrak über die Worte, die über mich geschrieben wurden. Das konnte doch nicht ernsthaft passieren.

Min-ho hätte was Besseres als das verdient.

Ich würde einfach nur sein Geld wollen.

Die Worte widerlich, hässlich, ekelhaft fielen. Ich wurde als kranke Stalkerin bezeichnet, die Min-ho manipuliert hatte.

Wie in Schockstarre konnte ich nicht aufhören zu lesen.

»Niemals würde er so eine Hässliche nehmen« 194 Tsd. Likes
»Mit so was gibt er sich zufrieden?« 51 Tsd. Likes
»Die soll erst mal abnehmen und ne Schönheits-OP machen« 14 Tsd. Likes

Und das waren noch die harmlosen Kommentare. Es folgten wütende Emojis, widerliche Beleidigungen und einige Fans erklärten sich dazu bereit, mich ausfindig zu machen.

Mit zittrigen Fingern schloss ich den Artikel und schmiss mein Handy ans Ende des Bettes. Keiner dieser Menschen kannte mich. Keiner dieser Menschen kannte Min-ho, so wie er wirklich war, und doch empfanden sie mir gegenüber so einen Hass, als hätte ich ihnen persönlich die Chance auf die große Liebe mit ihm genommen. Das war eine Nummer zu viel für mich. Ich konnte das nicht.

Nie zuvor war mir so eine Welle an Wut, Verachtung und Hass entgegengebracht worden. Morddrohungen von Menschen, die verdammt ernst klangen. Wie ging man mit so was um?

Manchmal waren meine Sorgen und Ängste ganz leise, kaum hörbar. Wie ein Flüstern, das beinahe verschwand, wenn man es nicht beachtete.

Heute war das nicht der Fall. Heute schrien meine Gedanken, hämmerten so laut in meinen Kopf, dass ich keine rationalen Entscheidungen mehr treffen konnte, und ließen kein Licht mehr hindurch, während sie alles in Dunkelheit einhüllten.

Erneut versuchte ich Min-ho zu erreichen, doch es ging direkt die Mailbox dran. Also tat ich das Einzige, was mir einfiel: Ich stellte mich unter die heiße Dusche, bis meine Haut ganz rot wurde, weinte so lange, bis meine Tränen versiegten, und vergrub mich unter der Bettdecke, bis ich erschöpft einschlief.

***

Ein lauter Knall ließ mich hochfahren. Es musste mitten in der Nacht sein. Kerzengerade saß ich im Bett, versuchte mein klopfendes Herz zu beruhigen und horchte, ob ich mir das Geräusch nur eingebildet hatte. Ein Blick auf die Uhr verriet mir, dass es fast halb vier morgens war. Bislang gab es keine Nachricht von Min-ho. Dafür mehrere von Emily, von Yi Seo, Marie, Nate und sogar eine Mail von Mrs Oh. Doch ich hatte nicht die Kraft, sie zu lesen. Damit würde ich mich morgen befassen. Ein leises Fluchen verriet mir, dass sich jemand im Haus aufhielt, und auf Zehenspitzen tapste ich zur Tür. Drei Schritte, bevor ich dort ankam, wurde sie aufgerissen und ich schrie mir die Seele aus dem Leib. Ich taumelte nach hinten und blickte direkt in Min-hos Gesicht.

»Du hast mich zu Tode erschreckt!«, japste ich und schlug ihm auf die Brust, als er auf mich zukam.

»Ich habe dich auch vermisst«, sagte er und blieb wenige Zentimeter vor mir stehen.

Als der Schock nachließ, wäre ich ihm am liebsten in die Arme gesprungen. Ein trauriges Lächeln hielt mich allerdings davon ab. Seine blasse Haut und die dunklen Schatten unter seinen Augen standen im deutlichen Kontrast zueinander. Während er mich ansah, kniff er angestrengt die Augen zusammen, als würde es ihm alles abverlangen, sie offen zu halten. Er sah genauso aus, wie ich mich fühlte. Erschöpft, müde und fertig.

»Was machst du hier? Was ist mit dem Comeback?«

Sein gezwungenes Lächeln tat weh und verrutschte für eine Millisekunde. Einen Augenblick lang sah er mich an, dann legte er seine starken Arme um mich, als würde er es anders nicht mehr aushalten.

»Permanent enttäuscht sein, wie es aussieht. Wenn du vor Schreck schreist, anstatt mich vernünftig zu begrüßen«, murmelte er an meinem Hals.

»Dann tauch doch nicht mitten in der Nacht auf wie so ein Einbrecher.«

»Das ist meine Wohnung«, lachte er.

»Ich dachte, du könntest einer von diesen Sasaengs sein.«

Möglich, dass ich mich viel zu lange mit Artikeln aufgehalten hatte, in denen es um die Seseangs ging. Obsessive Stalker, die alles dafür taten, ihren Idols näherzukommen. Und damit war wirklich alles gemeint. Es war krank.

Bei der Vorstellung wurde mir eiskalt. Min-ho verstärkte den Druck der Umarmung auf eine sanfte, angenehme Weise und wiegte uns hin und her.

»Woher weißt du, was Sasaengs sind?«, fragte er besorgt, während er mit einer Hand meinen Rücken auf und ab fuhr, ehe er sie auf meiner Taille platzierte.

»Ich habe etwas recherchiert.«

Etwas war gut. Ich hatte ganze drei Stunden lang alles Mögliche im Internet gelesen. Fans, die anliegende Hotelzimmer oder gleiche Flugtickets buchten, um ihren Stars zu begegnen. Eine imaginäre Beziehung mit ihnen führten. Es gab sogar Sasaeng-Taxis, die nach Events und Konzerten bereitstanden und für ein halbes Vermögen der Route der Idols folgten. Mein Gedanke, dass jemand von denen hier einbrach, war leider nicht so abwegig, wie ich es gerne gehabt hätte. Ich wusste nicht viel über das Idol-Dasein, doch die ganze K-Pop-Industrie war so anders als alles, was ich bisher kannte. In Korea steckte so viel mehr dahinter.

Es war allgemein bekannt, dass Idols mit einem Entertainment für das Land und die Fans lebten. Kein Privatleben, keine Zeit für sich und vor allem keine Beziehungen, um die Illusionen der Fans nicht zu zerstören. Diejenigen, die sich nicht daranhielten, wurden von der Öffentlichkeit in jeglicher Form zerrissen. Unser Foto, die Kommentare und die vielen Schlagzeilen waren nur der Anfang, da war ich mir sicher.

»Was geht in deinem schönen Kopf vor?«, fragte mich Min-ho und holte mich in die Realität zurück. Ich löste mich etwas aus seiner Umarmung, um in seine Augen zu sehen.

»Geht es dir gut?«, war die einzige Frage, die mir momentan wichtig war.

Er schüttelte lachend den Kopf, ehe er meine Hand in seine nahm und an seine Lippen führte. Bei der Berührung schossen kleine Feierwerke über meine Haut.

»Ja. Jetzt, wo ich bei dir bin. Wie geht es dir?«

»Ich bin okay. Warum bist du nicht an dein Handy gegangen?«

»Es wurde mir abgenommen«, sagte er trocken und als er nichts hinzufügte, wusste ich, dass er keinen Spaß machte.

Fragend sah ich ihn an. »Was?«

»Egal. Ich habe es wieder. Es tut mir leid, dass ich erst jetzt kommen konnte. Ich musste noch einiges klären, bevor ich gehen durfte.«

Bevor ich gehen durfte.

Das war doch verrückt.

»Wir haben die restlichen Termine abgesagt. Dieser Artikel ... Aria, es tut mir leid, dass ich so egoistisch war und dich darin verwickelt habe. Ich war so leichtsinnig. Niemals hätte ich gedacht, dass jemand, der schon so lange für mein Entertainment arbeitet, uns so hintergehen würde. Mrs Park arbeitet seit unserer Trainee-Zeit mit uns zusammen. Nichts, was sie hört oder sieht, darf sie an die Öffentlichkeit weitertragen. Das ist vertraglich geregelt. Sonst wäre ich viel vorsichtiger gewesen. Es tut mir so leid.«

Min-ho ließ den Kopf sinken, seine blau schimmernden Haare fielen ihm in die Stirn und sein ganzer Anblick sprühte nur so vor Schuldgefühlen.

Alles in mir zog sich zusammen und ich kämpfte gegen das tonnenschwere Gewicht auf meinem Herzen an. Ich sperrte meine Ängste und Zweifel weg. Verschloss sie in der hintersten Kammer meines Kopfes und atmete einmal tief durch.

»Du musst dich nicht entschuldigen. Es war nicht deine Schuld.« In jedes meiner Worte versuchte ich so viel Mitgefühl zu legen, wie ich nur konnte. »Uns geht es gut und das ist die Hauptsache. Alles andere schaffen wir schon. Aber für dieses Gespräch ist es jetzt schon zu spät. Lass uns einfach morgen darüber sprechen.«

»Wir kriegen das doch hin, oder?« Sein trauriger Blick traf mich unvorbereitet und stach wie tausend kleine Messer in mein Herz. Ich nickte und hoffte, dass er meine Unsicherheit nicht heraushörte, als ich sagte: »Wir kriegen das hin.«

29

Am nächsten Morgen weckte mich die Sonne, die direkt durchs Fenster schien und kleine Staubpartikel sichtbar machte, die in der Luft tanzten. In Min-hos Armen aufzuwachen war der perfekte Start in den Tag. Daran könnte ich mich gewöhnen.

Doch die morgendliche Ruhe verflog schnell, als die Klingel schrill ertönte und mich daran erinnerte, in was für ein Chaos sich unsere Realität verwandelt hatte.

Min-ho zog mich näher an sich, grummelte einmal vor sich hin, strich mit der Nasenspitze an meiner Schulter entlang und machte nicht den Anschein, an die Tür gehen zu wollen. Als das Klingeln erneut ertönte, setzte er sich genervt auf. »Wer auch immer das ist: Ich hasse diese Person«, murmelte er müde, während er sich über die Augen rieb. Seine Stimme war noch ganz rau vom Schlaf.

»Ich auch«, gab ich zurück, setzte mich ebenfalls auf und legte meine Arme um seine Mitte.

Sofort lehnte er sich in meine Berührung und strich mit seinen Fingern über meine Arme. Wir verharrten ein paar wenige Sekunden in dieser Umarmung, ehe es erneut klingelte. Der zweite Morgen, an dem wir so aus dem Bett geschmissen wurden.

»Die haben wohl nichts von Privatsphäre zu Hause gehört«, rief ich Min-ho hinterher, der mit schweren Schritten durchs Schlafzimmer hinaus zur Tür lief.

»Das gibt es nicht für sie«, war alles, was er sagte, und seine Worte erinnerten mich daran, was ich gestern gelesen hatte. An unser Gespräch kurz vorm Einschlafen.

Keine Privatsphäre. Idols gehören den Fans und ihrem Land. Allzeit bereit.

Die männliche Stimme, die im Flur erklang, ließ mich augenblicklich wach werden. In Windeseile zog ich mich an,

verschwand kurz im Bad und las beim Zähneputzen meine Nachrichten vom Vortag durch. Erneut wurde ich mit der Tragweite des Artikels konfrontiert.

Mrs Oh teilte mir in einer Mail mit, dass sie untröstlich sei, aber dass ich bis auf Weiteres von der Arbeit befreit wäre. Bis die Lage sich beruhigte, schrieb sie, doch wir beide wussten, dass das nicht so schnell geschehen würde.

Anscheinend hatte sich der Artikel bis zu den Eltern rumgesprochen, da einige meiner Schüler mich in den Nachrichten und Schlagzeilen erkannt hatten. Es wäre fahrlässig, mich unter diesen Bedingungen weiter zu beschäftigen, es stellte ein zu großes Risiko dar und ich konnte es ihr nicht mal verübeln.

Der Gedanke, jemand könnte mir heimlich bis zur Schule hinterherschleichen, schickte einen Schauer über meine Wirbelsäule. Ebenso die Tatsache, dass Chris diesen Artikel lesen würde und dass er wohlmöglich schon auf dem Weg nach Seoul war. Wie betäubt spritzte ich mir kaltes Wasser ins Gesicht, als könnte ich mich damit aus diesem Albtraum aufwecken. Ich war nach Seoul gekommen, um unabhängig zu sein. Um mein Leben neu aufzubauen, nachdem es in tausend Splitter zersprungen war. Für einen kurzen Moment hatte ich es geschafft. Hatte meine eigenen Entscheidungen getroffen und mir etwas aufgebaut, für das es sich zu kämpfen lohnte. Für einen kurzen Moment war ich glücklich gewesen. Das Unterrichten, meine Freunde, Min-ho. Es fühlte sich nach Langem wieder so an, als hätte ich zu mir zurückgefunden. Doch jetzt …

Der Teufelskreis begann von vorne, zwar konnte Min-ho nichts dafür, aber das machte es nicht besser. Schon wieder wurden Entscheidungen für mich getroffen, auf die ich keinen Einfluss hatte. Und schon wieder war alles weg. Es war nicht nur der Job, von dem ich höchstwahrscheinlich gekündigt werden würde. Damit würde ich nicht nur meine Unabhängigkeit verlieren, sondern meine Sicherheit ebenfalls.

Verlor ich ohne Arbeit mein Visum?

Müsste ich dann zurück nach England?

Ein Klopfen an der Tür stoppte meine Gedankenspirale.

»Aria?«, fragte Min-ho, ehe er den Kopf hereinsteckte.

»Hm?«

»Kurze Planänderung.«

»Wir hatten doch gar keine Pläne«, sagte ich irritiert.

Ein leichtes Grinsen umspielte seine Lippen. »Ich hatte schon welche. Mit dir. Im Bett.«

»Anscheinend muss ich eh nicht mehr zur Arbeit«, sagte ich etwas verbittert, doch Min-ho schien nicht überrascht.

»Ich weiß. Es tut mir so leid.« Sein Gesicht verzog sich bei diesen Worten. Natürlich wusste er das bereits. Sicherlich gab es auch für ihn schon Hunderte Mails. Das Mitleid in seinem Blick war kaum zu ertragen, als er sagte: »Lass mich mit deiner Chefin reden, vielleicht –«

»Nicht nötig. Es ist okay.« Wir hatten größere Probleme.

»Nein, ist es nicht.« Frustriert seufzte er auf.

»Nein. Aber ich kann es verstehen. Woher weißt du es?«

Sorgenfalten traten auf sein Gesicht. »Kommst du kurz mit raus?«

Auf dem Weg zum Wohnzimmer griff Min-ho nach meiner Hand und ließ sie auch dann nicht los, als ich den Mann im Anzug erblickte.

»Das ist Han Do-yoon, einer meiner Leibwächter. Ihr seid euch ja bereits begegnet. Am Flughafen.« Bei diesen Worten huschte ein kurzes Grinsen über sein Gesicht, das aber schnell wieder verschwand. »Er wurde gebeten … Also …« Anscheinend war ich nicht die Einzige, die nervös war. Min-ho ließ meine Hand los und fuhr sich durch die Haare, als er nach Worten suchte.

»Ich wurde gebeten, Herrn Hwang und Sie höchstpersönlich zu SYE zu bringen.«

»SYE?« Nervös schaute ich zwischen Min-ho und ihm hin und her.

»Meinem Management«, erinnerte mich Min-ho und mir fiel wieder ein, wie Yi Seo darüber gesprochen hatte.

»Ah«, gab ich nach einer kurzen Pause zurück. Na super.

»Hör zu«, sagte Min-ho und nahm mein Gesicht in seine Hände, während er mich mit einem Blick ansah, in dem so viele Gefühle lagen. Das Gefühl, das immer wieder die Führung übernahm, sah wie Angst aus. »Mich können sie dort hinzitieren. Aber du musst nicht, wenn du nicht willst.«

Entschlossen erwiderte ich seinen Blick. Natürlich folgte ich ihm.

***

Die Autofahrt ging viel zu schnell vorbei. Nervös knibbelte ich an meinen Händen herum und auch Min-ho war verdächtig still geworden. Do-yoon füllte die Stille damit, mich über das neue Gebäude des Entertainments aufzuklären.

Als würde mich das jetzt interessieren. Aber nun gut.

Es befand sich ebenfalls im Stadtteil Yongsan-gu und war somit nicht weit von Min-hos Apartment entfernt. Das Gebäude lag direkt am Hangang, dem Fluss, an dem Min-ho gerne nachts spazieren ging.

Wie ich jetzt wusste, blieb ihm gar keine andere Möglichkeit. Do-yoon schien es nichts auszumachen, dass Min-ho und ich nur halb zuhörten, denn er redete einfach weiter. Neben den offiziellen Büros gäbe es eine ganze Etage mit Sportgeräten und allem, was man zum Trainieren bräuchte. Mehrere Tanz- und Tonstudios und ein eigenes Restaurant. Außerdem besäße jede Band eigene Gruppen- und Einzelräume, plus Studios je nach Bedarf. Es gab sogar einen Einkaufsladen im Erdgeschoss. Alles, was das Herz begehrte.

»Also braucht man eigentlich nicht mehr weg, wenn man einmal dort ist«, murmelte ich.

»Das ist ihr Plan«, gab Min-ho trocken und ohne jede Spur von Humor zurück, als wir unser Ziel erblickten.

Hunderte von Fans standen um das Gebäude von SYE verteilt. Sie hielten Schilder mit Gesichtern der Band oder Sprüchen, laute Musik wurde gespielt und alle hatten ihre Handys in den Händen. Sie warteten quasi nur darauf, jeden Moment auf Aufnahme zu drücken, falls etwas passieren sollte.

In der Tiefgarage erwarteten uns mehrere Securitys und im Gegensatz zu diesen Männern war Do-yoon ein wahrer Sonnenschein. Ihre Blicke wirkten so eiskalt und leer, dass ich sofort eine Gänsehaut bekam.

Plötzlich fühlte ich mich, als hätten wir etwas verbrochen.

Na ja, im Grunde haben wir das ja auch, schoss es mir in den Kopf. Ich war hier bestimmt der Staatsfeind Nummer eins.

Im Eingangsbereich bestand eine Wand komplett aus Bildschirmen, an den anderen Wänden hingen große Plakate von Idols und ihren Chartplatzierungen. Darunter erkannte ich auch *KT6*, die mit Abstand die meisten Erfolge hatten. Mir kam der Gedanke, dass ich überhaupt nicht wusste, worauf ich mich hier eingelassen hatte. Als wir über den glänzenden Marmorboden liefen und mehrere Angestellte zu tuscheln begannen, wurde mir schlecht.

SYE – Show Yourself Entertainment.

Der Ausdruck »Show Yourself« sprang einem hier überall entgegen und ich wusste nicht, ob ich darüber lachen sollte. Das konnte nur ironisch gemeint sein. Nach allem, was ich wusste, sollte man genau das doch gerade nicht tun, oder?

Am besten war man eine reine weiße Projektionsfläche, wenn man zum Idol werden wollte.

Gestern Nacht hatte Min-ho mir noch von den Interviews erzählt und wie anstrengend es war, diese Rolle spielen zu müssen, nur weil es das Entertainment so wollte. Für Schmerz und Traurigkeit war kein Platz. Er war der festen Überzeugung, dass die Fans ihn so, wie er war, auch unterstützen würden.

Ehrlich und etwas verbogen.

Mit einer Geschichte, die vielleicht nicht sonderlich glücklich verlaufen, aber eben einfach seine war. Gefühle, die er einsperren musste, damit er nichts als Fröhlichkeit versprühte. Doch mit Fröhlichkeit hatten dieses Gebäude und die Atmosphäre darin nichts zu tun.

Vor einem verglasten Konferenzraum wurde Min-ho zunächst gebeten, ohne mich hineinzugehen.

Natürlich.

Stillschweigend saßen Do-yoon und ich also direkt davor und konnten die beiden zwar sehen, aber nicht hören. Den CEO von einem der größten

K-Pop-Entertainments hatte ich mir etwas anders vorgestellt. Anstelle eines Mannes mittleren Alters, der einen maßgeschneiderten Anzug trug, stand Min-ho ein Mann mit Glatze, runder Brille und einem auffallend bunten Anzug gegenüber.

Nach einer Unterhaltung sah das nicht wirklich aus. Min-ho nickte ab und zu, griff sich in den Nacken, schaute zu mir und dann wieder zum CEO, während dieser auf ihn einredete. Mittlerweile war fast eine Stunde vergangen.

»Was geht darin wohl vor sich?«

»Er darf sich eine klassische Wook-Jong-Predigt anhören«, antwortete Do-yoon auf meine Frage, die eher an mich selbst gerichtet gewesen war.

»Ich habe mir diesen Wook Jong irgendwie anders vorgestellt. So als CEO«, gestand ich.

Do-yoons Miene wurde etwas weicher. »Das geht bestimmt nicht nur dir so.« Ehe ich darauf etwas erwidern konnte, wurde die Tür aufgerissen und Min-ho erschien im Flur.

»Min-ho, komm doch bitte zur Vernunft. Bevor es zu spät ist«, hörte ich Wook Jong sagen, bevor er mir einen Blick zuwarf, der mich klein wie eine Schachfigur werden ließ.

Okay, sein Aussehen täuschte absolut. Er sprach Englisch, damit ich ihn genau verstand. Als würde er ebenfalls an mich appellieren, wie unvernünftig das Ganze hier war. Das war nach diesem Ausdruck in seinem Gesicht klar. Mit einer Hand zog Min-ho mich an seine Seite und blickte wieder zu Wook Jong.

»Du drohst mir?« Seine Stimme klang beinahe amüsiert.

»Das war keine Drohung.« Ein gequälter Gesichtsausdruck huschte über das Gesicht des CEOs und ich fragte mich, ob er diese Regeln vielleicht ebenso wenig durchsetzen wollte, wie Min-ho sich daran halten wollte.

Angestrengtes Schweigen machte sich im Flur breit. Sanft griff ich nach Min-hos Hand, als ich merkte, wie angespannt er war. Sofort verflochten sich unsere Finger miteinander. Wook Jongs Blick fiel beinahe automatisch darauf, was mich ganz nervös machte, aber ich ließ nicht los. Mit hörbarer Verzweiflung redete er weiter. »Überleg es dir gut.«

»Brauch ich nicht. Da gibt es nichts zu überlegen.«

»Du weißt, mir bleibt keine Wahl.«

»Es tut mir leid«, sagte Min-ho plötzlich und ich schaute ihn verwirrt an. Doch er ließ den Mann vor uns nicht aus den Augen. Wook Jong wollte gerade zu einer Antwort ansetzen, doch Min-ho hob warnend den Zeigefinger, woraufhin er sofort verstummte. Die Macht, die von ihm ausging, war unglaublich. Eine Geste reichte und der Mann hielt die Klappe.

Was ging hier vor sich?

»Es tut mir leid«, wiederholte Min-ho seine Worte. »Dass ich es so lange hingenommen und nie etwas dagegen gesagt habe. Wir gehen daran kaputt, Jong-ssi. Nach allem, was wir hinter uns haben, nach allem, was passiert ist, kann ich das einfach nicht mehr. Nicht so.« Jong-ssi. Als Min-ho und ich gestern über den CEO gesprochen hatten, erklärte er mir, dass er der Einzige aus der Band war, der ihn so nannte. *Weil er wie mein Onkel ist. Weil ich ihn kenne, seit ich auf der Welt bin. Er und mein Vater waren beste Freunde.* Alles Gründe, die Min-ho mir ohne weiteren Kontext anvertraute. Und anscheinend bedeutete die Endung -ssi, dass Wook Jong zwar älter als Min-ho war, die beiden sich aber auf dem gleichen Level des Respekts befanden. Ich wollte Min-ho nach den Details der Geschichte zwischen ihm und dem Chef des Entertainments fragen, doch es war nicht der richtige Augenblick.

»Du entscheidest dich für sie?«, sagte Wook Jong und riss die Augen auf. Die Überraschung teilte ich mit ihm.

»Ich entscheide mich für mich, ist dir das immer noch nicht klar?«

»Wenn du gehst, verlierst du alles«, sagte Wook Jong und ich sah ihn fassungslos an. »Ich kann dir dann nicht mehr helfen. Auch wenn ich es gerne würde.«

»Ich weiß, du findest einen Weg. Aber wenn nicht, ist das auch in Ordnung. Denn dann weiß ich wenigstens, dass ich mich nicht mehr verstellen muss. Wenn ihr mich deswegen fallen lasst … Dann nur, weil ihr Angst habt. Ihr wollt nicht mich. Ihr wollt den Leader von KT6, der sich verstellt? Den Min-ho, den ihr erfunden habt? Den gibt es nicht mehr.«

Nie zuvor hatte ich ihn so wütend und zugleich so traurig sprechen hören.

Schließlich drehte Min-ho sich zu mir um und seine Gesichtszüge wurden sofort weicher.

»Es tut mir leid, dass du warten musstest. Wir gehen sofort.«

Die plötzliche Sanftheit in seiner Stimme machte mich sprachlos. Ich brachte ein Okay zustande, ehe wir zu dritt den Flur hinunterliefen.

Min-ho und ich, Hand in Hand. Und Do-yoon hinter uns, dessen Blick sich diesmal nicht wie Feuer, sondern wie ein Schutzschild anfühlte. Es kam mir vor wie eine Szene der *Drei Musketiere,* die einen kalten Krieg hinter sich ließen.

»Ach, und noch was«, rief Min-ho plötzlich, ohne sich umzudrehen. Ein Blick über meine Schulter zeigte mir, dass sich sämtliche Mitarbeiter aus ihren Türen hinauslehnten.

Wook Jong hatte sich ebenfalls keinen Schritt bewegt und seine Augen verengten sich zu Schlitzen, als er meinen Blick bemerkte.

»Stell mir nie wieder ein Ultimatum. Ich habe das hier mit dir aufgebaut. Vergiss das nicht.«

Richtig Luft holen war erst wieder möglich, als wir im Auto saßen und das Gebäude von SYE hinter uns ließen.

30

Wir waren keine zehn Minuten in der Wohnung, da klingelte Min-hos Handy bereits ununterbrochen. Do-yoon und Min-ho sprachen gerade über Verstärkung für das Sicherheitspersonal, als das Handy erneut klingelte. Wie aufs Stichwort. Beim Blick auf den Bildschirm lachte er laut auf, ging jedoch beim dritten Anruf ran und hörte schweigend zu. Ganz leise vernahm ich die Stimme von Wook Jong. Dabei rutschte ich nervös auf der Couch hin und her, während Min-ho zum Fenster lief, hinausstarrte und nur ab und zu ein einfaches 네 erwiderte. Neh. Das koreanische Ja, das auch als Gesprächsfüller diente und das er einfach bedeutungslos vor sich hinmurmelte.

»Schick mir die Daten«, hörte ich Min-ho schließlich sagen. Kurze Pause. »Natürlich. Wir haben uns für den Showcase vorbereitet. Daran soll es nicht scheitern.« Erneut hörte ich, wie Wook Jong schnell auf ihn einredete.

»Showcase?«, wollte ich von Do-yoon wissen, der Min-ho ebenfalls nicht aus den Augen ließ.

»Die Premiere von einem Song, der noch nicht veröffentlicht wurde«, erklärte er mir. Ich nickte, während Min-ho weiterhin hektisch ins Telefon sprach.

Dass er ihm auf Englisch antwortete, provozierte den CEO bestimmt zusätzlich. Doch dann runzelte er die Stirn und massierte mit Daumen und Zeigefinger seinen Nasenrücken, ehe er antwortete.

»Nah-lee ga nasseo. Neh ... Geopjaengi.«

Do-yoon blickte erschrocken zu Min-ho herüber und ich wünschte, ich hätte verstanden, was er da gerade gesagt hatte. Als hätte er meine Gedanken erraten, flüsterte Do-yoon leise: »Irgendwas stimmt nicht. Er sagt, dass ihm etwas nicht gefällt. Oh, und er hat den CEO grad als Feigling bezeichnet.«

Die Art, wie er das mit ernster Miene sagte und sich doch ein Grinsen verkniff, sagte mir, dass das wohl nicht gut enden würde. Augenblicklich schien Min-ho sich schon wieder etwas zu entspannen. Sein Blick traf meinen. »Schick mir einfach die Daten. Ich ... Wir werden da sein.« Dann legte er auf. Wir werden da sein. Die Betonung lag auf dem Wort wir.

»Jetzt sag schon«, platzte es aus mir heraus.

»Das Konzert morgen Abend findet wie geplant statt.« Bei diesen Worten ließ er sich neben mich fallen und vergrub dann das Gesicht in den Händen.

»Was?« Meine Augen weiteten sich, weil ich so erschrocken darüber war, und Do-yoon schien es nicht anders zu gehen. Nach all dem Theater sollte ein Konzert stattfinden?

»Er wollte es erst verschieben. Jetzt soll es eine Art Ablenkungsversuch wegen dieses Artikels sein.«

»Du hast was von Showcase gesagt?«

»Es wird eine Performance von unserer neuen Single geben. Der Song, an dem die Jungs und ich die letzte Zeit gearbeitet haben.«

Ich erinnerte mich daran, dass er meinte, die Choreo dazu sei die schwerste, die sie jemals einstudiert hatten.

»Aber ... Ich komm hier nicht mit. Ist jetzt doch alles gut zwischen euch? Was ist denn hier los?« Lauter Fragezeichen tauchten in meinem Kopf auf.

»Es ist schlecht fürs Geschäft, wenn das eskaliert. Er weiß das besser als jeder andere«, erklärte er und klang verbittert. »Also sagt er, dass wir ein Statement veröffentlichen und den Konzertstart wie geplant durchziehen. Das erste Konzert findet morgen Abend im Gocheok Sky Dome hier in Seoul statt. Es gibt nur einen Haken.« Er schluckte einmal schwer. »Statt einem Konzert, das offiziell das Comeback feiern soll, wird es der Start einer Welttournee, die nächsten Monat beginnen wird.«

»WAS?«, rief ich schockiert, während Do-yoon gleichzeitig laut »MWO?« schrie. Das koreanische Wort für »Was?« klang aus seinem Mund beinahe etwas wütend.

»Aber ist das nicht viel zu kurzfristig? Kommt dann überhaupt jemand?«

Daraufhin begann Do-yoon heftig zu lachen und auch Min-ho musste sich zusammenreißen, nicht mit einzustimmen. Natürlich kam ich mir etwas blöd vor und sofort wurde ich rot wie eine Tomate. Min-ho nahm meine Hand, zog mich näher an sich und verschränkte seine Finger mit meinen.

»Ich werde zustimmen, Aria.« Er wich meinem Blick aus.

»Ist das dein Ernst?« Das bedeutete, zu dem Leben zurückzukehren, an dem er so zerbrochen war. Zurück zu der Person, die er nicht mehr sein wollte. »Können wir darüber bitte in Ruhe reden?« Meine Stimme war kaum mehr als ein Flüstern. Warum setzte das Universum eigentlich immer noch eins drauf? Konnten wir bitte nur für eine Sekunde Ruhe haben?

Langsam hob Min-ho den Kopf, der Ausdruck in seinen Augen fühlte sich fremd und gequält an. »Wir reden über alles. Versprochen.«

Do-yoon ließ uns alleine. Endlich waren wir nur noch zu zweit und konnten über alles sprechen, auch wenn ich es am liebsten verdrängt hätte. Wir redeten über den Artikel. Über Mrs Park und dass sie momentan eine Anzeige wegen des Vertragsbruchs am Hals hatte. Wir sprachen über meine Arbeit, die nicht mehr stattfand. Über meine Sorgen und seine Ängste. Über Chris, der wohlmöglich jederzeit hier auftauchen konnte, und dass das Sicherheitspersonal jetzt Bescheid wusste. Mir wurde übel, weil meine Vergangenheit noch mehr Chaos in diese Situation brachte. Und wir sprachen darüber, dass Wook Jong Min-ho gesagt hatte, dieser Artikel sei das mögliche Ende der Band. Angespannt presste er den Kiefer zusammen und wurde mit jedem Wort wütender.

»Er hat gesagt, ich wäre egoistisch! Ich würde mein Leben ruinieren und dich gleich mit runterziehen. Und weißt du, es fühlt sich genauso an. Er hat recht, ich habe viele Fehler gemacht. Aber du warst ganz sicher keiner.«

Mir wurde warm ums Herz, als ich seine Worte hörte. Und gleichzeitig bekam ich unendlich viel Angst, was das bedeuten könnte. Der Gedanke, dass unser Anfang vielleicht sein Ende war, brach mein Herz in tausend Stücke. »Aber ich weiß nicht, ob ich dir das antun kann. Und ob ich das der Band antun kann. Ich weiß einfach nicht, was ich tun soll. Aber ich habe einfach keine Lust mehr auf diese Scheinwelt. Das macht mich kaputt. Aber wenn nur ein Foto so große Wellen schlägt, wie wäre es dann, wenn sie uns zusammen auf der Straße sehen würden?« Min-ho drehte sich von mir weg, doch ich sah, wie seine Schultern zu beben begannen.

»Was kann ich tun?« Verzweifelt blickte ich ihn an. »Wir können damit aufhören. Es gibt so viele Gründe, warum wir damit aufhören sollten, Min-ho. Vielleicht ist es noch nicht zu spät.«

Lüge, Lüge, Lüge. Es würde mir alles nehmen. Aber ihn so zu sehen, war tausendmal schlimmer.

Diese Worte selbst auszusprechen, war wie ein Schlag ins Gesicht, und doch wusste ich, dass sie die versteckte Wahrheit waren, die mein Kopf nicht akzeptieren wollte. Mit jeder Sekunde steigerte ich mich weiter hinein.

»Aber es gibt einen, der diese Gründe alle zunichte macht.« Mit seinen Fingern hob er mein Kinn an und ich sah in seine braunen Augen, in sein Grübchengrinsen, das jetzt erschien. »Du machst mich glücklich. Und wenn ich mich nicht täusche, mache ich dich ebenfalls sehr glücklich.« Sanft strich er mit seinem Daumen über meine Wange.

»Du hast recht«, brachte ich hervor.

Weiteren Widerstand konnte ich nicht leisten. Nicht, wenn er mich so anschaute und solche Worte sagte.

»Aber es wird immer so sein«, fuhr er vollkommen ruhig fort. »Ich werde dir kein normales Leben bieten können.« Seine Nähe und Wärme wirkten beruhigend auf mich, doch seine Worte fühlten sich an wie kleine Nadelstiche. »Du hast etwas Besseres verdient als das, was ich dir geben kann, Aria.« Die Richtung, in die dieses Gespräch ging, gefiel mir überhaupt nicht. Doch ehe ich etwas erwidern konnte, sprach er weiter. »Ich weiß nicht, was ich tun soll. Jong-ssi hat mir diesen Deal vorgeschlagen. Eine Welttour im Gegenzug für seine Unterstützung. Es ist ein Kompromiss, aber dafür würde er sich hinter uns stellen. Das Entertainment wäre auf meiner Seite. Auf unserer Seite. Er würde es zumindest versuchen.«

Sanft legte ich ihm eine Hand auf den Arm, als ich bemerke, wie aufgewühlt und durcheinander er war.

»Wenn ich an die Jungs denke … Es ist nicht nur meine Karriere, ich bin ihr Leader. Sie vertrauen mir.« Tränen sammelten sich in seinen Augen. »Sie sind meine Familie.«

Zögerlich umarmte ich Min-ho und sofort vergrub er seinen Kopf an meiner Schulter. »All dieses Chaos existiert nur meinetwegen. Ich will die Band nicht enttäuschen. Aber ich will dich genauso wenig verlieren.«

Ich wünschte, ich könnte diesen Schmerz aus seinem Blick vertreiben. Aber das Gefühl saß ebenso tief wie meins, fest verankert mit all den anderen Dingen, die wir nicht verhindern konnten. Einen Herzschlag lang zögerte ich mit meiner Antwort, ehe ich mich ein paar Zentimeter von ihm entfernte, um ihm in die Augen zu schauen. Fieberhaft überlegte ich, wie ich die passenden Worte finden sollte, die es doch niemals geben würde.

»Was ist denn mit dir?«, fragte ich leise und legte eine Hand auf seine Brust. Er erwiderte nichts, sondern schaute mich nur mit leerem Blick an, und das tat verdammt weh. Sein Schweigen war Antwort genug und versetzte mir einen Stich.

»Was möchtest du? Denn ich werde an deiner Seite sein, wenn du es zulässt. Willst du eine Welttour? Bist du bereit dafür? Denk ausnahmsweise mal an dich. Bitte, Min-ho. Denk einmal an dich, bevor du an andere denkst!«

Für mehrere Atemzüge war es still, dann verschwand die Traurigkeit aus seinen Augen. Stück für Stück, ganz langsam.

»Das Auftreten war alles, was ich jemals wollte«, sagte er leise und hielt mich mit seinem Blick gefangen, ehe er seine Hand auf meine legte. »Bis jetzt.«

31

Ein Kampf nach dem anderen, hatten wir als Fazit des gestrigen Abends festgelegt. Angefangen mit dem Konzert, das heute stattfand und wegen dem ich nun zu einer unchristlichen Uhrzeit aus dem Bett geschmissen wurde.

»Guten Morgen, Schlafmütze! Es ist Zeit aufzustehen«, sagte Min-ho amüsiert, drückte mir einen Kuss auf den Scheitel und stand auf.

»Hör bitte auf, mit mir zu reden. Ich schlafe«, grummelte ich und vergrub meinen Kopf im Kissen. »Warum müssen wir um fünf Uhr morgens aufstehen?«

»Es ist bereits kurz vor sechs.«

Automatisch musste ich gähnen. »Das ändert nichts an meiner Frage.«

»Ich muss noch mal ins Fitting, dann in die Maske. Soundcheck und ein Interview nach dem Konzert. Heute steht viel auf der To-do-Liste.«

Min-hos Grübchen erschienen links und rechts auf seinen Wangen, als er zu lächeln begann. Er war bereits geduscht und angezogen. Gerade stand er in diesem grauen Jogginganzug vor mir, den er auch damals getragen hatte, als er mich nach der ersten Nacht in Korea zur Schule gefahren hatte. Meine Wangen röteten sich leicht bei dieser Erinnerung. Das Wasser tropfte an seinen blauen Haaren hinunter und in seinen Augen konnte ich das Strahlen erkennen, das ich gestern so vermisst hatte. Diese Erkenntnis ließ mich ebenfalls lächeln. »Aber zuerst Kaffee.«

»Alles, was du möchtest«, antwortete er und hielt mir die Hand hin, um mich aus dem Bett zu ziehen. Mit etwas zu viel Schwung prallte ich gegen seine Brust und atmete den Geruch von Duschgel und Waschpulver ein. Ich sah zu ihm hoch, als er eine Hand in meinen Nacken legte.

»Was machst du?«, murmelte ich mit leiser Stimme und lehnte mich etwas gegen ihn. Doch anstatt mir zu antworten, neigte er den Kopf etwas zu Seite.

Mit sanften Berührungen küsste er erst meine Stirn, dann meinen Hals. Erst links, dann rechts.

»Tang-si-neun meot-jyeo-yo«, raunte er, während seine Finger durch meine Haare fuhren.

Instinktiv neigte ich mein Gesicht an seine Hand.

»Weißt du eigentlich, dass es mich jedes Mal aus der Bahn wirft, wenn du Koreanisch mit mir sprichst? Auch, wenn ich natürlich kein Wort verstehe«, gestand ich und entlockte ihm ein Grinsen.

»Du bist wundervoll«, übersetzte er für mich. »Und ich kann dir gerne ein paar private Nachhilfestunden für Koreanisch geben.« Der Ton in seiner Stimme war vielversprechend.

»Ich bin noch viel zu müde. Und ich sollte mich fertig machen. Duschen, anziehen, mich repräsentabel machen.«

»Beim Duschen könnte ich dir Gesellschaft leisten.«

»Du warst gerade duschen«, wisperte ich, als er seine Hand an meinen Hals legte und meinen Kopf anhob, damit ich ihn direkt ansah. Ein dunkler Ausdruck lag in seinem Blick und sorgte für ein Achterbahnkribbeln in meinem Bauch. Bevor ich antworten konnte, legte er seine Lippen auf meine. Teilte sie mit seiner Zunge und zog mich enger an sich.

»Vielleicht tut dir noch eine Dusche gut«, flüsterte ich zwischen den Küssen und ich spürte das Vibrieren seiner Brust, als er zu lachen begann. Doch als sein Blick hinter mir zur Wanduhr fiel, machte er drei große Schritte zurück. Sofort vermisste ich seine Berührungen und suchte erneut seine Nähe.

»Ssibal«, fluchte er genervt und mit so tiefer und rauer Stimme, dass es verboten werden sollte. »Wir haben keine Zeit mehr, aber wir werden heute Abend genau da weitermachen.«

Seine braunen Augen wanderten beinahe gierig über meinen Körper und es fühlte sich so an, als würde er mich trotzdem weiter berühren. »Das ist nicht vorbei, nur verschoben.«

Ich brachte ein Nicken zustande, ehe Min-ho in Richtung Küche verschwand und ich mich für diesen Tag wappnete.

Eine halbe Stunde später saßen wir zusammen mit Do-yoon im Wagen auf dem Weg zum Gocheok Sky Dome. Ich staunte nicht schlecht, als ich sah, dass bereits jetzt Hunderte von Fans vor dem Eingang campierten.

Das Stadion sah riesig aus.

»Hier werdet ihr auftreten?«

Statt mir zu antworten, begann Min-ho zu lachen, legte einen Arm um meine Taille und küsste mich auf den Scheitel.

»Ich bin so schnell wieder da, wie ich kann. Lass dir von Do-yoon einen Kaffee holen. Ihr könnt in die Lounge gehen, wenn du dich zurückziehen willst.«

Ich liebte ihn dafür, dass er sich noch daran erinnerte, dass ich Menschenmassen nicht lange aushielt. Am Eingang verschwand Min-ho und ließ Do-yoon einen Schwur ablegen, nicht von meiner Seite zu weichen. Bereits jetzt war es so hektisch in diesen Hallen, dass ich mir gut vorstellen konnte, mich irgendwo zu verlaufen. Zusammen mit Do-yoon ging es zur Sicherheitskontrolle, bei der mich eine Frau abtastete, als hätte ich unter der weißen Bluse sonst was versteckt. Doch da waren keine Waffen, nur mein pochendes Herz, das möglicherweise explodierte. Dann erhielt ich einen VIP-Pass, doch mir entging ihr misstrauischer Blick nicht, als sie sagte, ich solle mich strengstens an die Vorschriften halten. Was auch immer das für Vorschriften waren.

Do-yoon hängte sich seinen Ausweis ebenfalls um den Hals.

»Wie viele Fans passen hier rein?«, fragte ich ihn, als er neben mir herschlenderte. Für ihn war das nichts Neues.

»Um die fünfundzwanzigtausend«, sagte er gähnend.

Die Bühne sah gewaltig aus. Große Bildschirme, Tribünen an allen Seiten, die in die Menge gingen wie unendlich lange Laufstege. Vorbei an den vielen Mitarbeitern mit Headsets und Klemmbrettern, steuerte mich Do-yoon in die private Lounge. KT6 stand in großen Buchstaben an der Tür.

»Hör auf, so zu tun, als würde sich die Welt nur um dich drehen«, hörte ich Min-ho mit ruhiger Stimme sagen, als wir den Raum betraten.

»In meiner Welt ist das auch so«, antwortete ein Mann mit lila Haaren ebenfalls auf Englisch, doch sein Akzent war deutlicher herauszuhören als der von Min-ho.

Die Lounge war riesig. Ausgestattet mit einer großen Spiegelwand, vor der Stühle mit den Namen der Members standen. Es gab einen großen Fernseher, eine Couchecke, einen gigantischen Kühlschrank und einen Tisch mit Snacks und Obst. Hier ließ es sich aushalten. Der Mann mit den lila Haaren verzog das Gesicht zu einem Grinsen, als er mich bemerkte.

»Da seid ihr ja!«, rief Min-ho mir zu. »Das Fitting ging schneller als gedacht. Mir steht einfach alles.«

Ein süffisantes Grinsen stahl sich auf sein Gesicht, während der Mann hinter ihm sich laut räusperte.

»Aria, dieser charmante Kerl hinter mir ist Hyun-su.«

Bevor ich antworten konnte, polterten zwei weitere Männer durch die Tür. Der mit den mintgrünen Haaren sagte etwas auf Koreanisch, was ich nicht verstand.

»Pass doch auf, wo du hinläufst, Hyungie«, meckerte der Blonde jetzt auf Englisch, als er Min-ho sah. Der Mann mit den mintgrünen Haaren boxte ihm zunächst als Antwort gegen die Schulter. »Ich hab es nicht gesehen, okay?«

»Weil du nicht geschaut hast! Wie so oft!«

»Du machst mich wegen so was fertig? Wir haben nicht mal angefangen zu proben. Du ruinierst mein Mojo.«

»Dein Mojo gibt es doch gar nicht.«

»Weil du mich immer fertigmachst und es versaust.«

Der plötzliche Sprachwechsel vom Koreanischen ins Englische verwirrte mich. Min-ho schien meine Fragezeichen in den Augen zu bemerken.

»Wir wurden angewiesen, außerhalb unserer Freizeit untereinander auf Englisch zu sprechen. Eine Maßnahme des Entertainments, denen unser Fortschritt zu langsam ist. Aber wir halten uns nicht immer dran«, belustigt schnaubte er.

»Euer Fortschritt? Du sprichst besser Englisch als ich«, erwiderte ich und sah ihn fragend an.

Lachend schüttelte er den Kopf. »Meine Eltern haben dafür gesorgt, dass ich viermal die Woche Nachhilfe habe.«

»Hat sich gelohnt«, grinste ich ihn an.

»Und wie«, sagte er, drückte mir einen Kuss auf die Schläfe und wandte sich dann zu den beiden Männern, die immer noch am Streiten waren.

»Yorobun!«, unterbrach er die Diskussion, doch keiner beachtete ihn. »Alle zusammen! Könnt ihr euch nicht einmal zusammenreißen?«

Jedoch sah ich an ihren belustigten Gesichtern, dass hier keiner ernsthaft wütend war.

»Alles für unseren Leader«, sagte der Blonde und salutierte, während Min-ho nur lachend den Kopf schüttelte.

»Darf ich euch Aria vorstellen?«, fragte er.

Beide rissen die Augen auf und wirkten überrascht, als sie mich musterten.

»Das war kein Scherz?«, wollte der Blonde wissen. »Du hast sie mit hierhergenommen?«

»Weiß Wook Jong-Nim Bescheid?«, fragte Mr Mintgrün und schaute an Min-ho vorbei zu mir. Auf meinen Fragezeichenblick hin beugte sich Min-ho in meine Richtung und erklärte mir, dass die Endung -nim an den Namen angehängt wurde und als die höchste Form von Respekt in der Anrede von Personen galt.

»Mich solltet ihr eigentlich auch damit ansprechen«, sagte er dann zu den beiden und grinste breit.

»Träum weiter«, lachte der Blonde.

»Wir nennen dich Hyung.«

»Und Seonbae, das reicht völlig!«

Großer Bruder und ein Wort, das Min-ho mir mit Mentor übersetzte, doch der Blonde erklärte, dass es eher daran lag, dass die beiden auf die gleiche Schule gegangen waren und Min-ho eine Klassenstufe höher gewesen war. Das koreanische Ehrensystem und seine Respektanreden … Bis ich das verstanden hatte, würden noch Jahre vergehen und ich nahm mir fest vor, mich ganz bald näher damit zu beschäftigen.

»Schließlich habe ich mir diese Anrede mit meinem Altersvorsprung auch verdient. Und ich fühle mich eher wie euer Vater, nicht wie ein großer Bruder. Meistens jedenfalls«, beschwerte sich Min-ho jetzt, doch sein Gesicht strahlte amüsiert. Die drei begannen zu lachen, doch dann genügte ein schneller Blick von Min-ho und Mr Mintgrün stellte sich als Yunho und Blondie als Ho-jung vor. Beide hatten auf Knopfdruck ein falsches Lächeln und ein absolutes Pokerface drauf, es war beängstigend, diesen Wandel zu beobachten.

»Freut mich, euch kennenzulernen«, begrüßte ich sie und versuchte, ruhig zu atmen. Das hier war definitiv ein Filmmoment. Als würde sich ihr attraktives Aussehen verdoppeln, sobald sie alle zusammen waren. Ihre Namen wiederholte ich gedanklich immer und immer wieder. Versuchte, ihre Gesichter mit den Haarfarben und Namen zu verknüpfen.

Lila Haare = Hyun-su.

Blonde Haare = Ho-jung.

Mintgrüne Haare = Yunho.

Ich fragte mich, was sie auf ihrer Promotion in Busan wohl besprochen hatten. Ob es eine Aussprache gegeben hatte und ob sie über mich geredet hatten, über eine Tour ... Bisher hatte Min-ho nichts dazu gesagt, die Band schien mir gegenüber skeptisch. Ich wusste nicht, was ich erwartet hatte. Eine herzliche Begrüßung? Schließlich war ich der Grund gewesen, weswegen Min-ho beinahe rausgeschmissen wurde.

»Vielleicht sollten wir einfach die Setlist durchgehen und dann mit dem Soundcheck anfangen«, schaltete sich Hyun-su ein, blickte kurz zu mir herüber und dann in die Gesichter seiner Bandmitglieder. »Jae-eon und Woosung kommen sicher auch gleich.« Stimmt, KT6 bestand schließlich aus sechs Mitgliedern. Zwei fehlten noch.

»Schaffen wir es einmal, wirklich alle pünktlich zu sein?«, beschwerte sich Yunho. Erst jetzt fielen mir die blauen Kontaktlinsen auf, die er trug.

»Ich bin nicht der Letzte«, sagte Min-ho stolz und reckte beide Fäuste in die Luft.

»Auch wenn wir deinetwegen fast zu spät gekommen wären«, murmelte ich, ohne darüber nachzudenken.

Plötzlich drehten sich alle vier Männer zu mir um, weshalb ich es sofort bereute. Alle bis auf Min-ho begannen zu lachen. Der Blonde klopfte Min-ho grinsend auf die Schulter, ehe er sich an mich wandte.

»Da musst du ein Auge draufhaben. Dieser Mann kommt immer zu spät. Wirklich immer. Manchmal sagen wir ihm sogar eine frühere Uhrzeit, damit er pünktlich erscheint.« *Blonde Haare = Ho-jung*, erinnerte ich mich.

Irgendwas hatte er an sich, was mich augenblicklich entspannte. Seine ganze Aura strahlte förmlich und steckte einen mit Fröhlichkeit an. Ich konnte nicht anders, als sein warmes Lächeln zu erwidern. Er erinnerte mich an Emily.

»Das war aber nicht nur meine Schuld«, beschwerte sich Min-ho jetzt lautstark, und doch konnte er sich ein Schmunzeln nicht verkneifen.

»Schrei doch nicht so«, meinte Yunho trocken.

Auch wenn die Atmosphäre etwas angespannt war und ich nicht recht wusste, was ich sagen sollte, fühlte ich mich wenigstens nicht völlig fehl am Platz.

Während des Soundchecks blieb ich mit Do-yoon zurück, nicht zuletzt, weil die Presse bereits im Stadion war und Min-ho wollte, dass ich ihn erst auf der Bühne sah, wenn er Vollgas gab. Es verging eine halbe Ewigkeit, in der ich nervös im Internet nach neuen Schlagzeilen suchte.

Das Konzert war überall in den Nachrichten. Zusammen mit Pressefotos der sechs Mitglieder und Tausenden von Clips. Es wurde über eine mögliche Setlist diskutiert und auch über den neuen Song, der heute performt wurde.

Einige Reporter äußerten sich dazu, was für Wellen unser Foto geschlagen hatte, und blendeten Statements von wütenden Fans ein. Im Anschluss wurde gezeigt, dass sich unter den vielen fröhlichen Gesichtern draußen vor dem Stadion auch einige befanden, die eine Art Streik abhielten. Gerade als ich mehr darüber lesen wollte, schnappte sich Do-yoon mein Handy und schaute mich warnend an.

»Das solltest du lieber lassen«, war alles, was er sagte, bevor er es umgedreht auf den Tisch vor uns legte.

»Es ist nur … Ich wollte nicht, dass das alles so eskaliert.«

»Ich weiß«, sagte er. In seinen Augen spiegelte sich Mitleid, doch auch etwas, was ich nicht ganz deuten konnte.

Im selben Augenblick platzten Min-ho, Hyun-su, Ho-jung und Yunho in den Raum, gefolgt von einer ganzen Armee an Stylisten. Lila, blond und mintgrün, ging ich erneut im Kopf ihre Haarfarben durch. Es war tatsächlich ganz praktisch, dass ihre Haarfarben so unterschiedlich waren. Nun verstand ich Min-hos Punkt mit dem Wiedererkennungswert.

»Hör mir doch mal zu. Du warst einen Takt zu schnell. Die Handbewegung hast du auch vergessen!«, hörte ich Ho-jung meckern.

»Niemand bekommt das so schnell hin wie du!«, beschwerte sich Hyun-su und ließ sich in den Stuhl vor dem Spiegel fallen.

»Min-ho schon«, hielt Ho-jung dagegen und sah erwartungsvoll zu ihm herüber.

Doch Min-ho zuckte nur mit den Schultern, während er sich neben mich setzte und seinen Kopf an mich lehnte.

»Hey«, flüsterte er leise.

Sofort wanderte mein Blick zu den anderen Mitgliedern, die plötzlich hoch konzentriert auf ihre Handys schauten.

»Hey«, gab ich ebenso leise zurück. »Wie war der Soundcheck?«

»Hyun-su ist mir auf die Füße getreten«, sagte er jetzt etwas lauter und Hyun-su drehte sich empört zu uns um.

»Hör auf, so was zu sagen, sonst trete ich dir das nächste Mal wirklich auf die Füße!«, drohte er und seine Ohren wurden ganz rot. »Du hast deinen Einsatz bei *Daydream* verpasst, also sei mal schön ruhig!«

»Du hast deinen Einsatz verpasst?«, lachte ich, als ich sah, wie Min-ho das Gesicht verzog.

Kopfschüttelnd stand er auf und setzte sich ebenfalls in den Stuhl, auf dessen Lehne sein Name stand. Eine Frau erschien wie aus dem Nichts, klemmte Min-hos Haare mit einer Haarspange aus seiner Stirn und begann damit, seine vollen Lippen in einem rosa Ton nachzuziehen.

»Wo sind denn eigentlich Woosung und Jae-eon abgeblieben?« Wie aufs Stichwort stolperten die beiden durch die Tür. Sie ließen sich erschöpft in die für sie vorgesehenen Stühle fallen und sofort schwirrten auch um sie mindestens drei Personen herum, die sich um Make-up und Frisuren kümmerten.

»Wo wart ihr?«, fragte Hyun-su mit vorwurfsvoller Stimme, während ein Mann ihm diverse Ringe und Armbänder zeigte.

»Kurzes Briefing vom Chef«, brummte der mit den braunen Haaren. Wenn meine Erinnerung nicht täuschte, musste das Woosung sein.

»Da dürft ihr auch gleich noch durch«, ergänzte Jae-eon, der als Einziger nicht die Haare gefärbt bekommen hatte. Seine schwarzen Haare lockten sich in alle Richtungen und eine Frau tanzte bereits mit dem Glätteeisen um ihn herum.

»Dann bist du die Frau, die dafür sorgt, dass unser Leader etwas entspannter ist? Wir sind dir zu tiefstem Dank verpflichtet«, lächelte Jae-eon mich an, lehnte sich über seinen Stuhl in meine Richtung und hielt mir seine Hand hin, an der sich mehrere große Ringe befanden.

»Also ...«, begann ich, ergriff seine Hand und nickte, weil ich nicht wusste, was ich darauf antworten sollte.

»Ich bin doch immer entspannt!«, rief Min-ho aus seinem Stuhl und zwinkerte mir durch sein Spiegelbild zu, was die Frau, die gerade sein Make-up auftrug, schnauben ließ.

Es war faszinierend zu beobachten, wie entspannt die Jungs waren. In Anbetracht der Tatsache, dass man jedes Mal, wenn die Tür von einem Mitarbeiter geöffnet wurde, schon tosende Schreie der Fans in der Ferne hören konnte.

Als alle geschminkt, frisiert und bereit waren, stellten sie sich in die Mitte des Raumes und ich sah irritiert zu, wie sie die Hände in die Hüfte stemmten und wie Superhelden dastanden. Bestimmt zwei volle Minuten lang. Fragend blickte ich in ihre Gesichter.

»Es ist bewiesen, dass du dich nach nur zwei Minuten in dieser Superheldenpose besser fühlst. Ho-jung hat das mal irgendwo aufgeschnappt und seitdem ist es unser Ritual vor jedem Konzert«, klärte Min-ho mich auf.

»Nicht irgendwo. Das hab ich aus *Grey's Anatomy*!«, sagte Ho-jung leicht verärgert und brachte damit alle zum Lachen.

Wir wurden von mehreren Security-Männern hinter die Bühne begleitet. Min-ho drückte mir zum Abschied einen Kuss auf die Wange und schon war die Band verschwunden. Hektik war hier absolute Normalität. Do-yoon und ich liefen dicht beieinander zu einem abgesperrten Bereich vor der Bühne, der durch große Schutzwände vor den Blicken der Fans und der Presse abgeschirmt war. »Nur für Familie und Freunde«, sagte Do-yoon, bevor die Fans zu schreien begannen, weil das Musikvideo der Band auf einem der großen Bildschirme beendet war und es dunkel wurde.

Ein Beat, der wie ein Herzschlag klang, ertönte und die Fans schrien die Namen von KT6 im Chor. Sie wedelten mit ihren Schildern herum, reckten ihre Handys oder Light Sticks in die Höhe und als die Jungs durch ein Podest auf der Bühne erschienen, hielt selbst ich die Luft an.

Sie sahen aus wie sechs Götter.

Ihre Outfits, ihr Schmuck, ihr Make-up. Es passte perfekt mit dem Bühnenbild zusammen. Min-ho trug ein Bandana, das ihm die Haare aus dem Gesicht hielt. Woosung hatte sich ein Bandana um den Oberarm gewickelt, das seine Armmuskeln betonte, und Ho-jung hatte ebenfalls eins am Mikrofon befestigt.

Ich erkannte von hier aus, dass Min-hos transparentes Shirt nicht viel der Fantasie überließ. Jae-eon hatte ein ähnliches Shirt an. Selbst das schwarze Jackett konnte das nicht verdecken. Alle waren in dunklen Farben gekleidet, was in einem perfekten Kontrast zu ihren bunten Haarfarben stand. Und jeder hatte ein glitzerndes Mikrofon in einer anderen Farbe in der Hand.

Der erste Song begann und ich wusste nicht, wohin ich gucken sollte. Es fühlte sich komisch an, dass nicht nur ich Min-ho mit lauter Herzchen in den Augen ansah, sondern dass es auch die Tausenden Fans um mich herum taten. Möglicherweise spürte ich minimale Eifersucht, doch diesen Gedanken vergaß ich sofort, als die Band zu tanzen begann. Ich vergaß alles um mich herum.

Die Choreografie war ein Mix aus Pop und Ballett und die Jungs bewegten sich so schnell, so elegant und so im Takt zur Musik, dass ich einfach nur erstaunt den Mund aufriss. Dass Min-ho sich so bewegen konnte. Dass sie sich alle so bewegen konnten. Ich wollte nicht wissen, wie lange sie dafür trainiert hatten. Jede ihrer Bewegungen war synchron und was mich am meisten überraschte, war, wie stabil ihre Stimmen dabei klangen. Nach drei Moves wäre ich völlig außer Atem gewesen. Davon war hier keine Spur. Die Euphorie der Menge riss mich mit und ließ mich alles um mich herum vergessen. Sogar Do-yoon hüpfte beim dritten Song an meiner Seite auf und ab, als hätte er sich ebenfalls kurz vergessen.

Mein Blick fiel auf Min-ho, dem seine blauen Haare im Gesicht hingen, und mein Herz begann zu rasen, als er in die Kamera zwinkerte und dann schüchtern lächelte.

Es folgte eine kurze Begrüßung an die Fans, in der sich jeder der Jungs einmal vorstellte. Gebannt hing ich an ihren Lippen, bis die Jungs auf der Tribüne hinuntergefahren wurden und verschwanden. Allein diese fünf Songs hatten es geschafft, dass ich für kurze Zeit an nichts dachte und einfach tanzte. Dankbar für die kurze Atempause verfolgte ich den Clip, der nun auf dem großen Bildschirm in der Mitte der Bühne abgespielt wurde.

KT6 presents erschien in großen Buchstaben und ließ mein Herz einen Takt aussetzen. Die Getränkewerbung, die ich das erste Mal beim Coex gesehen hatte, wurde gespielt.

Die Werbung, die mir damals verraten hatte, wer Min-ho wirklich war. Unsere Momente zusammen, die wir seitdem gehabt hatten, liefen wie in einer kitschigen Romanze vor meinem Auge ab. Min-ho, der mir Waffeln machte. Min-ho, der mit Soju mitten in der Nacht im Wohnheim auftauchte. Sein Lächeln im Mondschein. Die ganzen Tränen und Geständnisse. Achterbahngefühle und Wunderkerzenluft. Viele Worte, die ich in mein Herz eingeschlossen hatte und in Endlosschleife spielte. In diesem Moment wurde mir bewusst, dass ich gerade dabei war, mein Herz an diesen Mann zu verlieren. An den Min-ho, der mich in den Arm nahm und mir Sicherheit schenkte. Mir Freiraum für meine Gedanken gab. Überwältigt von diesem Gefühl stand ich vollkommen ruhig in einem Stadium voller Fans, die seinen Namen riefen.

Mit einem lauten Knall sprangen die Jungs wie aus dem Nichts aus einer großen Rauchwolke zurück auf die Bühne. Schnell wischte ich mir über die Augen, in denen sich Tränen angesammelt hatten. Diesmal trugen alle sechs

Mitglieder schlichte weiße Shirts mit dem Bandlogo und statt einer Choreo hüpften sie einfach über die Bühne.

Ich konnte nicht anders, als zu lachen, weil mich dieser Anblick so glücklich machte, es war ansteckend und ihre Bühnenpräsenz war unglaublich. Als der Beat seinen Höhepunkt erreichte, wurden Wasserkanonen über der Menge abgefeuert. Das Konzert war wie ein kleines Festival und die Energie dieser sechs Männer, die zu leuchten begannen, sobald sie auf der Bühne standen, war etwas, was ich noch nie zuvor so krass erlebt hatte. Ho-jung, Woosung und Yunho spielten mit den verschiedenen Kameras, die um und auf der Bühne verteilt waren und ihre Gesichter riesig groß auf Bildschirmen zeigten. Sie zogen Grimassen, verteilten Luftküsse und feuerten die Fans an, lauter zu schreien. Min-ho und Jae-eon wippten so stark mit ihren Köpfen hin und her, dass mir beinahe schwindelig wurde. Besonders Hyun-su war ein Profi darin, Wasserflaschen am Rand der Bühne über die ersten Reihen von Fans zu schütten. Und auch über seine Bandkollegen. Sie jagten einander wie kleine Kinder über die Bühne und grinsten dabei übers ganze Gesicht, während sie eine Wasserschlacht vor Tausenden Fans ausfochten.

Die Bühne war ihr Zuhause, sie gehörten dort hin. Alle sechs hüpften herum, setzten sich auf den Boden, tanzten, lachten und feierten zusammen mit den Fans. Man sah ihnen an, dass sie einander vertrauten. Ich wusste nicht genau, was es war, aber man sah sofort, dass diese Jungs zusammengehörten.

Die Art, wie sie sich angrinsten. Miteinander rumalberten. Einander stolz anblickten, wenn eine High Note gesungen wurde. Bereits nach zwei weiteren Songs waren die Jungs so verschwitzt, dass ihre weißen T-Shirts an ihren Körpern klebten.

Und falls das möglich war, sahen sie dadurch noch besser aus. Hyun-su griff beim nächsten Song nach einem Selfie-Stick und rannte über die Bühne zu Woosung. Sie piksten sich gegenseitig mit den Fingern in die Brust, als würde gleich ein Streit beginnen. Doch am Ende der Strophe umarmten sie sich. Die anderen Mitglieder rannten zu ihnen und schütteten Wasser über ihre Köpfe.

Die Fans rasteten aus, als Jae-eon sich vor eine der Kameras stellte und anfing, direkt davor zu tanzen, während buntes Konfetti durch die Luft geschossen wurde. Mein Blick ging immer wieder zu Min-ho, der einfach übers ganze Gesicht strahlte.

Die Stimmen der Jungs vermischten sich mit denen der Fans, die lautstark mitsangen. Zusammen ergaben sie eine wunderschöne Melodie und die Liebe in diesem Stadion war überall spürbar. Ich erwischte mich dabei, dass ich neidisch darauf war, nicht ebenfalls dort bei ihnen zu stehen, denn in unserem Bereich waren alle sehr zurückhaltend.

Die Jungs spielten elf Songs. Laute, bunte Songs voller Konfetti und guter Laune. Songs, die eine Choreografie hatten, die mir den Atem raubte. Und einen Song zum Schluss, bei dem ich mit den Tränen kämpfte, weil er so schön und voller Bedeutung war.

Zum Abschluss hielten die Jungs eine Rede und jeder Satz sprühte nur so vor Liebe und Dankbarkeit.

Ihr Lächeln, ihre glasigen Augen.

Jae-eon fing bei seiner Rede an zu weinen, brach immer wieder ab und wischte sich mit dem Handrücken übers Gesicht, bevor Ho-jung zu ihm lief und ihn umarmte.

Dann war Min-ho an der Reihe und als er in die Kamera schaute, hatte ich das Gefühl, er würde nur mich ansehen. Absoluter Klischee-Alarm, aber ich konnte nicht anders. Sein Lächeln und das Funkeln in seinen Augen rissen mich mit, die Begeisterung in seinen Worten war genau das, wonach ich mein Leben lang gesucht hatte. In seinen Augen sah ich ganze Universen. Sie strahlten so hell und er lächelte so breit, dass mir ganz warm wurde und ich ebenfalls so lächelte.

»Ich weiß, wir waren sehr lange weg. Ich hoffe, ihr verzeiht uns das«, fing er auf Englisch an. Die anderen Mitglieder hatten auf Koreanisch gesprochen, doch vielleicht galt für Min-ho eine andere Regel. Mein Herz bildete sich ein, dass er es nur meinetwegen tat.

Lautes Jubeln und saranghae-Rufe kamen aus der Menge.

»Wie ihr vielleicht wisst, hatten wir keine leichte Zeit. Umso froher bin ich, heute hier als Teil von KT6 zusammen mit euch stehen zu dürfen und zu performen. Wir haben viel durchgemacht, aber heute ist der Tag, an dem es sich ausgezahlt hat. Die Musik hat mir durch viele dunkle Zeiten geholfen. Der Gedanke, dass ihr an unserer Seite seid und uns unterstützt, bedeutet mir mehr, als ich jemals ausdrücken kann. Ein einfaches Danke reicht nicht aus.«

Ich sah, wie er schluckte und kurz zu seinen Jungs blickte, bevor er weitersprach. »Ich hoffe, dass ihr unsere Musik ebenso nutzen könnt. Ihr seid der Grund, dass ich das machen kann, was ich liebe. Dass es KT6 gibt und dass wir so weit gekommen sind. Ihr gebt uns diese Energie, die so gewaltig und besonders ist. Und ich hoffe, ihr bekommt dieselbe Energie, dasselbe Glück von uns und unserer Musik. Nutzt sie an dunklen Tagen und wenn euer Schmerz ein wenig verringert wurde, ist es mehr, als ich mir jemals erträumt habe. Ich hoffe, ihr seid an unserer Seite. Egal, was die Zukunft bereithält!«

Dann formte er ein Herz mit seinem Daumen und Zeigefinger und lächelte schüchtern in die Kamera.

Diese Rede war ... einfach unglaublich. Niemals hatte ich ihn so erlebt und ich war froh, dass ihm das nicht genommen wurde. Plötzliche Stille erfüllte das Stadion. Die Fans sahen Min-ho so an, wie ich es tat. Mir wurde klar, dass jeder von ihnen auf eine Art verliebt war. Verliebt in die Musik, in die Band, in ihre Botschaft. In das, wofür diese sechs Männer standen. Verliebt in diesen Moment, den sie mit allen teilten und dabei verstanden wurden. In der Menge begannen die Fans zu tuscheln, als es ruhig wurde.

»Das war einfach der Wahnsinn!«, rief ich Do-yoon zu, der neben mir stand und lachend den Kopf schüttelte.

»Es ist noch nicht vorbei«, erwiderte er verschwörerisch und im gleichen Augenblick erschien die Band in schwarzen eng anliegenden Stoffhosen und Oversized-Hemden zurück auf der Bühne und die Jungs sahen nicht aus, als hätten sie gerade fast zwei Stunden lang performt, sondern als wären sie gerade auf dem Weg zu einer Fashion Week.

»Ich weiß, ihr habt alle darauf gewartet. Wollt ihr unseren neuen Song hören?«, rief Yunho und die Menge jubelte.

»Dann bekommt ihr ihn. Hier kommt *Our Souls At Midnight*. Macht mal etwas Lärm!«

Hyun-su schrie »Sori jilro« ins Mikrofon, was dasselbe auf Koreanisch bedeutete. Das hatte Do-yoon mir erklärt, weil es der Satz war, der mit am häufigsten gerufen wurde.

Es wurde still und plötzlich gingen alle Lichter aus.

Alle, bis auf die Light Sticks, die jetzt von einem lila Licht zu einem hellblauen wechselten und damit die Dunkelheit erhellten.

Ein Meer aus hellem Blau. *Ozeanblau*, schoss es mir in den Kopf und ich lächelte.

Eine Gänsehaut hatte sich auf meinem Körper ausgebreitet und ich wischte mir die Tränen aus den Augen, als der erste Ton erklang. Leichtes Klavierspiel, sanfte Töne. Die Bühne wurde in Nebel gehüllt und die fast engelsgleiche Stimme von Woosung begann den Song, während die Band von einzelnen Lichtstrahlern angeleuchtet wurde. Die Stimmen harmonierten perfekt. Als Yunho mit dem Rap-Part dran war, spürte man den Schmerz in jedem Wort, das er sprach.

Im Stadion wurde es schlagartig unfassbar ruhig und leise. Dieser Song war anders. Das spürte ich sofort. Die Worte gingen direkt in mein Herz, füllten es mit Liebe, Zuversicht und Hoffnung. Sie beruhigten mich auf eine Weise, die ich nie für möglich gehalten hatte.

Obwohl ich die Worte nicht verstand, rührten sie mich zu Tränen. Einfach, weil so viel Gefühl, so viel Schmerz in ihnen lag. Es brauchte keine Übersetzung, um diese Musik zu fühlen. Ich tat es auch ohne mehr als genug. Während des Songs flogen kleine Drohnen über die Köpfe der Jungs und bildeten zusammen ein großes Herz. Anschließend schwirrten sie davon wie kleine Glühwürmchen, die in der Luft schwebten. Min-ho übernahm den Refrain und seine Stimme ließ mein Herz höherschlagen.

Zwar konnte ich nur vereinzelte Sätze heraushören, doch die machten mich völlig fertig.

Our souls at midnight
Are the only truth I've ever known
Like silver linings in the dark

I promise you
That I will light up the darkblue sky
'til the next morning comes
'til everything will be alright
Our hearts at dawn
Together in this dream of you and I

Min-ho wurde von Jae-eon abgelöst, doch ich konnte meinen Blick nicht von ihm losreißen. Er ließ das blau glitzernde Mikrofon von der rechten in seine linke Hand wandern. Wie er dort saß, mit geschlossenen Augen und stumm jede Zeile mitsang.

Man merkte, dass jeder der sechs diesen Song so sehr fühlte, wie wir es taten. Wie ich es tat.

Als der Song vorbei war und die Band von der Bühne ging, konnte ich es nicht erwarten, ihm zu sagen, wie stolz ich auf ihn war.

32

Während ich voller Adrenalin in der Lounge auf und ab lief und auf Min-ho wartete, saß Do-yoon wie die Ruhe selbst in sein Handy vertieft auf dem großen Sofa. Die Band musste zunächst noch Fotos machen und ein kurzes Interview geben.

Doch als die sechs in den Raum traten, konnte ich nicht anders, als Min-ho um den Hals zu fallen. Überrumpelt von meiner Reaktion taumelte er mit mir zusammen ein paar Schritte zurück.

Seine starken Arme legten sich jedoch wie von selbst um meine Taille und zogen mich näher an ihn, bevor er mich durch die Luft wirbelte.

Für diesen kurzen Moment gab es nur uns. Als er mich wieder auf dem Boden absetzte und mich mit seinen braunen warmen Augen musterte, grinste er ebenso breit wie ich. Seine Haare waren ein wildes Durcheinander, einige Strähnen klebten an seiner Stirn und sein ganzer Körper glühte.

Neben uns hörte ich Ho-jung lachen, während Yunho sich bereits beschwerte, wie hungrig und müde er sei.

»Ihr wart unglaublich«, sagte ich aufgeregt und kicherte etwas verlegen, als Min-ho begann, sanfte Küsse in meinem Nacken zu verteilen.

»War schon eine gute Performance«, gab Woosung zurück und holte drei Flaschen Soju aus dem Kühlschrank, schnappte sich ein Tablett mit kleinen Shot-Gläsern und schenkte randvoll ein.

Jae-eon hatte seine Hände bereits in einer Tüte Chips vergraben, während Woosung und Hyun-su die Gläser der Reihe nach verteilten. Ein Glücksgefühl durchfuhr mich, als mir ebenfalls eins hingehalten wurde. Diese kleine Geste und der Blick, den Hyun-su mir zuwarf, bedeuteten mir viel. Im Augenwinkel sah ich, wie Min-hos Lippen sich zu einem Grinsen verzogen, ehe er sein Glas in die Höhe hielt.

»Danke, dass ihr mich alle in meinen Entscheidungen unterstützt. So fatal sie auch sind«, begann er und ein Lachen erfüllte den Raum. »Ihr wisst, ihr seid für mich wie eine Familie. Ihr alle. Ohne euch könnte ich das niemals durchstehen.«

Für einen winzigen Augenblick fühlte sich diese chaotische, laute Welt in Ordnung an. Die Band begann ihre Auftritte zu analysieren, machte Witze über vergessene Songtexte oder verpatzte Tanzschritte.

»Bei *Light In Us* ist meine Stimme kurz weggebrochen«, sagte Jae-eon geknickt, ehe er sich erneut eine Handvoll Chips in den Mund stopfte.

»Davon habe ich nichts gemerkt«, versicherte ich ihm und Min-ho legte seinen Kopf an meine Schulter.

»Lass uns von hier verschwinden«, flüsterte er mir nach einer Weile ins Ohr, was mich erröten ließ. Ein Blick in seine dunklen Augen und ich wäre ihm überallhin gefolgt.

»Wollt ihr nicht noch etwas feiern?« Unsicher blickte ich in die Runde, doch Min-ho lächelte nur erschöpft.

»Wir sind seit fünf Uhr morgens auf den Beinen. Wir geben morgen eine kleine Party für alle Mitarbeiter und stoßen auf das erfolgreiche Konzert an. Jetzt will ich einfach nur nach Hause. Mit dir.«

Bevor ich etwas erwidern konnte, stürmten zwei Polizeibeamte in den Raum, gefolgt von mehreren Mitarbeitern, die aufgeregt in ihre Headsets sprachen.

Die laute Stimme des einen Polizisten ließ alle Gespräche verstummen. Er sprach schnell und auf Koreanisch. Fragend sah ich in die schockierten Gesichter der Band, die alle weiß wie eine Wand geworden waren.

Irgendwas stimmte hier nicht.

Min-ho neben mir zog mich enger an sich. Verwirrt schaute ich ebenfalls in das Gesicht des Polizisten, auf dem sich jetzt ein dunkler Ausdruck abzeichnete. Nach seiner Ansprache kam er drei Schritte auf uns zu, während alle anderen ihre Taschen packten und beinahe panisch umherliefen.

»Hwang Min-ho?«, fragte der Polizist und Min-ho nickte.

Weitere Worte, die ich nicht verstand. Do-yoons Name fiel, der blitzschnell ebenfalls an unserer Seite stand. Kurz darauf wurde mein Name gesagt und mir wurde schlecht.

Min-ho und Do-yoon nickten nur und sagten nichts.

»Was ist denn los?«, platzte es aus mir heraus, weil ich immer mehr Angst bekam.

Unsicher schaute der Beamte zu seinem Kollegen, der den Raum durchsucht hatte und schließlich nickte. Diesmal sprach er auf Englisch, sodass ich ihn verstand. »Wir wurden über eine ernst zu nehmende Morddrohung informiert. Weitere Informationen sind für Sie leider unzugänglich. Bitte verlassen Sie alle umgehend das Gebäude.«

Meine Gedanken fingen an sich zu überschlagen und blieben bei einem Namen stehen, der immer alles zum Stillstand brachte. Chris. Steckte er dahinter? Oder war es einer der Fans, die es auf mich abgesehen hatten? Auf uns?

Chaos brach aus. Überall huschten Menschen aufgeregt hin und her. Zusammen mit Do-yoon liefen die Band und ich durch das Gebäude, während uns mindestens fünfzehn Männer in Schutzuniformen von allen Seiten umgaben. Vorne, hinten, links, rechts. Wie eine Mauer, die uns von allen anderen Mitarbeitern und der Außenwelt abschirmte. Mit schnellen Schritten liefen wir die Gänge entlang, während ich versuchte, meine Atmung zu kontrollieren. Ich wusste nicht mal genau, wo wir hinliefen, ehe wir in der Tiefgarage angekommen waren. Anscheinend hatten wir die Fluchtwege genutzt. Min-ho hielt meine Hand fest umklammert und in seinem Gesicht konnte ich pure Panik erkennen.

Hektisch wurden Autotüren geöffnet und Anweisungen erteilt. Erleichtert atmete ich ein, füllte meine Lunge mit Sauerstoff, als wir im Auto saßen und die Türen sich automatisch verriegelten. Erschöpft von diesem Chaos sackte ich im Sitz zusammen und schnallte mich an, und auch Min-ho atmete schwer aus, als wir die Tiefgarage verließen.

Die Polizei hatte das Stadion zwar geräumt, doch hinter den Absperrbändern sah ich Hunderte, nein, Tausende von Fans, die gespannt darauf warteten, dass etwas passierte. Während Min-ho und ich in einem Wagen saßen, hatten sich die Bandmitglieder auf zwei weitere Autos aufgeteilt, die vor uns fuhren. Sofort begannen die Fans zu kreischen und ihre Handys herauszuholen, als der erste Wagen an ihnen vorbeifuhr. Ich dankte dem Erfinder der getönten Scheiben dafür, dass sie mein Gesicht nicht sehen konnten. Unsere Gesichter nicht sehen konnten. Verkrampft saß ich auf dem Sitz, als Min-ho nach meiner Hand griff und mich an seine Seite zog. Seit der Ansage des Polizisten hatten wir kein Wort mehr gesprochen.

Seine Berührung spürte ich kaum, doch ich lehnte mich in seine Arme und ließ mich von seiner Wärme einhüllen. Eine ganze Armee von Polizeiwagen mit Blaulicht begleitete uns und als ich durch die Rückscheibe schaute, sah ich, dass einige Fans den Autos hinterherrannten. Eine Gänsehaut zog sich über meinen ganzen Körper. Sanft strich Min-ho über meine Arme, als er es bemerkte.

»Es hört gleich auf«, sagte er schließlich mit gepresster Stimme. Was er genau meinte, wusste ich nicht, doch seine Miene machte mir Angst. Er versuchte zwar, sein Gesicht unter Kontrolle zu halten, doch ich sah es trotzdem. Angst.

Wir fuhren eine ganze Weile durch die Stadt, viel länger als auf dem Hinweg.

Vielleicht kam es mir aber auch nur so vor. Je weiter wir uns vom Stadion entfernten, umso freier konnte ich atmen. Doch die Angst würde erst vergehen, wenn wir sicher zu Hause angekommen waren.

Min-hos Finger malten kleine Kreise auf meine Arme, als er sagte: »So hatte ich mir das definitiv nicht vorgestellt. Ich dachte, du bist so begeistert von meiner Bühnenpräsenz, dass wir es nicht mal bis nach Hause schaffen, bevor du mir die Klamotten vom Leib reißt.« Lautlos lachte er auf.

Sein Versuch, die Stimmung zu lockern, drang nicht zu mir durch.

»Es gab eine Morddrohung«, brachte ich heiser und wie in Trance hervor, ehe ich zu ihm hochblickte.

»Lass uns bitte nicht darüber reden. Nicht jetzt«, sagte er, presste die Kiefer aufeinander und kniff die Augen zusammen.

»Dann lenk mich bitte ab«, bat ich ihn.

Schon wanderten seine Finger über meinen Körper. Angestrengt hielt ich meine Augen geschlossen, konzentrierte mich auf seine Berührungen und versuchte alles andere auszublenden.

»Soll ich dir was gestehen, auch wenn der Zeitpunkt extrem unpassend ist?« Ich öffnete die Augen und nickte. »Obwohl, wenn uns dieses Chaos etwas gezeigt hat, dann dass man vielleicht nicht warten sollte.« Er warf mir einen Blick zu, ehe er den Kopf senkte. »Damals habe ich mich immer gefragt, wie traurig ich werden muss, bis einem die Leute nicht mehr sagen, dass alles wieder gut wird«, sagte er und schaute gedankenverloren auf unsere verschlungenen Hände. »Und dann kamst du. Du warst so schonungslos ehrlich, wie es sonst kaum jemand zu mir war. Ich habe noch genau deine Worte im Kopf, die du in der Nacht zu mir sagtest, als ich am Ende war. Ich kann dir nicht sagen, dass irgendwann alles gut wird. Das wäre gelogen. Manche Dinge werden nicht wieder gut. Aber es wird leichter.« Min-ho atmete tief durch.

Seine Augen wanderten von unseren Händen zu meinem Gesicht. In seinem Blick lagen so viel Wärme und Liebe, dass mein Herz beinahe überquoll. Und doch konnte ich nicht anders, als darüber nachzudenken, dass es stark nach Abschiedsworten klang. Doch er fuhr fort, bevor ich etwas erwidern konnte.

»Und diese Worte konnte ich seitdem ebenso wenig vergessen wie dich. Das Mädchen mit den traurigen Augen und dem falschen Lächeln auf den Lippen. Das Mädchen, das trotzdem versuchte, mir mit ihren Worten zu helfen, ohne etwas zu beschönigen.« Ein schüchternes Lächeln trat auf sein Gesicht, als er den Kopf hob. Der Ablenkungsversuch war definitiv gelungen. Zärtlich wanderte sein Blick über mein Gesicht. Über meine Nase, meine Lippen, bis zu meinem Schlüsselbein und wieder zu meinen Lippen. Mir wurde unendlich warm und ich rührte mich erst, als er mich die letzten Zentimeter zu sich zog. Langsam hob er mein Kinn an und mein Herz beschloss für den Moment, dass ein normaler Rhythmus komplett überbewertet wurde.

»Min-ho ...«, brachte ich leise hervor. Ein Blick in seine Augen und ich war verloren, ehe er überhaupt die nächsten Worte sprach. Sein Lächeln ließ mich ebenfalls lächeln.

»Ich glaube, das sind die egoistischsten Worte, die ich jemals sagen werde: Ich bin in dich verliebt, Aria. Auch wenn ich dich in all das hineinziehe, auch wenn ich weiß, dass ich dir kein normales Leben bieten kann. Ich bin in dich verliebt.«

Drei Herzschläge lang wurde es still. In meinem Kopf wurden seine Worte bereits endlos oft wieder abgespielt.

Sie erfüllten mich mit so viel Wärme, dass ich es in jeder Faser meines Seins spürte. Seine Worte, seine Blicke, einfach er waren wie eine kleine Sonne, die mich strahlen ließ. Sein Daumen strich über meine Wange, ehe er fortfuhr. Die Stimme so leise, als wären diese Worte nur für mich bestimmt. Das Flüstern machte jeden Buchstaben, jeden Satz noch bedeutungsvoller.

»Wenn ich so darüber nachdenke, gehört dir schon ein kleiner Teil meines Herzens. Ich weiß, es ist vielleicht zu früh. Alles ist ein großes Chaos. Es kommt mir so vor, als hätte sich alles gegen uns verschwören. Und doch bin ich so glücklich wie schon lange nicht mehr. Es braucht nur dein sanftes Lächeln, das mir verspricht, dass vielleicht nicht alles wieder gut, aber dafür leichter wird.«

Obwohl wir durch die Straßen von Seoul rauschten, fühlte es sich an, als würde die Welt einen kurzen Augenblick stehen bleiben. Für uns, für diesen Moment.

»Weißt du, was passiert, wenn ich dich ansehe?«, fragte ich und sah die Fragezeichen in seinen Augen, während er erwartungsvoll die Augenbrauen hob.

Meine Wangen wurden rot, ich spürte mein Herz so doll klopfen, als wäre es froh, dass wir endlich an diesem Moment angekommen waren. »Du gibst mir das Gefühl, dass ich gut bin. So wie ich bin und so wie ich sein möchte. Und ich hoffe, dass ich dir dasselbe Gefühl zurückgeben kann. Denn das verdienst du. Du bringst mich zum Lachen. Du gibst mir Hoffnung. Selbst in der Dunkelheit. Selbst dann, wenn alles andere im Chaos versinkt. Gerade dann.«

Kaum hatte ich das letzte Wort gesagt, legte Min-ho mir eine Hand in den Nacken und küsste mich mit so viel Leidenschaft, dass es beinahe wehtat. Er küsste mich, als würde er jedes Wort auf meiner Zunge schmecken wollen.

Als würde er diesen Kuss brauchen, um sicherzugehen, dass ich alles gehört und ernst gemeint hatte.

»Ich bin in dich verliebt. Schon seit dem Moment, als du gesagt hast, dass es okay ist, mal nicht okay zu sein«, gestand ich.

In diesem Moment spürte ich es. Seine Haut an meiner, unsere Herzen im Gleichtakt. Unsere Worte offen und verletzlich.

Einen Augenblick lang sagten wir nichts, taten nichts. Wir sahen uns nur an und das reichte aus, um mir zu versichern, dass diese Gefühle zwischen uns alles überstehen würden.

»Sag es bitte noch mal«, forderte er mit tiefer Stimme.

»Ich bin ich dich verliebt, Min-ho. Mit allem, was dazugehört. Egal, was noch auf uns zukommt. Ich bin in dich verliebt. Voll und ganz«, brachte ich außer Atem hervor.

Und so saßen wir in diesem Chaos und küssten uns, bis jedes weitere Wort unnötig wurde.

Ich sah den Blick, den er mir zuwarf, und die Entschlossenheit in seinen Augen und wünschte mir, wir wären schon zu Hause angekommen. Ich biss mir auf die Lippen, als ich sah, wie sein Blick daran hängen blieb. Er verstärkte den Druck seiner Finger an meiner Taille. Als müsste er sie davon abhalten, tiefer zu wandern.

»Ich –«, begann Min-ho, doch er kam nicht dazu, den Satz zu beenden.

Plötzlich und ohne Vorwarnung wurde er zur Seite geschleudert und sein Anschnallgurt spannte sich über seiner Brust. Do-yoon begann zu fluchen. Ich hatte ganz vergessen, dass wir gar nicht allein waren.

»Alles okay?«, fragte er nach hinten, ohne den Blick von der Straße abzuwenden. »Sorry, ich wollte euch da wirklich nicht unterbrechen.«

Ruckartig riss er erneut das Lenkrad herum und diesmal wurde ich zur Seite geschleudert.

Der Anschnallgurt schnürte mir die Luft ab, so tief schnitt er mir in die Brust. Alarmiert schaute Min-ho aus dem Fenster.

Ich tat es ihm gleich und sah ein rotes Auto, das genau neben uns fuhr und damit im Gegenverkehr war. Panik machte sich in mir breit.

Das Auto überholte uns, bremste ab und wechselte dann wieder auf die Spur des Gegenverkehrs. Dabei fuhr es gefährlich nah an uns heran. Kurz dachte ich, dass der Fahrer betrunken sein musste. Oder ein Autorennen starten wollte. Doch dann wurde das Fenster runtergekurbelt und eine Frau mittleren Alters hielt eine Handykamera auf uns gerichtet. Was bescheuert war, denn man erkannte uns hinter den Scheiben schließlich gar nicht.

Der Fahrer des Autos fuhr so nah an uns heran, dass uns nur noch wenige Zentimeter trennten. Als ein Auto im Gegenverkehr erschien, bremste der Wagen ruckartig ab und fädelte sich hinter uns ein, sodass der Streifenwagen, der uns begleitete, ebenfalls abbremsen musste.

Sofort schalteten die Polizisten die Sirenen an und die blauen Lichter tanzten über unsere Gesichter, zusammen mit der Panik, die sich immer mehr zurückkämpfte.

»Tu was!«, schrie Min-ho.

Do-yoon bremste ab und fuhr immer langsamer, bis das rote Auto uns überholte und im Verkehr verschwand. Erleichtert atmeten wir alle drei auf, doch etwas sagen konnte keiner von uns.

Zusammen mit dem Streifenwagen fuhren wir an die Straßenseite und hielten an. Do-yoon stieg aus und wummerte einmal mit voller Wucht gegen das Autodach, sodass ich zusammenzuckte. Ein Blick durch die Rückscheibe verriet mir, dass Do-yoon mit dem Polizisten diskutierte, der uns vom Stadion bis hierher gefolgt war. Wütend riss er die Arme hoch, als der Polizist in sein Funkgerät sprach.

»Das passiert doch alles nicht ernsthaft«, sagte Min-ho und durchbrach die Stille. »Bist du okay?«

Nein, hätte ich am liebsten geschrien. *Nichts ist okay.* Meine Atmung wurde unregelmäßiger. Für einen Augenblick schloss ich die Augen, um die Panik in den Griff zu bekommen, die langsam meine Wirbelsäule hochkroch.

»Hey«, flüsterte Min-ho, umfasste mein Gesicht und strich über meine Wangen. »Schau mich an.«

Langsam öffnete ich die Augen. Wie damals vor der Schule atmete er langsam aus und wieder ein, automatisch tat ich es ihm gleich.

»Ich möchte einfach Ruhe«, flüsterte ich schließlich, als der Sauerstoff meine Lungen erreichte.

»Wir sind bald zu Hause«, erwiderte Min-ho, doch seine Stimme klang ebenso brüchig wie meine.

In einer schnellen Bewegung löste er meinen Anschnallgurt und zog mich in seine Arme. Verzweifelt kämpfte ich gegen die Tränen an, und als ich meinen Kopf hob, um ihn anzusehen, erkannte ich im Augenwinkel das rote Auto, das in Höchstgeschwindigkeit auf uns zukam. Das Letzte, was ich sah, war beißendes Scheinwerferlicht, das alles andere unkenntlich machte.

***

Schreie. Blinkende Lichter. Rauch, überall Rauch. Der Geruch von Benzin. Ich riss die Augen auf. Do-yoon beugte sich über mich und sagte etwas, doch ich konnte ihn nicht hören.

Da war nur das laute Hämmern meines Herzens, als wäre mein Kopf in Watte gepackt und ließe keine anderen Geräusche zu.

Meine Augen huschten schnell über die Straße und versuchten, das Gesamtbild zu erkennen. Blaue Lichter flackerten überall. Polizeisirenen. Scheinwerfer von allen Seiten.

Scheinwerfer, wollte ich schreien, doch ich blieb stumm.

Stück für Stück realisierte ich, was hier geschehen war.

Autounfall.

Wir hatten einen Autounfall. Ich lag auf einer Trage mitten auf der Straße. Blut lief mir über die Stirn bis in meine Augen und ließ mein Sichtfeld rot verschwimmen.

»Min-ho«, krächzte ich. »Wo ist er?«

Do-yoon schrie etwas und schon war ein Sanitäter an meiner Seite, der mir mit einer Taschenlampe in die Augen leuchtete. Beim Versuch, mich aufzusetzen, schoss ein unvergleichbarer Schmerz durch meine Knochen. Mein Blick wanderte zum Auto, oder vielmehr zu dem, was davon noch übrig war. Panisch drehte ich mich in alle Richtungen. Die Menschen drängten sich an die Absperrung, hielten ihre Handys direkt auf das Geschehen und mir wurde schlecht, als mir klar wurde, dass sie uns filmten. Do-yoon und der Sanitäter rollten meine Trage in Richtung Krankenwagen.

»Min-ho?«, schrie ich, doch es kam nur ein Flüstern heraus.

Wie in Zeitlupe erkannte ich ihn, wie er ebenfalls auf einer Trage lag und zwei Sanitäter sein Hemd aufrissen, das blutdurchtränkt war. Bei seinem Anblick blieb mein Herz stehen.

Seine Augen waren geschlossen, und als wir fast bei ihm angekommen waren, konnte ich nur noch seinen Namen krächzen. Seinen Namen und das Gebet, er würde mich noch einmal anschauen. Die Augen öffnen.

Und das Letzte, was ich hörte, war Min-hos Stimme, die meinen Namen flüsterte, ehe ich das Bewusstsein verlor.

Epilog

In dem einen Moment liegst du noch in den Armen der Person, die dein Herz zum Tanzen bringt. Du hörst Worte, die du nie wieder vergessen willst und die dir so viel Halt geben. Im nächsten Moment rast das Leben mit Höchstgeschwindigkeit in deine Pläne hinein.

Manchmal braucht es nur wenige Sekunden, wenige Augenblicke, um dir alles zu nehmen, was du dir gerade erst erkämpfst hast. Manchmal kann etwas enden, bevor es überhaupt richtig begonnen hat. Es schien mir immer so, als müssten die schönen und dunklen Momente im Leben sich die Waage halten. Aber nach diesem Tag fiel es mir schwer, daran zu glauben. Wir verloren den Halt und ich wusste nicht, ob wir diese Dunkelheit, die uns seitdem einholte, jemals überwinden konnten. Ob es noch Hoffnung gab.

Für ihn, für mich, für uns.

Es gab viele Gründe, um nicht aufzugeben und weiterzumachen. Ich hoffte nur, dass sie ausreichen würden.

ENDE von Band 1

Triggerwarnung

Diese Geschichte enthält folgende sensitive Themen:

- Körperliche Gewalt
- Emotionale Gewalt
- Tod und Trauer
- Stalking

Danksagung

Abschließende Worte für diese Geschichte zu finden, fühlt sich grad sehr surreal an. *Our Souls At Midnight* ist mein Debüt, mein Herzensbuch, in dem viel von mir selbst steckt, vielleicht etwas zu viel. Und niemals hätte ich gedacht, dass ich dieses Buch beenden kann, aber diese Menschen haben es eben doch irgendwie möglich gemacht:

Vanessa, du warst ab Seite eins mit deiner Unterstützung am Start. Danke für deine Ehrlichkeit, die dieses Buch gebraucht hat. Danke für den Anstoß, es ernsthaft zu versuchen.

Julia, JJ, ich glaube, dass ich neunzig Prozent dieses Buches in deiner Anwesenheit geschrieben habe. Danke, dass du da warst und es noch immer bist.

Katja, ohne deine Gifs und Memes hätte das alles nur halb so viel Spaß gemacht. Danke, dass du immer aufmunternde Worte parat hast!

Tausend verwirrte Sprachnachrichten könnten nicht ausdrücken, wie dankbar ich für unsere Gruppe bin. #teamworkmakesthedreamwork #OT4

Nadja, danke, dass du an mich glaubst, wenn ich es selbst nicht kann. Ich bin so unfassbar froh, dich an meiner Seite zu haben.

Mama, ohne dich würde es mich nicht geben. Danke, dass du mich immer unterstützt und stolz auf mich bist, egal was ich auch tue.

Mina & Rubi. Ihr wisst es vielleicht nicht, aber als ihr mir damals dieses

Musikvideo gezeigt habt, hat sich irgendwie alles verändert. Danke, dass ihr diese ganze Achterbahnfahrt ausgelöst habt.

Danke an Herrn G., meinen Deutschlehrer, der mir in der Grundschule so viele Bücher mitgebracht hat, wie ich lesen wollte. Die Welt braucht mehr Lehrer wie Sie.

Auch wenn es kitschig ist: Ich danke BTS so sehr dafür, dass sie mein Leben mit ihrem Content und ihrer Musik jeden Tag etwas happier machen. Was würde ich nur ohne euch tun?

Danke an das ganze Team von Impress, an Pia und Janina, die Aria und Min-ho in ihr Herz geschlossen und ihnen eine Chance gegeben haben.

Und zu guter Letzt: Danke an jeden, der meine Reise auf Instagram verfolgt hat. Danke an jeden, der bis hierhin gelesen und *Our Souls At Midnight* eine Chance gegeben hat. Danke für den Mut und die Motivation, die Geschichte von Aria und Min-ho zu erzählen. Und danke, dass ihr dieses Buch schon geliebt habt, bevor ihr es überhaupt lesen konntet. Durch Aria und Min-ho habe ich wieder gelernt, an mich zu glauben und dass es sich lohnt zu träumen. Und wenn euch dieses Buch auch nur ein kleines bisschen in diese Richtung gehen lässt, hat sich jedes einzelne Wort gelohnt.

보라해!

DIE MACHT DER GEFÜHLE
TAUCH EIN IN ROMANTISCH-FANTASTISCHE GESCHICHTEN.
I M P R E S S
#IMPRESSBOOKS
ALLES VON IMPRESS HIER:
IMPRESSBOOKS.DE

Impress

Die Macht der Gefühle

Wir produzieren nachhaltig
• Klimaneutrales Produkt
• Papiere aus nachhaltigen und kontrollierten Quellen
• Hergestellt in Europa

MIX
Papier aus verantwortungsvollen Quellen
FSC® C083411
www.fsc.org

Impress

Ein Imprint der Carlsen Verlag GmbH

Mai 2022

Lektorat: Maria Schmidt

Umschlagbild: shutterstock.com / © Tom Whitfield / © Vaclav Hroch / © David P Baileys / © sumkinn / Freepik / © vector_corp / © rawpixel / Envato Elements / © f9photos

Umschlaggestaltung: M. D. Hirt

ISBN 978-3-551-30462-9

www.impressbooks.de